**KURT LEHMKUHL**

# Marionettenspiel

**TORE SIND NEBENSACHE** Ein Fußballtalent hadert mit sich: Soll er bei der Weltmeisterschaft in Russland für die Heimat seiner Eltern, Russland, oder für seine neue Heimat Deutschland spielen? Ein weiterer Kicker soll seinen Trainer ermordet haben. Böhnke wird genötigt, in beiden Fällen zu ermitteln. Außerdem bittet ihn ein Journalist um Hilfe, auf den eine Treibjagd begann, als bekannt wurde, dass er in Aachen mit Hilfe eines Mäzens einen neuen Fußballverein etablieren will. Was eindeutig scheint, wird im Laufe von Böhnkes Ermittlungen zwischen Wett-Mafia und Berater-Krieg zweifelhaft. Schnell befindet er sich in einem Spiel, in dem, wie beim Fußball, nicht immer derjenige siegt, der sich an die Spielregeln hält. Fouls und Tricks sind an der Tagesordnung, und nach dem Abpfiff bleibt Böhnke die Erkenntnis, dass in einem Spiel Siege nachrangig sind, dass der Einzelne nichts und der wirtschaftliche Erfolg alles ist, und dass in einem Spiel kein Platz für Freunde ist.

*Kurt Lehmkuhl wurde 1952, an einem Sonntag, in der Nähe von Aachen geboren. Er war mehr als 30 Jahre als Redakteur im Zeitungsverlag Aachen tätig. Aufgrund seines Jurastudiums in Bonn beschäftigte sich der Autor ausgiebig mit dem Strafrecht, was ihn zu seinen Kriminalromanen inspirierte. Diese waren zunächst nur als Geschenke für Freunde gedacht. Zur ersten Veröffentlichung kam es 1996.*

Bisherige Veröffentlichungen im Gmeiner-Verlag:

Weißgott (2017)
Mörderisches Aachen (2017)
Kofferjäger (E-Book Only, 2016)
Mallorquinische Träume (E-Book Only, 2016)
Tödliches Roulette (E-Book Only, 2016)
Vertrauen bis in den Tod (E-Book Only, 2016)
Spritzen für die Ewigkeit (E-Book Only, 2016)
Aachener Grenzgänger (E-Book Only, 2016)
Die Aachen-Mallorca-Connection (E-Book Only, 2016)
Ein CHIO ohne Rasputin (E-Book Only, 2016)
Tödliche Annakirmes (E-Book Only, 2016)
Tödliche Recherche (E-Book Only, 2016)
Kohlegier (2016)
Blut klebt am Karlspreis (E-Book Only, 2015)
Ein Sarg für Lennet Kann (E-Book Only, 2015)
Mörderische Kaiser-Route (E-Book Only, 2015)
Fundsachen (2015)
Tore, Tote, Tivoli (E-Book Only, 2014)
Begaben in Garzweiler II (E-Book Only, 2013)
Printenprinz (2013)
Kardinalspoker (2012)
Dreiländermord (2010)
Nürburghölle (2009)
Raffgier (2008)

KURT LEHMKUHL

# Marionettenspiel

*Fußballkrimi*

GMEINER SPANNUNG

Besuchen Sie uns im Internet:
www.gmeiner-verlag.de


Im Ehnried 5, 88605 Meßkirch
Telefon 07575/2095-0
info@gmeiner-verlag.de

1. Auflage 2018

Lektorat: Claudia Senghaas, Kirchardt
Herstellung: Mirjam Hecht
Umschlaggestaltung: U.O.R.G. Lutz Eberle, Stuttgart
unter Verwendung eines Fotos von: © meineresterampe/pixabay.com
Druck: CPI books GmbH, Leck
Printed in Germany
ISBN 978-3-8392-2231-7

*Personen und Handlung sind frei erfunden.*
*Ähnlichkeiten mit lebenden oder toten Personen*
*sind rein zufällig und nicht beabsichtigt.*

# 1. KAPITEL

Sein Blick blieb unweigerlich an der Überschrift kleben: ›Fußball-Deutschland in Schockstarre!‹, so hatte die Tageszeitung in großen Lettern und alle anderen Themen verdrängend getitelt.

»Na und? Was soll das?«, nörgelte der ergraute Zeitungsleser. »Das kann doch wohl nicht das wichtigste Thema sein. Gibt es nicht Bedeutsameres auf der Welt als dieser unsägliche Fußball?«, fragte er seine Nachbarin am Frühstückstisch. »Das Käseblatt ist das Abo nicht wert«, sagte er und warf die Zeitung ungehalten auf die Platte. »Die sollten sich lieber um das abgewrackte AKW in Tihange oder die Braunkohlendreckschleuder im Kraftwerk Weisweiler kümmern. Diese Katastrophen bedrohen unsere Leben und wären ein Grund für eine Schockstarre, aber doch nicht irgendein Unfug aus dem Fußball.« Es interessierte ihn nicht die Bohne, welcher Kicker wo, warum und wie oft gegen den Ball trat oder welcher angebliche Star zu welchem Verein wechseln wollte.

»Commissario, ist dir etwa lieber, wenn die schreiben würden: ›Böhnke lebt‹?«, erwiderte die Frau lächelnd.

Bloß nicht. Er war froh, wenn man ihn in Ruhe ließ. Am liebsten wäre es ihm gewesen, wenn man sich nicht an ihn erinnern würde. Aber er wusste, dass das ein Wunschtraum bleiben würde.

Die Frau schnappte sich das Blatt und stutzte, nachdem sie den Bericht auf der Aufschlagseite mit wachsender Aufmerksamkeit gelesen hatte. »Das ist ja Sascha.« Sie schluckte schwer. »Der arme Junge.«

»Ist der tot, oder was?«

»Im Prinzip ist er tot, obwohl er lebt.«

»Und was hat das mit der Schockstarre von Fußball-Deutschland zu tun?« Woher seine Lebensgefährtin diesen Sascha kannte, warum er tot war, obwohl er lebte, und weshalb sich deshalb Fußball-Deutschland in Schockstarre befand, würde sie ihm erklären müssen, hoffentlich nicht langatmig und umständlich. Vermutlich waren Sascha oder seine Eltern Kunden in Lieselottes Apotheke in Aachen.

»Später, mein Lieber.« Die Frau war aufgesprungen. »Heute Abend. Ich muss los.« Sie drückte ihm einen feuchten Kuss auf die Stirn. »Und denk dran, heute Abend lassen wir es uns gut gehen.« Die Melodie des Gefangenenchores aus der Verdi-Oper Nabucco summend, verschwand sie frohgelaunt aus seinem Blickfeld.

Böhnke sah seiner Liebsten wohlwollend nach. Er war froh, dass er Lieselotte Kleinereich hatte. Vor einem knappen Jahr noch hatte der vorzeitig pensionierte Erste Kriminalhauptkommissar befürchtet, dass ihr und auch sein Leben beendet waren. Er hatte die von Schüssen getroffene, schwer blutende, langsam vor sich hin sterbende Frau in ihrem Haus zurücklassen müssen und war dann selbst in seiner Verzweiflung und Ohnmacht bewusst mit dem Kleinwagen gegen einen Betonklotz gerast, um Lieselottes vermeintlichen Mörder umzubringen und dabei willentlich in Kauf zu nehmen, dass damit auch sein Leben beendet sein würde.

Es grenzte für ihn an ein Wunder, dass sie beide noch

lebten, Lieselotte vollkommen genesen war und wieder ihre Apotheke leitete und er selbst den Kampf gegen seine schweren Unfallverletzungen gewonnen hatte. Doch er blickte nicht mehr zurück. Dazu hatte ihn Lieselotte gebracht. »Nach vorne geht es mit uns. Wir haben noch viel zu tun. Lass uns das Leben genießen«, hatte sie ihm während ihrer monatelangen Genesungsphase immer wieder eingetrichtert, wenn er zweifelte und mit dem Schicksal haderte.

Zu ihrer Art, das Leben zu genießen, gehörte zweifelsohne der Besuch kultureller Veranstaltungen, verbunden mit der Begegnung anderer Menschen; so wie es am Abend vorgesehen war, wenn er Lieselotte zur Monschauer Burg begleiten würde, auf der im Rahmen der Monschau Klassik Nabucco aufgeführt werden sollte. Böhnke selbst liebte es eher geruhsam: Den Spaziergang durch die Natur und das Leben in einem Dorf zog er der Geselligkeit und dem Gewusel der Großstadt vor. Davon hatte er genug miterlebt in seiner Zeit als Leiter der Abteilung für Tötungsdelikte im Polizeipräsidium Aachen. Nach seiner vorzeitigen Pensionierung aus Krankheitsgründen hatte sich der Kommissar in die Stille der Nordeifel zurückgezogen und wohnte in dem Haus in Huppenbroich, in dem Lieselotte und er ihren gemeinsamen Lebensabend verbringen wollten. Seine Hoffnung, in der dörflichen Idylle von Mord und Totschlag verschont zu bleiben, hatte sich nicht erfüllt. Das Verbrechen war ihm auch nach seinem Eintritt in den Ruhestand treu geblieben.

Nicht von einem Verbrechen, sondern von einem Unfall schrieb die Tageszeitung in ihrem Bericht, demzufolge Fußball-Deutschland in Schockstarre verfallen war. Alexander »Sascha« Strohkämper, das laut Zeitung größte Talent im Fußballsport und der Hoffnungsträger schlechthin bei der anstehenden Fußball-Weltmeisterschaft in Russland, hatte sich schwer verletzt, las Böhnke. Er hatte den unbeliebten Hausputz ebenso hinter sich gebracht wie den allmorgendlichen Spaziergang durch den Ort und saß nun in der Küche, eine Tasse dampfenden Tee vor sich und die Zeitung in der Hand. So richtig schlau wurde er aus der Berichterstattung nicht. Der Journalist schrieb zwar häufiger von einem Unfall, durch den das Supertalent Sascha, den er im weiteren Verlauf seines Artikels als deutschen Messi, als Nachfolger von Super-Mario Götze oder als Borussen-Maradonna bezeichnete, zu Schaden gekommen war, aber er behielt für sich, worin der Unfall bestand und wie es dazu gekommen war. Er hielt sich mehr an den dramatischen Folgen auf: Sascha würde nie wieder Fußball spielen können, sein rechter Unterschenkel hatte amputiert werden müssen. ›Die vielversprechende Karriere ist beendet, bevor sie überhaupt erst richtig ins Rollen gekommen ist‹, bedauerte der Journalist. Der Verlust dieses gerade einmal 18-jährigen Ausnahmespielers wiege schwer. Dadurch würden die Chancen der deutschen Fußballnationalmannschaft erheblich schwinden, den Weltmeistertitel zu verteidigen. Selbst der Bundestrainer kam zu Wort: ›Ich bin schockiert. Sascha ist nicht zu ersetzen.‹ Zur weiteren Berichterstattung verwies die Zeitung auf den Innenteil. Dort würde es weitere Einzelheiten zu dieser sportlichen Tragödie geben.

Aha, dachte sich Böhnke, während er in der Zeitung blätterte, weil der Bundestrainer der deutschen Kicker schockiert ist, befindet sich ganz Fußball-Deutschland in Schockstarre.

Eine Frage, die er Lieselotte hatte stellen wollen, hatte sich jedenfalls erledigt. Es war auch ihm klar, dass ein junger Mann ohne Unterschenkel als Profifußballer tot war, selbst wenn er noch lebte. Und die Frage nach der Schockstarre war im Prinzip überflüssig, denn sie änderte nichts daran, dass Sascha sein Schicksal selbst tragen musste. Da ging es dem Fußballer nicht anders als ihm. Auch Böhnke musste mit seinem gesundheitlichen Schicksal zurechtkommen. Der Sensenmann konnte ihn wegen seiner Krankheit jederzeit holen, heute, morgen, in einer Woche, in einem Monat, in einem Jahr, irgendwann – aber garantiert einmal.

Strohkämper befinde sich auf der Intensivstation des Aachener Klinikums. Er sei in ein künstliches Koma versetzt worden und nicht ansprechbar. Böhnke zweifelte fast am Verstand des Autors, als er diesen Satz las. Der Fußballer sei mit seinem Rennrad neben einem Radweg im Meinweg-Gebiet des Naturparks Maas-Schwalm-Nette von einem Spaziergänger gefunden worden, schrieb die Zeitung. Der Mann habe sofort einen Rettungswagen alarmiert, dann aber fast eine Stunde auf Hilfe warten müssen. Offenbar, so entrüstete sich der Journalist in seinem Artikel, hätten sich deutsche und niederländische Rettungsdienste nicht über die Zuständigkeit für einen Einsatz einigen können. ›Vielleicht tragen sie deshalb eine Mitschuld am Gesundheitszustand von Sascha. Vielleicht hätte sein Bein gerettet werden können, hätten sich die Helfer schneller geeinigt‹, mutmaßte der Schreiberling.

Hätte, hätte, Fahrradkette, zitierte Böhnke lakonisch für sich einen Ausspruch, den er einem ehemaligen Bundespolitiker zuordnete, ohne zu wissen, ob er tatsächlich von ihm stammte. Nach der notärztlichen Versorgung sei

Strohkämper mit dem Rettungshubschrauber zum Klinikum Aachen geflogen worden. »Alle ärztliche Kunst war vergebens, der Unterschenkel musste entfernt werden.«

Immerhin war er etwas schlauer geworden, dachte sich Böhnke. Wenn er die Fakten herausfilterte, schien es, als sei der Fußballer unbegleitet auf einem Rennrad unterwegs gewesen und habe dabei einen Unfall erlitten. Eine Frage blieb, die ihn mehr interessierte als die Umstände des Unfalls und das Leid des jungen Mannes: Woher kannte Lieselotte ihn?

Die Zeitung würde ihm bei der Suche nach einer Antwort nicht weiterhelfen, glaubte Böhnke. Oder doch? Er stieß auf einen weiteren, kleinen Artikel, einen Beisteller zu diesem großen Bericht, den er beinahe überlesen hätte.

Alexander Strohkämper, Sohn russlanddeutscher Übersiedler, hatte als Kind zunächst beim SV Vaalserquartier und danach beim SC 09 Erkelenz gekickt, war dann von der Alemannia aus Aachen als talentfrei abgelehnt worden und zu Borussia Mönchengladbach gewechselt. Dort hatte er vor der letztjährigen Saison einen Profivertrag unterzeichnet, der im nächsten Jahr, im Jahr der Fußballweltmeisterschaft, auslaufen würde. Endlich fiel es Böhnke ein: Lieselotte hatte vor etlichen Jahren eine nach Aachen übergesiedelte Russlanddeutsche als Reinigungskraft eingestellt. Die Frau hatte gekündigt, weil sie mit ihrer Familie umziehen wollte. Erkelenz war das Ziel gewesen, wie sich Böhnke glaubte zu erinnern, weil es in der Kleinstadt nahe Mönchengladbach eine größere Ansiedlung von Spätaussiedlern gab.

Er lehnte sich zufrieden zurück. Damit war auch diese Frage geklärt.

# 2. KAPITEL

Sascha sei der Sohn von Ludmilla, und Ludmilla sei Reinigungskraft bei ihr gewesen, bestätigte Lieselotte schmunzelnd nach ihrer Rückkehr am Abend: »Ich habe mir gedacht, dass du den ganzen Tag darüber grübelst, woher ich den Jungen kenne. Er war ein kleines Kind, als Ludmilla ihn mit in die Apotheke brachte. Mehr weiß ich nicht über ihn.« Sie schubste Böhnke ins Schlafzimmer. »Jetzt ist genug mit Sascha und Ludmilla, jetzt bereiten wir uns auf Ismaele und Fenena vor, mein Lieber.«

»Ich denke, wir gehen zu Nabucco«, wandte Böhnke ein.

»Kunstbanause«, schalt ihn Lieselotte liebevoll und reichte ihm Anzug, Hemd und Krawatte, die sie aus dem Kleiderschrank geholt hatte. »Zieh dich mal vernünftig an. Wie du jetzt gekleidet bist, nehme ich dich nicht mit auf die Burg.«

Böhnke hatte an seiner Kleidung nichts auszusetzen. Er fand, seine Jeans und das karierte Flanellhemd standen ihm gut. Sie waren bequem, robust, alltäglich und passten zum ländlichen Huppenbroich. Aber er kam Lieselottes Wunsch bereitwillig nach.

Sie musterte ihn wohlwollend, als er in angemessener Kleidung vor ihr stand. »Wer sagt's denn? Du bist mit deinen kurzen, grauen Haaren ein richtig attraktiver Mann, wenn du die passenden Klamotten anziehst.«

»Ich bin ein alter, kranker Mann, der in Ruhe die Restzeit seines Lebens genießen will«, widersprach Böhnke des Widersprechens willens.

»Und ich bin eine alte Schachtel, was?« Lieselotte lachte ihn an. »Außerdem, wer in die Oper will, kann sich nicht kleiden wie ein Waldarbeiter auf dem Weg zum Holzfällen.«

»Du bist schön«, entgegnete Böhnke. Niemand sah Lieselotte die schwere, inzwischen überstandene Verletzung und ihr Alter an. Die große, schlanke Frau mit den mittellangen, braungefärbten Haaren in dem schicken Hosenanzug ging für Anfang 50 durch, obwohl sie die 60 bald erreichen würde. Die Frisur war die einzige Veränderung, die sie nach dem dramatischen Geschehen vor einem Jahr an sich vorgenommen hatte. Die graue Kurzhaarfrisur hatte einer neuen Haarpracht weichen müssen. Jetzt erinnerte sie Böhnke noch mehr an die Zeit ihres Kennenlernens vor mehr als drei Jahrzehnten.

»Na dann, auf in den Kampf«, sagte er entschlossen, als sie festlich gekleidet zum Auto strebten.

»Du bist in der falschen Oper«, mahnte Lieselotte milde. »Heute wird Nabucco aufgeführt, nicht Carmen.«

Ob bei dem Musikgenuss von Monschau Klassik oder von Monschau Festival die Rede war, war Böhnke ziemlich schnuppe. Er hatte einen vergnüglichen Abend auf der Burg erlebt mit einer Opernaufführung, die Appetit auf mehr machte. Selbst das Wetter hatte mitgespielt. Es gab einen lauen Augustabend, und er brauchte nicht, wie er es schon auf der steilen Stahlrohrtribüne vor der Freilichtbühne mitgemacht hatte, vor Kälte zu zittern und zu bibbern, weil sich mit dem Verschwinden der Sonne die Wärme verflüchtigt hatte und die Kälte aus dem schattigen Rurtal hinauf zur Burg kroch. Alles war gut gewesen. Nabucco war seine Lieblingsoper von Verdi geworden, nachdem er im Schlepptau von Lieselotte mehrere Aufführungen von Verdi-Opern in Aachen, Lüttich, Maastricht und Köln miterleben durfte. Vielleicht lag es daran, dass es am Ende gut ausging und nicht wie bei Rigoletto oder Aida das Sterben beklagt werden musste.

Lieselottes gute Laune hatte ihn angesteckt. Er hatte bereitwillig ihrem Vorschlag zugestimmt, sich unten im Städtchen ein Glas Wein zu genehmigen, zumal sie ohnehin mit dem Shuttlebus vom Berg hinab ins Tal zum Parkhaus an der Seidenfabrik fahren mussten. Sie waren an der Rur entlang in den Stadtkern geschlendert und hatten sich auf dem von Fachwerkfassaden geschmückten Marktplatz vor einem Restaurant niedergelassen. Erstaunlicherweise war es trotz der Wassernähe und des späten Abends mild, ein seltenes Ereignis im dicht bebauten Tal, in dem die Sonnenstrahlen etwas später kamen und früher verschwanden. Viele Menschen hatten die Gunst der Stunde genutzt und genossen frohgelaunt den Moment.

Es war bereits weit nach 23 Uhr, als Lieselotte zum Aufbruch bat. Die Apotheke verlangte ihr rechtzeitiges Erscheinen. Die ersten Kunden warteten meistens schon vor der regulären Öffnungszeit. »Der Schlaf vor Mitternacht ist der beste, und ich brauche meinen Schönheitsschlaf«, hatte sie gesagt und sich bei Böhnke auf dem Weg zum Parkplatz eingehakt.

Ihre Hochstimmung hielt an, als er aus dem Talkessel hinaus nach Imgenbroich auf der Höhe und von dort in Richtung Simmerath fuhr. Gemeinsam summten sie die Melodie des Gefangenenchores. Nichts konnte ihre gute Laune trüben. Der neue Corsa hätte den Weg wahrscheinlich von selbst gefunden: an der Kreuzung Am Gericht nach rechts und dann nach ein paar hundert Metern nach links auf die schmale, unbeleuchtete Straße nach Huppenbroich. Am wolkenlosen Himmel strahlten die Sterne, der Vollmond sorgte für Helligkeit. Für seine Verhältnisse forsch lenkte Böhnke den Kleinwagen über das schmale, dunkle Asphaltband. Nur noch ein paar Meter bis zum Ortseingang und dann nicht mehr weit bis zu ihrem Häuschen an der Kapellenstraße. Er freute sich schon auf sein Bett.

»Pass auf!« Lieselottes Schrei schreckte ihn auf. Er schmerzte geradewegs in den Ohren, so laut und schrill hatte er getönt. Böhnke trat voll in die Bremse, ohne im ersten Moment zu wissen, warum. Der angsterfüllte Schrei von Lieselotte hatte ihn dazu veranlasst. Erst danach wurde ihm der Grund dafür gewahr. Vor ihm taumelte eine dunkle Gestalt an der Beifahrerseite an der Straße entlang, mal ein wenig auf dem Grünstreifen, dann wieder mehr auf der Fahrbahn. Nicht einmal einen Meter vor dem Menschen brachte Böhnke den Wagen zum Stillstand. Fast zeitgleich brach der nächtliche Spuk auf zwei Beinen zusammen und blieb unmittelbar vor der Stoßstange liegen.

Warnblinkanlage einschalten, Zündung unterbrechen, Handbremse ziehen, mechanisch erledigte Böhnke die Handgriffe. Im Handschuhfach griff er nach der lichtstarken Taschenlampe, ehe er Lieselotte folgte.

Sie hatte sich neben einen zitternden und keuchenden jungen Mann gehockt. Der Schweiß floss ihm aus allen Poren, sein Trainingsanzug war schmutzig und durchnässt. Krauses Haar umgab das ausgemergelte Gesicht, in dem zwei große Augen vom Schein der Taschenlampe geblendet wurden. Der Mann war dunkel wie die Nacht, allem Anschein nach ein Schwarzafrikaner.

Ob es ihm gutgehe? Ob sie ihm helfen können?

Lieselottes Fragen blieben unbeantwortet. Der Mann verstand sie nicht.

»Was machen wir mit ihm?«, fragte Lieselotte. »Wir können ihn doch nicht hier liegen lassen.«

»Selbstverständlich nicht.« Böhnke betrachtete konzentriert den erschrockenen Mann, der sich auf der Erde zusammengekrümmt hatte und Worte wimmerte, die er nicht verstand. Augenscheinlich war der nicht einmal 20-Jährige unverletzt, seine Gliedmaßen waren nicht unnatürlich abgewinkelt, Blut war nicht geflossen. Der Mann war wahrscheinlich restlos am Ende seiner Kräfte.

»Wir könnten den Notarzt rufen«, schlug er vor.

»... und müssen dann stundenlang warten, bis jemand aus Aachen kommt«, fiel ihm Lieselotte ins Wort. »Du weißt doch, dass der Notdienst eine Katastrophe geworden ist. Darauf habe ich keinen Bock. Der junge Mann braucht keinen Arzt.«

»Okay. Dann informiere ich die Polizei. Die soll sich um ihn kümmern.«

»Non.« Der Dunkelhäutige hob abwehrend die Hände. Der Hinweis auf die Polizei hatte ihn aufschrecken lassen. Mühsam rappelte er sich auf. Er wollte tatsächlich weitergehen. Böhnke verstand nicht, was er sagte.

»Pas meurtrier«, stammelte der Mann, der fast noch ein Junge war, bevor er erneut zusammenbrach und auf den Grünstreifen stürzte. »Pas meurtrier.«

# 3. KAPITEL

»Pas meurtrier. Pas meurtrier. Pas meurtrier.« Ununterbrochen stammelte der Mann die Worte vor sich hin.

Lieselotte und Böhnke hatten ihn in die Mitte genommen und schleppten ihn mehr, als sie ihn stützten, zu ihrem Haus.

»Pas meurtrier. Pas meurtrier.«

»Französisch«, sagte Lieselotte. »Der spricht Französisch.« Als sie den Mann auf Deutsch angesprochen hatte, hatte er nur mit dem Kopf geschüttelt.

»Pas comprends«, hatte er gestottert.

»Der versteht uns nicht«, hatte sie schnell erkannt. Die wenigen Brocken ihrer Französischkenntnisse reichten für die Übersetzung gerade noch aus. Wenn sich in ihre Apotheke Belgier verirrten, die kein Deutsch oder Flämisch, sondern nur Französisch sprachen, musste sie immer eine Kollegin hinzurufen. Doch hier war sie auf sich allein gestellt. Böhnke konnte Deutsch und ein wenig Englisch. Die französische Sprache, die war ihm zu kompliziert, ihm so wenig geheuer wie die Vorliebe der Franzosen für Austern, Gänsestopfleber oder Froschschenkel.

Kraftlos ließ sich der Mann ziehen. Es dauerte Minuten, bis sich sein Atem beruhigt hatte und er in einen Gleichschritt verfallen war. Er ließ seine beiden Retter gewähren, solange sie nicht die Polizei informierten.

Den Gedanken daran hatte Böhnke rasch verworfen. Seine ehemaligen Kollegen würden den jungen Mann einsacken, ins Krankenhaus einliefern und am nächsten Morgen die Ermittlungen aufnehmen. Und das erst, nachdem er und Lieselotte wahrscheinlich eine geschlagene Stunde auf die Ordnungshüter gewartet hätten. Da schien es ihm sinnvoll, den Mann mitzunehmen und am Morgen weiterzusehen. Es hätte viel Mühe bereitet, den Dunkelhäutigen in den Corsa zu hieven, da war es der einfachere Weg, mit ihm im Schlepptau zu Fuß zum Haus zu gehen. Den Wagen würde in dieser Einsamkeit niemand entwenden, wenn er eine Zeitlang unbeaufsichtigt am Straßenrand der wenig befahrenen Strecke abgestellt war. Vorsichtshalber ließ Böhnke die Warnblinkanlage aktiviert.

Die angebotene Wasserflasche hatte der Mann in einem Zuge geleert. Auch die zweite hatte nicht lange Bestand. Lieselotte hatte ihm Brote serviert, die er rasend schnell verschlang.

Böhnke hatte schweigend neben dem schlanken, sportlich wirkenden Jüngling gesessen und ihn beobachtet. Ihr Gast wirkte dankbar, er schien ihre Hilfsbereitschaft nicht für selbstverständlich anzusehen, sondern als Geschenk. Das »Merci« kam ihm mehrfach über die Lippen, was Lieselotte lächeln ließ.

Sie hatte Böhnke angeblickt und ihm flüsternd zu verstehen gegeben: »Das ist ein Guter. Der tut uns nichts.« Aus dem Gästezimmer hatte sie einen Bademantel und Handtücher geholt. Winkend forderte sie den Mann auf, ihr zum Bad zu folgen. Er könne duschen, signalisierte sie ihm mit verständlichen Gesten, und danach schlafen.

»Merci, merci«, stammelte der Mann, überwältigt von der Selbstverständlichkeit, mit der Lieselotte ihm half. »Pas meurtrier«, schob er hinterher, ehe er im Bad verschwand.

Er könne unbesorgt den Wagen holen, gab Lieselotte Böhnke mit auf den Weg. Sie käme mit dem Jungen klar. Und wenn er sich nicht benehmen würde, würde sie ihn mit dem Elektroschocker traktieren. Der Elektroschocker, das war die zweite Veränderung in ihrem Leben nach dem Attentat vor gut einem Jahr. Andere Frisur, aktive Selbstverteidigung – das waren Teile ihres neuen Selbstverständnisses geworden.

Als Böhnke wenige Minuten später in den Hühnerstall zurückkehrte, saß Lieselotte allein im Wohnzimmer, in dem vor etlichen Jahren noch Hühner auf der Stange gehockt hatten. Lieselotte und er hatten das alte Gemäuer, das nach dem Zweiten Weltkrieg als Hühnerstall gedient hatte, komplett entkernt und zu einem Wohnhaus umgebaut, gedacht als Feriendomizil und Alterswohnsitz, inzwischen aber dauerhafte Bleibe des Pensionärs, während Lieselotte üblicherweise in der Woche in Aachen wohnte. An den ehemaligen Hühnerstall erinnerte nichts mehr, nur der Name war geblieben und sorgte gelegentlich für Erheiterung, wenn sie in einer Unterhaltung mit Unwissenden davon sprachen, sie würden in einem Hühnerstall leben.

»Wo hast du unseren neuen Mitbewohner gelassen?«, fragte er um sich blickend.

»Der pennt«, antwortete Lieselotte salopp. »Ich habe dem das Gästebett gezeigt, er ist reingefallen und auf der Stelle eingeschlafen. Vorsichtshalber habe ich die Zimmertür abgeschlossen. Er wird uns heute Nacht nicht behelligen.«

Sie nahm die Zeitung in die Hand. »Fand ich interessant: Als er den Bericht mit dem Bild von dem Fußballer gesehen hat, hat er gestrahlt und fast schon bewundernd ›Sascha‹ gesagt. Der kennt den.«

Sie schaute Böhnke ernst an. Sie habe lange in ihrem Gedächtnis gekramt, bis sie dahintergekommen war. »Weißt du, was er uns mit seinem ›Pas meurtrier‹ sagen wollte?«

»Du wirst es mir sagen, da habe ich keine Zweifel.«

»Ich bin kein Mörder.«

## 4. KAPITEL

Böhnke war es nicht geheuer, dass sich der junge Mann in ihrem Haus aufhielt, obwohl er zugleich einräumen musste, dass er es so gewollt hatte. Schlaflos lag er neben Lieselotte. Er bedauerte, dass der Abend, der so harmonisch verlaufen war, so unbefriedigend enden musste. Aber es war nicht zu ändern. Die Oper hatte längst keinen Platz mehr in seinen Gedankengängen. Er dachte an den Gast, den sie sich aufgehalst hatten, und an dessen immer wiederkehrende Beteuerung, er sei kein Mörder. Und was hatte dieser Typ, der offensichtlich auf der Flucht gewesen war, mit einem deutschen Fußballer zu tun, der zwar noch lebte, aber sportlich tot war?

Seine Zweifel, ob er den Jüngling alleine im Haus lassen

könne, hatte Lieselotte beschwichtigend zurückgewiesen. »Der ist harmlos. Der ist froh, dass er lebt.«

Ob er tatsächlich noch lebte? Hinter der verschlossenen Tür zum Gästezimmer war es still.

Er solle ihn schlafen lassen, empfahl Lieselotte.

»Und wenn ich vom Einkauf zurück bin, hat der die Tür eingeschlagen und uns die Hütte leergeräumt«, entgegnete Böhnke unbehaglich.

»Na und?« Lieselotte lachte ihn an. »Hier ist doch nichts, das er gebrauchen oder zu Geld machen könnte. Der stiehlt vielleicht die Küchenmesser, aber dann wüssten wir, dass wir mit seinem ›pas meurtrier‹ nicht so sicher sein könnten.« Sie küsste Böhnke und eilte zu ihrem Auto. »Halte mich auf dem Laufenden, ich komme erst am Samstag wieder.«

Das fehlte ihm noch. Er hatte den Mann am Hals, mit dem er sich nicht unterhalten konnte, und Lieselotte machte sich aus dem Staub. Unbehaglich machte er sich an die Hausarbeit, immer horchend, ob sich im Gästezimmer etwas regte. Der Kerl brachte seinen Alltag durcheinander. Normalerweise würde er sich um diese Zeit auf den Einkaufsbummel in Simmerath machen, aber er wollte das Haus nicht unbeaufsichtigt lassen. Wer weiß, was der Krauskopf in seiner Abwesenheit anstellte?

Unzufrieden mit der Situation wandte sich Böhnke der Tageszeitung zu. Der verunfallte Kicker war kein Thema mehr für die Titelseite. Erst im Sportteil fand Böhnke die hinweisende Überschrift: ›Statt Weltmeister Sportinvalide‹. Trainer, Mannschaftskameraden, Freunde gaben Kommentare zu Saschas Unfall ab. Danach war der junge Mann nicht nur ein überragendes Talent gewesen, sondern auch eine grundehrliche Haut und trotz seines jungen Alters beliebt und geschätzt. Böhnke war überrascht, dass nicht nur der deutsche Bundestrainer zu Wort kam. Auch der Trainer der russischen Nationalmannschaft äußerte seine Betroffenheit. Erst am Ende des Artikels fand Böhnke den Grund dafür. »Strohkämper hatte sich noch nicht definitiv entschieden, ob er für Deutschland oder für Russland bei der Fußballweltmeisterschaft aufläuft. Jetzt ist das Ringen zwischen den beiden Verbänden um den Ausnahmespieler auf tragische Art beendet worden. Sascha wird nie wieder auf einem Fußballplatz stehen.«

Bebildert war der Text mit einem Foto, das einen kleinen, blonden, fast noch pausbäckigen Mann im Trikot der deutschen Nationalmannschaft zeigte, der frech in die Kamera grinste. ›Sascha Strohkämper: Vor zwei Wochen hatte er seinen letzten Einsatz für Deutschland‹, stand darunter.

Das Klackern der Türklinke und das anschließende leise Klopfen machte Böhnke hellhörig. Langsam näherte er sich dem Gästezimmer, angespannt öffnete er die Tür. Er schaute in das hagere Gesicht des jungen Schwarzafrikaners, der ihn verlegen anlächelte. Dessen »Merci« verstand Böhnke, der kopfnickend zur Seite trat.

Ruhig und bedächtig trat der unbekannte, nur mit einer Unterhose bekleidete Gast hinaus und ging zum Badezimmer. Er war schlank, athletisch, groß gewachsen, durchtrainiert. Wenn der Kerl gewalttätig werden würde, hätte er keine Chance. Da war er zu alt, zu schwach, in allen körperlichen Belangen unterlegen.

Geduldig wartete er am Küchentisch. Er hörte das Rauschen der Toilettenspülung, das Wasserprasseln in der Dusche. Es konnte nicht mehr lange dauern, bis sein Gast zu ihm kommen würde.

Lieselotte hatte Kleidung bereitgelegt, einen Sportanzug, ein Shirt, Unterwäsche; Sachen, die Böhnke in seiner Reha getragen und danach nicht mehr angerührt hatte.

Der junge Mann hatte sie gerne angenommen, obwohl sie ihm zu groß waren. Die Hose und auch das Shirt hingen sehr luftig an seinem Körper. Böhnke bot dem Mann einen Stuhl an und forderte ihn gestenreich auf, zu essen und zu trinken.

Der Jüngling wirkte nicht unsympathisch, gestand sich Böhnke ein. Langsam fand er Interesse und auch ein wenig Spaß an dem Geschehen, er war gespannt, wie es sich entwickeln würde.

»Toni.« Kauend zeigte der Gast auf sich. »Toni.«

Endlich hatte er einen Namen. Böhnke erinnerte sich am Robinson Crusoe und Freitag. ›Du Toni, ich Böhnke‹, hätte er fast gesagt. Aber er hielt sich zurück. Er nickte und streckte seine Hand über den Tisch aus. »Hallo, Toni.«

Dankbar griff Toni zu. Er strahlte. Sein Händedruck war fest, aber nicht unangenehm. »Toni, pas meurtrier. Ami.«

»Okay, Toni, mein Freund.« Böhnke war aufgestanden und legte dem Gast die Hand auf die Schulter. »Ami.«

Sie lachten sich an.

»Je tien à remercier pour l'aide«, sagte Toni. Aber er winkte ab, als er Böhnkes verständnislosen Blick erkannte. »Merci, mon ami.«

Toni schien nicht dumm, dachte sich Böhnke. Der hatte sofort kapiert, dass ich ihn nicht verstehe, und auf einfache Art versucht, mit ihm zu kommunizieren.

»Smartphone?«

Sicher, er hatte ein Smartphone, dachte sich Böhnke. Aber er würde es nicht abgeben. Später vielleicht, jetzt nicht. Er schüttelte verneinend den Kopf.

»Internet?«

Nicht im Hühnerstall. Da funktionierte nur der Festnetzanschluss des Telefons. Wenn die Zeit reif war, würde er mit Toni vielleicht zu Billas Haus gehen. Dort, im Haus der Stiftungen, hatte er Zugang zum weltweiten Netz. Erneut verneinte Böhnke. Er zeigte auf das Telefongerät. Wenn er wolle, könne er damit anrufen, versuchte er Toni durch Gesten deutlich zu machen. Aber er wusste nicht, ob der ihn verstand.

Wie konnte er Toni verdeutlichen, dass er zum Einkauf wolle? Böhnke zog seine Jacke über, nahm den Jutebeutel und stellte eine leere Wasserflasche hinein. Er müsse gehen, Toni solle im Haus bleiben – ob der junge Mann seine Handzeichen richtig deutete, wusste Böhnke nicht.

Toni nickte bloß, ging zur Haustür, zog den Schlüssel ab, um ihn Böhnke zu geben. Er deutete an, Böhnke solle von außen abschließen, und er lachte, als er in dessen verdutztes Gesicht sah. »Je vais rester ici et attendre.«

Ehe sich der Kommissar versah, befand er sich vor dem Haus. Kopfschüttelnd machte er sich auf den Weg nach Simmerath, nicht absolut davon überzeugt, nach seiner Rückkehr seine Wohnung unversehrt und Toni überhaupt wiederzusehen.

Die Einkäufe waren schnell erledigt: Brot, Käse, Wurst, Äpfel und Aprikosen. Sollte er für Toni was Besonderes mitnehmen? Böhnke entschied sich dagegen. Wer weiß, wie lange der Junge bei ihm bleiben würde. Als er das Schild der Buchhandlung sah, kam ihm die Idee, ein deutsch-französisches Wörterbuch zu erstehen. Für alle Fälle und insbesondere dann, wenn sie sich im Hühnerstall aufhielten. Wenn er Toni einmal mit in Billas Haus nehmen würde, könnte er mit ihm mittels eines Übersetzungsprogramms im Internet kommunizieren.

Eine freundliche, tiefe Männerstimme sprach ihn an der Kasse von hinten an. »Wollen Sie etwa auf Ihre alten Tage noch Französisch lernen, Herr Böhnke?« Die Stimme gehörte einem der beiden Bezirksbeamten, die auf der Polizeistation Simmerath Dienst schoben.

»Kann man immer gebrauchen hier nahe der belgischen Grenze, Herr Krimmpich.« Freundlich reichte Böhnke dem ehemaligen Kollegen die Rechte. Ehe er sich versah, war er in ein Gespräch verwickelt, in dem sich Krimmpich über die aus seiner Sicht fatalen Entwicklungen im Aachener Polizeipräsidium und den immer schlechter werdenden Personalschlüssel bei der Besetzung der Dienststellen beklagte. »Wir werden immer älter und die Gauner immer jünger. Die lachen sich schlapp, wenn wir hinter ihnen herlaufen.«

Noch ein paar Sätze, und Krimmpich fing von seiner näher kommenden Pensionierung an, stöhnte Böhnke. Aber er wollte nicht unhöflich sein und hörte zu.

Doch überraschte ihn Krimmpich. »Jetzt suchen wir gerade einen jungen Sportler, der auf der Flucht ist.«

»So?« Böhnke hatte Mühe, einen zwar interessierten, aber nicht neugierigen Gesichtsausdruck zu zeigen.

»Ja, einen jungen Schwarzafrikaner. Die Kollegen aus Eupen haben uns um Amtshilfe gebeten.«

»Was hat er denn ausgefressen?«

»Mord«, antwortete der Bezirksbeamte lakonisch. »Der Junge soll vor ein paar Tagen seinen Fußballtrainer erstochen haben. Nach der Tat ist er abgehauen. Die belgischen Kollegen wollen nicht ausschließen, dass er über die Grenze nach Deutschland geflüchtet ist. Aber ich kann es mir nicht so wirklich vorstellen. Er spricht nur Französisch. Da kann er in Luxemburg oder Frankreich besser untertauchen als in Deutschland.«

»Und dort fällt er wegen seiner Hautfarbe wahrscheinlich weniger auf als bei uns«, fügte Böhnke hinzu.

»So ist es«, bestätigte Krimmpich. Er tippte zum Zeichen des Abschieds mit dem Zeigefinger gegen seine Mütze.

»Wenn Sie ihn zufälligerweise sehen sollten, weil er Ihnen bei einem Spaziergang über den Weg läuft, können Sie ihm ja sagen, er solle sich bei uns melden.« Krimmpichs Lachen klang bitter. »Wir kriegen ihn eh nicht eingefangen. Vielleicht hört er ja auf Sie, Herr Böhnke.« Er deutete auf das Wörterbuch. »Sie können ihm ja auf Französisch verklickern, dass wir ihn festnehmen wollen.«

»Hat der Flüchtende auch einen Namen?« Böhnke schob die Frage schnell hinterher, bevor er an der Kasse Platz machte.

»Antoine Mukunumunu, kurz Toni genannt.«

Toni ein Mörder? War es bei diesem Vorwurf nicht sinnvoll oder gar dringend geboten, ihn seinen Kollegen zu melden? Böhnke war sich unschlüssig. Auf dem Heimweg durchs Tiefenbachtal nach Huppenbroich ging er seinen Gedanken nach. Entweder war der Junge abgebrüht und kalt wie eine Hundeschnauze und spielte ihm etwas vor, oder er war tatsächlich kein Mörder. Sein Bauchgefühl sagte Böhnke, dass Toni nicht zum Mörder taugte. Andererseits suchte man ihn international.

Als Böhnke nach dem steilen Anstieg am ehemaligen Löschteich wieder zu Atem gekommen war, stand seine Entscheidung fest. Er würde seinen Freund Tobias Grundler mit ins Boot holen. Kurzentschlossen bog er nach links ab. In seinem Büro, wie er das Schreibzimmer in Billas Haus nannte, würde er Grundler in einer Mail in Kenntnis setzen und um einen Besuch am Abend bitten. Sowohl der tatsächliche Briefkasten an der Hauswand als auch der virtuelle im Netz war leer. Niemand hatte Informationen für die Stiftungen, niemand wollte Geld für Projekte. Eine Erbschaft von Grundlers Lebensgefährtin und die großzügigen Spenden eines Aachener Industriellen hatten die Basis für zwei Stiftungen gelegt, mit denen zum einen Schulprojekte in Afrika und zum anderen soziale Projekte in der Region unterstützt wurden. Nachdem sie Billas Haus in Huppenbroich erworben hatten, war es Böhnkes Aufgabe geworden, als ehrenamtlicher Geschäftsführer zu fungieren; immerhin hatte er den kürzesten Weg von allen in der Stiftung Tätigen. Böhnke nutzte diesen Umstand ungeniert zu seinen Zwecken. Denn Internetzugang und E-Mailnutzung waren hier im Gegensatz zu seiner Wohnung gegeben. Warum sollte er dort den teuren technischen Aufwand betreiben, wenn er hier bequem und kostengünstig seine Zwecke verfolgen konnte?

›Antoine Mukunumunu‹, gab er als Begriff in die Suchmaschine ein. Er benötigte einige Versuche, bis er die richtige Schreibweise gefunden hatte. Er erhielt nur einige wenige Ergebnisse, die allesamt in Französisch geschrieben waren. Dem Anschein nach schien der junge Mann tatsächlich Fußballspieler zu sein. Darauf wiesen die wenigen Fotos hin, die ihn in einem Trikot oder auf einem Sportplatz zeigten. Über einen Fahndungsaufruf oder gar eine Verwicklung in einen Mord gab es keine Informationen. Entweder war das Ergebnis seiner Suche nicht aktuell oder der Junge stand nicht im Fokus von polizeilichen Ermittlungen. Dagegen sprach allerdings Krimmpichs Wissen. Böhnke verspürte wenig Lust, sich intensiver mit den Dateien zu beschäftigen und leitete die Hinweise in seiner Mail an Grundler weiter, bevor er sich vom Rechner verabschiedete und auf den Heimweg machte.

Er war gespannt, ob Toni auf ihn wartete. Je näher er der Haustür kam, umso mehr wuchs seine Überzeugung, dass er das Haus nicht leer vorfinden würde.

Seine Ahnung hatte ihn nicht getrogen.

Toni war aufgesprungen und kam ihm lachend entgegen, als er die Wohnung betrat.

Böhnkes kurzer Rundblick ließ keine Veränderung der Einrichtung erkennen. Anscheinend hatte Toni die gesamte Zeit am Tisch gesessen.

Jetzt packte ihn der junge Mann am Arm und zog ihn in die Küche. Er hatte die gestrige und die aktuelle Tageszeitung auf dem Tisch ausgebreitet und alle Artikel markiert, die sich mit Alexander Strohkämper beschäftigten. Toni zeigte aufgeregt auf das Foto. »C'est Sascha. Mon ami. Qu'est-ce lui est arrivé?«

# 5. KAPITEL

Auf die Antwort auf seine Frage musste Toni bis zum Abend warten, bis Grundler und dessen Partnerin Sabine in Huppenbroich erschienen.

»Wenigstens eine, die französisch spricht«, meinte Grundler grinsend, als er Böhnke herzlich begrüßte. »Wie immer siehst du aus wie das strahlenden Leben.«

»Und wie immer bist du der große Heuchler«, knurrte Böhnke zurück, während er sich von dem großen, schlanken Mann abwandte, um Sabine zu umarmen. Ohne die Frau, die in seiner Kanzlei die organisatorischen Fäden in der Hand hielt, wäre Grundler wahrscheinlich im Chaos versunken. Sie hielt ihm den Rücken frei, wenn er in seiner Funktion als Rechtsanwalt vor und außerhalb des Gerichts wirbelte.

»Endlich mal ein attraktiver Mensch in dieser Runde«, sagte Böhnke. Er drückte die Blondine fest an sich. »Schön, dass du mitgekommen bist.«

Sabine lachte. »Lieselotte hat mich schon eingeweiht, dass ich es mit Sprachbanausen zu tun habe. Da kann ich euch nicht im Regen stehen lassen.« Sie wandte sich dem verlegen neben ihnen stehenden Toni zu und begrüßte ihn freundlich auf Französisch.

»Wie geht's dir?«, fragte Grundler seinen älteren Freund.

»Dank dir ganz gut, Tobias«, antwortete Böhnke bedächtig. Ohne Grundler würden Lieselotte und er längst nicht mehr leben. Nachdem sie sich damals gestritten hatten und Grundler beleidigt abgezogen war, hatte sich dieser besonnen und war von Billas Haus zurück zum Hühnerstall gefahren. So hatte er noch mitbekommen, dass Böhnke in Lieselottes Wagen mit einem Fremden auf dem Beifahrersitz von der Kapellenstraße in Richtung Tiefenbachtal abgebogen war. Er war dann zur Wohnung gefahren und hatte dort die blutüberströmte, durch mehrere Schüsse schwerverletzte Lieselotte gefunden. Der von ihm alarmierte Notarzt hatte auf dem Weg vom Simmerather Krankenhaus nach Huppenbroich das Wrack entdeckt, in dem der bewusstlose Böhnke eingeklemmt war, und einen Kollegen informiert.

Die Polizei hatte damals zwar pro forma Ermittlungen aufgenommen und gegen Böhnke wegen des Verdachts der fahrlässigen Tötung ermittelt, da in dem von ihm gesteuerten Wagen bei dem Unfall der Beifahrer gestorben war. Aber diese Ermittlungen waren schnell eingestellt worden, weil niemand Böhnke ein Verschulden anlasten wollte.

Seit dem Unfall, der tatsächlich ein Tötungsversuch gewesen war, war die Beziehung zwischen Böhnke, Lieselotte, Grundler und Sabine noch inniger geworden. Man war quasi eine Familie, in der jeder seine Rolle spielte.

»Willst du eigentlich nicht wissen, was es mit Antoine Mukunumunu auf sich hat?« Wie selbstverständlich hatte Sabine Tee aufgebrüht. Nun saßen die vier am Küchentisch.

»Du wirst es mir verraten«, antwortete Böhnke. Er konnte sich ein Schmunzeln nicht verkneifen, als Sabine Grundler wirsch zu verstehen gab, dass er schweigen soll. Der Mann hatte bestimmt eine flapsige Bemerkung machen wollen.

»Ich habe recherchiert, nachdem ich deine Mail gelesen habe.« Sabine holte aus ihrer Schultertasche einige Papiere. »Ist aber alles auf Französisch.« Es sei daher sinnvoll, wenn sie berichte. »Also, für mich ergibt sich folgendes Bild, wenn ich deine Hinweise und die von mir heute ausgewerteten Zeitungsberichte aus Belgien zusammenfasse.« Sie hatte zunächst Böhnke angeschaut, um sich dann Toni zuzuwenden.

»Antoine Mukunumunu, kurz Toni, ist wahrscheinlich 18 Jahre alt.« Böhnkes Stirnrunzeln deutete sie richtig. »So genau kann ich sein Alter nicht datieren. Laut meinen Unterlagen soll er 18 Jahre alt sein, er kann aber auch 17 oder 19 sein. Okay.« Sabine schnaufte durch. »Toni ist Mitglied eines Fußballinternats, das ein gewisser Jean-Marie Pfifferlin in der Nähe von Eupen betreibt. Pfifferlin ist Trainer, Berater, Betreuer in einer Person für die Fußballer, die in seinem Internat leben. Es handelt sich fast ausschließlich um Schwarzafrikaner aus den ehemaligen belgischen oder französischen Kolonien. Sie werden von Pfifferlin ausgebildet und spielen danach bei diversen Fußballvereinen in Europa. Da sind welche Profis geworden, andere spielen in unteren Klassen.« Sabine sah sich entschuldigend um. »Mehr konnte ich auf die Schnelle nicht herausfinden.« Sie hatte in den letzten Stunden die Internetrecherche fortgesetzt und aktuelle Dateien gefunden. »Dabei habe ich die gesicherte Erkenntnis herausgefunden, dass Toni verdächtigt wird, Pfifferlin erstochen zu haben. Die Polizei fand Pfifferlin gestern Nachmittag in seiner Wohnung in Eupen. Er wurde mit einem Messer erstochen. An dem Messer befinden sich Fingerabdrücke von …«, sie zeigte auf den jungen Mann, »von Toni. Zeugen haben ihn gesehen, als er die Wohnung verließ. Als zwei Streifenpolizisten, die ihn zufällig trafen, ihn auf offener Straße in Eupen verhaften wollten, ist er geflüchtet. Die beiden Polizisten hatten keine Chance gegen den Sportler. Er hat sie abgehängt und ist verschwunden.«

»Und ist mir beinahe vors Auto gelaufen«, sagte Böhnke. Er blickte auf Toni. »Was sagt denn unser Freund dazu?«

Der Trainer hätte ihn zu einem Gespräch in seine Wohnung gebeten, berichtete Sabine. Pfifferlin habe regungslos mit dem Messer in der Brust auf dem Boden gelegen. »Toni hat dann, so sagt er jedenfalls, das Messer aus dem Körper gezogen, wohl in dem Glauben, er könne damit irgendetwas bewirken. Erst dann will er erkannt haben, dass Pfifferlin tot war. Da ist er erschrocken weggelaufen. Als er von den beiden Polizisten gesehen wurde und sie ihn riefen, ist er in Panik geraten und abgehauen.« Sabine sah nachdenklich auf die stummen Männer. »Und jetzt wird Toni von den belgischen Behörden wegen Mordes gesucht.«

»Was macht er überhaupt in dem Sportinternat?«, fragte Böhnke.

»Er will Fußballprofi werden wie so viele Jungen aus Afrika. In Europa sind die Fleischtöpfe«, mischte sich Grundler ein. »Das ist eine komplizierte Materie, die wir besser nicht erörtern. Dazu wirst du an anderer Stelle Gelegenheit haben.«

Die Bemerkung ›an anderer Stelle‹ machte Böhnke hellhörig. Was führte sein Freund im Schilde? Aber er kam nicht dazu nachzuhaken.

»Also, Toni wird wegen Mordes gesucht, er ist geflohen und hat bei dir Unterschlupf gefunden«, fasste Grundler die Fakten zusammen. »Wenn wir ihn hier verstecken, könnten wir uns wegen Verdeckung einer Straftat, Unterstützung eines Verbrechers, Behinderung der Polizeiarbeit und was auch immer strafbar machen.«

Wieder horchte Böhnke auf. Grundler hatte von ›wir‹ gesprochen, was bedeutete, dass er mit im Boot saß.

Indirekt bestätigte ihn der Anwalt. »Da ich davon ausgehe, dass Toni kein Mörder ist, sehe ich keinen Grund, ihn unverzüglich der Polizei zu übergeben.« Er rieb sich die Hände. »Das ist endlich eine spannende Aufgabe«, frohlockte er. Er schlug dem Jungen vergnügt auf die Schulter. »Toni, mein Freund, wir holen dich da raus.«

Das ging Böhnke fast schon zu schnell. Er habe noch nicht für sich entschieden, sagte er langsam, obwohl er sich längst entschieden hatte. Aber er wollte Grundler ein wenig zappeln lassen.

»Woher kennt Toni eigentlich Alexander ›Sascha‹ Strohkämper?«, fragte er Sabine in der Erwartung, dass sie die Frage an den jungen Mann weiterleitete.

Man habe in einem Trainingslager vor der Saison miteinander trainiert und gegeneinander gespielt. Da habe man die E-Mailadressen ausgetauscht und sich gegenseitig geschrieben, übermittelte Sabine. Angeblich hatte sich Sascha dafür einsetzen wollen, dass Toni bei Borussia Mönchengladbach unterkommen könnte. »Der Junge weiß noch nicht, dass Strohkämper den Unfall hatte. Er hat nur das Bild in der Zeitung gesehen.«

»Hat er im Internat mit jemandem darüber gesprochen, dass er zu seinem Trainer wollte?«

»Nein«, antwortete Sabine nach einem kurzen Gespräch mit Toni. »Pfifferlin hatte um Stillschweigen gebeten.«

»Kann er sich denn vorstellen, worum es in dem Gespräch gehen sollte?«

Wieder wurde Sabine zur Dolmetscherin. »Toni hoffte, dass es um den Vertrag mit Mönchengladbach gehen sollte.«

»Und weil der nicht zustande kam, hat er Pfifferling wutentbrannt niedergemetzelt«, folgerte Böhnke laut.

»Erstens heißt das Opfer Pfifferlin und nicht Pfifferling und zweitens ist das eine wüste Spekulation«, widersprach Grundler streng, ganz schon in seinem Element als Strafverteidiger.

Toni meldete sich schüchtern. Er habe sich verspätet, übersetzte Sabine. Er sei eine Viertelstunde zu spät gewesen.

»Weil er zu spät kam, hat er Pfifferlin ermordet.« Grundler verbarg die Ironie nicht.

Böhnke hörte darüber hinweg. »Warum hast du dich verspätet?«

Er habe noch einen Anruf bekommen. Ein Verein hätte Interesse an ihm, habe ein Spielerberater gesagt. Den Namen des Anrufers wisse er nicht. Er habe dessen Rufnummer im Verzeichnis auf seinem Handy gespeichert, das er aber bei seiner Hatz durchs Hohe Venn verloren haben muss.

Dichtung oder Wahrheit? Böhnke machte Grundlers Worte zu den seinen: Im Zweifel für den Angeklagten. »Okay, gehen wir also davon aus, dass Toni nicht der Mörder ist.« Er grinste Grundler an. »Ich werde also ermitteln und du als mein Assistent die juristische Seite abdecken.«

»Gerne. Aber nur unter einer Bedingung.«

Aha, endlich würde Grundler die Katze aus dem Sack lassen, auf die Böhnke schon gelauert hatte. Die eben beinahe beiläufig erwähnte andere Stelle würde zur Sprache kommen.

»Ich helfe dir, und du hilfst mir«, fuhr Grundler fort. »Ich habe nämlich Arbeit für dich. Du musst wegen des vermeintlichen Unfalls von Alexander ›Sascha‹ Strohkämper recherchieren.«

»Hä?«

Grundler musste über den dümmlichen Gesichtsausdruck von Böhnke lachen. »Ich habe den Auftrag, rechtliche Schritte zu prüfen, inwiefern welche Versicherung für welchen Schaden aufkommt, ob Strohkämper eine Berufsunfähigkeitsrente erhalten kann, ob er gegen seine vertraglichen Pflichten verstoßen hat, als er mit dem Rennrad fuhr, oder ob es vielleicht gar kein Unfall war.«

»Und wer ist dein Auftraggeber?«

»Du wirst ihn morgen kennenlernen, Commissario«, sagte Grundler knapp.

# 6. KAPITEL

Sabine hatte Toni vor ihrer Rückfahrt nach Aachen eingetrichtert, er habe das Haus nicht zu verlassen. Als Dunkelhäutiger würde er in dem kleinen Huppenbroich sofort auffallen. Wegen der Nähe zu Belgien müsse man davon ausgehen, dass es sich inzwischen im deutschen Grenzbereich herumgesprochen habe, dass ein junger Schwarzafrikaner als Mörder auf der Flucht sei. Um sicher zu sein, solle Toni in Böhnkes Wohnung bleiben.

Der junge Mann hatte verständnisvoll genickt, und er nickte auch, als ihm Böhnke am Morgen noch einmal gestenreich versuchte zu erklären, dass er das Haus auf keinen Fall verlassen dürfe.

Böhnke konnte nur hoffen, dass sein Appell fruchtete. Schon in Gedanken einen Schritt weiter gab er Toni das deutsch-französische Wörterbuch. »Da hast du was zu lesen.«

Gedanklich beschäftigte er sich mit dem Mann, den er in einer knappen Stunde in Aachen treffen sollte. »Der liegt auf dem Lousberg in einer Hängematte und wartet auf dich«, hatte Grundler beim Abschied am Vorabend gesagt. »Ein ehemaliger Sportjournalist. Paul Christopher ist sein Name.«

Bevor er sich auf den Weg zur Bushaltestelle an der Kapelle machte, steuerte Böhnke Billas Haus an. Seine Suche im Internet war wenig ertragreich. Nach den Einträgen in den verschiedenen Medien war Christopher gerade einmal 60 und vormals Redakteur in Aachen gewesen. Ob Frührentner oder krank, ob reich geerbt oder verarmt geschieden? Das angeblich allwissende weltweite Netz lieferte keine Informationen.

Kurzerhand griff Böhnke zum Telefon. Er mochte es nicht, einem ihm Unbekannten gegenüberzutreten, von dem er nicht wusste, wie er ihn einzuschätzen hatte.

Sein Gesprächspartner war überhaupt nicht begeistert von dem frühmorgendlichen Anruf. Für einen Journalisten sei es fast noch Mitternacht, moserte der Redakteur

Hermann-Josef Sümmerling, mit dem Böhnke gelegentlich zu tun gehabt hatte, schlaftrunken.

Böhnke überhörte das Gejammer. »Ich brauche eine Information. Wer ist Paul Christopher?«, fragte er knapp.

»Ehemaliger Kollege aus der Sportredaktion. Ein hochgradiger Alkoholiker, vor dem kein Tropfen in der Redaktion sicher war. Er liebte besonders Calvados, deshalb hatte er bei uns den Spitznamen ›Calva‹. Vor ein paar Jahren hat er für uns alle überraschend das Handtuch geworfen und fristlos gekündigt. Seitdem tingelt er durch Aachen und wird sich wohl langsam zu Tode saufen. Ab und zu treffen die Kollegen ihn bei einem Fußballspiel der Alemannia auf dem Tivoli oder beim Volleyball. Dann schreibt er wohl Berichte für andere Zeitungen, denken wir. Außerdem versucht er sich als Autor an unsäglichen Büchern, die niemand braucht und niemand lesen will.« Achtung vor dem ehemaligen Kollegen schien Sümmerling nicht zu haben. »Das ist ein Spinner und Penner, der sich den Arsch am Lousberg platt liegt. Wir wissen nicht mal, wo er wohnt.« Er lachte gehässig. »Vielleicht im Bahnhof oder auf einer Parkbank.« Es interessierte den sonst immer neugierigen Sümmerling sogar nicht, warum Böhnke ihn nach dem Mann fragte. »Sie brauchen ihm garantiert keine Grüße von mir zu bestellen, wenn Sie ihn sehen«, sagte er ungeniert gähnend zum Abschied.

Böhnke hatte seinen Zeitaufwand falsch eingeschätzt. Der ÖPNV hatte wieder eine Überraschung für ihn bereitgehalten und ihm eine saftige Verspätung eingebrockt. Mehr als eine halbe Stunde war er bereits über der vereinbarten Zeit und war immer noch nicht am Ziel. Am

Fuße des Lousbergs stehend pustete er tief durch. Er musste hinauf auf diese höchste Erhebung in Aachen bis zum Drehturm Belvedere, dort würde er auf der anderen Seite des Hügels die Fläche mit den Hängematten finden. Aber würde er dort auch auf Christopher treffen? Die dichtbelaubten Bäume auf der mit attraktiven Häusern aus den 20er Jahren gesäumten Straße spendeten ihm etwas Schatten. Rund 250 Meter hoch war der Lousberg, das wusste er inzwischen, auf ihm war der erste Landschaftspark Europas auf Initiative der Bürgerschaft gebaut worden. Oberhalb der Bebauung begann der Freizeitpark, den er während seiner Dienstzeit in Aachen allenfalls aus ermittlungstechnischen Gründen besucht hatte. Einer seiner letzten Fälle war der eines Professors gewesen, dessen Freundin 30 Jahre zuvor ermordet worden war und der mit Böhnkes Hilfe den Mord aufklären konnte. War eine merkwürdige Sache gewesen, erinnerte sich Böhnke, während er auf der Anhöhe durchschnaufte. Erwartungsvoll wanderte er zur anderen Seite und entdeckte dort tatsächlich die Hängematten. Nur eine war belegt. Kein Wunder, wer ließ sich auch schon die Sonne aus dem wolkenlosen Himmel fast zur Mittagszeit auf den Pelz brennen?

Unterhalb der schattenspendenden Matte döste ein Hund, vermutlich ein Mischling. Er blickte gespannt auf, als sich Böhnke näherte. Er wollte sich aufrichten, legte sich aber wieder hin, als ihm eine tiefe Stimme befahl: »Platz!«

Der Mann in der Hängematte wirkte unbesorgt. »Sind Sie's, Herr Böhnke?«, fragte er mit geschlossenen Augen.

»Ja, leider etwas zu spät. Ich hatte schon befürchtet, Sie nicht mehr anzutreffen, Herr Christopher.«

Ein helles, freundliches Lachen war die Antwort. »Uns läuft doch die Zeit nicht mehr davon, wir haben genug davon. Oder sind Sie etwa auf der Flucht?«

»Das nicht, aber gerne pünktlich.« Der Mann, der sich langsam aus der Hängematte schälte, irritierte Böhnke nicht nur wegen der Gelassenheit, sondern auch wegen seines souveränen und seriösen Auftretens. Er hatte schlimmstenfalls mit einem abgehalfterten Penner in zerlumpten Klamotten gerechnet oder mit einem vom Alkohol gezeichneten, zerzausten Altersgenossen mit Kleidung aus einem Second-Hand-Shop. Aber er musste sich insgeheim für seine Fehleinschätzung entschuldigen. Der zwar stämmige, aber nicht dicke Mann trug saubere Markenkleidung, hatte sein braunes Haar ordentlich gescheitelt, war glatt rasiert und schaute ihn unbefangen aus wachen Augen ins Gesicht.

»Enttäuscht, Herr Böhnke?« Christopher tätschelte den Hund, der sich neben ihn gehockt hatte.

Ehrlicherweise hätte der Kommissar die Frage bejahen müssen, er redete sich mit einer Gegenfrage raus. »Warum sollte ich?«

Christopher zuckte mit den Schultern. »Hätte ja sein können, dass Sie sich über mich bei meinen ehemaligen Kollegen informiert haben. Die hätten mich dann als Alki, arbeitslos, heruntergekommen und wer weiß was noch beschrieben.«

»Das Gegenteil scheint der Fall.« Böhnke war froh, das Gespräch in ruhiges Fahrtwasser lenken zu können.

»Das Gegenteil ist der Fall«, sagte Christopher energisch. »Seit ich den Laden verlassen habe, habe ich fast keinen Tropfen Alkohol mehr angerührt. Und wenn Sie mich nach meinem Beruf fragen, antworte ich Ihnen, ich bin

Nichtberufler oder Lustarbeiter. Gelegentlich nehme ich Aufträge an, wenn mich das Thema interessiert, ansonsten privatisiere ich und mache, was ich will.« Er setzte sich in Bewegung. »Kommen Sie, ich lade Sie zum Mittagessen ein.«

»Und wohin?« Böhnke fühlte sich unwohl, weil nicht er die Fäden in der Hand hielt, aber er würde so schnell nicht aus seiner passiven Rolle herauskommen.

»Im Klömpchensklub. Den kennen Sie doch, oder, Herr Kommissar?«

Woher sollte er den ominösen Klub kennen? »Nein. Ist es weit dorthin?«

»Für uns nicht.« Mit der Fernbedienung hatte Christopher die Heckklappe eines neben dem Drehturm geparkten SUV geöffnet. Sofort sprang der Hund hinein und rollte sich zusammen. »Dann steigen Sie mal ein«, forderte er Böhnke auf, der staunend zusah, wie sich die Flügeltüren des Wagens nach oben öffneten.

Ehe er sich versah, hatte Böhnke Platz genommen. Er bemerkte, wie sich der Wagen lautlos in Bewegung setzte.

»Ist ein Stromer«, beantwortete sein Fahrer die nicht gestellte Frage. »Von Tesla. Die deutschen Kisten kannste ja alle vergessen.«

Böhnke schwieg zu der Bemerkung. Er hatte seine eigenen Erfahrungen mit einer Tesla-Limousine gemacht und hätte sich liebend gerne eine eigene angeschafft. Aber leider reichte dafür das Geld in der Portokasse nicht. Wieso sich der selbstsichere Privatier dieses teure Elektroauto leisten konnte, würde er sicherlich erfahren, wenn sie lange genug miteinander zu tun hatten.

Christopher hatte seinen Wagen stadtauswärts über die Krefelder Straße gesteuert. Hinter dem Fußballstadion bog er links ab, um wie selbstverständlich auf einem Stellplatz zu parken, der ausdrücklich dem Vereinsvorsitzenden von Alemannia Aachen vorbehalten war.

»Sind Sie das etwa?«, fragte Böhnke.

Christophers Antwort konnte ihn nicht mehr überraschen: »Nein.« Auf sein Zeichen hin sprang der Hund aus dem Wagen und schaute ihn aufmerksam an.

»Der ist aber gut erzogen«, staunte Böhnke.

»Alles andere wäre schlecht.«

Christopher ging schnellen Schrittes rund um das Stadion bis zur Straße. Jetzt dämmerte es Böhnke endlich: Der Klömpchensklub war das Restaurant im Tivoli, die ehemalige Fan-Kneipe in der Heimstätte der erfolglosen Fußballer aus Aachen. Zielstrebig steuerte Christopher einen Tisch an der Fensterseite an. Der Hund legte sich unter einen der vier Stühle und beobachtete, wie sich sein Herr und dessen Begleiter setzten.

»Was wollen Sie von mir?« Endlich sah Böhnke die Gelegenheit, die Gesprächsleitung zu übernehmen. Sein Gegenüber hatte sich zu lange mit der Speisenkarte beschäftigt.

»Von Ihnen will ich gar nichts. Oder doch.« Christopher grinste. »Ich weiß nicht, was Ihnen Herr Grundler gesagt hat. Er hat gemeint, Sie seien der richtige Mann für mich, und er hat den Termin organisiert.«

»Worum geht es denn?« Böhnke sah nicht ein, seinen Gesprächspartner über sein eigenes Wissen aufzuklären.

»Es geht um Alexander Strohkämper. Das ist der Fußballer, der angeblich verunglückt ist. Sie haben bestimmt davon in der Zeitung gelesen?«

Böhnke nickte bestätigend.

»Also, ich glaube nicht, dass Sascha einen Unfall hatte.«

»Sondern?«

»Da hat jemand dran gedreht.« Christopher sah nachdenklich auf die stark befahrene vierspurige Ausfallstraße und den gegenüberliegenden Klotz des Finanzamtes. »Ich weiß, dass das sehr vage klingt und dass ich meine Behauptung noch nicht belegen kann. Deshalb brauche ich einen Ermittler, und Sie sollen der Beste sein, den ich laut Grundler bekommen kann.«

»Warum sollte ich Ihnen glauben respektive helfen?« Welches Interesse hatte Christopher?

Das sei sehr kompliziert, antwortete der Mann. »Für den Moment nur so viel: Ich verfolge die Karriere von Sascha schon seit Jahren. Er ist ein begnadeter Fußballer. Das ist mir schon aufgefallen, als er noch beim SV Vaalserquartier in der Jugend spielte. Ich habe die Alemannia auf dieses Juwel aufmerksam gemacht, aber sie haben meine Einschätzung nicht geteilt. Auch als Sascha mit seinen Eltern nach Erkelenz zog, habe ich seine Entwicklung bis zum heutigen Tage verfolgt.« Er arbeite an einer Art Dokumentation über die Entwicklung von Jugendfußballern zu Profis und über das Scheitern vieler Talente, erläuterte Christopher. »Sascha hatte das Zeug zum Superstar. Und …«, zum ersten Mal nippte er an dem Mineralwasser, das die Bedienung unaufgefordert gebracht hatte, »und deswegen hatte er verdammt viele Feinde. Deshalb ist es für mich nicht abwegig, dass ihn jemand ausschalten wollte.«

Ob es konkreter ginge, wollte Böhnke wissen. Er machte sich über den Kartoffelsalat mit Brühwurst her, der nun vor ihm stand.

»Später«, wiegelte Christopher ab. »Lassen wir uns nach Beweisen, Hinweisen und Indizien suchen, die für meine Vermutung sprechen. Es würde Sie nur, ehrlich gesagt, überfordern, wenn ich Sie mit allen möglichen Informationen zutexte. Mit der Zeit werden Sie alles erfahren, was Sie wissen wollen.«

Merkwürdiges Spiel, dachte sich Böhnke, aber er war bereit, dieses Spiel mitzumachen, in erster Linie, weil ihn sein Freund Tobias darum gebeten hatte.

»Okay. Ich bin dabei.« Jetzt war es an ihm, frech zu grinsen, »aber nur, wenn Sie mir in einer anderen Sache im Fußballbereich behilflich sind. Sie haben ja mehr Ahnung von der Materie als ich.«

»Nur zu.« Kauend forderte Christopher ihn auf, sein Anliegen vorzutragen.

Ausführlich berichtete Böhnke über den Mord an dem Fußballtrainer aus Belgien und den geflüchteten Spieler. Nur den eigentlichen Anlass, weshalb er selbst so großes Interesse hatte, erwähnte er ebenso wenig wie die Namen. »Haben Sie denn nichts von dem Mord mitbekommen?«

Christopher verneinte. »Wenn was im Pommesland passiert, kriegen wir in unserer Kaiserstadt doch nie was mit. Und warum soll sich die Sportredaktion unserer Zeitung mit einem belgischen Fußballmörder beschäftigen, wenn sie sich über ein deutsches Fußballopfer ausweinen kann.« Der Mann erhob sich, machte ein kurzes, grüßendes Zeichen zur Servierkraft hinter der Theke und forderte Böhnke auf, ihm zu folgen. »Wenn Sie wollen bringe ich Sie zum Bushof, zum Bahnhof oder nach Huppenbroich.«

Bushof reiche, meinte Böhnke, der nur staunen konnte, mit welcher Souveränität Christopher das Restaurant verließ, ohne ein Wort über eine Rechnung zu verlieren.

Sie standen vor dem geöffneten Stromer und warteten geduldig darauf, bis sich der Hund an einer Baumscheibe entleert hatte. Erst als das Tier sich schnüffelnd entfernen wollte, griff Christopher mit einem lauten Pfiff ein. Unverzüglich kam der Hund auf ihn zugelaufen und sprang in den Kofferraum.

»Bist schon ein Braver, Calva«, lobte ihn Christopher. Er lachte den verdutzten Böhnke an. »Wie sollte ich das Vieh denn sonst nennen? Oder meinen Sie etwa, ich hätte meinen Spitznamen vergessen? Sie können mich ruhig auch so nennen. Ich nehme es Ihnen nicht übel.«

Böhnke schwieg, bis sie vor den Bushaltestellen am Bahnhof hielten. »Kennen Sie eigentlich einen Antoine Mukunumunu ›Toni‹ genannt?«

»Den Namen habe ich noch nie gehört. Was ist mit dem?«

»Nichts.« Böhnke winkte ab. »Das soll wohl ein Freund von Alexander Strohkämper gewesen sein.«

# 7. KAPITEL

Sein ungewöhnlicher Gast hatte sich an die eindringliche Verpflichtung gehalten, wie Böhnke bei seiner Rückkehr mit einem Blick erkannte. Das kleine Blatt Papier, das er im Hauseingang aus Kontrollgründen von außen zwischen Tür und Rahmen geschoben hatte, befand sich immer noch an dieser Stelle. Toni hatte nicht einmal den Versuch unternommen, die Tür zu öffnen. Er hatte sich anscheinend während der letzten Stunden nicht vom Fleck gerührt und saß immer noch am Küchentisch. Vor sich hatte er die Tageszeitungen ausgebreitet. Darauf lag das aufgeschlagene Wörterbuch.

Mit Böhnkes Erscheinen war Toni aufgesprungen. »Guten Tag«, sagte er strahlend und streckte ihm seine Rechte entgegen. »Guten Tag.«

Böhnke schaute verdutzt, ehe er kapierte: Der junge Mann hatte sich den Gruß dank des Wörterbuchs angeeignet.

Schnell war Toni in der Toilette verschwunden, als habe er nur darauf gewartet, dass endlich jemand ins Haus zurückkehrte.

Böhnke nutzte ungeniert die Gelegenheit, um sich über den Tisch zu beugen und zu kontrollieren, was es mit den Tageszeitungen auf sich hatte. Er staunte nicht schlecht. Toni hatte die Artikel über den deutschen Nachwuchsfußballer übersetzt oder zumindest versucht zu übersetzen. Auf den Zeitungsrändern hatte er in Französisch Notizen gemacht. Anscheinend hatte er wissen wollen, was in den Berichten über Sascha geschrieben stand. Einige Schlüsselbegriffe wie Unfall, schwer verletzt oder Karriereende hatte er unterstrichen. Ob er tatsächlich erkannt hatte, was es mit dem deutschen Nachwuchsspieler auf sich hatte?, fragte sich Böhnke.

Er sah den zurückgekehrten Toni an, der auf dem Tisch nach einem Zettel suchte.

»Sascha verletzt«, las Toni in gebrochenem Deutsch mit französischem Akzent. Er humpelte durch das Zimmer und deutete auf seinen linken Unterschenkel. »Sascha verletzt?«

Böhnke nickte. »Oui.« Der Junge imponierte ihm.

»Nicht mehr spielen?«, las Toni von seinem Zettel ab, und wieder konnte Böhnke mit einem der wenigen französischen Worte, die er kannte, antworten: »Oui.«

Toni wirkte schockiert. Er zeigte auf das Foto von Sascha und dann auf sich. »Mon ami. Freund.«

Böhnke zuckte mit den Schultern. Was sollte er dazu sagen? »Hunger?«, fragte er, und er wechselte, als er des verständnislosen Blicks gewahr wurde, wieder zur Sprache der Gesten und Gebärden. Er deutete Essen und Trinken an, und er freute sich, als Toni heftig nickend sagte: »Ja.«

Gierig verschlang Toni den Strammen Max, den Böhnke mit wenigen Handgriffen in der Kochecke gezaubert hatte. Die doppelte Portion, die er servierte, reichte gerade, um die halbe Person, wie Böhnke den gertenschlanken Mann beschreiben würde, zu sättigen. Selbst den letzten Tropfen Fett und den letzten Fetzen des Spiegeleies und des Schinkens wischte Toni mit dem Brot auf.

»Satt?« Böhnke legte beide Hände auf seinen Bauch.

Toni musste lachen. »Oui, merci.«

Er müsse telefonieren, signalisierte Böhnke. Er griff zum Telefon und wartete auf die Verbindung.

Toni widmete sich wieder der Zeitung und dem Wörterbuch.

Der Christopher sei ja ein merkwürdiger Vogel, sagte Böhnke, als er Grundler über seinen Besuch in Aachen informierte. »Was weißt du denn über ihn?«

»Eigentlich nichts«, antwortete der Anwalt. »Er ist unbescholten, zahlt seine Steuer pünktlich und hat die wenigen Knöllchen anstandslos bei der Stadtkasse bezahlt.« Sabine hätte sich darum gekümmert. »In finanziellen Schwierigkeiten scheint er nicht zu stecken.« Ohne mit der Wimper zu zucken, habe er Grundlers unverschämte Forderung nach einem Vorschuss von 5.000 Euro sofort beglichen.

»Hat Christopher dir eine Adresse genannt?«

»Wir könnten ihm im Stadthotel am Marschiertor Nachrichten hinterlassen. Die Rezeption würde sich darum kümmern, dass sie an ihn weitergeleitet werden.«

»Und wo wohnt er?«

»Keine Ahnung. Ich werde mal im Einwohnermeldeamt nachfragen.«

»Und du weißt, dass Christopher ein Alki ist oder war? Sein Spitzname ist ›Calva‹.« Über seine Unart, viele Fragen mit einem ›und‹ zu beginnen, hörte Grundler inzwischen hinweg. Das Verhalten von Toni während des Telefonats machte ihn stutzig. Der Junge hatte aufgehorcht und danach emsig mit Wörterbuch, Papier und Kugelschreiber gearbeitet.

»Wen kümmert es, was er einmal war«, entgegnete Grundler. »Jetzt ist er Privatier, der gelegentlich als Journalist arbeitet, hat er mir gegenüber jedenfalls behauptet.«

»Dann hat er ja genügend Zeit, in der Sache Mukunumunu mitzuhelfen, während ich ihm in der Sache Strohkämper zur Hand gehe.«

»Apropos Mukunumunu. Ich habe meine Kontakte nach Eupen angezapft. Ich wollte mehr wissen als das, was wir aus den Zeitungen haben und was uns Toni gesagt hat. Heute Abend bekomme ich Bescheid. Dann rufe ich dich an.«

Schnell beendete Böhnke das Gespräch, Tonis drängendes Verhalten machte ihn neugierig.

»Was ist, mein Freund?« Er hatte sich neben den jungen Mann gesetzt, der aufgeregt mit dem Papier in seinen Händen spielte.

»Christopher?«

»Oui.« Was wollte Toni? Böhnke vermutete, dass sein Treffen mit dem Mann und das Telefonat mit Grundler über ihn Toni zu einer Reaktion veranlasst hatte.

Toni zeigte auf sich. »Ich«, er schaute auf sein Blatt, »kennen Namen.«

»Du kennst Christopher?«, fragte Böhnke erstaunt.

»Ich kennen Namen.«

»Woher? Grund?«

»Telefon. Mann reden.« Toni zeigte wieder auf sich.

Aha, folgerte Böhnke. Toni wollte ihm sagen, er habe mit Christopher telefoniert.

»Reden, dann ich gehen Trainer«, las Toni von seinem Zettel ab. »Mann wollte ich spielen.«

Wenn er richtig kombinierte, wollte ihm Toni zu verstehen geben, dass er mit Christopher telefoniert hatte, bevor er zu Pfifferlin ging. Was mit dem Spielen gemeint war, konnte er sich nicht erklären. Da würde Sabine mit

Toni und er mit Christopher reden müssen. Warum hatte ihm Christopher gesagt, er kenne den Jungen nicht? Irrte Toni oder hatte Christopher es mit der Wahrheit nicht so genau genommen? Er wäre möglicherweise als Zeuge zugunsten von Toni in Betracht gekommen.

Der Rezeptionist im Stadthotel am Marschiertor notierte seine Bitte, Christopher solle ihn anrufen, erst, nachdem ihm Böhnke einen Grund für den Anruf genannt hatte. Er hätte Neuigkeiten über Alexander Strohkämper, log Böhnke knurrend.

»Jetzt wird's lustig.« Die Ironie in Grundlers Stimme beim Telefonat am frühen Abend war unüberhörbar. »Jemand will meinem Mandanten Christopher ans Leder.«

»Hat man seinen Calvados vergiftet?«

»Das nicht, aber seinen Hund.«

»Was?« Böhnke traute seinem Gehör nicht.

»Der alte Trick mit der Frikadelle. Irgendwie können die Köter da nicht widerstehen. Muss wohl beim Waldspaziergang gewesen sein. Der Hund kam mit Schaum aus dem Maul aus dem Gebüsch getorkelt, Christopher hat ihn sofort in eine Tierklinik gebracht. Dort stellte man die Vergiftung fest.«

»Der Hund ist tot?«

»Nee. Das Vieh hat Glück gehabt, der kommt wieder auf die Pfoten.«

»Und warum schließt du daraus, dass man es auf Christopher abgesehen hat?«

»Bei seinem Freund, dem Rezeptionisten, ist telefonisch ein Hinweis hinterlegt worden. Er soll die Finger von der Sache lassen. Erst sei der Hund dran, dann der Herr. Wenn das keine Drohung ist.«

»Wenn du mir jetzt noch verrätst, von welcher Sache Christopher die Finger lassen soll, könnte ich vielleicht die Drohung als realistisch ansehen.«

»Kann sich doch nur um Strohkämper handeln. Oder etwa nicht?«

Böhnke schüttelte den Kopf, obwohl ihn niemand sah. »Wer weiß denn überhaupt, dass er Zweifel am Unfall von Strohkämper hat?« Es könne sich theoretisch auch um Toni handeln, wenn er unterstellte, dass es das Gespräch zwischen den beiden tatsächlich gegeben hatte und dass es einen Dritten gab, der davon wusste und dem es nicht behagte. »Oder es handelt sich um eine ganz andere Sache?«

»Und welche?«

»Vielleicht hat er einem Kerl die Frau ausgespannt. Was weiß ich.«

Lag es an seiner Gutmütigkeit, weshalb er immer wieder in solche vertrackten Geschichten hineingezogen wurde. Oder stimmte es, was Lieselotte von ihm sagte, dass er nämlich das Verbrechen magisch anzöge? Entgegen aller Gepflogenheiten hatte er sich noch am Abend auf einen Spaziergang durch Huppenbroich aufgemacht, nicht ohne zuvor Toni wieder eingetrichtert zu haben, er möge sich unauffällig verhalten. Böhnke musste nachdenken. War Toni ein Mörder? Die Fingerabdrücke auf der Tatwaffe und die Zeugen, die ihn aus der Wohnung stürzen sahen, sprachen ebenso dafür wie seine Flucht. Was war der Grund für den Mord? Was hatte es mit Alexander Strohkämper auf sich, der angeblich so viele Feinde hatte, dass Christopher zu der Überzeugung gelangte, er habe keinen Unfall gehabt, sondern sei Opfer eines Verbrechens geworden? Waren Mukunumunu und Strohkämper wirklich Freunde? Und was war mit Christopher, dem undurchsichtigen, ehemaligen Sportredakteur, der ihn vielleicht angelogen hatte, wenn Tonis Behauptung über das Telefonat stimmte?

Von der Milde der letzten Abende war nichts mehr zu fühlen. Wie es sich für einen Abend Ende August auf den Höhen der Nordeifel gehörte, wurde es empfindlich kühl. Da war die Jacke, die Böhnke übergezogen hatte, durchaus angebracht. Er war unwillkürlich, aber durchaus zu seiner Situation passend, zum Sportplatz, der Heimstätte von Viktoria Huppenbroich, gelaufen. Er hatte sich seit seinem Umzug aus Aachen kein einziges Fußballspiel angesehen. Fußball war einfach nicht seine Welt. Das Gekicke interessierte ihn nicht. Er wusste nicht einmal, ob überhaupt noch auf diesem Rasen gespielt wurde oder ob er lediglich für Veranstaltungen diente, wie etwa für die Pferdesegnung, die in den letzten Jahren zu einer der zuschauerträchtigsten Attraktionen der Region geworden war.

Er hatte sich auf die Umrandung gestützt und schaute in die Weite. Er suchte nach dem Hebel, den er ansetzen musste, um aus dem herauszukommen, was andere Sache nannten. Richtig wohl fühlte er sich nicht in seiner Haut. Immerhin stand der Junge, den er in seinem Haus versteckte, unter Mordverdacht. Wohlmöglich deckte er einen Verbrecher und behinderte die Polizei bei der Aufklärung eines Mordes. Es fiel ihm schwer, seine Bedenken über Bord zu werfen, aber er entschied sich wieder für sein Bauchgefühl, das ihm sagte, er habe einem unschuldigen Jungen zu helfen. Das Risiko, sich selbst wegen Strafvereitelung strafbar zu machen, würde er eingehen. In aller Not gab es immer noch einen Anwalt, der sich für ihn einsetzen würde, wenn er tatsächlich mit seinem Bauchgefühl total daneben gelegen haben sollte.

Als er endlich den Rückweg antrat, war ihm klar, was zu tun war: Er musste abwarten, auf Informationen warten, die Grundler am Abend doch noch nicht aus Belgien erhalten hatte und die ihm Christopher geben musste, der zurückrufen sollte. Dabei käme ihm nicht ungelegen, wenn Christopher auf den Anruf verzichtete. Dann hatte er einen Grund, die Zusammenarbeit mit diesem Typen wegen dessen Unzuverlässigkeit erst gar nicht aufzunehmen.

# 8. KAPITEL

Seine Erwartung erfüllte sich nicht. Böhnke saß noch kauend und in Schweigen vertieft neben Toni am Frühstückstisch, als sich das Telefon meldete. Sein junger Gast trug wieder den Trainingsanzug, den er selbst nach der Reha abgelegt und den Lieselotte für Toni herausgeholt hatte. Er selbst war schon, wie immer, akkurat gekleidet; jederzeit bereit, das Haus zu verlassen. Ein Frühstück in Schlafzeug oder im Bademantel kam für ihn nicht in

Frage. Da war er lange mit Lieselotte uneins gewesen, bis sie endlich seiner Auffassung folgte, dass Nachtgewand und Frottee nicht an den morgendlichen Tisch gehörten, allerdings nicht, ohne das letzte Wort zu haben. »Es geht ja gar nicht, dass du noch in Unterhosen am Tisch sitzt, wenn in Tihange der Atommeiler auseinanderbricht und wir auf der Stelle aus dem Rheinland flüchten müssen, Commissario.«

»Ich höre.«

»Das freut mich.«

An der tiefen Stimme erkannte Böhnke den Anrufer. »Was ist, Herr Christopher?«

Man müsse miteinander reden, meinte der Journalist. Er werde nach Huppenbroich kommen und ihn abholen.

»Warum?« Böhnke verstand den Sinn der Aktion nicht. »Warum wollen Sie mich abholen? Wir können doch auch bei mir reden.«

»Es ist besser für uns, wenn wir bei mir reden. Glauben Sie mir. Ich kann Ihnen helfen.« Worin diese Hilfe bestand, wollte er am Telefon nicht verraten.

»Können Sie denn wenigstens Französisch?«

»Je ne peux pas parler francais, mas je cromprends tout.«

»Aha«, kommentierte Böhnke trocken. »Wenigstens etwas.« Was immer auch der Kerl gesagt hatte, es hatte sich gut und flüssig angehört. Der konnte sich vielleicht besser mit Toni verständigen als er selbst. Und das war schon Grund genug, ihn nach Huppenbroich kommen zu lassen. Ob er oder sie mit Christopher tatsächlich nach Aachen fahren würden, würde er von dessen Auftreten abhängig machen. »Ich warte auf Sie.«

Der »fliegende Engel«, wie Christopher bei der Begrüßung im Türrahmen scherzhaft über sein Fahrzeug sagte, habe ihn schneller als geplant in die Eifel gebracht. Über die Schnelligkeit hatte sich auch Böhnke gewundert. Er hatte nicht damit gerechnet, dass der Journalist nicht einmal eine halbe Stunde später bei ihm angekommen war.

»Was ist mit Ihrem Hund?«, fragte Böhnke. Die Frage nach dem Zustand des Tieres schien ihm der geeignete Einstieg.

»Der ist mehr tot als lebendig, aber es scheint, als dass er morgen mehr lebt als er tot ist. Der kommt auf die Beine.« Wenn Christopher erleichtert schien, ließ er es sich nicht ansehen. »Über diese Drohung werden wir noch reden müssen.« Seine Augen funkelten kurz, und zum ersten Mal hatte Böhnke den Eindruck, Christopher sei doch nicht der emotionale Autist, als der er bisher bei ihren Begegnungen gewirkt hatte. »Später. Jetzt sind die Menschen dran.«

»Bon jour.« Mit einem freundlichen Gruß hatte sich Christopher dem jungen Mann auf der Küchenbank genähert, der ihn ängstlich anschaute. Auf Französisch sprach er Toni an. Böhnke kam der Redefluss fließend vor. Christopher schien eine Frage gestellt zu haben. Jedenfalls antwortete Toni bereitwillig und schnell. Böhnke hatte nicht den Eindruck, als würden sich die beiden kennen. Christopher war für Toni ein alter Mann, dem er mit Höflichkeit begegnete. Worüber sie sich unterhielten, verstand Böhnke nicht. Er bekam nur Gesprächsfetzen mit, aus denen er schloss, dass sich das Gespräch um Fußball, Training und um den Mord drehte.

Etwas störte ihn, unabhängig davon, dass er nichts verstand, etwas passte nicht, aber er wusste nicht, was.

»Hm«, Böhnke räusperte sich gut vernehmlich. »Ich hätte nichts dagegen, ein wenig mitreden zu dürfen«, grantelte er. »Sonst verkauft ihr mir noch mein Haus, ohne dass ich es mitbekomme. Oder ihr schmiedet einen Plan, wie ihr mich ermorden könnt.«

»Sorry.« Christopher verzog sein Gesicht zu einer bedauernden Grimasse. »Ich habe von Toni wissen wollen, was er in Belgien macht, und er hat mir berichtet, dass er in dem Fußball-Internat von Pfifferlin lebt und trainiert. Also Dinge, die Sie auch wissen, denke ich mal.«

»Na gut.« Böhnke war gewillt, Christopher zu glauben. »Sie sprechen aber gut Französisch.«

»Gehört zu meinem Job. Wenn du als Sportreporter durch die Welt reist, sind geringe Sprachkenntnisse nicht von Nachteil.«

»Kennen Sie Toni?«

»Jetzt ja«, antwortete Christopher trocken. Er grinste. »Bisher habe ich nur von ihm gehört, jetzt habe ich ihn persönlich kennengelernt.«

Böhnke richtete seinen Blick auf Toni. »Kennst du den?« Er zeigte zuerst auf den Jungen, dann auf Christopher und malte danach ein Fragezeichen in die Luft.

Toni hatte ihn tatsächlich verstanden. »Non.« Er blätterte heftig in dem Wörterbuch. »Heute.« Weiteres Blättern. »Sehen.« Und nach weiterem Suchen. »Einmal.« Er schaute Böhnke an. »Je le vois pour la première fois.«

»Er sieht mich heute zum ersten Mal«, assistierte Christopher.

»Danke, das habe ich kapiert«, knurrte Böhnke. »Und Sie haben nicht mit Toni telefoniert, kurz bevor er Pfifferlin ermordet hat?«

»Ermordet haben soll.« Christopher sprang vehement

für Toni in die Bresche. »Der Junge hat Pfifferlin garantiert nicht umgebracht. Warum sollte er? Kennen Sie ein Motiv?«

Nein. Das kannte er nicht, musste Böhnke einräumen. Aber noch hatte er sich nicht in die Ermittlungen gestürzt. Er wunderte sich indes über das vehemente Einsetzen des Journalisten für den Jungen. Noch wusste er nichts über Toni, Pfifferlin und über Christopher, der ihm immer noch eine Antwort schuldig war. »Was ist mit dem Telefonat zwischen Ihnen und Toni?«

»Das hat es nie gegeben. Der Junge irrt.«

Tatsächlich? Böhnke behielt seine Zweifel. Toni hatte gestern derart aufgeregt auf Christophers Namen reagiert, dass das kein Zufall sein konnte.

»Vielleicht hat sich jemand als mich ausgegeben.« Christopher suchte nach einer plausiblen Lösung, die ihn aus dem Rennen nahm.

»Warum sollte er?«

»Rund um den Fußball gibt es nichts, das es nicht gibt, Herr Böhnke. Sie werden einiges erleben, von dem Sie glauben, dass es nicht wahr sein kann. Ich kann mir gut vorstellen, dass jemand unter Missbrauch meines Namens, der in Fußballerkreisen nicht gänzlich unbekannt ist, Kontakt zu Toni aufnehmen wollte, um sich als Berater oder Vermittler einzuschmeicheln, ob Sie es glauben oder nicht.«

Böhnke behielt seine Zweifel für sich. »Ich bin ein Fußball-Depp«, entschuldigte er sich ausweichend. »Aber warum gerade Toni?«

»Warten Sie«. Christopher machte sich an seinem Handy zu schaffen und schaute nach kurzer Zeit oberlehrerhaft auf Böhnke. »Antoine ›Toni‹ Mukunumunu ist eines der größten Talente, das es zurzeit gibt.« Das habe er im Internet auf einem internationalen Portal über Fußballtalente gefunden. »Können Sie gerne selber lesen. »Er bot Böhnke das Handy an, aber der winkte ab.

»Ein noch größeres als Alexander ›Sascha‹ Strohkämper?«

»Die beiden tun sich wahrscheinlich nicht viel. Der eine ist für jede Mannschaft ein Riesengewinn wie der andere. Nur wenn die beiden zusammenspielen sollten, das würde nicht klappen. Da sind sie sich in der Spielweise zu ähnlich.«

Wenn der Fußballfachmann das sagte, werde es wohl stimmen, dachte sich Böhnke. Er würde sich zu dieser Einschätzung nicht äußern.

Obwohl? »Wenn also Sascha ausscheidet aus dem Spiel, dann wäre Platz für Toni. Sehe ich das richtig?«

Christopher schaute ihn verblüfft an. »Was wollen Sie damit sagen?«

»Gar nichts.« Böhnke hob beschwichtigend die Hände. »Das war eine Folgerung von mir. Offenbar sind Fußballer ja im Prinzip wie Schachfiguren, die man über ein Spielfeld schiebt. Und zwei schwarze oder weiße Könige oder zwei schwarze und weiße Damen gleichzeitig gibt es nicht.«

»Sie bringen mich auf einen verrückten Gedanken. Jemand hat Sascha ausgeschaltet und will an dessen Stelle Toni in die Mannschaft drücken.«

»Wie pervers denken Sie denn, Herr Christopher?«

»Das Fußballgeschäft ist pervers, und die Spieler haben den geringsten Einfluss darauf. Mit ihnen wird gespielt, geschachert und getrickst, Herr Böhnke. Das große Geld verdienen andere. Fußballerbeine sind das Gold der Jetztzeit, wir reden quasi von Beingold.«

Christophers unbekümmerter Vorschlag, Toni bei ihm zu verstecken, bereitete Böhnke Bauchschmerzen. Warum sollte er? Wie konnte er sicher sein, dass Toni bei dem Mann sicher war? Insofern war die Bedenkzeit willkommen, die ihm dadurch eingeräumt wurde, dass sie sich auf dem Weg nach Aachen befanden. Er solle sich ein Bild von Tonis neuer Bleibe machen, hatte Christopher gemeint, und dann entscheiden.

Vorteile würde es haben, wenn Toni bei dem Journalisten unterkam, dachte sich Böhnke. Die beiden konnten sich unterhalten, in Huppenbroich brauchte er keine Geheimniskrämerei mehr betreiben.

Christopher hatte Toni angewiesen, sich während der Fahrt auf die Rückbank des Teslas zu legen. »Für alle Fälle, wäre ja blöd, wenn wir in eine Blitze geraten und Toni auf dem Foto erkannt wird.«

Böhnke genoss die Fahrt in dem Elektroauto. Die Limousine des amerikanischen Stromer-Pioniers würde er aber dem SUV vorziehen, meinte er aus seiner Erfahrung. Er sei überrascht, das Böhnke nicht überrascht sei, hatte Christopher gemeint, als sich Böhnke ohne übertriebene Begeisterung oder bewundernde Bemerkungen auf den Beifahrersitz gesetzt hatte. Dafür gebe es keinen Grund, hatte Böhnke erwidert.

»Ich habe mit einem Tesla schon richtige Verfolgungsjagden erlebt. Ich kenne seine Qualitäten.« Dass er insgeheim mit dem kleinen Tesla-Stromer liebäugelte, hatte er Lieselotte nur nach großem Zögern gestanden. Seine Liebste hatte ihn unterstützt, »aber nur, wenn wir den Strom selbst erzeugen.« So hatte er sich zur Aufgabe gemacht, die Möglichkeiten zur Erzeugung von Solarstrom für den Hühnerstall herauszufinden.

Er wechselte das Thema: »Was wollen wir in Aachen?«

»Sie wollten mich doch sprechen, Herr Böhnke.«

»Richtig. Ich will wissen, warum es den Anschlag gab. Hat es mit Sascha zu tun, mit Toni oder hat er einen anderen Anlass? Wovon sollen Sie die Finger lassen?«

»Das ist eine gute Frage.« Christopher sah aber keinen Grund, sie auch zu beantworten. Er konzentrierte sich lieber darauf, nicht von einem der vielen stationären Blitzern auf der Bundesstraße durch Roetgen erwischt zu werden. »Warum glauben Sie, dass Toni kein Mörder ist?«, fragte er zurück.

»Warum glauben Sie, dass es einen Anschlag auf Sascha gab?« Böhnke reagierte ungehalten. Er mochte es nicht, wenn man ihn um Hilfe bat und dann nicht bereit war, ihn zu unterstützen.

»Ich sage es Ihnen, wenn wir bei mir sind. Ich habe Ihnen doch schon gesagt, dass Sascha allein wegen seines Talentes viele Feinde hat und dass viele ein Interesse daran haben, dass er nicht mehr Fußball spielt.« Christopher schaute in den Rückspiegel und sprach auf Französisch mit dem liegenden Toni. Böhnke verstand weder ein Wort noch den Sinn der Unterhaltung. Toni schien zufrieden.

»Was haben Sie ausgeheckt?«, fragte Böhnke argwöhnisch.

»Ich habe ihm gesagt, dass er bei mir wohnen und sich körperlich betätigen kann. Das wäre ja schlimm, wenn er seine Kondition und seine Beweglichkeit verlieren würde.«

»Ich werde wohl überhaupt nicht gefragt?« Böhnke zeigte unverblümt seine Verärgerung.

»Glauben Sie mir, Herr Kommissar, es ist das Beste für ihn, wenn Toni bei mir wohnt. Sie können jederzeit Kontakt zu ihm aufnehmen. Ich gebe Ihnen gerne einen Schlüssel zu meiner Wohnung, wenn Sie mir misstrauen.« Er nestelte nach einem Handy in seiner Jackentasche. »Ist ein Prepaid auf meinen Namen. Notieren Sie sich die Rufnummer. Es ist für Toni. Sie können ihn anrufen, er kann Sie und mich anrufen. Unsere Daten sind bereits programmiert. Ursprünglich hatte ich gedacht, ich könnte es gebrauchen, wenn wir beide uns einmal diskret unterhalten wollten. Aber Toni kann es besser gebrauchen, denke ich.«

»Geht nicht«, murmelte Böhnke. Unbeholfen drehte er das Gerät in seinen Händen. Die Frage, woher Christopher seine Telefonnummern kannte, sparte er sich. Zum einen hatte er sie wohl von Grundler erhalten können, zum anderen gab es immer noch das gute, alte Telefonbuch, die Auskunft und schlussendlich das Internet.

»Geht alles.« Christopher griff nach dem Gerät. Flink drückte er auf die Tasten, während der Tesla weiterfuhr. »Autopilot«, sagte er gelassen, ehe er die Rufnummer des Handys gefunden hatte. »Behalten Sie sie im Kopf oder wollen Sie sie notieren?«

Böhnke bevorzugte den zweiten Weg, kramte in seiner Jacke nach Stift und Notizblock und schrieb die abgelesene Zahlenfolge auf.

Erleichtert nahm er wahr, dass Christopher die Hände wieder am Lenkrad hatte, nachdem er das Handy auf den Rücksitz geworfen hatte. Toni hatte sofort zugegriffen und tippte auf der Tastatur. Wenige Sekunden später klingelte es im Fahrzeug, und es zeigte sich auf dem großen Display ein aufblinkendes Telefon, verbunden mit dem Namen Toni. Kurz drückte Christopher auf das Zeichen und sprach Französisch in ein virtuelles Mikrofon. Das Lachen von der Rückbank bestätigte ihm eine Verbindung. »Alles klar«, sagte er zufrieden. »Das Handy funktioniert.«

Böhnke wollte sich abgewöhnen, über den Journalisten zu staunen. Er beobachtete wortlos, wie er über die Nebenstraße nach Aachen hineinfuhr. Wie von ihm vermutet, steuerte Christopher das historische Marschiertor an. Wie er dort einen Stellplatz für seinen Wagen auf der zugeparkten Straße finden wollte, war ihm fraglich. Für Christopher war die Parkplatzsuche wohl das kleinste aller Übel. Er peilte ein Garagentor in der geschlossenen Häuserfront an, das sich wie von Geisterhand nach oben rollte und den Weg in eine Tiefgarage frei machte. Die Plätze für die Autos nahmen wohl zwei Etagen im Kellergeschoss ein, wie Böhnke annahm. Christopher parkte auf einer breiten, freien Fläche direkt neben einem Aufzugschacht. Das Reservierungsschild an der Wand für einen Dr. Neumann schien für Christopher nicht zu gelten. »Hätten Sie wohl nicht gedacht, mitten in der Stadt so einen komfortablen Parkplatz zu finden, was?«

Böhnke verzichtete auf eine Entgegnung. Er trabte hinter Christopher und Toni her, die in den Aufzug stiegen, den Christopher mit einem Schlüssel angefordert hatte. Auch in der Kabine benutzte er den Schlüssel für das Schloss neben der Zahl fünf. »Da kommst du sonst nicht hin«, sagte der Mann mehr zu sich als zu seinen Begleitern. Nur wenige Sekunden später hielt der Aufzug an und öffnete sich. »Willkommen in meiner bescheidenen Hütte.«

Unter Bescheidenheit verstand Böhnke etwas anderes. Sein Blick fiel von oben durch eine große Glaswand auf das Marschiertor. Aus dieser Perspektive hatte er das eindrucksvolle, mächtige Bauwerk aus dem Mittelalter noch nie gesehen. Neben dem Ponttor war dieses, noch größere Marschiertor das einzige, das von der Stadtmauer von Aachen übrig geblieben war. »Schön, nicht wahr?« Christopher amüsierte sich über Böhnkes Staunen. »Da haben die damals richtig gut gemauert.«

»Wo befinden wir uns eigentlich?« Böhnke hatte Mühe, sich vom Anblick des prächtigen Gebäudes, das so eindrucksvoll die mittelalterliche Geschichte von Aachen darstellte, loszureißen. Am liebsten wäre er auf die breite Terrasse hinter der Glaswand getreten.

»Auf dem Dach des Stadthotels am Marschiertor«, antwortete Christopher. »Ich bewohne hier, quasi als Dauergast, das Penthouse des Hotels. Ist so etwas wie die Präsidentensuite, die sie mir hier zur Verfügung stellen.«

»Für einen Präsidentenpreis? Diese Bleibe muss doch ein Heidengeld kosten. Da komme ich mit meiner Beamtenpension wahrscheinlich nicht weit.«

Christopher zuckte beiläufig mit den Schultern. »Machen Sie sich da mal keine Sorgen, Herr Kommissar.« Er möge sich vielmehr um die anwachsenden Probleme sorgen, die sich rund um Toni, Sascha und seine Person anhäuften.

»Wo ist Calva?« Suchend schaute sich Böhnke um. Er hätte erwartet, den Hund entweder in einem Korb liegend vorzufinden oder erfreut herankommen zu sehen.

»Im Badezimmer. Meinen Sie etwa, ich lasse mir die Hütte versauen, wenn er kotzen oder sich bescheißen sollte?« Der Journalist zeigte wenig Mitleid mit dem Tier. Er machte sich auf den Weg durch den weitläufigen, hellen Raum, der an der der Glaswand gegenüber liegenden Seite abgeschrägt war. Mehrere, nebeneinander angebrachte Dachfenster ließen den Blick auf die Rückseite anderer Wohnhäuser zu.

»Küche, Fitnessraum, Bad«, erklärte Christopher. »Am anderen Ende gibt es zwei Schlafzimmer, einen Fernsehraum, mein Arbeitszimmer und ein weiteres Bad.« Das Penthouse erstreckte sich über die zwei Wohnhäuser, in denen das Stadthotel untergebracht war.

»Aber Sie haben keine Wohnungstür, sondern nur den Aufzug«, meinte Böhnke nach seiner Beobachtung des riesigen, modern mit weißen Möbeln in Klarlack ausgestatteten Raums bemerken zu müssen. Alleine das Wohnzimmer hatte mehr Quadratmeterfläche als der komplette Hühnerstall mit allen Räumen zusammen.

»Habe ich schon, direkt neben der Aufzugtür. Ich habe sie in meine Garderobe integriert. Übrigens, für alle Fälle: Der Schlüssel steckt im Türschloss.«

»Und wo steckt jetzt Calva?«

»Hier.« Christopher öffnete eine Tür. »Das ist das Reich von Calva, bevor er wieder in seine Hütte auf der Terrasse darf.«

Der Hund lag auf einer großen Decke. Mit trüben Augen schaute er auf die Männer, nur das leichte Schwanzwedeln deutete auf seine Freude hin.

»Der sieht richtig gut aus«, meinte der Journalist. »Im Vergleich zu gestern versprüht er richtig Energie.« Calva brauche noch einige Tage und am besten eine permanente Betreuung. »Das könnte Toni übernehmen. Da hat er wenigstens eine Aufgabe«, schlug Christopher vor. »Und er kann hier trainieren. Ich habe ein Laufband, einen Crosstrainer, ein Rudergerät und ein Fahrrad. Da kann er sich so richtig auspowern.« Ohne auf eine Erwiderung von Böhnke zu warten, redete er auf Toni ein, der ihn herzlich anlächelte und begeistert in die Hände klatschte.

»Sie sehen, es ist schon geklärt. Toni macht's.«

Böhnke fühlte sich überrumpelt. Aber hatte er eine Alternative? »Ist schon gut«, knurrte er.

»Alles wird gut, Herr Böhnke«, beruhigte ihn Christopher. »Für Sie gilt: Roesetije Hong sou me net zänke.«

# 9. KAPITEL

»Hä?«

»Sie sind kein Öcher, wa?«, fragte der Journalist lachend zurück. »Das ist einer der alten Öcher Spröch. Knurrende Hunde soll man nicht zanken. Ich sehe und höre, dass Sie gewaltig knurren.« Er führte Böhnke in sein Arbeitszimmer, nachdem er Toni auf Französisch Anweisungen gegeben hatte, die Böhnke nicht verstand. »Er soll ein wenig an den Geräten trainieren«, erläuterte Christopher.

Das Arbeitszimmer bestand aus gut gefüllten Regalen an allen Seiten, unterbrochen nur durch ein Fenster und die Tür. Der Schreibtisch war bis auf einen Laptop und ein Telefon leer.

»Schauen Sie sich ruhig um, Herr Böhnke. Hier finden Sie alles, was es über den Fußball gibt. Na, ja«, schränkte der Journalist ein, »fast alles, was es über den deutschen Fußball gibt und etliches über den Fußballsport in Europa.«

»Und einige Krimis.« Böhnke zeigte auf ein Regalbrett, auf dem Romane eines auch ihm namentlich bekannten Bestsellerautors standen.

»Sind meine. Das weiß nur niemand«, meinte Christopher in aller Seelenruhe. »Schreibe ich unter Pseudonym. Und dann schreibe ich noch Bücher rund um den Fußballsport.« Er zeigte auf ein anderes Brett.

Ein gutes Dutzend Bücher, auf denen Christopher als Autor genannt war, erkannte Böhnke. Die Titel wirkten durchaus kritisch und beschäftigten sich unter anderem mit Doping, Wettskandalen, Bestechungen und Mauscheleien.

»Der von mir so heiß geliebte Fußball ist ein Sumpf, Herr Böhnke.«

»In dem es sich gut Geld verdienen lässt als Autor.«

»Von den Krimis und den Fußballbüchern könnte ich nicht leben. Das Schreiben ist so eine Art honoriertes Hobby von mir.«

Die Frage nach dem Lebensunterhalt, der Christopher diese Wohnung und den Tesla ermöglichte, verkniff sich Böhnke. »Woran schreiben Sie denn jetzt?«

»Zum einen über die Rolle des Deutschen Fußballbundes bei der Vergabe der Fußball-Weltmeisterschaft seit 2000, zum anderen in einem Langzeitprojekt über die Karriere von Alexander Strohkämper.«

Daher wehte also der Wind, dachte sich Böhnke. Der Journalist war angefressen, weil ihm sein Thema abhandengekommen war. Das laute Anschlagen des Telefons störte ihn in seinen Gedanken.

»Sind bloß meine ehemaligen Kollegen«, sagte Christopher beim Blick auf das Display. »Das ist meine alte Nummer im Verlag. Die können mich mal.« Er sah Böhnke an. »Die haben sich seit Jahren nicht bei mir gemeldet. Warum sollte ich also jetzt abheben?«

Das sollte nicht meine Sorge sein, meinte Böhnke für sich. Er würde irgendwann erfahren, was es mit dem finanziellen Rückhalt von Christopher und dessen beruflichen Werdegang auf sich hatte. Momentan hatte er daran kein gesteigertes Interesse.

»Weil Sie also eine Biografie über Strohkämper schreiben wollen, glauben Sie, dass es einen Anschlag auf ihn gab?« Die Frage war ebenso schräg wie provokant. Aber etwas Besseres war Böhnke nicht eingefallen. Er hatte sich auf den Hocker gesetzt, den Christopher aus einer Ecke herbeigeholt hatte. Der Journalist selbst nahm Platz auf einem großen Gymnastikball.

»Ich schreibe eine Biografie über Strohkämper, weil ich ihn und seine Entwicklung schon seit über zehn Jahren beobachte. Das ist eine Langzeitstudie, die ein tragisches Ende nimmt. Könnte sich verkaufsfördernd auswirken«, meinte er lakonisch. Er winkte ab. »Schade um den Jungen, aus dem hätte etwas werden können«, sagte er in einem nüchternen Tonfall, als bestelle er einen Sack Blumenerde in einer Gärtnerei oder ein Viertel Gehacktes halb und halb in einer Metzgerei.

»Sie sagten, es sei kein Unfall gewesen, dazu hätte Strohkämper zu viele Feinde gehabt.« Endlich waren Böhnke wieder die Worte des Journalisten eingefallen. »Was hat es damit auf sich?«

Da müsse er einen längeren Vortrag halten, erwiderte Christopher, aber der sei vonnöten, damit Böhnke überzeugt wäre von seiner Vermutung. »Wie Sie wissen, sind

Saschas Eltern russland-deutsche Übersiedler. Das hat zur Folge, dass Sascha sowohl für die deutsche als auch für die russische Nationalmannschaft spielen könnte.«

»Hat er denn beide Staatsangehörigkeiten?«, platzte Böhnke dazwischen.

Das spiele eine untergeordnete Rolle; wo ein Wille, da sei auch ein Weg, ihm die russische Staatsangehörigkeit zu verschaffen. Entscheidend seien die Fußballverbände. Solange Sascha noch kein Pflichtspiel für den DFB bestritten habe, sondern nur, wie bisher, Freundschaftsspiele, könne er auch für eine andere Nationalmannschaft bei Europa- und Weltmeisterschaft und den entsprechenden Qualifikationsspielen antreten.

»Hatte sich der Junge entschieden?«

»Ich weiß es nicht, es hat es mir nicht verraten. Aber ich vermute, er hat sich für den deutschen Adler statt für den russischen Bären entschieden.«

»Und deshalb hat der Bär seine Krallen ausgefahren und ihn mit seiner Tatze vom Rennrad gewischt?«

Er glaube nicht, dass der Fußballverband dahinterstecke, antwortete Christopher. Das seien eher beleidigte Fanatiker oder Leute, die auf einen Einsatz von Sascha im russischen Team gewettet hätten.

»Wenn man unterstellt, er hätte sich gegen Russland entschieden.«

»Spielt das eine Rolle? Dieselbe Situation entsteht, wenn sich Sascha gegen Deutschland ausgesprochen haben sollte. Auch da gibt es Fanatiker und Wetter.«

»Und Sie glauben, in dieser Ecke sei ein möglicher Attentäter zu suchen?«

Das sei eine von mehreren möglichen Ecken, entgegnete der Journalist, geradezu ruhig und kerzengerade auf seinem Gummiball sitzend. »Möglich ist auch, dass ihm Fanatiker aufgelauert haben. Idioten eines Vereins, die ihn und Borussia Mönchengladbach schädigen wollten.« Er erkannte Böhnkes zweifelnden Gesichtsausdruck. »In der Fußballszene ist nichts auszuschließen. Da gab es schon Schüsse auf Fanbusse, da werden aus lauter Gehässigkeit Bullenköpfe aufs Spielfeld geworfen oder wie in Dortmund ein Anschlag auf den Mannschaftsbus verübt, um durch sinkende Aktien des Vereins Gewinn zu machen, oder während des Spiels Torhüter bewusst mit Laser oder durch Chinaböller attackiert. Ein Torwart hat deswegen sogar seine Karriere beenden müssen, weil sein Trommelfell geplatzt ist und er einen Hörverlust erlitten hat. Es ist nur eine Frage der Zeit, bis Morddrohungen gegen Spieler in die Tat umgesetzt werden.«

»Und hat Sascha Morddrohungen erhalten?«

»Nicht gerade ausdrückliche Morddrohungen. Aber er hat Beleidigungen, Schmähungen und auch die Androhung von Prügel bekommen.«

Böhnke stoppte den Redefluss seines Gegenübers. »Von wem und woher wissen Sie das?«

»Von wem, kann ich ebenso wenig sagen wie die Polizei. Ihre Ermittlungen sind bisher im Sande verlaufen. Das könnten Fanatiker ebenso sein wie Leute, die verhindern wollen, dass er für die deutsche oder die russische Nationalmannschaft aufläuft.« Christopher rieb sich kurz die Augen. »Ich weiß es, weil Sascha es mir gesagt hat. Wir beide stehen im Prinzip immer in Kontakt. Er redet mit mir über alles, und daher weiß ich auch, dass es noch mehr Feinde und ihm übel gesonnene Menschen gibt.«

»Als da sind?« Das gab ja ein Sammelsurium von möglichen Tätern, wenn es kein Unfall gewesen sein sollte, dachte sich Böhnke. »Beispielsweise andere Spieler.« Die Mär von den elf Freunden, die eine Fußballmannschaft bilden, sei längst vorbei. »Alle wollen an die Fleischtöpfe, die von den anderen, die an den Fleischtöpfen sitzen, natürlich mit allem, was sie haben, verteidigt werden. Der Neid ist ebenso groß wie die Gier, bei denen, die erst gar keinen Profivertrag bekommen, und bei denen, deren Verträge nicht verlängert werden. Da kann man schnell aggressiv werden, und mit den richtigen Freunden in der Hinterhand kann man einen Konkurrenten von den Fleischtöpfen kegeln.« Christopher streckte einen Finger nach dem anderen vor Böhnke aus. »Erstens haben wir die Nationalmannschaftsfrage, zweitens haben wir die Fanatiker, drittens die konkurrierenden Spieler.«

»Gibt es auch ein viertens?«

»Ja, die Spielerberater. Sascha gehört zu der seltenen Spezies von Profis, die keinen Berater haben wollen. Er managt sich selber, obwohl er gerade mal 18 ist. Das ist so manchem Spielerberater ein Dorn im Auge. Diese Gruppe macht den eigentlichen Reibach im Profifußball. Sie verdient bei jedem Vertragsabschluss und bei jedem Vereinswechsel eines Spielers. Wenn da jemand nicht mitmacht, gehen denen attraktive Provisionen durch die Lappen. Und Sascha ist«, Christopher lächelte entschuldigend, »war jemand, mit dem sich richtig Schotter hätte machen lassen. Dabei rede ich von Millionenbeträgen. Ich schätze, Sascha wäre bei einem normalen Verlauf seiner Karriere zum x-fachen Millionär geworden. Und sein Berater wäre ebenfalls steinreich geworden.« Christopher brachte ein Beispiel, das Böhnke sprachlos werden ließ. Demnach hatte der Wechsel eines Spielers aus der italienischen in die englische Liga im Jahre 2016 seinem Berater ein Honorar von mehr als 20 Millionen Euro gebracht. »Also, ein Berater oder vielleicht mehrere wollten Sascha unter ihre Fittiche nehmen, was Sascha nicht wollte. Da hat man ihn kaltgestellt.« Dies sei die vierte Möglichkeit.

»Dann gibt es auch noch eine fünfte?«

»Mindestens«, bestätigte Christopher.

»Und die wäre?«

»Die Fußball-Mafia, die mit Wetten und mit Menschenhandel irres Geld wäscht und kassiert.« Christopher ging zu einer Bücherwand und fischte ein Buch heraus, das er Böhnke gab. »Können Sie gerne lesen oder auch nicht. Ist ganz frisch auf dem Markt. Es gibt einen kleinen Einblick in die mafiösen Strukturen des Geschäfts Profifußball.«

Das Buch war von Christopher geschrieben worden, wie Böhnke erkannte. Bevor er seinen Gedanken zu einer Frage formulieren konnte, machte sich das Telefon störend bemerkbar. Nach einem Blick auf das Display entschuldigte sich Christopher mit einer Grimasse und griff zum Hörer. Mit einem Wink gab er Böhnke zu verstehen, er möge den Raum verlassen.

Ungehalten kam der Kommissar der Bitte nach. Er registrierte, dass Christopher sich in fließendem Englisch unterhielt. Toni trainierte offenbar immer noch. Calva lag mit offenen Augen auf seiner Matte. Böhnke suchte die Tür zur Terrasse, um von dort genauer auf das Marschiertor blicken zu können.

# 10. KAPITEL

Am Anblick des Gemäuers konnte er sich nicht sattsehen, nachdem er endlich den Zugang ins Freie gefunden hatte. Auf einen Knopfdruck hatte sich eine Schiebetür geöffnet. Vom fünften Stock konnte Böhnke auf die Franzstraße mit den anderen Hotels und auf die Torburg schauen, die nach seinem Wissen zu den mächtigsten noch erhaltenen Stadttoren in Westeuropa gehörte. Ein wenig kurios war der steinerne Bau schon mit den zwei Rundtürmen, zwischen denen sich ein viereckiger Bau befand. Er wusste, dass die Stadtgarde Öcher Penn dort ihr Hauptquartier hatte. Lieselotte war vor ein paar Jahren zu einem närrischen Empfang der Karnevalsgesellschaft eingeladen gewesen, bei dem er dankend die Teilnahme abgelehnt hatte.

»Ist doch gut, dass solche historischen Gebäude privat genutzt und deshalb instandgehalten werden«, hörte er Christophers Stimme in seinem Rücken. Der Journalist trat zu ihm auf die Terrasse und lehnte sich neben ihn auf das Geländer. »Sorry, hat etwas länger gedauert. War beruflich bedingt«, entschuldigte er sich.

Fast eine halbe Stunde, so registrierte Böhnke, hatte er auf der Terrasse gewartet. »Kein Problem, die Aussicht hat mich entschädigt.« Er lächelte seinen Gastgeber an. »Englisch können Sie auch.«

»Und Französisch und ein wenig Niederländisch. Kann man gut gebrauchen in meinem Geschäft.«

»Also doch nicht Privatier und Nichtberufler?«

»Wenn Sie es so sehen, dann bin ich selbstständiger, freischaffender Gelegenheitsakteur, der nur dann arbeitet, wenn er Lust darauf hat.«

»Und was ist Ihr Geschäft?«

»Fußball.«

»Dann ging es also auch in dem Telefonat um Fußball.«

»Ja«, antwortete Christopher kurzangebunden. Das musste reichen. Er winkte ab. »Was meinen Sie?«

Zum Ausblick, zu Strohkämper oder zu was? Böhnke verstand den Sinn der Frage nicht.

»Zu der Drohung gegen mich.«

»Gute Frage. Ich frage mich, ob dieser Zwischenfall etwas mit Ihrem aktuellen Buch zu tun hat oder mit Ihrer Beziehung zu Strohkämper. Und ich frage mich, wer wusste, dass Sie mit Ihrem Hund zu diesem Zeitpunkt im Öcher Bösch unterwegs waren.«

»Gute Fragen, keine Antworten.«

»Und ich frage mich, warum Ihr Hund die Frikadelle frisst, obwohl er angeblich so gut erzogen ist. Normalerweise würde er nichts von Fremden annehmen. Das könnte bedeuten, dass der Hund den Menschen kannte, der ihn mit dem vergifteten Köder lockte.« Sein weiterer Gedanke war ungeheuerlich: Oder hatte gar Christopher selbst die Tierquälerei begangen, um auf eine Gefahr für ihn aufmerksam zu machen? Die Drohung mittels eines Helfers wäre kein Problem gewesen.

»Ich weiß es nicht, Herr Böhnke. Ich jedenfalls nehme die Drohung ernst. Insofern glaube ich, dass es kein Zufall und dem Tierquäler nicht egal war, welcher Hund das vergiftete Fleisch verschlingt. Jemand hat mich auf dem Kieker.«

»Wer?« Falls Christopher den Zwischenfall nicht selbst initiiert hatte, konnte ihm Böhnke zustimmen, unterstellt, die Drohung war echt.

Fragend schaute Christopher Böhnke ins Gesicht. »Keine Ahnung. Ich glaube nicht, dass es mit dem Mafia-Buch zusammenhängt. Das kommt offiziell erst nächste Woche auf den Markt. Es ist noch nicht an den Buchhandel ausgeliefert.«

»Wem könnten Sie denn auf die Füße getreten haben? Vielleicht jemandem aus dem Umfeld Ihres Schützlings oder Beobachtungsobjekts Strohkämper.«

»Ist nicht auszuschließen, zumal in der Fußballszene bekannt ist, dass ich ein gutes Verhältnis zu Sascha und seinen Eltern pflege und ich eine Langzeitdokumentation über ihn mache.«

»Hm.« Böhnke konzentrierte sich. »Wenn Ihnen jemand wegen Strohkämper ans Fell will, könnte das darauf hinweisen, dass doch jemand nachgeholfen hat beim angeblichen Unfall des Jungen. Warum sonst sollten Sie die Finger von der Sache lassen?«

»Sag ich doch, es war kein Unfall.«

»Moment.« Böhnke winkte ab. Der Mann war ihm zu forsch. Er hatte das ungute Gefühl, Christopher wolle ihn auf einen Weg und auf einen Gedanken lenken, den er festlegte. Der versucht mich zu steuern, dachte sich Böhnke. Der Mann ist gerissen. »Lassen wir das einmal im Raum stehen.« Er reckte sich. »Ich will nach Hause. Sie kümmern sich um Toni, und ich mache mir meine Gedanken, wie es weitergehen soll.« Die Brocken hinzuwerfen, kam ihm nicht in den Sinn, immerhin hatte Christopher Grundler und Grundler ihn beauftragt, die Hintergründe des tatsächlichen oder vermeintlichen Unfalls heraus zu finden.

»Was ist denn mit Toni und diesem Pfifferling?«

»Pfifferlin«, korrigierte ihn Christopher milde. Er lächelte. »Ich habe Ihnen während meines Telefonats Informationen zusammengestellt, die ich aus dem Internet und aus meiner Datenbank gezogen habe. Ich habe sie an die Kanzlei von Grundler gemailt. Seine Sekretärin hat mir versichert, dass sie die Mail an Sie weiterleitet.«

Wie gut, dass Sabine nicht mithören konnte. Sie als Sekretärin zu bezeichnen, wurde ihr in keiner Weise gerecht, griemelte Böhnke. Ohne sie wäre sein Freund Tobias wahrscheinlich nicht einmal die Hälfte wert. Sie war die Managerin, er der Freigeist.

Nein, er brauche ihn nicht zu fahren. Dankend hatte Böhnke das Angebot abgelehnt. Er wolle noch seine Lebensgefährtin besuchen.

»Einen anderen Grund, weshalb man Sie bedroht, sehen Sie nicht?«, fragte er, schon im Aufzug stehend, der ihn ins Erdgeschoss und damit ins Foyer des Hotels bringen sollte.

»Nein. Ich wüsste nicht«, antwortete Christopher.

Er belog ihn. Davon war Böhnke überzeugt.

# 11. KAPITEL

Wenn er sich an die eigene Nase packen würde, müsste er einräumen, dass er es gegenüber Christopher mit der Wahrheit nicht so genau nahm. Böhnke hatte keineswegs vor, zur Apotheke von Lieselotte am Markt zu gehen. Er schlug die entgegengesetzte Richtung ein. Sein Weg würde ihn zum Büro von Grundler an der Theaterstraße bringen.

Ob es richtig war, Toni bei Christopher zu lassen? Er hatte sich nicht einmal von ihm verabschiedet. Grübelnd lief Böhnke über den Gehweg. Er bekam gar nicht mit, dass es Aufregung auf dem Bahnhofsvorplatz gab. Erst als er den im Weg Stehenden anrempelte und der ihn böse anraunzte, erkannte er den Anlass. Die Pferdestatue aus Bronze, die, von Bonifatius Stirnberg geschaffen, Bahnfahrer darauf hinweisen sollte, dass Aachen nicht nur eine Stadt der Kaiser und Printen, sondern auch eine der Pferde war, war in den Stadtfarben schwarz-gelb gesprayt worden. Dieser Frevel empörte die Bürgerseele und rief den städtischen Bauhof auf den Plan, dessen Mitarbeiter sich unter fachkundiger Anleitung der Umstehenden an die Wiederherstellung des ursprünglichen Zustandes machten.

»Loss em mär jreweäde«, hörte Böhnke seinen Nachbarn kommentieren, der lachte, als er Böhnkes Unverständnis vernahm. »Die sollen den gewähren lassen. Mit ihren Ratschlägen kommt der nicht weiter.«

Die Nachhilfe in Öcher Platt interessierte Böhnke nicht sonderlich. Er machte, dass er aus dem Staub kam, bevor die Menschenmenge und die Erregung noch größer wurden. Er huschte in den Eingang des Bürokomplexes auf der Theaterstraße, in dem mehrere Anwaltskanzleien und Steuerberatungsgesellschaften ihren Sitz hatten. Einen Hinweis auf die Räume von Grundler würde man nicht finden. Er verzichtete sowohl an der Hauswand als auch im Hausflur auf ein Schild. Wer nicht wusste, hinter welcher Tür in welchem Stockwerk sich seine kleine Kanzlei befand, der würde sie nicht finden. Grundler wollte es so. Klein, allein, fein, mein. Gelegentlich kam es vor, dass er Aufträge seines Freundes Dr. Schulz übernahm, der jahrelang sein Partner gewesen und der mit der Zwillingsschwester von Sabine verheiratet war.

»Du kommst einige Minuten zu spät«, begrüßte ihn Grundlers bessere Hälfte. »Wir hatten bis eben großes Familientreffen.«

»Schade«, bedauerte Böhnke, »aber nicht zu ändern.« Ohne zu zögern klopfte er gegen eine Zimmertür und trat ungefragt ein.

Grundler, wie fast immer in Jeans und grauem Sweatshirt, nahm ihm den Auftritt nicht übel. Böhnke konnte zu ihm kommen, wann immer er es wollte. Er brauchte weder einen Termin noch einen Anlass.

Auch er hielt sich nicht an Spielregeln oder Gepflogenheiten. Er kam sofort zur Sache: »Ich habe einiges über Antoine Mukunumunu und über Jean-Marie Pfifferlin herausbekommen.« Er zeigte auf einen Stapel Ausdrucke. »Und Sabine hat sich die Mail von Christopher vorgenommen.« Er drückte auf den Knopf einer Sprechanlage, und wenige Momente später hatte sich Sabine zu ihnen gesellt mit Gläsern, Mineralwasser und ihrem Notizblock, den sie ständig bei sich hatte.

»Fangen wir mit Toni an.« Grundler hatte sich in seinen Sessel zurückgelehnt, die Arme hinter dem Kopf verschränkt und die Füße auf den fast leeren Schreibtisch gelegt. »Der ist im Gegensatz zu Pfifferlin ein unbeschriebenes Blatt. Kein Wunder, er ist gerade 18 Jahre alt, während Pfifferlin weit in die 50 ist.« Er hatte alle Informationen im Kopf. Falls er etwas vergessen sollte, würde ihm Sabine dank ihres Notizblocks weiterhelfen. »Also, Toni Mukunumunu stammt aus Schwarzafrika und ist seit zwei Jahren in Belgien. Gemeinsam mit seinem vier Jahre älteren Bruder Maurice ist er ins Fußballinternat von Pfifferlin gezogen. Dort trainieren zeitweise bis zu 40 Jugendliche und junge Männer. Alle haben das Ziel, mit dem Fußballspielen reich zu werden; wobei reich nicht unbedingt ein Millionenvermögen bedeuten muss. Reich ist, wer seine Familie in der afrikanischen Heimat finanziell unterstützen und nach seiner Karriere zu Hause ein materiell abgesichertes Leben führen kann. Aber das nur am Rande.« Grundler konzentrierte sich kurz. »Toni ist also seit knapp zwei Jahren in Belgien und spielt Fußball. Seine Familie, bestehend aus Mutter, Vater, drei Schwestern und einem weiteren Bruder, hat er seitdem nicht mehr gesehen. Zur Schule geht er nicht, weil er keiner Schulpflicht unterliegt. Aber es gibt in dem Internat Lehrer und Pädagogen. Toni soll intelligent sein, er habe durchaus ein gutes Niveau, das unserem Klasse-10-Abschluss entspricht.« Bevor ihn Böhnke unterbrechen konnte, fuhr er fort. »Das weiß ich aus den Ermittlungsakten, und die Ermittlungsakten habe ich von meinem Freund Jean Pütting aus Malmedy.«

Böhnke kannte Pütting. Der Rechtsanwalt hatte ihn bei der Aufklärung eines vertrackten Falls in der deutschbelgischen Grenzregion tatkräftig unterstützt, als er Hinweise über einen geraubten Tresor und über die dubiosen Machenschaften seines Eigentümers geben konnte.

»Nach dem bisherigen Erkenntnisstand hat Toni zur Tatzeit Pfifferlin aufgesucht. Das ist zweifelsfrei. Ebenso zweifelsfrei ist, dass sich auf der Tatwaffe ausschließlich seine Fingerabdrücke neben denen von Pfifferlin befinden. Und es gibt, wie du weißt, Zeugen, die ihn bei seiner Flucht aus der Wohnung gesehen haben. Insofern ist verständlich, dass sich die Ermittlungen der belgischen Polizei auf ihn konzentrieren, zumal sie in der Wohnung oder im Umfeld keinerlei Hinweise auf einen Dritten finden konnte.« Es gebe einen Fahndungsaufruf mit einem Foto von Toni. »In welche Richtung der junge Mann geflüchtet ist, darauf will man sich nicht festlegen.« Grundler hob bedauernd die Hände. »Mehr habe ich nicht.«

Sabine nickte zustimmend. »Ich könnte dir ein Foto von Toni ausdrucken oder mailen, aber eigentlich brauchst du es nicht«, ergänzte sie.

»Richtig. Zumal er sich ja bei Christopher aufhält«, sagte Böhnke beinahe beiläufig, erzielte aber prompt den gewünschten Überraschungseffekt. Grundler verschluckte sich an seinem Mineralwasser und bekam einen Hustenanfall, von dem ihn Sabine mit kräftigen Schlägen ins Kreuz erlöste. Schnell fuhr Böhnke fort und schilderte die Vorzüge, die das Versteck des Jungen bei dem Journalisten hatte.

Grundler schien überzeugt, jedenfalls verzichtete er auf einen spitzen Kommentar.

»Als Persönlichkeit interessanter ist auf jeden Fall Pfifferlin. Interessanterweise hat dein neuer Freund Christopher ein komplettes Dossier über ihn angefertigt«, meinte er stattdessen.

»Warum?«

»Woher soll ich das wissen? Ist das dein Freund oder mein Freund, mein Freund?« Grundler schmunzelte. »Er wird es dir sagen, wenn du ihn fragst. Ich wüsste es auch gerne.«

Sabine hatte Böhnke wortlos eine Fotografie gereicht. Der porträtierte Mann konnte nur Pfifferlin sein. Das Alter Mitte 50 sah man ihm nicht an. Er wirkte ein wenig wie der Trainer der deutschen Fußballnationalmannschaft; er war wohl auch mit dem Gen der ewigen Jugend ausgestattet. Das mittellange Haar war dunkelbraun, ob gefärbt oder naturbelassen, wagte Böhnke nicht zu entscheiden. Helle Augen blickten aus einem lachenden Gesicht. »Sieht aus wie ein Lieber«, kommentierte er.

»Sagt unser belgischer Rechtsanwalt auch. Aber er konnte nicht bei ihm landen. Pfifferlin hat seine Homosexualität diskret und ohne feste Partnerschaft ausgelebt.«

»Und das im Männersport Fußball!«, platzte es aus Böhnke heraus. Dort wo es kernig, kräftig, männlich stark zugehe.

Grundler wollte nicht näher auf diese Bemerkung eingehen. »Nur so viel. Unsere Ermittler in Belgien sehen darin ein mögliches Tatmotiv. Pfifferlin habe Toni zu sich gebeten, um sich dort an ihm zu vergehen oder sich mit ihm zu vergnügen. Toni habe sich gewehrt und sich nicht anders zu helfen gewusst, als Pfifferlin zu erstechen.« Grundler gähnte ungeniert. »Fangen wir von vorne in Kurzform an. Pfifferlin wurde in Belgien geboren, hat in England als Profi Fußball gespielt, musste dort seine begonnene Trainerlaufbahn beenden, als seine Homosexualität publik wurde, zog zurück nach Belgien, eröffnete sein Fußballinternat, trainierte nebenher eine Mannschaft und war außerdem Mitinhaber einer Spielerberateragentur, die sein Freund und ehemaliger Berater Richard Matthieux gegründet hatte.«

Wieder näherte sich Sabine kommentarlos dem lauschenden Kommissar und übergab ihm einen Schnellhefter.

»Darin findest du das Dossier von Christopher über Pfifferlin. Es liest sich wie das Exposé für ein Buch oder die Kurzfassung eines Romans mit Pfifferlin in der Hauptrolle. Vielleicht findest du darin ja versteckte Hinweise auf einen möglichen Täter oder ein mögliches Mordmotiv.«

Eine Frage lag nahezu auf der Hand. »Was ist denn mit diesem Mat…? Was sagt er zu dem Mord?«

»Du meinst Matthieux. Der ist total geschockt. Zur Tatzeit war er übrigens in Afrika, den Spielermarkt sondieren, wie er sagt. Er ist am Abend nach der Tat erst in Brüssel gelandet. Die Homosexualität von Pfifferlin sei für ihn nie ein Problem gewesen, hat er der Polizei zu Protokoll gegeben. Er habe auch von keinem Spieler im Laufe der letzten Jahrzehnte gehört, dass er von Pfifferlin sexuell bedrängt oder belästigt worden sei. Es habe zwar immer wieder Gerüchte gegeben, aber sie hätten sich nie bewahrheitet. Aus der Arbeit in der Agentur habe sich sein Freund Pfifferlin herausgehalten.« Grundler erhob sich aus seiner bequemen Lage, untrügerisches Zeichen dafür, dass er das Gespräch beenden wollte. »Finanziell sollte Pfifferlin ausgesorgt haben. Er besitzt den ehemaligen Bauernhof, in dem das Internat untergebracht ist, hat eine Eigentumswohnung in Eupen, und er stand kurz davor, sich ein Haus in Aachen zu kaufen. Das solltest du auch tun, mein Freund. Dann bräuchten wir nicht immer nach Huppenbroich kurven.«

# 12. KAPITEL

Was Grundler bloß gegen Huppenbroich hatte? Hier war es doch traumhaft schön, still, umgeben von Buchenwäldern und Wiesen in der hügeligen Landschaft mit Nähe zum Rursee, noch nicht vom Tourismus vereinnahmt, mit 400 Einwohnern, 4.000 Rindviechern und 400.000 Buchen, wie Böhnke scherzhaft sein Dorf umschrieb. Um nichts in der Welt würde er freiwillig diesen Flecken Erde in der Nordeifel mit der guten Anbindung nach Aachen verlassen; es sei denn, es war unumgänglich, wie nach dem Attentat auf Lieselotte und seinen absichtlich herbeigeführten Unfall. Da war es gut und hilfreich gewesen, dass sie auf Lieselottes Wohnung in Aachen zurückgreifen konnten und nicht für jede Anwendung und Kontrolluntersuchung im Klinikum anreisen mussten. Aber wahrscheinlich hatte Grundler seine Bemerkung scherzhaft gemeint, kam er doch liebend gerne zu Besuch oder übernachtete mit Sabine in Billas Haus.

Während der Busfahrt hatte Böhnke entspannt aus dem Fenster geschaut, ohne sich von den lauten Gesprächen seiner Sitznachbarn gestört zu fühlen oder dem Telefonat zu lauschen, das ein junges Mädchen lautstark und unter großer Anteilnahme seiner Umgebung führte. Ob sie nun Schluss gemacht hatte mit ihrem Freund oder nicht oder ob ihr Freund Schluss gemacht hatte mit ihr oder nicht, interessierte ihn nicht die Bohne, anders als die Mitreisenden, die diskutierten und tuschelten und gar nicht genug bekommen konnten von dem Gespräch. Als das Mädchen auch noch zu weinen begann, meinte Böhnkes Gegenüber, ihm zu sagen: »De Welt es voller Ping, en jedder föihlt de sing.«

Konnte man ihn nicht in Ruhe lassen! Jeder hatte sein eigenes Päckchen zu tragen, und er wollte sich nicht mit dem anderer belasten.

Im Gegensatz zu vielen Passagieren hatte er es nicht eilig, den Bus am Bushof in Simmerath zu verlassen. Er ließ die meist noch jungen, drängelnden Leute vorbei. Innerlich bereitete er sich schon auf seinen Fußmarsch nach Huppenbroich vor, da kam es nicht auf die Minute an. Er hatte Zeit, anders als anscheinend die meisten anderen.

»Träumen Sie noch oder sind Sie angewachsen, Chef?«

Die Frage, die von hinten an sein Ohr drang, ließ Böhnke schmunzeln. Wenn ihn jemand ›Chef‹ nannte, konnte es sich nur um einen seiner ehemaligen Kollegen handeln, der ihn nicht vergessen hatte. Langsam drehte er sich um und schaute in das grinsende Gesicht von Paul Brotkrug, seit kurzem zweiter Bezirksbeamter in der Polizeiwache.

»Wenn Sie wollen, fahre ich Sie nach Huppenbroich. Ich muss dort noch im Hofladen von Bauer Eier und Kartoffeln für meine Frau kaufen.«

»Im Dienstwagen?«

»Ist doch eine Dienstfahrt. Ich muss doch nachsehen, ob sich dort vielleicht ein Mundraub ereignet.« Brotkrug sah kein Problem darin, das Dienstauto auch für private Zwecke zu nutzen. »Chef, steigen Sie ein, dann ist es eine offizielle Fahrt. Ich bringe gewissermaßen einen Hilfsbedürftigen sicher nach Hause. Sie wissen doch: Jeden Tag eine gute Tat.«

Ein wenig zaudernd kletterte Böhnke auf den Beifahrersitz, die wenigen Passanten auf dem Gehweg nahmen zu seiner Erleichterung den Transportdienst nicht zur Kenntnis.

Ein Gespräch mit den üblichen Fragen nach seinem Wohlbefinden und der bald bevorstehenden Pensionierung des Kollegen Krimmpichs, weswegen Brotkrug überhaupt erst nach Simmerath gewechselt war, wollte Böhnke vermeiden. Deshalb ergriff er schnell die Initiative. »Haben Sie eigentlich was von dem Mord in Belgien mitbekommen? Gar nicht weit weg von hier bei Eupen.«

»Mitbekommen ist gut.« Der Polizist lachte, während er auf die Tiefenbachtalstraße einbog. »Wie heißt es so schön, wir sind mittendrin.«

»Wieso?«

Der ehemalige Kollege hatte dem ehemaligen Chef gegenüber keine Hemmungen, sein Wissen preiszugeben, auch wenn Böhnke in der Abteilung für Tötungsdelikte gearbeitet hatte und er in seiner Arbeit als Bezirksbeamter nur indirekt mit dem Leiter der Mordkommission zu tun gehabt hatte. Ebenso hatte die vorübergehende Festnahme von Böhnke, als Krimmpich ihn beim Diebstahl eines Taschenbuchs erwischt und Brotkrug das Protokoll in Aachen verfasst hatte, eine kameradschaftliche

Vertrautheit geschaffen. »Wir haben eher zufällig auf der Straße kurz vor Huppenbroich im Graben ein Handy gefunden beziehungsweise jemand hat es gefunden und zu uns gebracht. Bei diesem Handy handelt es sich um das des flüchtigen Mordverdächtigen, einem jungen Schwarzafrikaner. Die Kollegen haben herausgefunden, dass in der Tatnacht ein Anruf aus Deutschland auf diesem Handy angenommen wurde. Daraus schließt man, dass sich der Flüchtige hier aufhalten könnte. Vielleicht ist er auf dem Weg zu seinem Anrufer.«

»Wenn nicht jemand anders das Handy mitgenommen und dann bei uns weggeworfen hat«, warf Böhnke ein.

»Könnte sein, ist aber nicht wahrscheinlich, denke ich.«

»Wissen Sie denn, wann genau das Telefonat stattgefunden hat? Und wer angerufen hat?«

»Ich persönlich weiß es nicht, weil es nicht meine Baustelle ist. Aber warum interessiert Sie das, Chef?«

»Nur so«, Böhnke winkte ab. »Ist wahrscheinlich noch so in mir drin, dass ich alles haarklein wissen will.«

Brotkrug sah ihn an. »Haben Sie denn nichts mitbekommen? Sie sind doch in der Tatnacht und zur Zeit der Flucht auf der Straße unterwegs gewesen. Haben Sie nichts bemerkt?«

Böhnke stutzte.

Er und Lieselotte seien gesehen worden, als sie spät in der Nacht in Monschau aufgebrochen waren. »Da hat einer, der Sie kennt, seinen Hund ausgeführt.«

»Und wieso habt ihr ihn gefragt?«

»Es kann doch sein, dass der vermeintliche Mörder auf dem Weg nach Huppenbroich war. Vielleicht habt ihr ihn überholt.«

Böhnke mimte den Nachdenklichen. »Nein. Ich habe keinen Menschen überholt«, sagte er wahrheitsgemäß, wenn auch wissentlich irreführend. »Wir waren in Monschau bei einer Opernaufführung auf der Burg. Da ist es etwas später geworden.«

»Na ja.« Der Bezirksbeamte lachte, während er den Wagen vor Böhnkes Häuschen abbremste. »Es wäre ja nicht das erste Mal, dass Sie einen vermeintlichen Verbrecher bei sich versteckt hielten.«

»Sie können gerne reinkommen, Herr Kollege. Und Sie werden feststellen, dass sich niemand bei mir aufhält.« Böhnke lächelte beim Aussteigen. »Andererseits wissen Sie doch, dass ich nur Unschuldige bei mir verstecke. Wenn also der angebliche Mörder aus Belgien bei mir untergekommen wäre, würde das bedeuten, dass ich ihn schütze, weil er unschuldig ist.«

»Können Sie Französisch, Herr Böhnke?«

»Was? Ich und Fremdsprachen! Ich kann noch nicht mal Öcher Platt.«

»Dann werden Sie auch den Mann nicht bei sich haben, der kann nämlich weder Deutsch noch Mundart. Der muss sich bei jemandem verstecken, mit dem er sich austauschen kann. Alles anderes macht für den keinen Sinn.«

»Außerdem fällt es wohl in Huppenbroich auf, wenn sich hier ein Dunkelhäutiger aufhält.«

»Eben, Chef.« Er müsse sich sputen, meinte Brotkrug, der Hofladen würde bald schließen.

Böhnke winkte ihm nach. Er pustete durch, als er das Haus betrat, und er war froh, dass Brotkrug nicht der Aufforderung nachgekommen war, die Räume zu inspizieren. Auf der Anrichte in der Küche lag noch ein Blatt, auf dem Toni einige Anmerkungen gemacht hatte. Da hätte er sich wohl in einem Erklärungsnotstand befunden, wenn der ehemalige Kollege darauf gestoßen wäre. Das leichte Unwohlsein, ob er richtig handelte, wenn er einen Verdächtigen deckte, schützte und eventuell für ihn auch die Wahrheit bog, nahm zu. Aber solange er deswegen keine tatsächlichen Probleme bekam, würde er seine Linie beibehalten, beschloss er für sich. Immerhin hatte er Grundler als Rechtsbeistand im Hintergrund.

Der Anrufbeantworter machte durch permanentes Aufblinken des grünen Lämpchens auf sich aufmerksam. Wird wohl Lieselotte sein, dachte sich Böhnke, als er die Wiedergabetaste drückte.

Er hatte sich geirrt. Das laute Schreien aus dem Lautsprecher ließ ihn aufschrecken. »Wo sind Sie bloß?«, brüllte jemand. Der Stimme nach musste es sich um Christopher handeln. Souveränität hörte sich anders an. Der journalistische Gelegenheitsarbeiter wirkte hektisch und verstört. »Sascha ist weg! Er ist aus dem Krankenhaus verschwunden!«

# 13. KAPITEL

Was sollte er davon halten? Böhnke wusste nicht, inwiefern er auf Christophers panischen Anruf reagieren sollte, zumal die einzige Kontaktaufnahme nur über den Mann an der Hotelrezeption möglich war. Der Journalist würde sich bestimmt wieder melden, sagte er sich und beschloss, sich zunächst keine Gedanken wegen Saschas Verschwinden zu machen.

Das Schicksal von Toni lag ihm mehr am Herzen. »Der Junge ist unschuldig«, sagte er laut in den Raum hinein, auch wenn es bislang nur Beweise für seine Schuld gab. Aber warum musste Toni für den Tod von Pfifferlin verantwortlich sein? Konnte nicht ein noch Unbekannter als Täter in Frage kommen?

Eine mögliche Antwort oder zumindest Hinweise darauf fanden sich vielleicht in Christophers Unterlagen über das Mordopfer. Böhnke hatte es sich mit den Papieren auf der Couch bequem gemacht und las, was Christopher über Pfifferlin vermerkt hatte. Allem Anschein nach hatte der Journalist eine Biografie beginnen wollen, jedenfalls lasen sich die ersten Sätze so: ›Jean-Marie Pfifferlin, in Renesse geboren und in De Haan aufgewachsen, war stolz auf seine deutschen Wurzeln. Trotz seines französischen Vaters und seiner niederländischen Mutter fühlte sich der Belgier in seinem Wesen als Deutscher mit allen Eigenschaften, die einem Deutschen zugeschrieben wurden: tugendhaft, pünktlich, arbeitsam, gründlich. Das ›g‹ am Ende seines Nachnamens war im Laufe der Zeit der französischen Sprache zum Opfer gefallen, nachdem seine Vorfahren vor einigen Generationen vom Rheinland gen Westen ausgewandert waren. Ihr Ziel Amerika hatten sie nicht erreicht, am Strand der Nordsee, nahe von Calais, blieben sie hängen. Pfifferlin war der letzte Spross seiner Familie. Der Stammbaum endete mit ihm; er war weder verheiratet, noch hatte er Kinder.

Er sprach fließend Französisch, Niederländisch, Englisch. Und Deutsch. Die Sprache des Vaters hatte er in der Familie gelernt, die der Mutter quasi mit der Milch aufgesogen. Englisch war die Sprache seiner Schulzeit, nachdem sein Vater aus beruflichen Gründen nach Southampton versetzt wurde und seine Familie mitnahm. Deutsch wollte Jean-Marie Pfifferlin unbedingt lernen, obwohl es an der belgischen Küste geradezu verpönt war, die Sprache der Moffen zu verwenden. Wann immer es ging, machte er sich auf in das Land seiner familiären Wurzeln, in den Ferien, bei diversen Praktika, und er freute sich immer wieder, wenn ihn sein eigener Beruf in den deutschsprachigen Raum führte. Auch nach Belgien, zu dem Fleckchen Erde im Osten des Königreichs an der Grenze zu Deutschland, in dem Deutsch die Hauptsprache war. Hier würde er, so sein Traum von Kindesbeinen an, seinen Ruhestand verbringen.

Er hätte sich als Kind der belgischen Nordseeküste niemals vorstellen können, dass der Fußball seine berufliche Heimat werden würde. Belgien spielte nicht gerade eine Hauptrolle auf der europäischen Fußballbühne. Am Meer wurde gesurft oder es wurde, wie überall, Rennrad gefahren. Als eine der führenden Radsportnation galt das Land, spätestens seit Eddy Merckx. Wahrscheinlich wäre Pfifferlin nie über den Status eines Hobbyfußballers hinausgekommen, wenn es nicht zu dem Umzug nach Großbritannien gekommen wäre. Dort fiel der flinke, drahtige Junge im Sportunterricht auf, er wechselte auf das Sportinternat des Premier-League-Clubs FC Southampton und schaffte als 17-Jähriger sein Debut in der obersten Spielklasse.‹

Damit endete der ausformulierte Text. Es folgten zahlreiche Stichworte: ›bis 31 Stammspieler, Publikumsliebling, ein Wechsel in die deutsche Bundesliga kam nicht zustande, zu hohe Ablöseforderung, sein Berater Richard Matthieux stellte Bemühungen ein, sorgte aber für einen noch besser dotierten Vertrag in Southampton. Nach aktiver Zeit Assistenztrainer, Rausschmiss, als der Boulevard seine Homosexualität zum Thema machte und er in Verdacht geriet, sich an Nachwuchsspielern vergriffen zu haben. Sein Umzug nach Belgien wurde als Flucht bewertet. Dort kaufte er in der deutschen Provinz Ostbelgien einen Bauernhof. Richtete Fußball-Internat ein, er bildete Spieler aus, die von Matthieux beraten wurden. Pfifferlin partizipierte, weil er stiller Gesellschafter in der Beraterfirma seines Freundes war. Privat zurückgezogen, keine festen Beziehungen, vermögend, weil erfolgreicher Profi und Alleinerbe seiner Eltern. Neue berufliche Veränderung steht bevor (AFC).‹

Wo versteckte sich in diesem Text von Christopher ein möglicher Grund, Pfifferlin ermorden zu wollen? Böhnke wusste es nicht.

Gähnend legte er die Papiere zur Seite und seine Beine auf den Wohnzimmertisch. Doch war ihm keine Ruhe gegönnt. Das Telefon meinte, ihn aus der bequemen Lage reißen zu müssen. Das Gerät befand sich selbstredend am anderen Ende des Raums auf der Ablage des Kachelofens.

»Ich höre«, brummte Böhnke wenig interessiert ins Mikrofon.

»Alles andere wäre schlecht.« Grundler antwortete wie üblich. »Mein Mandant, dein neuer Freund Christopher, hat dich informiert, aber nicht erreicht.«

»Stimmt.«

»Er will sich morgen mit dir treffen.«

»Warum?«

»Warum wohl? Wahrscheinlich will er sich ausweinen wegen Sascha.«

»Und wegen Toni.«

»Hör auf!«, schimpfte Grundler. »Du weißt, dass wir in Teufels Küche kommen, wenn das Versteck bekannt wird. Wir behindern die Ermittlungen, weil wir einen Tatverdächtigen verstecken.«

»Ich werde überall bezeugen, dass du nichts davon gewusst hast«, entgegnete Böhnke. »Dann bist du der Gute und kannst mich verteidigen, wenn ich vor den Kadi muss.«

»Sei still. Du musst nicht vor den Kadi. Du musst morgen nach Aachen. Christopher holt dich um elf in Lieselottes Apotheke ab.« Er habe bewusst diesen Treffpunkt gewählt, schmunzelte Grundler, »damit du deine Liebste mal wieder zu sehen bekommst.«

»Blödmann.« Lieselotte wäre am Abend ohnehin nach Huppenbroich gekommen. Das hatte sie spontan beschlossen.

Die Dramen der Welt spielten sich im Fußballsport ab. Wie sonst hätte es Böhnke beim Frühstück interpretieren können, dass zum zweiten Mal binnen weniger Tage seine Lokalzeitung mit einem Artikel aufmachte, in dem König Fußball das Thema war? ›Todesstoß für die Alemannia?‹, lautete der Titel der Aachener Fachzeitschrift für die Männer, die dem Ball nachlaufen, wie Böhnke verärgert lästerte. Ein Tag ohne einen Bericht über die Kicker vom Tivoli war undenkbar. Irgendeine Bemerkung über irgendein Wehwehchen oder den Blähungen eines Vorstandsmitglieds war immer zu lesen, wenn nicht gerade einmal die prekäre Finanzlage und die Insolvenz oder die nächste Niederlage der viertklassigen Amateurkicker beklagt wurde. Grundler hatte ihn auf den Widerspruch aufmerksam gemacht, den die Zeitung nicht aufklärte. Da schrieben sich die Sportjournalisten die Finger wund über die heroischen Taten der Profis aus der Regionalliga, und auf der gleichen Seite wurde diese Regionalliga als Spitzenklasse des Amateurfußballs verkauft. »Das sind Amateure, die wie Amateure spielen, aber wie Profis bezahlt werden.«

Böhnke hielt sich bei solchen Bemerkungen zurück. Ihn kümmerte es nicht, ob die Alemannia siegte, verlor, abstieg oder aufstieg. Nach der riesigen Überschrift zu urteilen, stand es ohnehin nicht gut um diesen Verein, der zwar Tradition, aber sonst nichts hatte, noch nicht einmal Geld auf dem Konto. Und jetzt drohte der Todesstoß, wartete offenbar ein Torero darauf, der Alemannia endgültig das Lebenslicht auszupusten.

Böhnke konnte sich zunächst keinen Reim aus der Überschrift machen, nachdem er den dazugehörigen Text gelesen hatte. Erst spät dämmerte ihm, worauf der Schreiberling hinauswollte. Angeblich, so schrieb der Redakteur, wolle sich ein Investor aus Asien in Aachen im Fußballsport engagieren. Nach dem Vorbild eines österreichischen Brauseherstellers, der dank vieler Millionen Euro erfolgreich RB Leipzig in die Fußballbundesliga gehievt hatte, sei der Konzern Asian Food Company daran interessiert, in Aachen Bundesligafußball bieten zu können. Der Konzern wolle seine europäische Zentrale in Aachen ansiedeln, da könne das Fußballsponsoring gute Dienste erweisen. Bei der Suche nach einem Verein sei man fündig geworden, man habe sich für einen aufstrebenden Fünftligisten aus Aachen entschieden, bei dem es sich nach Einschätzung der Sportredaktion um Hertha Eilendorf handeln könnte, die bereits nach wenigen Spieltagen in der Verbandsliga souverän an der Tabellenspitze throne und Aufstiegsfavorit für die Regionalliga sei. ›Statt in die Alemannia investiert der Konzern in einen nur wenig bekannten, selbst in Aachen nicht übermäßig beachteten Verein‹, monierte der Journalist. ›Die Alemannia ist dankbar für jeden Investor. Doch die Asiaten zeigen kein Interesse. Gespräche mit dem Vorstand der Tivoli-Kicker habe es nicht gegeben, erklärte die Alemannia.‹ Langsam kam der Redakteur zu seinem Punkt. ›Wenn RB Leipzig als Vorbild dienen könnte, würde der von den Asiaten unterstützte Verein sicherlich bald umbenannt werden und werbeträchtig die Initialen der Asian Food Company tragen. Was soll aber aus der Alemannia werden, wenn ein Nichts aus der Verbandsliga mit Millionen hochgepusht wird? Wie will sich da der Traditionsverein behaupten können?‹ Die Schlussfolgerung: ›Für zwei Fußballvereine im Profibereich ist in Aachen kein Platz. Wenn die Millionen der AFC nicht an die Alemannia fließen, sondern an Hertha Eilendorf, dann ist die Alemannia nicht mehr zu retten.‹ Daran würden auch die emsigen Bemühungen eines Insolvenzverwalters nichts nützen.

Sprach da der Redakteur oder der Fan? Böhnke war es einerlei. Ihn hatte ein besonderes Wort stutzig gemacht: AFC. Er hatte dieses AFC heute schon einmal gelesen, nämlich in den Unterlagen von Christopher über Pfifferlin. Gab es da einen Zusammenhang?

Noch eine Sache ließ ihn nachdenklich die Stirn runzeln, nachdem er den Schlusssatz des Artikels gelesen hatte: ›Auskünfte könnte ein ehemaliger Journalist aus Aachen geben. Doch der ist nicht erreichbar.‹

Und zum dritten Mal wunderte er sich über seine Zeitung, als er nämlich keine Meldung darüber fand, dass Sascha aus dem Krankenhaus verschwunden war.

# 14. KAPITEL

Der elfte Glockenschlag der Kirchturmuhr war noch nicht erklungen, da öffnete Christopher mit einem breiten Grinsen im Gesicht die Eingangstür zur Apotheke. Böhnke hatte schon knurren wollen, dass Pünktlichkeit nicht zu den herausstechenden Eigenschaften des Journalisten gehörte, und wurde vom Gegenteil belehrt.

»Pünktlich wie ein Maurer«, sagte Christopher munter,

während er wohlwollend musternd auf Lieselotte zutrat, »oder wie man bei uns in Oche sagt: Es bessje zu spie es völ ze spie.« Seine Kleidung stand im krassen Gegensatz zu der von Böhnke. Jeans, weißes Hemd und leichte Lederjacke gaben ihm ein elegant-dynamisches Aussehen, daneben wirkte Böhnke in seinem derben Flanellhemd wie ein Rentner vom Lande.

Lieselotte lachte herzhaft auf. »Sie müssen Christopher sein. Mein Mann hat mir schon viel von Ihnen erzählt«, flunkerte sie. Böhnke hatte ihr nur mitgeteilt, dass er den Journalisten bei ihr treffen wolle.

»Paul Christopher, meine Freunde dürfen mich Calva nennen, und ich hoffe doch sehr, dass ich Sie zu meinem Freundeskreis zählen darf, Werteste.« Der Mann startete eine Charmeoffensive, die Böhnke sprachlos werden ließ. Jetzt fehlte nur noch, dass sich Lieselotte darauf einließ. Dann war der Tag gelaufen, und er würde sofort mit dem Bus zurück in die Eifel fahren.

»Gerne«, flötete Lieselotte zurück, »aber nur, wenn auch Herr Böhnke dazugehört. Ohne den geht nämlich gar nichts. Nicht wahr, Commissario?«

»Hm«, grunzte Böhnke. Er kam sich fehl am Platze vor, war aber versöhnt, als sich Lieselotte bei ihm einhakte.

»Jedder Vouel sengt, wie em der Beck gewahßen es«, sagte sie, was Böhnke ahnungslos ließ und Christopher verblüffte.

»Au Banan«, sagte er. »Werte stammen aus Oche?«

»Öcher Adel«, lächelte Lieselotte schelmisch. »Ich glaube nicht, dass Sie mir das Wasser reichen können mit Öcher Spröch, Calva.«

»Schluss jetzt mit der Fremdsprache«, mischte sich Böhnke ein. »Wir haben zu reden, Herr Christopher.«

»Jawohl, mein Herr!« Der Journalist deutete einen militärischen Gruß an. »Auf in den Klömpchensklub, Commissario.«

»Löß em mär jewäde«, gab Lieselotte mit einem satten Kuss auf Böhnkes Wange zu verstehen. »Der bellt nur, der beißt uns nicht.«

»Kann es sein, dass Sie der Journalist sind, den die Zeitung in ihrem Bericht über die Alemannia und den AFC erwähnt?« Böhnke fiel mit der Tür ins Haus. »Sie hatten gestern den Anruf aus Ihrer ehemaligen Redaktion. Da besteht doch ein Zusammenhang. Die wollten garantiert eine Stellungnahme von Ihnen.«

»Ist das Schicksal von Sascha nicht wichtiger als das Geschreibse?« Christopher gab sich unbeeindruckt von Böhnkes harschem Vorstoß. »Commissario, du musst mir helfen.« Das Duzen ging ihm ebenso leicht über die Lippen wie Böhnkes Bezeichnung im vertrauten Kreis. »Wir müssen uns um Sascha kümmern.«

»Und um Toni. Was ist mit deinem Hund?« Böhnke sah keinen Grund, beim Sie zu bleiben. Calva würde ihn unbeirrt weiter duzen.

»Toni geht es gut, dem Hund geht es gut, und beiden zusammen geht es noch besser. Toni passt auf Calva auf, und Calva sorgt dafür, dass Toni die Wohnung nicht verlässt.« Gelassen bog er auf die Krefelder Straße in Richtung Würselen ab. »Auf Toni kommen wir später zu sprechen.«

»Und auf Pfifferlin.«

»Von mir aus.« Christopher verzog kurz den Mund. Ob wegen der Bemerkung seines Beifahrers oder wegen der Radfahrerin, die einen kurzen Schlenker in die Fahrbahn machte, konnte Böhnke nicht erkennen.

»Okay.« Der Kommissar gab sich versöhnlich. »Was ist mit Sascha?«

»Hab ich dir doch schon gesagt. Er ist verschwunden.«

»Geht es bitte ein wenig genauer?« Böhnke stöhnte. Wenn er etwas hasste, waren es unpräzise Informationen oder Floskeln.

»Also. Nach meinem Wissensstand war Sascha gestern Morgen auf dem Weg zu einer Therapie. Er durfte alleine im Rollstuhl von der Station in den Reha-Bereich.«

»Moment«, unterbrach ihn Böhnke schnell. »Ich denke, der liegt auf der Intensivstation?«

»Das war nur kurz nach der Operation. Der ist längst auf einer normalen Station. Aber es liest sich ja dramatischer«, antwortete Christopher. Er fuhr in seinem Bericht fort: »Der Reha-Bereich ist am anderen Ende und drei Stockwerke tiefer in dem riesigen Gebäude. Dort ist er nicht angekommen. Er muss unterwegs abgefangen und abtransportiert worden sein. Ist niemandem aufgefallen. Da stehen so viele behindertengerechte Taxen und Transporter für Rollstuhlfahrer rund um die diversen Eingänge, dass die Entführer ziemlich sicher sein konnten, unbehelligt zu bleiben.«

Woher er sein Wissen hatte, verschwieg er. Vermutlich hatte er beste Beziehungen zur Pressestelle, dachte sich Böhnke.

»Hm.« Mit Calvas Auskunft konnte sich Böhnke nicht zufriedengeben. Er sah aus dem Seitenfenster und versuchte, das schnurrende Fahrgeräusch des Teslas zu erahnen. »Sascha muss sich doch gewehrt oder um Hilfe geschrien haben, wenn er mitsamt seines Rollstuhls gepackt und in einen Transporter gesteckt wurde.«

»Manchmal ist es besser, still zu bleiben«, antwortete Christopher bedächtig. »Wenn du an die Falschen gerätst, gibst du schneller dein Lebenslicht ab, als dir lieb ist.«

»Was meinst du damit?«

»Ich schließe nicht aus, dass Sascha von Typen entführt wurde, die Lösegeld erpressen wollen.«

»Für einen invaliden, jungen Mann?«

»Eben, weil er invalide ist.«

»Muss ich das verstehen?«

»Der Fußball ist ein Sumpf. Da gibt es Wetten auf alles und jeden. Und es gab garantiert auch Wetten darauf, ob Sascha bei der Fußballweltmeisterschaft für Russland oder für Deutschland spielt.«

»Die Wette haben doch alle verloren. Abgesehen davon, dass ich so eine Wette schwachsinnig finde.«

»Commissario, es geht nicht um Schwachsinn, es geht um Geld. Wenn jemand viel Geld, und da rede ich nicht vom Kleingeld in deinem Sparschwein, auf ein bestimmtes Ereignis setzt, und das trifft nicht ein, verliert derjenige viel Geld.« Christopher grinste schwach. »Und wenn einer auf beide Optionen gewettet hat, verliert er doppelt viel Geld.«

»Warum sollte er?«

»Commissario, bist du so naiv oder stellst du dich nur so naiv an? Geldwäsche ist das Stichwort. Mit Schwarzgeld wird gewettet und sauberes Geld bekommst du raus.«

»Aber …«, wollte Böhnke einwenden.

»Nicht aber. Wenn ich 100 Prozent Schwarzgeld einsetze und bekomme rund 50 Prozent sauberes Geld raus, ist das für die Ganoven in Ordnung.« Nicht in Ordnung sei es für sie dagegen, wenn beide Optionen platzen. »Dann haben die eine Niete gezogen.«

»Jetzt sind die stinkig und wollen sich das Geld zurückholen.«

»So kann es sein.«

»Wie viel wollen die denn vermutlich haben?«

»Nicht unter 100.000 Euronen, denke ich mal«, sagte der Journalist salopp. »Den Einsatz nicht, aber wahrscheinlich den entgangenen Gewinn. Aber darüber sollten wir uns noch keinen Kopf machen. Wir sollten überlegen, wo wir Sascha finden können.«

»Wo denn?«

»Keine Ahnung.« Christopher lenkte seinen Wagen wieder auf den Parkplatz des Alemannia-Vorsitzenden. »Wir sollten Saschas Eltern in Erkelenz einen Besuch abstatten. Vielleicht erfahren wir da mehr. Ich habe schon mit ihnen gesprochen.«

Ohne sich um Böhnke zu kümmern, machte er sich auf den Weg zum Klömpchensklub. Notgedrungen lief Böhnke hinterher. Erst auf der Treppe zum Restaurant sprach ihn Christopher wieder an. »Du bist selbstverständlich mein Gast.«

Das Restaurant, das seinen Namen nach der liebevoll abwertenden Bezeichnung von Alemannia Aachen als chaotischen, umständlichen, tollpatschigen, sich selbst im Weg stehenden und in jedes Fettnäpfchen tretenden Verein erhalten hatte, war sehr gut besucht. Nur der Tisch für vier Personen am Fenster mit dem Reservierungsschild war unbesetzt, was Christopher nicht daran hinderte, dort Platz zu nehmen. »Setz dich, bevor es ein anderer tut«, forderte er Böhnke auf, es ihm gleichzutun.

Es fiel auf, wie viele Restaurantbesucher Christopher auf dem Weg durch den Raum grüßend zugewunken hatten. »Man kennt dich«, raunte Böhnke.

»Man kennt mich, aber man wäre froh, wenn man mich nur von hinten sehen würde«, erwiderte der Journalist. »Das ist mehr Heuchelei als Aufrichtigkeit. Von denen weint mir keiner eine Träne nach, wenn ich das Zeitliche segne«, sagte er gelassen.

Unaufgefordert hatte die junge Servierkraft zwei Mineralwasser und die Speisenkarte gebracht. Christopher verzichtete auf einen Blick auf die Angebote. »Wie immer das Tagesmenü, heute zweimal.«

Notgedrungen gab Böhnke die Karte ab. »Was gibt's denn?«

»Keine Ahnung. Aber es schmeckt.« Die Küche stehe unter derselben Leitung wie die im Stadthotel am Marschiertor. »Die verstehen ihr Handwerk.«

Böhnke verstand gar nichts mehr. Der Kerl war voller Rätsel. Und dennoch: auf eine Art durchaus sympathisch. Aber er würde es ihm nicht sagen. Und Freunde waren sie noch lange nicht.

»Was ist mit dem Artikel über den Todesstoß der Alemannia? Welche Rolle spielen Sie dabei?« Er hatte Christopher wieder gesiezt, was diesen nicht beeindruckte.

»Welche Rolle ich spiele, willst du wissen? Offensichtlich keine, denn sonst hätten die Nasen um uns herum sich schon längst auf mich gestürzt und mich zu dem Artikel befragt. Hier sind fast nur Alemannen-Fans. Kommt einer davon zu uns?« Christopher beantwortete sich seine Frage. »Keiner.«

»Liegt es daran, dass du tatsächlich nichts damit zu tun hast oder liegt es daran, dass die sich nicht trauen?« Böhnke konnte die Antwort nicht überzeugen.

Milde lächelte ihn der Journalist an. »Daran könnte es natürlich auch liegen, mein Freund.«

»Also, was ist? Calva, du bist doch der ominöse Journalist, der nicht zu sprechen war.«

»Ändert das was, ob ich derjenige bin oder nicht?« Diese Frage sei doch nicht entscheidend. »Commissario, bleib doch bei den Fakten, wenn denn überhaupt welche in diesem schwachsinnigen Artikel vorhanden sind. Bei nüchterner Betrachtungsweise gibt es doch nur die Behauptung eines Sportredakteurs«, seine hämische Ausdrucksweise untermauerte er mit angedeuteten An- und Abführungszeichen, »ein asiatischer Konzern wolle in einen Aachener Fußballverein investieren, um damit für sich in Europa zu werben. Bei diesem Verein soll es sich um Hertha Eilendorf handeln. Richtig?«

Wenn er ehrlich war, musste er Christopher zustimmen. »Aber du spielst doch dabei eine Rolle«, gab er zu bedenken. »Du bist doch der ehemalige Journalist aus Aachen.«

Theatralisch schlug sich Christopher die Hand vor die Stirn. »Das ist doch journalistische Mauschelei, wie sie im Lehrbuch steht. Man baut einen vermeintlichen Besserwisser oder Informanten auf, entweder um abzulenken oder um eine vermeintliche Quelle anzapfen zu können.« Böhnkes staunenden Gesichtsausdruck verstand er als Aufforderung zu ergänzenden Erläuterungen. »Der Journalist ist jetzt in der Welt und in den Köpfen der Leser. Er wird bei allen weiteren Artikeln herangezogen und muss dann für die Mutmaßungen herhalten, die der Sportredakteur nicht als seine Aussage schreiben will. Ich kann mir vorstellen, dass es noch Nachfolgetexte geben wird.«

»Zu denen du dann Stellung nimmst.«

»Warum sollte ich?«

»Weil du drinhängst, Calva.«

»Selbst wenn ich drinhängen sollte, weiß ich nicht, ob ich etwas sagen würde. Wie kommst du eigentlich darauf?«

Böhnke zückte seine Trumpfkarte. »Du hast dich selbst verraten. In deinem Dossier, oder was das sein soll, über Pfifferlin erwähnst du die AFC.«

Christopher sah ihn grinsend an. »Commissario, dir kann man wohl nichts vormachen. Oder doch. Vielleicht habe ich ja absichtlich das AFC eingefügt.«

»Ohne zu wissen, dass der Begriff in der Zeitung erscheint. Träum weiter.« Böhnke wollte das Abwägen und die Bedenken nicht hinnehmen. »Du bist der ominöse Journalist und hast etwas mit der AFC zu tun.«

»Wenn das so ist, verrat mich bitte nicht«, entgegnete Christopher unbeeindruckt.

»Erfahre ich denn wenigstens, was Sache ist?«

»Später«, wiegelte Christopher ab, »alles wird sich aufklären.« Er blieb auch in seiner Unverbindlichkeit souverän.

»Warum hast du eigentlich das Dossier, wenn ich dein Papier so nennen darf, über Pfifferlin gemacht?«

»Wegen eines Porträts.«

»Wirklich? Calva, ich glaube dir kein Wort.«

»Was meinst du denn, Commissario?«

»Was soll ich meinen? Was würdest du an meiner Stelle antworten?«

Christopher grinste. »Ich würde mich an deiner Stelle fragen, wie eine mögliche Beziehung zwischen meiner Person, der Asian Food Company und Jean-Marie Pfifferlin aussehen könnte, besonders unter dem Aspekt, dass er in Aachen auf Wohnungssuche war.«

»Und das heißt auf Deutsch?« Böhnke hatte eine Ahnung, wollte aber gerne die Überlegung seines Gegenübers hören, bevor er sie preisgab.

»Das heißt auf Deutsch, dass die AFC Pfifferlin als Trainer oder Sportdirektor verpflichten wollte und ich dafür sorgen sollte, dass die beiden Partner zusammenkommen.«

»Ehrlich?«

»Finde es heraus.«

»Und weil jemand dagegen war, wurde Pfifferlin ermordet?«

»Vielleicht.«

»Und weil jemand dagegen war, gab es die Drohung gegen dich.«

»Vielleicht.«

»Und was ist mit dem Unfall von Sascha, der deiner Meinung nach kein Unfall war? Hat der auch damit zu tun?«

»Vielleicht.« Christopher blieb bei seiner Standardantwort.

»Ich verstehe es nicht.«

»Musst du auch nicht, Commissario. Es ist für den Laien vertrackt. Aber es reicht für dich zunächst, dass du zu der Erkenntnis kommst, dass der Mord an Pfifferlin mehr ist als nur ein Versuch, Toni als Tatverdächtigen hinzustellen.« Er legte eine kurze Pause ein und wartete, bis die Serviererin das Tellergericht aufgetischt hatte. »Lass es dir schmecken. Der Sauerbraten ist delikat. Mindestens so gut wie im Sauerbratenpalast und garantiert nicht aus Pferdefleisch, obwohl das Reitstadion gleich nebenan liegt.«

Böhnke hatte Mühe, den Gedankengängen des Journalisten zu folgen. »Du meinst also, jemand will Toni einen

Mord in die Schuhe schieben, der dazu dienen könnte, eine Verbindung zwischen Pfifferlin und der AFC zu verhindern?«

»Könnte so sein, muss aber nicht sein. Vielleicht geht es ja auch nur darum, Toni in Misskredit zu bringen.«

»Warum?«

»Vielleicht aus dem gleichen Grund, aus dem Sascha ausgeschaltet werden sollte, falls die Diskussion um die Nationalmannschaft nicht der Grund sein sollte.«

»Und der wäre?«

»Es können nur elf Spieler auf dem Fußballfeld stehen«, antwortete Christopher lakonisch, schob aber eine Erklärung nach, als er erkannte, dass Böhnke mit dieser Antwort schlichtweg überfordert war. »In jeder Mannschaft gibt es maximal 30 Plätze für Profis. Die Fleischtöpfe sind demnach nicht so üppig. Sascha muss seinen Platz frei machen, ein anderer profitiert. Toni gilt als ebenso großes Talent. Wenn er einen Profivertrag erhält, bekommt ein anderer zwangsläufig keinen.« Er legte das Besteck beiseite und wischte sich mit einer Serviette über den Mund. »Fußball ist Business. Der Fußballsport ist Teil der Unterhaltungsindustrie, die Spieler sind nur ein Teil davon; derjenige, den man sieht. Aber im Prinzip sind sie austauschbar wie die Artisten im Zirkuszelt. Und sie tanzen wie Marionetten nach der Pfeife anderer, je nach deren Geschick mit den Stangen und Fäden. Fußballer sind Verhandlungssache, heute verehrt, morgen vergessen. Der eine geht, der nächste kommt.«

Böhnke hörte nicht mehr zu. Er konzentrierte sich auf den Mann, der sich im Rücken von Christopher schnell ihrem Tisch näherte. Er konnte nicht verhindern, dass der Typ Christopher kräftig auf die Schulter schlug.

»Na, Calva, du alter Mann. Hab mir doch gedacht, dass ich dich hier antreffe.«

»Klausi, du nervst«, fauchte Christopher. Er zeigte mit dem Finger auf den Mann. »Das ist Klaus Hüllencremer, seines Zeichens hauptberuflich Alemannen-Fan und nebenberuflich Sportredakteur beim hiesigen Blättchen. Er sitzt an meinem früheren Schreibtisch in der Redaktion.«

»In dem es keinen Calvados mehr gibt, du Schnapsdrossel«, sagte Hüllencremer unverblümt.

Christopher hörte über die Lästerei hinweg. »Klausi, was willst du?«

»Was schon?« Der mittelgroße, nachlässig gekleidete Mann mit dem schütteren Haar machte sich noch nicht einmal die Mühe, Böhnke zu grüßen. Er nahm ihn einfach nicht zur Kenntnis. »Hör auf, mich Klausi zu nennen. Was hat das mit dem AFC auf sich?«

»Klausi, frag die doch selbst. Die haben bestimmt eine Pressestelle.«

»Was ist mit dir, welche Rolle spielst du?«

»Ich spiele keine Rolle, ich trinke«, antwortete Christopher schnippisch. »Ich bin doch eine Schnapsdrossel. Erwartest du etwa von mir eine vernünftige Antwort? Klausi, verpiss dich!« Christophers Stimme hatte eine schneidende Schärfe bekommen. »Du bist und bleibst ein Schmierenjournalist. Wenn du etwas von mir willst, schicke mir deine Fragen in einem Brief.« Er wandte sich Böhnke zu. »Hüten Sie sich davor, mit diesem Menschen zu reden. Der dreht Ihnen das Wort im Munde um.« Er winkte abfällig ab, um Hüllencremer zu verstehen zu geben, dass er abziehen soll.

»Mit so einem Flegel geben Sie sich ab, Herr …?«

Bevor Böhnke auf die an ihn gerichtete Frage reagieren konnte, hatte sich Christopher erhoben und vor Hüllencremer aufgebaut. »Klausi, ich sag es nur einmal: Lass meinen Gast in Ruhe und verpiss dich!«

»Arsch.« Hüllencremer trollte sich. »Kannst ja morgen lesen, was ich herausbekommen habe«, gab er von sich.

Da könne nicht viel kommen, meinte Christopher gelassen zu Böhnke. Hüllencremer habe keine Ahnung.

Aber irgendeinen Informanten werde er wohl haben, gab Böhnke zu bedenken. Er folgte Christopher, der grüßend den Klömpchensklub verließ.

»Das juckt mich nicht«, sagte Christopher. »Solange der uns nicht in die Quere kommt bei Toni, Sascha und Pfifferlin, soll er sich austoben. Bin gespannt, was der über die AFC herausbekommt. Ich glaube, nicht viel. Er wird wohl eher auf die Alemannia-Karte setzen. Weißt du, welcher Spruch für diese Zeitung gilt? Et es net alles Botter, wart van de Kouh könt.«

»Hä?«

»Kühe produzieren nicht nur Butter, sondern auch viele Kuhfladen.«

Sie hatten sich dem Tesla genähert. Böhnke bemerkte als Erster den Zettel hinter dem Scheibenwischer. Doch kam ihm Christopher zuvor und langte danach. Er schaute kurz auf das Papier, dann meinte er mit gespielter Ruhe: »Das allerdings juckt mich.«

»Hat dein Köter überlebt? Du wirst nicht mehr lange leben«, las Böhnke.

# 15. KAPITEL

Calva hatte Recht behalten. Klaus Hüllencremer hatte mit seiner Berichterstattung über die ›Kampagne gegen die Alemannia‹ fast die komplette Aufschlagseite des Sportteils gefüllt. Ein möglicher neuer Verein aus Aachen, der im Profifußball sein Glück versuchen wollte, war für ihn weniger interessant als das Schicksal des traditionsreichen Aachener Turn- und Sportvereins Alemannia. Für Hüllencremer waren die Überlegungen eine Kampagne gegen den größten Sportverein in Aachen, dessen Erfolge nach Böhnkes Einschätzung nicht gerade berauschend waren, an denen sich Hüllencremer allerdings regelrecht berauschte: einmal Bundesliga-Vizemeister, zweimal Verlierer im Pokalendspiel, einmal Teilnahme am UEFA-Pokal.

Na und?, fragte sich Böhnke. Rechtfertigte ein mäßiger Erfolg in der Vergangenheit einen Absolutheitsanspruch für alle Ewigkeit? Hüllencremer ließ Funktionäre des Vereins zu Wort kommen, die allesamt gegen eine Konkurrenz wetterten und den Investor zu Gesprächen einluden, um über ein Engagement bei der Alemannia zu verhandeln. Der Bürgermeister sprach in versuchter Diplomatie davon, dass es problematisch werden könnte, zwei namhafte Fußballvereine in dieser Stadt erfolgreich zu führen, um in einem Appell dann ebenfalls die Investoren zu einer Unterstützung des bestehenden Vereins aufzufordern. Zugleich äußerte er Zweifel am tatsächlichen Bestehen eines Plans zur Gründung eines AFC-Vereins.

Der Bürgermeister wies ebenso wie die Funktionäre auf die fast schon weltweite Werbewirksamkeit der Alemannia hin. Dieser Werbeträger für die Stadt Aachen dürfe nicht ohne Grund in seiner Wirkungskraft beeinträchtigt werden. Böhnke verstand zwar nicht genau, was Hüllencremer ihm damit sagen wollte, er verstand allerdings, was gemeint war: Es sollte kein neuer Götze neben dem bestehenden aufgebaut werden. Der Platzhirsch musste geschützt werden.

Außerdem, so die letzte Anmerkung von Hüllencremer: Wo soll der neue Verein spielen? Etwa auf dem Tivoli, der Heimstätte der Alemannia? Das ginge gar nicht, zürnte er.

Bekanntlich sollten bei jeder Berichterstattung beide Seiten gehört werden, so hatte Böhnke aus seiner bisherigen Beschäftigung mit den Medien gelernt. Aber hier machte es sich Hüllencremer sehr einfach. Trotz mehrfachen Bemühens sei es nicht möglich gewesen, Informationen vom vermeintlichen Investor AFC oder seinem Interessenvertreter in Aachen zu erhalten. Auch habe Hertha Eilendorf sich nicht äußern wollen. ›Man mauert. Ein Skandal!‹

War es tatsächlich ein Skandal? Für Böhnke war es keiner. Er fand es skandalös, dass ein verletzter Mann unbeachtet aus einem Krankenhaus entführt werden konnte. Aber darüber schrieb die Zeitung eher zurückhaltend. In einer Nachrichtenspalte an der Seite fand Böhnke eine kleine Notiz, dass Sascha Strohkämper spurlos aus dem Klinikum verschwunden sei. Vor ein paar Tagen noch der Hoffnungsträger der Fußballnationalmannschaft und eine Lichtgestalt am Kickerhimmel, heute nur noch eine Randnotiz. Hatte das mit der Schnelllebigkeit des Lebens zu tun oder mit der geringen Wertschätzung eines Menschen, der nicht mehr das sein konnte, was er sein wollte?, fragte sich Böhnke.

Über den toten Trainer Jean-Marie Pfifferlin aus Belgien und das flüchtige Fußballtalent Toni Mukunumunu verlor die Zeitung kein Wort. Alles andere hätte Böhnke auch gewundert, wie es ihn auch gewundert hätte, wenn er eine Zeile über die Drohung gegen Christopher gelesen hätte.

Dieses Schreiben hatte Böhnke zu denken gegeben. Wer war warum hinter Calva her? Standen die Drohungen im Zusammenhang mit dessen Engagement für Sascha? Diesen Zusammenhang wollte Böhnke nicht von vornherein ausschließen. Aber warum?

Oder gab es eine Beziehung zum Mord an Pfifferlin? Da hatte Böhnke Zweifel, zumal die zeitliche Aufeinanderfolge von Mord und Flucht sowie Vergiftung des Hundes nicht passte. Es sei denn, es gab ein perfides, abgekartetes Spiel mehrerer, die Calva schaden wollten, weil er sich zu intensiv mit Pfifferlin und Toni beschäftigte.

Und dann bestand noch die Möglichkeit, dass Calvas Tätigkeit für den asiatischen Konzern ursächlich für die Drohungen war. Doch da stellte sich die Frage, wer wusste überhaupt von dieser Aktivität und hatte einen Grund, sie zu verhindern?

Nach seiner Rückkehr nach Huppenbroich hatte ihn der Journalist angerufen. Auch er hatte diese Gedankenspiele vollzogen und auch gemeint, dass am wahrscheinlichsten seine Arbeit für die AFC eine Rolle spielen könnte, eventuell seine Beziehung zu Sascha und am wenigsten wahrscheinlich ein Zusammenhang mit den Ereignissen in Belgien.

»Aber ganz sicher bin ich mir nicht«, hatte Christopher Böhnke als Abschiedsgruß mit in den Schlaf gegeben. Die Drohungen nahm er zwar ernst, aber als nicht so gravierend an, dass er die Polizei einschalten wollte. Erst auf Böhnkes Drängen war er bereit, wenigstens Grundler darüber zu informieren, bevor er ihn zur Fahrt nach Erkelenz abholen würde.

## 16. KAPITEL

Der Journalist hatte Wort gehalten und vor seinem Erscheinen in Huppenbroich den Rechtsanwalt aufgesucht.

»Was hat er dir geraten?« Böhnke konnte sich Grundlers Empfehlung denken.

»Was wohl? Wir sollen die Polizei einschalten. Er will sich darum kümmern.« Christopher wirkte ungehalten. »Als ob wir nicht genug am Hals hätten.«

»Ich habe gar nichts am Hals«, widersprach Böhnke.

»Doch, hast du, Toni nämlich.« Der Journalist lachte. »Und mich.«

Böhnke freute sich auf die Fahrt in dem Stromer an den Niederrhein. Je länger er darüber nachdachte, umso größer wurde seine Überzeugung, dass Lieselottes nächstes Auto ein Elektrofahrzeug werden würde. Den Strom dafür würden sie selbst erzeugen, wenn er auch noch nicht schlüssig war, auf welche Weise.

»Was gibt's Neues an der Fußballfront?«, fragte er, als sie unterwegs waren.

»Nichts«, antwortete Christopher nahezu beiläufig. »Du hast ja selbst lesen können, dass die Zeitung im Nebel stochert.« Sie hätte eben keine Ahnung und sei ein Hofberichterstattungsorgan der Alemannia.

Wenigstens hätte die Zeitung darüber informiert, dass Sascha aus dem Klinikum verschwunden sei, warf Böhnke ein und erntete dafür ein schallendes Gelächter.

»Das ist eine Supernachricht«, lästerte Christopher. »Denen ist Sascha scheißegal. Die haben den längst abgeschrieben. Ob der verschwunden ist oder nicht, interessiert die nicht mehr sonderlich.« Er langte nach hinten auf den Rücksitz. »Hier. Das ist die Geschichte, nicht der mickrige Einspalter in unserem lokalen Blättchen.«

Momente später hielt Böhnke eine Boulevardzeitung in der Hand. ›Gehen uns die Spieler aus? Nächster Star schwer verletzt. Wer soll in Russland spielen? Bundestrainer verzweifelt. Nach Alexander dem Großen bangen die Fans jetzt um Prinz Franz. Ist er Opfer eines Anschlags geworden? Für ihn bleibt wie für Sascha die Fußballweltmeisterschaft ein unerfüllter Traum.‹ Böhnke warf die Zeitung hinter sich. Das Geschreibe war ihm zu blöd. Er hatte keine Lust, sich durch die Zeitung zu suchen, um endlich einen Artikel zu finden, in dem Fakten genannt wurden.

»Calva, was ist da passiert?«

»Franz Schröder, wegen seiner Spielweise auch Prinz Franz genannt, weil sie der des ehemaligen Kaiser Franz gleicht, hatte einen Zwischenfall auf der Autobahn. Bei Tempo 200 ist ein Reifen seines Sportwagens geplatzt. Die Polizei geht von Unfall aus, schließt aber Fremdverschulden momentan nicht gänzlich aus.« Christopher unterbrach seine Antwort und konzentrierte sich, um nicht an der ewigen Baustelle im Aachener Kreuz die richtige Fahrspur in Richtung Düsseldorf zu verpassen. »Das ist dann der Stoff für den Boulevard und den heiligen Spekulatius. Fremdverschulden nicht ausgeschlossen bedeutet Anschlag. Jemand will Schröder schädigen. Da ist schnell eine Verbindung hergestellt zu dem angeblichen Unfall von Sascha, und in Hinblick auf die WM in Moskau wird die Frage laut, ob es jemand darauf abgesehen hat, die Nationalmannschaft zu schwächen. Wie gesagt, hier schießen die Spekulationen ins Kraut. Fakt ist«, Christopher trat entschlossen aufs Gaspedal, und der Tesla schoss an einer Reihe von Lastern vorbei, »dass es bei Schröder einen Reifenplatzer gab. Mehr nicht. Aber, und jetzt bringe ich Sascha ins Spiel: Ist es nicht merkwürdig, dass zwei hoffnungsvolle Nationalspieler binnen kurzer Zeit außer Gefecht gesetzt werden?«

»Du glaubst nicht an Unfälle?«

»Commissario, ich weiß es nicht, solange ich nicht absolute Gewissheit habe. Es gibt zu viele Gründe, um nicht von einem Unfall auszugehen. Du weißt: Spieler, Berater, Wettanbieter und Zocker, aber auch Sponsoren. Fußball ist nicht nur ein Sportereignis, Fußball ist eine gigantische Maschinerie, bei der die Fußballer Manövriermasse sind.«

Böhnke atmete tief durch. »Das gilt auch für Toni?«

»Für Toni genauso wie für die unzähligen anderen Talente aus Afrika und den Entwicklungsländern weltweit.«

»Aber ist das ein Argument, das gegen die Täterschaft von Toni spricht?«

»Natürlich nicht«, bestätigte Christopher. »Wir sollten uns vielleicht fragen, warum Pfifferlin ermordet wurde.«

»Und warum wurden Sascha und dein Prinz schwer verletzt«, fügte Böhnke hinzu. Er wusste nicht, woran er war.

»Da bist du nicht allein, mein Freund«, entgegnete Christopher. Er konzentrierte sich wieder auf die Fahrt über eine unübersichtliche, kurvige Landstraße zwischen Linnich-Hottorf und Erkelenz-Lövenich, auf der nicht ohne Grund Tempo 50 galt, wie die weißen, mit Namen beschrifteten Holzkreuze an beiden Straßenseiten mahnten.

## 17. KAPITEL

Das Navi versagte bei der Suche nach der Adresse von Saschas Eltern. Sie sollten in einem der Höfe am Schulring wohnen, doch war das Navi bei der undurchsichtigen

Anordnung, der zahlreichen Gehwege und den Garagenplätzen zwischen den Einfamilienreihenhäusern und den Mietblocks überfordert. Kurzentschlossen stellte Christopher seinen Wagen auf einem Parkstreifen ab und versuchte sein Glück unter Mithilfe mehrerer Passanten, die ihn zum Teil in die falsche, zum Teil in die richtige Richtung schicken. »Das ist ja ein richtiges Labyrinth«, fluchte er, als sie endlich vor dem Ziel standen.

Böhnke dachte eher darüber nach, wie sich bei einem Notfall ein ortsunkundiger Rettungssanitäter in diesem Gewirr der Sackgassen und Gehwege zurechtfinden könnte.

Sie seien nicht die Ersten, die nicht auf Anhieb ihr Haus gefunden hätten, meinte Saschas Mutter nach der Begrüßung im Hausflur. »Uns findet so schnell niemand«, sagte sie mit unverkennbar russischem Akzent. Auch der rund 20-jährige Aufenthalt in Deutschland konnte ihn nicht überdecken. Auf mindestens 50 Jahre schätzte Böhnke die Russlanddeutsche, die sie in die gepflegte Wohnung und das schmucke Wohnzimmer führte, in dem großformatige atemberaubende Landschaftsfotos hingen. »Das sind Bilder aus Kirgistan«, erklärte die klein gewachsene Frau in der Küchenschürze. »Das ist das Hochgebirge am Issyk Kul.« Sie hätten in Kirgistan gelebt, bevor sie nach Deutschland übergesiedelt seien. In Bischkek und Sokuluk hätten sie gewohnt und gearbeitet.

Die Informationen gingen an Böhnke vorbei. Er hatte sein Leben lang nichts von Issyk Kul oder Bischkek, geschweige denn Sokuluk gehört. »Und warum wohnen Sie jetzt in Erkelenz? Sie hatten es doch schön in Aachen?«, fragte er.

In Erkelenz und in den Orten darum würden viele

Russlanddeutsche leben, weil es in dieser Stadt eines der größten Übergangsheime gegeben hätte. »Man hat meine Landsleute hier herzlich aufgenommen. Viele unserer Familienangehörigen sind hierhin zugewiesen worden und haben sich eine Existenz aufgebaut. Da sind wir ihnen gefolgt«, erläuterte die Frau freundlich. Sie bot ihren Gästen einen Platz auf dem plüschigen Sofa und trotz des sommerlichen Wetters eine Tasse Tee an.

»Und Sascha hat es viel näher zum Borussia-Park, als wenn sie noch in Aachen wohnen würden.« Christopher klinkte sich in das Gespräch ein. »Das ist doch praktisch, in Gladbach trainieren und dann von der Mutter verwöhnt werden.«

»Das ist ja wohl vorbei!« Statt Trauer ließ sich Zorn in der Stimme der Frau vernehmen. »Schauen Sie, Herr Christopher. Ich weiß nicht, was das soll.« Sie zog aus ihrer Schürze einen Briefumschlag. »Der ist heute gekommen.«

»250.000 Euro, sonst stirbt euer Sohn. Keine Polizei. Wir rufen an«, lasen Böhnke und der Journalist. Sie schauten sich stumm an, dann nickte Christopher, und Böhnke sagte eindringlich: »Für mich ist das eine handfeste Drohung. Sie rufen sofort die Polizei an.« Er blickte nachdenklich die Frau an. »Haben Sie den Brief mit der Post bekommen?«

»Nein, er lag im Briefkasten.«

»Aber Sie wissen nicht, wie er da hineingekommen ist?« Was Böhnke wie eine Frage formuliert hatte, war als Faktum gedacht.

»Ich weiß überhaupt nichts.« Urplötzlich begann die Frau zu schreien. »Sascha wird verletzt, dann verschwindet er, und jetzt sollen wir zahlen, damit er nicht stirbt.«

Entnervt rieb sie sich die tränenden Augen. »Ich will das alles nicht.«

Christopher sprang auf und legte seinen Arm um sie. »Ludmilla, alles wird gut«, sagte er tröstend und zugleich inhaltsleer. »Erzähl! Was weißt du über den Unfall von Sascha?«

Die Frau schniefte. »Sascha ist wie immer an einem trainingsfreien Montag mit dem Rennrad im Meinweggebiet unterwegs gewesen. Und da ist er dann auf freier Strecke gestürzt. Er weiß nicht, wie das passieren konnte. Er kennt die Route in- und auswendig und jedes Schlagloch, jede Kreuzung, jeden Seitenweg. Mehr kann ich dir nicht sagen, Calva.« Wenn er möchte, könne er das Unfallprotokoll lesen. Wieder kramte sie in ihrer Schürze und griff nach einem zusammengefalteten Blatt Papier. »Da steht drauf, wann Sascha wo gestürzt ist.«

Christopher las den kurzen Bericht, machte einige Notizen, dann erhob er sich und reckte sich. »Ich glaub, wir fahren mal zur Unfallstelle. Und du rufst die Polizei an.«

»Vermutlich ist die Erpressung schnell geklärt«, versuchte Böhnke die Frau zu beruhigen. Er nahm den letzten Schluck aus der Teetasse und hievte sich aus dem weichen Sofa. »Sagen Sie den Kollegen alles, was Sie wissen. Sie werden die richtigen Schlüsse ziehen und Maßnahmen treffen.« Er war froh, die Wohnung verlassen zu können, der Kohlgeruch, der aus der Küche drang, war immer unangenehmer geworden.

»Du scheinst sie gut zu kennen, Calva. Oder irre ich mich?« Sie saßen im Auto, und Christopher aktivierte das Navigationssystem.

»Ich kenne die Familie, weil ich mich um sie gekümmert habe, als sie noch in Aachen wohnte«, antwortete er, mit einem Auge auf seinen Notizblock blickend, mit dem anderen das große Display am Armaturenbrett anschauend, auf das er konzentriert seine Angaben eintippte. »Sascha ist mir halt ans Herz gewachsen.«

»Und wo ist der Vater?«

»Der ist seit ein paar Wochen in Sokuluk auf Verwandtenbesuch. Der hat mit seinem Bruder einen LKW dorthin von Deutschland überführt und bleibt noch ein paar Tage bis zum Rückflug.«

»Ist denn bei den Strohkämpers überhaupt was zu holen?« Reich schienen Saschas Eltern nicht zu sein. Bescheiden und sauber war die Wohnung gewesen. Kein Prunk, kein Protz, keine wertvollen Möbel oder Teppiche waren Böhnke aufgefallen.

»Bei denen nicht. Aber bei Sascha. Der hat schon fast eine Million auf der hohen Kante.«

»So viel verdient man im Fußball«, staunte Böhnke.

»Mehr«, entgegnete Christopher knapp.

Wie Böhnke den Hinweisschildern am Straßenrand entnehmen konnte, waren sie in Richtung Roermond in den Niederlanden unterwegs. Besucherzentrum De Mijnweg, hatte Christopher als Ziel vorgegeben. Dort in der Nähe sei es zu dem angeblichen Unfall gekommen, so begründete er seine Wahl. »Was meinst du eigentlich mit dem ›richtige Schlüsse ziehen‹, mein Freund?«

»Ist es dir nicht aufgefallen, mein Freund?«, fragte Böhnke ruhig zurück. »Die Entführer liefern ihre Drohung nicht mit der Post ab. Und: Sascha ist immer mit dem Rennrad im Meinweggebiet unterwegs.«

»Was bedeutet?«

Auch Böhnke reduzierte seine Antwort wie zuvor Christopher auf ein Wort: »Viel.«

»Was ist eigentlich der Issyk Kul?« Böhnke beendete die Stille während ihrer Fahrt über die Bundesstraße vorbei an Wassenberg in Richtung Niederlande.

Christopher lachte auf. »Ich wusste, dass du mich das fragen würdest. Der Issyk Kul ist der zweithöchstgelegene Bergsee der Welt und obendrein der zweitgrößte. Der hat über 6.000 Quadratkilometer und war zu Zeiten der Sowjetunion ein Ferienparadies ähnlich dem Bodensee bei uns. Da kannst du Urlaub machen, ohne dass dich jemand kennt. Und drumherum hast du Berge, die vier- bis sechstausend Meter hoch sind«, antwortete Christopher schwärmend.

»Du warst schon mal da?«

»Ja, mit Ludmilla und Gregori Strohkämper im letzten Jahr. Da haben die mich mitgenommen. War richtig toll. Aber nichts für dich oder andere verweichlichte Mitteleuropäer und Strandburgenbauer.« Er orientierte sich kurz an den Hinweisschildern, als traue er seinem Navi nicht, nachdem sie in Rothenbach die Staatsgrenze überquert hatten, dann fuhr er entschlossen weiter.

Nach wenigen Kilometern auf der Schnellstraße, vorbei an Wald und Weiden, bog Christopher nach rechts in Richtung eines großen, freistehenden Gebäudes mit einem bewachsenen Dach ab. Dies sei das frühere Informationszentrum des deutsch-niederländischen Naturparks Meinweg gewesen, erklärte er seinem Beifahrer. Nunmehr sei es in erster Linie ein Café mit angeschlossener Verkaufstheke und einem Informationsstand. Er setzte die Fahrt fort in Richtung Wald, und schon bald befanden sie sich auf einer schnurgeraden Straße, die beiderseits von Bäumen gesäumt war. »Jetzt sind wir mitten im Meinweg«, erläuterte Christopher. »Hier hast du Wald, Heidelandschaft, Moore und Seen. Das ist eine Naturlandschaft, wie du sie in Mitteleuropa so schnell nicht wieder findest.«

»Du warst wohl noch nicht im Hohen Venn«, hielt Böhnke dagegen.

»Doch«, widersprach Christopher. »Aber das ist ein reines Hochmoor. Hier hast du eine abwechslungsreichere Landschaft.«

Eine Landschaft, die schachbrettartig durch ein Wegenetz aufgeteilt wurde, wie Böhnke erkannte.

Nach einigen Kilometern war Christopher nach rechts abgebogen und fuhr wieder auf einer schnurgeraden Straße, die leicht anstieg. »Früher waren die Wege einmal alles Brandschneisen«, erläuterte er.

Nur aus dem Augenwinkel bekam Böhnke ein Schild mit dem Hinweis auf die Bundesrepublik Deutschland mit.

»Das wechselt hier immer wieder, mal sind wir in Deutschland, dann wieder in Holland. Deshalb spricht man ja auch vom internationalen Naturpark Meinweg als Teil des großen Naturparks Maas-Schwalm-Nette.«

»Und hier drehte Sascha seine Runden auf dem Rennrad.« Böhnke staunte ein wenig. »Das sind ja allein fast 30 Kilometer Anfahrt von Erkelenz aus.«

»Sascha fuhr immer 100 Kilometer«, klärte ihn Christopher auf, »immer dieselbe Strecke von Erkelenz durch die Myhler Schweiz und an Rothenbach vorbei in den Meinweg. Dort quer durch den Wald und dann zurück nach Erkelenz.« Er fuhr langsamer. »Hier muss ungefähr die Stelle sein, wo es ihn vom Rad gehauen hat.«

»Woher weißt du das?«

»Über seinen Radcomputer. Der zeichnet alles auf, unter anderem die GPS-Daten. Und hier blieb das Gerät stehen, weil es nicht weiterging. Warum wohl?« Christopher hatte angehalten und war ausgestiegen. »Dann wollen wir uns mal auf die Suche machen«, schlug er jovial vor.

»Wonach soll ich denn suchen hier im Nichts? Da finde ich ja eher einen Nadel im Heuhaufen.« Böhnke schaute sich um und erkannte nichts außer einem Wald aus Kiefern und Birken, durch den sich dieser gerade Weg zog. Das Stöbern im Nichts gehörte einfach zur Errmittlungsarbeit, und manchmal war das angebliche Nichts doch das berühmte schwarze Loch, das mehr mehr enthielt, als man glaubte. Aber es fiel ihm schwer, Christophers Aufmunterung nachzukommen.

»Nach etwas, das uns Aufschluss geben kann über Saschas Missgeschick.« Christopher vermied bewusst, von einem Unfall zu reden.

»Meinst du nicht, dass das schon die Polizei gemacht hat?«

Der Journalist lachte bitter auf. »Hier im Niemandsland? Die wissen doch bis heute noch nicht, wer eigentlich zuständig ist. Das hat doch eine Ewigkeit gedauert, bis nach Saschas Notruf ein Rettungswagen anrückte.« Böhnke glaubte sich zu verhören, als Christopher berichtete, dass der Notruf vom Handy des Spaziergängers im niederländischen Funknetz landete, obwohl sich der Weg auf deutschem Gebiet befand. Daraufhin hätte die niederländische Notrufzentrale einen Rettungswagen aus Roermond in Gang setzen wollen, der aber zurückgepfiffen wurde, als man in der Zentrale erkannte, dass der Anruf jenseits der Grenze abgesetzt worden war. Damit war der deutsche Rettungsdienst zuständig, der aber nicht direkt informiert werden konnte, sondern über das deutsche Innenministerium. »Das ist das praktizierte Europa und der kleine Grenzverkehr.« Die Ironie tropfte aus jedem Wort. »Hauptsache, die Gurken haben eine gewisse Länge, Dicke und Gleichmäßigkeit.«

Böhnke war mehr am Ergebnis interessiert als an dem Lamentieren von Christopher. »Was passierte dann?«

»Irgendwann hat die zuständige Leitstelle im Kreis Heinsberg Bescheid bekommen, die hat den Rettungsdienst alarmiert.« Christopher schüttelte ungläubig den Kopf. »Und jetzt kommt der Treppenwitz des Jahres. Weil die keinen Einsatzwagen frei hatten, haben die ihre Kollegen aus Roermond um Hilfe gebeten. Die sind dann gekommen und haben Sascha versorgt und in das nächstgelegene Krankenhaus in Deutschland gebracht. Da hat kein Mensch darüber nachgedacht, warum sich Sascha so schwer verletzt hatte. Man ging von einem selbstverschuldeten Sturz aus.«

Ungläubig staunte Böhnke seinen Begleiter an. Sollte er das glauben, was dieser ihm aufgetischt hatte? Es fiel ihm schwer. Nachdenklich trottete er hinter Christopher her, der neben dem festgefahrenen Weg langsam durch das Gestrüpp stapfte.

»Wenn wir etwas finden, dann hier«, murmelte der Journalist suchend. Er schob die Äste einen Busches beiseite, um ungestört auf Bäume blicken zu können. »In ungefähr einem Meter Höhe«, sagte er zu sich. Seine Augen wanderten suchend von Baum zu Baum, von Böhnke zweifelnd beobachtet.

»Da!« Christopher war vor einer jungen Birke stehen geblieben. Der Stamm hatte gerade mal den Umfang eines

Oberarmes. »Siehst du?« Er zeigte auf eine Einkerbung in der Rinde. »Die ist noch frisch.«

Bestätigend nickte Böhnke. Nach dem Fingerweis war ihm die Verletzung der Rinde aufgefallen, die sich im Halbrund zum Wald hin um den Stamm zog. »Das sieht so aus, als habe sich hier ein Draht oder etwas Ähnliches eingeschnitten«, sagte er und schaute erstaunt hinter Christopher her, der unterwegs zur anderen Seite des Weges war.

»Wollen wir wetten, dass wir hier etwas finden?«, rief der Journalist. Er hatte die Bäume angepeilt, die fast in gerader Linie zur auffälligen Birke standen.

»Mit dir wette ich nicht«, brummte Böhnke, dem Christopher fast schon unheimlich vorkam.

Der Mann war im wahrsten Sinne des Wortes zielstrebig.

»Ich hab's«, rief er fast schon begeistert. »Hier gibt es dieselbe Einkerbung.« Er strahlte Böhnke an. »Was schließen wir daraus?« Er gab sich die Antwort auf seine Frage: »Dass jemand vor nicht langer Zeit einen Draht oder ein Stahlseil über den Weg gespannt hat, gegen das Sascha geprallt ist.«

»Zufall, dass es ihn erwischte?« Böhnke glaubte nicht daran, als er fragte. Christophers Entdeckung und seine Folgerung waren eindeutig. Einen Witzbold, der Autofahrer oder Fahrradfahrer erschrecken wollte, konnte er sich nicht vorstellen. Der hätte nicht unbedingt seine Spuren verwischen wollen, sondern hätte sich aus dem Staub gemacht, nachdem er das Hindernis über die Straße gespannt hatte.

Der Journalist bestätigte ihn. »Da hat jemand bewusst Sascha aufgelauert, ihm die Falle gestellt und anschließend den Draht mitgenommen. Denen war egal, was mit Sascha passiert, die wollten ihn schädigen, aber nicht unbedingt umbringen.« Sonst hätten sie den wehrlosen Jungen getötet, folgerte Christopher.

Böhnke schwieg. Er hatte sich an den Baum gestützt und schaute auf den Waldboden. Das leichte Blinken eines Gegenstandes hatte seine Aufmerksamkeit geweckt. Das Bücken fiel ihm nicht mehr so leicht wie vor dem Unfall. »Man wird alt«, stöhnte er, während er nach dem Teil griff.

»Na, was hast du denn da Schönes?«, fragte der Journalist, als Böhnke sich mühsam aufrichtete. Er nahm den Gegenstand entgegen und betrachtete ihn. Vielleicht wusste er mehr damit anzufangen als der ahnungslose Böhnke.

»Du weißt nicht, was das ist?« Christopher drehte das triangelförmige, silberfarbene Teil in seinen Fingern. »Das ist Teil eines Kettennotgliedes, würde ich sagen. Das ist denen wohl bei der Demontage des Seils runtergefallen. Sie haben es entweder nicht bemerkt oder sie haben es auf dem Boden nicht gefunden. Haben ja nicht alle so Adleraugen wie du, Commissario.«

Eine andere Erklärung für den Gegenstand hatte auch Böhnke nicht. Christophers Einschätzung schien plausibel. Da hatte wohl jemand tatsächlich den Draht oder das Seil quer über die Straße gesperrt und wieder entfernt. »Das bedeutet, dass man Sascha aufgelauert hatte und genau wusste, dass er zu einer bestimmten Zeit an einer bestimmten Stelle vorbeifahren würde«, überlegte er laut. »Und das bedeutet wohl auch, dass mindestens zwei Personen beteiligt gewesen sein müssen. Einer, der das Hindernis aufbaute und bewachte und ein zweiter, der ihn darüber informierte, dass Sascha in der Anfahrt war.«

»So wird es gewesen sein«, bestätigte der Journalist. »Was uns aber nicht die Antwort auf die Frage gibt, wer dahintersteckt. Aber ich habe die Gewissheit, dass es tatsächlich ein Attentat auf Sascha gab.«

»Da hast du ja jetzt eine Exklusivstory.«

»Arsch«, entfuhr es Christopher spontan. Sofort entschuldigte er sich gestenhaft für die Beleidigung. »Das ist keine Story. Damit gehe ich doch nicht hausieren. Damit gehe ich zur Polizei.«

»Aber nicht sofort«, Böhnke bremste ihn. »Du gehst zunächst zu Grundler und besprichst die Situation. Dann entscheiden wir, wann wir meine Exkollegen einschalten.« Er blickte sich um. »Spuren finden die hier eh keine mehr.« Er beobachtete Christopher, der die Einkerbungen in den Baumstämmen mit seiner Handykamera ablichtete.

»Beweismaterial sichern«, sagte er grinsend. »Bevor das verwächst oder vom Wild abgenagt worden ist.«

»Oder bevor dein Hund dagegenpinkelt«, wollte Böhnke witzig erwidern.

»Der ist froh, dass er lebt. Ehe der wieder Bäume markieren kann, vergeht wohl noch einige Zeit.«

»Bis dahin haben wir hoffentlich herausbekommen, warum er vergiftet wurde.«

Christopher ging auf die Bemerkung nicht ein. »Sollen wir heute unsere Dreiländertour machen?«

»Muss das sein?« Böhnke stöhnte. Jetzt noch nach Belgien zu fahren, um wegen Toni nach Hinweisen zu suchen, danach stand ihm nicht der Sinn.

»Ist dein Fall, Commissario«, sagte der Journalist. »Ich bin nur der Chauffeur. Ich kann dir nur eins sagen, mein Freund: Wat net bejausse weäd, dat wahßt ouch net.«

# 18. KAPITEL

»Was hast du eigentlich eben gemeint?« Nachdenklich beendete Böhnke die Stille, die nach der Abfahrt eingetreten war.

»Wat net bejausse weäd, dat wahßt ouch net, meinst du?« Christopher lachte laut auf. »Was du nicht begießt, kann auch nicht wachsen, oder anders ausgedrückt: Wenn du jetzt nicht nachfragst, ist es vielleicht zu spät. Also: Machen wir uns auf die Socken ins Pommesland?«

Böhnke musste schmunzeln. »Dann geben wir also dem toten Pfifferlin Wasser.«

Er wollte die Fahrt nach Belgien nutzen, sich auf die Fakten zu konzentrieren, die er hatte. Viel hatte er nicht in der Hand.

»Erster Fehler, mein Freund«, unterbrach ihn Christopher. »Nicht du, wir sind am Ball. Du spielst kein Solo, du spielst mit mir auf zwei Feldern. Auf einem mit Sascha und auf einem mit Toni.«

»Okay.« Böhnke wollte sich nicht auf kleinkarierte Wortklauberei einlassen. »Wir fassen zunächst die Situation um Sascha zusammen. Was wissen wir?« Er ließ Christopher nicht zu Wort kommen, sondern fuhr schnell fort. »Sascha ist offenbar Opfer eines Attentats geworden. Wer die Tat verursacht hat, wissen wir nicht. Sascha ist verschwunden. Wo er sich aufhält, wissen wir nicht. Bei seinen Eltern haben sich Erpresser gemeldet. Wer sie sind, ob sie identisch sind mit den Attentätern und ob sie Sascha entführt haben, wissen wir nicht.«

»Du kannst wirklich toll motivieren, Commissario.« Der Journalist war wenig begeistert von der nüchternen Aufzählung der Fakten.

»Wieso?« Böhnke tat erstaunt. »Wir haben doch ein gutes Gerippe. Da können wir jetzt Fleisch dranpappen.«

»Super«, feixte Christopher. »Du sagst mir im Prinzip, dass wir im Prinzip nichts haben, und siehst das auch noch positiv.« Ob er im Falle Pfifferlin auch so viele Erkenntnisse habe, wollte er ironisch wissen.

»Warten wir's ab, bis wir ihn begossen haben«, konterte Böhnke. »Wir haben ja noch eine dritte Baustelle, Calva.« Er schaute seinen Fahrer von der Seite an. »Du hängst ja auch an einem Fliegenfänger, wenn ich das richtig sehe. Dein Hund wurde vergiftet, du wurdest bedroht. Da sind die Fakten. Der Rest sind Fragen.«

»Welche?«

»Wer bedroht dich warum?«, antwortete Böhnke mit der kurzen Gegenfrage. »Hat das etwas mit Sascha zu tun oder etwas mit deinem Engagement für AFC oder vielleicht doch mit Toni? Ich weiß es nicht.«

Christopher schwieg nachdenklich. Böhnke schaute sich um. »Wo sind wir eigentlich?« Der Journalist hatte ihn durch Kleinstädte und Dörfer quer durch die limburgische Schweiz an Valkenburg vorbei nach Belgien kutschiert.

»Wir sind gleich da«, antwortete Christopher gelassen. »Wenn du ein wenig besser in Heimatkunde aufgepasst hättest, wüsstest du, dass westlich von uns Lüttich und links von uns Aachen liegt. Nur noch ein paar Kilometer, und wir sind in Eupen.«

»Was wollen wir da?«

»In die Wohnung von Pfifferlin«, antwortete Christopher beiläufig.

»Und wie kommen wir da rein?«

»Mit dem Schlüssel natürlich.« Christopher grinste Böhnke an. »Hab ich dir nicht gesagt, dass ich mit Pfifferlin befreundet war?« Böhnkes Verblüffung ließ ihn lachen. »Nicht, wie du denkst, wir hatten nichts miteinander. Wir sind Fußballfreunde, quasi fußballerische Blutsbrüder. Ich habe seinen und er meinen Wohnungsschlüssel.«

Böhnke fühlte sich ein wenig düpiert. Christopher ließ ihn glatt auflaufen, indem er ihm Informationen vorenthielt.

»Woher soll ich wissen, was du wissen willst und was für dich interessant ist?«, antwortete der Journalist auf dessen geknurrte Bemerkung. Er hatte die Eupener Innenstadt erreicht, lenkte sein Fahrzeug auf den Parkplatz am Marktplatz, ohne sich um das Halteverbotsschild zu kümmern, und forderte Böhnke auf, ihm zu folgen. »Keine Sorge, ich kriege kein Knöllchen. Das ist kein öffentlicher Parkplatz. Das Schild ist nur Attrappe. Das ist der Privatparkplatz von Pfifferlin.« Zügig schritt er auf die Häuserfront auf der anderen Straßenseite zu.

Böhnke folgte ihm, interessiert darauf wartend, welchen Eingang Christopher nehmen würde, und er musste schmunzeln, als er das Nachbarhaus des Rechtsanwaltes ansteuerte, mit dem er es beruflich schon einmal zu tun hatte. »Die Welt ist klein«, sagte er leise, aber nicht leise genug für Christopher.

»Vielleicht klein, aber immer wieder für eine Überraschung gut«, entgegnete der Journalist. Er öffnete die einfache Holztür neben dem Geschäft eines Juweliers.

Ehe Böhnke sich versah, befand er sich in einem Innenhof, der an allen vier Seiten von Backsteinwänden umgeben war, in denen über zwei Stockwerke symmetrisch Fenster eingebaut waren. »Alles Mietwohnungen«, sagte Christopher ungefragt, »alle von Pfifferlin.«

»Wer erbt?« Böhnke hatte die Folgefrage gestellt, nachdem er sich vergewissert hatte, dass es mindestens acht Wohnungen in diesem Objekt gab, zuzüglich des Geschäftslokals.

»Keine Ahnung. Du hast Sorgen.« Christopher war zügig durch den großflächigen Innenhof gegangen und hatte eine breite Haustür aufgeschlossen. Behände stieg er über eine breite Treppe bis ins Obergeschoss. »Hier hatte Pfifferlin sein Reich. Fast so groß wie meines und auch nicht von schlechten Eltern.« Höflich forderte er Böhnke zum Eintritt in die Wohnung auf.

Dem Pensionär war nicht wohl bei dem Gedanken, eine Wohnung zu betreten, in der seine belgischen Kollegen vielleicht noch Spuren suchten.

»Findest du etwa ein Amtssiegel am Türschloss?« Christopher wischte die Bedenken beiseite. »Die haben garantiert alles gefilzt, was zu filzen war. Der Hausverwalter hat mir gesagt, dass die Wohnung freigegeben ist.«

»Wann hast du denn mit dem gesprochen?«

»Heute morgen«, antwortete der Journalist gelassen, »bevor wir uns getroffen haben.«

»Davon hast du mir nichts gesagt«, meinte Böhnke vorwurfsvoll.

Christophers ›Alles zu seiner Zeit‹ konnte seinen Unmut nicht mildern. Er fühlte sich zum zweiten Mal in kürzester Zeit von dem selbstverliebten Journalisten hintergangen.

»Commissario, stell dich nicht so an. Lass uns lieber nachsehen, ob wir etwas finden, das Toni entlasten könnte.«

»Wie blauäugig bist du denn?«, fragte Böhnke gereizt. »Glaubst du etwa, die Polizei hätte das nicht schon längst gefunden?«

»Umso besser.« Christopher ließ sich nicht beirren. »Aber vielleicht finden wir etwas, was sie übersehen haben.«

Böhnke folgte ihm durch den Flur ins Wohnzimmer. Teuer, aber geschmacklos, so kam ihm die Wohnungseinrichtung vor. Schwere, dunkle Möbel, dicke Teppiche über einem Parkettboden und Seidentapeten in Pastellfarben an den Wänden, an denen Ölgemälde mit Jagdmotiven hingen, entsprachen nicht seiner Vorstellung einer gelungenen Wohnungseinrichtung.

»Der ist Belgier, die richten sich so ein«, kommentierte Christopher. »Mit gefällt's auch nicht, aber Pfifferlin fand es schön.«

Nichts deutete in den Zimmern darauf hin, dass hier ein Mensch erstochen worden war.

»Hier gibt es nichts für uns zu tun«, meinte Böhnke unzufrieden. Es ärgerte ihn, dass er überhaupt nach Eupen gefahren war.

»Nicht so negativ, Commissario«, erwiderte der Journalist. Er ging zielstrebig in einen Raum, den Böhnke rasch als Arbeitszimmer erkannte. Schreibtisch, Computer, zahlreiche Regalschränke ließen keine andere Nutzung des Raums zu. »Hier findest du alles über alle Spieler, die Pfifferlin im Laufe seines Lebens trainiert hat.« Er grinste Böhnke an. »Vielleicht hat er auch einige von ihnen geliebt.«

»Oder er hat sich an ihnen vergriffen.«

»Schwamm drüber.« Christopher wollte diese Schattenseite von Pfifferlin nicht zur Kenntnis nehmen. Er griff nach dem Aktenorder, den Pfifferlin nach der Aufschrift erst in diesem Jahr angelegt hatte. »Da findest du Trainingspläne, Spielberichte und das Geschehen in seinem Verein«, informierte er Böhnke, nachdem er darin geblättert hatte.

»Hast du etwas anderes gesucht?«

»Ja. Ich suche ein Verzeichnis der Spieler, die Verträge mit ihnen, den Beratern und den Vereinen.« Christopher stand suchend vor einem Regalschrank.

»Warum?«

»Warum nicht? Angeblich wurde Pfifferlin von einem Spieler, nämlich von Toni, ermordet. Also will ich alles über das Verhältnis zwischen den beiden herausfinden beziehungsweise einen Grund, warum dieses Verhältnis ursächlich für den Mord sein soll.«

Er sei sehr optimistisch, meinte Böhnke. Er deutete auf den Rechner. »Vielleicht findest du die Daten darin.«

Christopher schüttelte den Kopf. »Den rühr ich nicht an. Wenn ich den hochfahre, sieht jeder, der will, dass jemand nach den Ermittlungen der Polizei hier herumgeturnt ist. Diese Spur möchte ich nicht hinterlassen.« Er hatte zwei Aktenordner aus der Reihe herausgezogen. »Einer für dich, damit du siehst, wie arm Pfifferlin war, einer für mich, damit ich sehe, wie er mit seiner fußballerischen Tätigkeit Geld verdient hat.«

Skeptisch nahm Böhnke den Ordner in die Hand. Sein Staunen wurde immer größer, je länger er durch die abgehefteten Papiere blätterte. Schnell kam er zu der Erkenntnis, dass Pfifferlin mehrfacher Millionär gewesen sein musste. Über 20 Mietshäuser besaß er neben dem ehemaligen Gutshof, in dem die Trainerakademie untergebracht war. Sämtliche Wohnungen waren vermietet. Außerdem gehörten ihm Ferienhäuser an der Küste bei De Haan, auf Fuerteventura und in Balderschwang im Allgäu. »Der ist im Geld geschwommen«, kommentierte er.

»Richtig. Der wusste gar nicht, wohin mit den Flocken. Ein cleverer Profifußballer hat für alle Zeiten ausgesorgt.«

»Und ein nicht cleverer?«

»Der steht nach seiner Karriere quasi vor dem Nichts. Den haben dann seine Berater gerupft wie eine Weihnachtsgans. Du glaubst gar nicht, wie viele ehemalige Profis mit dem Existenzminimum auskommen müssen, weil sie ihr Geld während der Karriere verprasst oder es dem Berater ins Maul und anderswohin gestopft haben.« Es gebe ein interessantes Buch, das aktuell erschienen sei. Darin würden die Untersuchungsergebnisse einer Enthüllungsplattform dokumentiert. »Wenn du das liest, glaubst du nicht mehr an den ehrlichen Sport. Es geht nur um Abzocke.«

»Und Pfifferlin war ein Teil dieser Abzockermaschinerie.«

»Nein.« Christopher widersprach energisch. »Der hat sich um die Spieler gekümmert, der hat sie kostenlos beraten, der hat sie sogar mietfrei in seinen Wohnungen untergebracht, wenn sie für die Akademie zu alt waren und keine Verträge bei Vereinen bekommen hatten.«

»Und im Gegenzug mussten ihm diese Männer gefällig sein.« Böhnke wollte nicht an das Gute glauben.

»Nein. Das kann nur jemand denken, der Pfifferlin nicht kannte. Der hatte es zum einen nicht nötig, sich jemanden gefügig zu machen, und er war zum anderen vom Charakter her immer hilfsbereit und um Redlichkeit bemüht.«

»Der Frosch zwischen den Störchen oder der Hering zwischen den Haifischen.« Der Mann müsse doch zwangsläufig ein Einzelkämpfer gewesen sein. »Hatte der überhaupt Freunde in der Fußballszene, wenn er sich so total anders verhalten hat?«

»Das hat ihn nie interessiert. Pfifferlin ist ein Fußballverrückter gewesen. Fußball war sein Leben, nicht das Geldscheffeln mit dem Fußball.«

»Aber er hat es doch auch gescheffelt.«

»Richtig. Sollte er es etwa ablehnen, als ihm in Southampton der erste Profivertrag angeboten wurde? Natürlich nicht«, antwortete Christopher sich selbst. »Erst kam der Vertrag, dann sein Berater.«

»Dieser Richard Matthieux.«

»Genau. Die haben sich in jungen Jahren zu Schulzeiten kennengelernt. Zwei Belgier in England, da wird man fast schon zwangsläufig Freunde. Matthieux hat sich um alles gekümmert, während Pfifferlin sich auf seine Karriere konzentrierte. Sie sind zusammen in das Metier eingestiegen. Pfifferlin hat gekickt, Matthieux hat gemanagt. Der hatte ein Händchen fürs Geschäft, versorgte Pfifferlin mit Werbeverträgen und war einer der ersten, der die Rechte am Bild von Pfifferlin an eine Werbeagentur verkaufte. Es hat sich bald herumgesprochen, dass er Pfifferlin gute Verträge verschaffte, sodass sich immer mehr Spieler an ihn als Berater banden. Clever, wie Pfifferlin und Matthieux waren, haben sie eine gemeinsame Beratergesellschaft gegründet.«

»Warum? Matthieux hätte doch alleine tätig sein können. Da brauchte er doch nicht mit Pfifferlin zu teilen?«, hakte Böhnke ein.

»Das waren Freunde. Und«, Christopher hob oberlehrerhaft den Zeigefinger, »der Name Pfifferlin zog. Der Werbewert seines Namens war hoch. Junge Spieler sahen ihn als Vorbild und waren stolz darauf, von einer Beratergesellschaft vertreten zu werden, die zum einen erfolgreich war und die zum anderen mit einem prominenten Zugpferd aufwarten konnte.«

»War denn Pfifferlin so berühmt?« Böhnke konnte sich nicht an den Mann oder an frühere Erfolge des Mannes erinnern.

»Du hast wirklich keine Ahnung, Commissario. Pfifferlin ist in England zur Marke aufgebaut worden. Zum rothaarigen Heißsporn und belgischen Kämpfer, der bis zur letzten Sekunde ackert.« Er schnaubte. »Mit einem Mal war alles vorbei. Der englische Boulevard stellte Pfifferlins Homosexualität an den Pranger und behauptete, er habe sich an einem Nachwuchsspieler vergreifen wollen. Da hat die Fußballmafia Pfifferlin sofort wie eine heiße Kartoffel fallen gelassen. Nur Matthieux hielt ihm die Stange. Die beiden haben wegen Verleumdung geklagt und haben Recht bekommen, weil das angebliche Opfer von einvernehmlichem Sex mit Pfifferlin sprach. Aber da war schon alles zu spät. Pfifferlin verließ als zerstörter Held England und kehrte nach Belgien zurück. Hier baute er gemeinsam mit Matthieux das Beraterbüro auf und machte sich mit seiner Trainerakademie selbstständig. Zahlreiche Profis aus Afrika, die in Europa spielen, sind von ihm ausgebildet worden.« Er nannte etliche Namen, die Böhnke allesamt nichts sagten.

»Du Banause«, lästerte Christopher, »da sind einige Superstars bei, die zig Millionen im Jahr verdienen.«

»Beziehungsweise ihre Berater.« Böhnke verstand den Zweck ihres Besuchs in dieser Wohnung nicht. »Um mir von Pfifferlins Karriere zu erzählen, fährst du mich hierhin? Hier finden wir nichts, was zur Entlastung von Toni führen könnte. Oder hast du etwas entdeckt?«

»Sei nicht so kleinkariert.« Christopher blieb gelassen. Er sah sich um und überlegte. »Was wissen wir? Toni wurde gesehen, wie er mit einem Messer in der Hand auf die Straße lief. Er sagt, er habe das Messer aufgehoben, Pfifferlin sei schon tot gewesen. Die Polizei glaubt ihm nicht, weil sich an dem Messer seine Fingerabdrücke befinden. Stimmt's?«

Böhnke nickte stumm. Was sollte nicht stimmen, wenn eh alles klar war.

»Ich frage mich, wer hat Toni gesehen.«

»Zeugen.« Böhnke verstand den Sinn der Frage nicht. »Passanten, Bürger, jemand der draußen herumlief und der zufällig auf Toni traf.«

»Was spricht eigentlich dafür, dass Toni nicht der Mörder ist?«

»Nichts«, antwortete Böhnke. »Die Sache ist eindeutig«, sagte er, obwohl er wusste, dass ein gewiefter Anwalt wie etwa Grundler das Gegenteil unterstellen würde.

»Ich behaupte, jemand hat Toni aufgelauert, weil er mitbekommen hat, dass er mit Pfifferlin verabredet war. Dieser Unbekannte hat Pfifferlin ermordet. Da es keinen Kampf gegeben hat, gehe ich davon aus, dass sich Täter und Opfer kannten. Oder siehst du etwa Kampfspuren? Wenn dem so gewesen wäre, hätte die Polizei garantiert nicht aufgeräumt. Dann hätten die die Wohnung auch nicht freigegeben. Toni fand den Toten, packte nach dem Messer und lief erschrocken davon.« Pfifferlin schaute Böhnke an. »Vielleicht ist er im Treppenhaus oder im Innenhof sogar dem Mörder begegnet oder ist von dem beobachtet worden.«

»Glaubst du etwa, die Polizei hat diese Möglichkeit nicht auch geprüft?«, mischte sich Böhnke ein. »Die Befragung der Mieter ist doch eine Routineangelegenheit.«

»Sind alles Fußballer«, sagte Christopher. »Die waren wahrscheinlich allesamt nicht im Haus, sondern beim Training oder in der Akademie.«

»Wird die Polizei auch abgeklärt haben, denke ich.«

»Ob die auch in Pfifferlins Schlafzimmer die Trophäensammlung abgeklärt haben?« Christopher näherte sich einer Tür, hinter der er verschwand.

Notgedrungen stiefelte Böhnke hinterher. Ein fremdes Schlafzimmer, und dann noch das eines Toten, hinterließ bei ihm ein Gefühl, die Intimsphäre des Bewohners zu verletzen. Dabei gab es in dem Zimmer nichts Ungewöhnliches, das es deutlich von anderen unterschied, wie er mit einem Blick feststellte. Nur das Regal mit den Pokalen und Plaketten gehörte nicht zur normalen Ausstattung eines Schlafzimmers.

»Ist ja auch nicht jeder Pokalsieger geworden oder hat in einem europäischen Wettbewerb gespielt«, kommentierte Christopher. Er suchte zwischen Erinnerungsstücken einer längst vergangenen Fußballerkarriere. »Da könnte er sein«, murmelte er, griff nach einem Pokal und betrachtete den Sockel.

»Wer?«

Der Journalist beachtete seinen Begleiter nicht. Er drehte den Pokal in seinen Händen und stellte ihn wieder hin. »Hier nicht.« Er packte sich die nächste Trophäe, die er nach kurzer Untersuchung zurück an ihren Platz stellte. »Aber jetzt.« Er kontrollierte eine kleine, unscheinbare Plakette auf einem Holzbrett. »Die hat Pfifferlin für sein 250. Ligaspiel bekommen.« Erst vorsichtig, dann mit Gewalt drehte er die runde Metallplatte auf dem Holz. Langsam lockerte sich das Gewinde, und es ließ sich die Platte von der Unterlage lösen. »Ich hab's doch gewusst«, frohlockte Christopher. Er zeigte Böhnke einen kleinen Schlüssel, der zu einer Schmuckschatulle oder einem Safe passen könnte.

»Woher weißt du?« Böhnke wusste nicht, worüber er mehr staunen sollte, über das Versteck, das bei der Durchsuchung der Wohnung niemandem aufgefallen war und auf das er selbst als Polizist wahrscheinlich nicht gekommen wäre, oder über Pfifferlin, der entweder ein permanentes Glückskind war oder mehr wusste, als er von sich gab.

»Wir waren Freunde, habe ich dir doch gesagt. Und Pfifferlin hat mir gegenüber einmal angedeutet, er habe sich für alle Fälle abgesichert. Ein wahrer Fußballfreund würde herausfinden, was er damit meint.«

»Und was meinte er?«

»Diesen Schlüssel.«

»Der wozu passt?«

»Zu einem Wandschrank irgendwo in der Trainingsakademie.«

»Wie kommst du darauf?«

»Weil es hier keine versteckten Schränke gibt«, antwortete Christopher. Er grinste Böhnke an. »Jetzt komm mir bitte nicht damit, wir müssten die Polizei informieren. Das werden wir tun, mein Freund. Aber erst, nachdem wir uns ein Bild gemacht haben.«

Mit dieser Regelung konnte sich Böhnke notgedrungen abfinden. »Inwiefern willst du dadurch die Unschuld von Toni beweisen?«

»Ist doch klar: Wenn ich herausbekomme, dass jemand diesen Schlüssel haben wollte, weil er damit an Unterlagen von Pfifferlin herankommt, die ihn eventuell belasten oder mit einem Verbrechen in Verbindung bringen, haben wir jemanden mit einem schwerwiegenden Motiv.«

»Wer soll das sein?«

»Keine Ahnung. Ein ehemaliger Spieler vielleicht, ein aktueller Spieler, ein früherer Mitspieler von Pfifferlin.«

»Oder Matthieux.«

»Theoretisch auch Pfifferlins Freund Matthieux«, bestätigte Christopher. »Aber da sehe ich gar keinen Grund. Die beiden sind gut im Geschäft und haben sich noch nie gezankt, soviel ich weiß.« Er streckte sich gähnend. »So, was wir angefangen haben, bringen wir auch zu Ende. Jetzt fahren wir zur Akademie.«

# 19. KAPITEL

Sie waren von Eupen südwärts gefahren, hatten das Hohe Venn gestreift und fuhren nun in Richtung Francochamps.

»Du weißt, wo wir hinmüssen?«, fragte Böhnke unsicher, zumal Christopher auf den Einsatz des Navis verzichtet hatte. Ihm kam es vor, als führen sie ziellos durch die ostbelgische Provinz.

»Keine Sorge, mein Freund, hier kenne ich mich aus wie in meiner Westentasche«, sagte er, was Böhnke nicht sonderlich beruhigte; nicht nur, weil Christopher gar keine Weste trug. Nach seiner Ansicht musste sich der Journalist verfahren, so, wie dieser an jeder Kreuzung um sich schaute.

Ein lauter Torjubel schreckte Böhnke auf. Es dauerte, bis er den Jubel als Signal eines Anrufes wahrnahm. Erst als sich Christopher mit dem Namen meldete und auf dem Display des Bordcomputers die Rufnummer eines Mobiltelefons aufblinkte, war er wieder im Bilde.

»Was gibt's?«, fragte Christopher laut in den Innenraum seines Teslas.

»Einen Sachstandsbericht beziehungsweise einen Zwischenstand meines Bemühens«, tönte aus einem Lautsprecher, den Böhnke nicht orten konnte. Der Stimme nach zu urteilen, konnte es sich bei dem Anrufer nur um Grundler handeln. »Sind Sie allein? Kann ich sprechen?«

»Kannst du, Tobias.« Energisch war Böhnke Christopher zuvorgekommen. »Dann bekomme ich wenigstens aus erster Hand mit, was hier gespielt wird.« Streng schaute er zu seinem Fahrer, der schluckend nickte. »Was wolltest du sagen?«

Ob er einverstanden sei, dass Böhnke mithöre, wollte Grundler von Christopher wissen, nicht, weil er mit dessen Widerspruch rechnete, sondern weil er auf der sicheren Seite sein wollte, um sich nicht wegen Mandantenverrats strafbar zu machen.

Wie erwartet, stimmte der Journalist wenig begeistert zu; Böhnkes grimmige Miene ließ ihm keine andere Entscheidung. »Also, was gibt's, Herr Grundler?«

»Vielleicht einen Maulwurf, vielleicht eine Plaudertasche. Ich weiß es nicht genau. Ich wundere mich nur, dass ich von der Sportredaktion unserer Zeitung angerufen und gefragt werde, wie weit ich mit dem Vertrag zwischen Hertha Eilendorf und der Asian Food Company bin.«

»Öh.« Christopher äußerte spontanes Erstaunen. »Davon weiß doch nur der Vorsitzende und der Geschäftsführer; und beide stehen auf der Gehaltsliste eines Unternehmens, das zum AFC-Konzern gehört.«

Den fragenden Blick seines Beifahrers nahm er zum Anlass für eine weitergehende Erklärung. »Die beiden Vereinsfunktionäre haben einen Beratervertrag erhalten. Im Prinzip nur dafür, dass sie die Übernahme des Vereins an die AFC in die Wege leiten. Die sind doch nicht so blöd, dass sie diesen Plan in die Öffentlichkeit posaunen.« Nein, für die beiden lege er seine Hand ins Feuer. »Da muss es eine andere undichte Quelle geben.«

»Oder es ist Zufall«, gab Böhnke schnell zu bedenken. »Der Sportredakteur sieht Calva und mich im Klömpchensklub. Er ahnt etwas wegen der AFC und er oder einer seiner Kollegen weiß vielleicht, dass du, Tobias, und ich oft zusammenarbeiten.«

»Kann sein«, räumte Grundler wenig überzeugt ein. »Es kann natürlich auch sein, dass die Plaudertasche seinen Platz im Gericht oder im Rathaus hat. Ich musste ja notgedrungen im Vereinsregister nachschauen und im Rathaus die Lage sondieren, inwiefern der Tivoli für andere Vereine außer der Alemannia nutzbar sein kann. Die bezahlen einen Euro Miete dafür im Jahr.«

»Was unser Hebel sein wird«, bemerkte Christopher. »Wir bieten der Stadt eine Miete von einer Million oder kaufen die Anlage.«

»So weit bin ich noch nicht«, sagte Grundler. »Ich will erst die Verträge zwischen der Hertha und der AFC wasserdicht bekommen.«

»Wie lange brauchen Sie noch?«

»Das hängt davon ab, wie sehr man mir meine Ruhe lässt«, antwortete der Anwalt. Unvermittelt wechselte er das Thema. »Wo seid ihr eigentlich?«

»Mitten in Belgien«, antwortete Böhnke. »Auf der Suche nach einem Mörder.«

»Ich dachte, ihr sucht Sascha. Der ist immer noch spurlos verschwunden«, entgegnete Grundler ohne Begeisterung. »Seine Eltern haben sich bei mir gemeldet, Herr Böhnke!«

Damit war Böhnke klar, dass er unbeabsichtigt Grundler zu diesem nicht gewünschten Mandat verholfen hatte. »Was wollen die denn?« Er tat erstaunt.

»Witzbold. Das weißt du doch ganz genau.« Der Anwalt verzichtete auf eine weitere kritische Bemerkung. »Die wollen zum einen ihren Sohn zurück und zum anderen kein Lösegeld bezahlen.«

»Und du hast sie zur Polizei geschickt?«

»Unter anderem.«

Grundlers Antwort ließ Böhnke aufhorchen. »Was denn noch mehr?«

»Ich habe von ihnen wissen wollen, wer der Berater von Sascha ist, wie seine vertragliche Situation aussieht und welches Nationaltrikot er bei der WM tragen werde.«

»Ist ja schon gut«, äußerte sich Christopher hastig. »Dann wissen Sie ja jetzt, dass ich auf rein privater Basis die Beratung vom Sascha übernommen habe, und ich kann Ihnen auch sagen, dass er am Samstag vor dem Anschlag auf ihn mit dem deutschen Bundestrainer telefoniert hat. Auf mein Anraten hin wollte er mit dem deutschen Adler auf der Brust in Russland antreten.«

»Schön, dass ich das auch mal erfahre«, knurrte Böhnke ärgerlich. »Rückst du immer erst dann mit Informationen heraus, wenn man dich fragt und du sie nicht mehr oder nur schwer verheimlichen kannst?« Hatte der Kerl ihm nicht selbst gesagt, er wisse nicht, wie sich der Spieler entschieden hätte? Der hatte auf seine Frage glatt gelogen. Aber es war müßig, nachzufragen. Am besten war es, dem Typen überhaupt nichts zu glauben.

»Commissario, du kennst doch unsere Pappenheimer«, sagte Grundler beschwichtigend. »Da ist Christopher nicht besser und schlechter als andere Mandanten. Du weißt, da hilft nur eines: nichts glauben, was er sagt. Immer nur vom Bösen ausgehen.« Er hustete ins Telefon. »Herr Christopher, ich kann Ihnen nur einen Rat geben. Arbeiten Sie nicht gegen uns oder hinter unserem Rücken. Sie haben die einmalige und letzte Chance, mir und meinem Freund zu sagen, was Sie wissen. Also, was ist?«

Christopher schluckte. Mit dieser Entwicklung des Telefonats hatte er nicht gerechnet.

»Und die Suche nach dem angeblichen Attentäter, der

Sascha auf dem Gewissen haben soll, kannst du dir auch abschminken, Calva.« Böhnke nutzte die Gelegenheit, sich mit seiner Stellungnahme einzuklinken. »Also, was ist?«

Christopher biss sich auf die Unterlippe. Er musste vorsichtig sein, wollte er nicht die Unterstützung der beiden Männer verlieren. Die AFC würde auch nicht begeistert sein, wenn der von ihm vorgeschlagene Anwalt mitten in den Verhandlungen ausscheiden würde.

»Was soll sein? Ich berate Sascha. Der ist aus dem Krankenhaus verschwunden und wird nie wieder Fußball spielen können. Daher fühle ich mich für ihn verpflichtet. Die AFC hat mir einen enormen Vorschuss gewährt, sodass ich alles tun muss, um deren Einstieg in den deutschen Profifußball so schnell wie möglich zu bewerkstelligen. Und dann steckt mir noch das Schicksal meines ermordeten Freundes Pfifferlin in den Knochen, dessen mutmaßlicher Mörder Toni Mukunumunu dank Böhnke in meiner Wohnung hockt.«

Sollte Grundler überrascht sein, so ließ er es sich nicht anmerken. »Dann glaubt mein Freund also nicht daran, dass Toni der Mörder ist?«

»Richtig«, antwortete Böhnke. »Das glaubt dein Freund, und das glaube ich noch mehr, nachdem wir in der Wohnung des Mordopfers waren.«

Dieses Mal fiel es Grundler schwerer, sich seine Überraschung nicht anmerken zu lassen. »Wie bitte?«

Ausführlich berichtete Böhnke vom Besuch in Eupen und von seinem Eindruck. »Da fehlt nichts. Nicht einmal der Schlüssel zu einem Tresor. Und die Augenzeugen, die haben zwar Toni gesehen, haben aber nicht die Tat mitbekommen. Das reicht doch für dich allemal, um den Jungen in einem Prozess freizubekommen.«

»Oder auch nicht«, widersprach Grundler erwartungsgemäß. »Und vor allem riskierst du verdammt viel, wenn du als ehemaliger Kriminalbeamter wissentlich die Arbeit deiner Kollegen erschwerst oder behinderst.« Er hustete kurz. »Was macht ihr jetzt?« Er selbst werde weiter an dem Vertrag tüfteln.

»Wir suchen einen oder mehrere Mörder und mehrere Attentäter«, antwortete Böhnke trocken, »und wir haben keine Zeit mehr für unergiebige Telefonate.« Er deutete Christopher an, das Gespräch zu beenden. Dessen leichtes Tippen auf das Display reichte aus, um aus dem grünen ein rotes Telefonzeichen zu machen.

»Wir sind gleich da«, murmelte Christopher. Sie befanden sich in einer weitläufigen, hügeligen Grünlandschaft, wie Böhnke beobachtete. Vor ihnen lag eine lange, von einer niedrigen Hecke gesäumte Zufahrt, die zu einem großen Torbogen führte. Sie mussten notgedrungen zur Abbiegung an der Nationalstraße rückwärtsfahren. Auf der einspurigen Zufahrt war ihnen ein Transporter entgegengekommen, der ein Weiterfahren verhinderte. Der Mann am Lenkrad machte eine abfällige Bewegung, mit der er sie verscheuchen wollte.

»Nicht gerade höfliche Menschen, die Belgier«, knurrte Böhnke.

»Das ist keiner«, erwiderte Christopher, »auch wenn der ein Auto mit belgischem Kennzeichen fährt. So wie der aussieht, ist das ein Osteuropäer. Der passt mir nicht. Männer mit Pferdeschwanz, nein danke.«

Der Kerl hatte es offenbar eilig. Er bog nach links auf die Hauptstraße ab und schickte ihnen eine Faust als Abschiedsgruß hinterher.

Ein ehemaliger Herrenhof breitete sich vor Böhnke aus. Nichts deutete darauf hin, dass es nicht mehr Ackerbau und Viehzucht gab. »Hier hat sich ein Pferdezüchter in den Konkurs geritten«, erläuterte Christopher. »Zu einem Schnäppchenpreis konnte Pfifferlin das Anwesen erwerben. Er hat mehr Geld in den Umbau der Gebäude und in die Herstellung von Spielplätzen gesteckt als in den Kauf. Aber es hat sich gelohnt. Die Investition hat sich rentiert, hat er mir vor ein paar Wochen gesagt. Jedes Jahr schiebt er neue Talente auf den Markt, die sein Freund Matthieux gut an die Vereine und an Berater verkauft. Die beiden verdienen sogar dann noch mit, wenn die Spieler den Verein wechseln. Na ja«, Christopher lächelte gequält, »im Prinzip ist es eine Fußballmafia, bei der Matthieux in der Hierarchie ziemlich weit oben steht.« Er war langsam durch das Tor gebogen und hatte seinen Wagen auf einem Innenhof zum Stehen gebracht. »Willkommen in der Fußballakademie von Jean-Marie Pfifferlin.« Im Haupthaus hatte Pfifferlin sein Büro. Dort befanden sich auch die Besprechungsräume, die Aufenthaltsräume, die medizinische und physiotherapeutische Abteilung. In den beiden seitlich gelegenen Trakten hatten die Spieler und angestellten Betreuer ihre Räume. Umkleiden und Lagerräume hatten auf der gegenüberliegenden Seite des Herrenhauses ihren Platz. »Dahinter findest du dann Fußballfelder und sogar eine große Traglufthalle, in der du auch im Winter trainieren kannst.«

Böhnke wunderte sich über die Leere in dem Innenhof. Mittig stand eine mächtige Kastanie, die Hoffläche war gepflastert, von Menschen gab es nicht einmal eine Andeutung. Selbst die Fenster in den Häusern waren trotz der sommerlichen Temperaturen geschlossen. »Lebt hier überhaupt jemand oder sind die alle abgehauen, nachdem Pfifferlin ermordet wurde?«, fragte er irritiert, zugleich wissend, dass die Frage nicht ganz richtig war. Immerhin hatte er weit in der Ferne hinter den Rasenplätzen einen Mann erkennen können, der auf einem Sitzrasenmäher seine Runden drehte.

»40 junge Männer werden in dieser Akademie trainiert. Pfifferlin hat fünf Angestellte, die sich um sie und die Anlage kümmern, so wie der Mann da hinten, der uns gar nicht mitbekommt. Momentan sind die Jungs wahrscheinlich alle unterwegs, um irgendwo vorzuspielen, damit sie vielleicht noch vor dem Ende der Transferperiode irgendwo unterkommen. Noch ein paar Wochen ist Schaulaufen angesagt, dann wird Bilanz gezogen, wer noch da ist und wer bei einem Verein untergekommen ist«, antwortete Christopher.

»Und die Vertragslosen bleiben dann bis zur nächsten Transferperiode?« Wie sich das anhörte: Transferperiode. Viel konnte sich Böhnke unter dem Begriff nicht vorstellen. Er wirkte so etwas wie eine Schweineauktion, bei der das Borstenvieh nach erfolgter Aufzucht zur Versteigerung gebracht wurde.

»Nicht alle«, meinte Christopher. »Die jungen, talentierten dürfen noch bleiben. Andere müssen gehen und Platz machen für neue Talente. Man kann nicht jeden Spieler jahrelang mitschleppen; wenn der keinen Erlös erbringt, hat er zu verschwinden.«

»Wohin denn?«

»Zurück nach Afrika, denke ich mal. Obwohl: Einige tauchen wohl unter in Frankreich oder in anderen Ländern. Was aus denen wird, kann ich dir nicht sagen.« Er schüttelte ein wenig betreten den Kopf. »Eine Handvoll schafft es jedes Jahr in den Profisport, eine weitere Handvoll kommt im halbprofessionellen Bereich unter, der Rest ist Ausschuss.«

»Und dafür haben die dann ihre Heimat in Afrika verlassen?«

»Schlimmer als zu Hause geht es nimmer. Sie alle haben eine Hoffnung gehabt. Nicht jeder kann Erfolg haben.«

»Und wer sorgt dafür, dass die tatsächlichen oder angeblichen Talente nach hier kommen?«

»Das managt Matthieux. Der hat die Beziehungen zu Agenten, die wiederum Beziehungen zu Talentspähern haben. Wenn einer im Busch einigermaßen schnell laufen und dabei auch noch einen Fußball richtig treten kann, der hat fast das Flugticket nach Europa in der Tasche – und seine Familie die Hoffnung auf ein etwas besseres Leben für ihn und für sich.«

»Und dann ist die Schmach so groß, es nicht geschafft zu haben, dass der Junge nicht mehr zu seiner Familie zurückkommt, die er so enttäuscht hat«, sagte Böhnke nachdenklich.

Christopher zuckte mit den Schultern. »Schicksal. So ist das Leben.« Er öffnete die Eingangstür zum Haupthaus und bat Böhnke hinein. »Dann wollen wir doch mal schauen, ob wir für unseren Schlüssel das richtige Schloss finden.«

Die Möblierung unterschied sich nicht sonderlich zu derjenigen in Pfifferlins Privatwohnung.

»Gelsenkirchener Barock ist schön dagegen«, kommentierte Christopher die lästernde Meinung von Böhnke. »Die Belgier haben nur dann Geschmack, wenn es um ihre Pommes geht.« Er kannte sich offenkundig gut aus in dem Haus. Zielsicher steuerte er ein großes Zimmer an, bei dem es sich nach Böhnkes Einschätzung nur um das Büro von Pfifferlin handeln konnte. Ein schwerer Schreibtisch aus Eiche stand mitten im Raum, dahinter befand sich ein mächtiger Schreibtischsessel aus abgewetztem, braunen Leder. An den Wänden ließen die zimmerhohen Schränke aus dunkler Eiche keine freie Fläche für Bilder oder Fotografien. Die beiden Fenster in dem dunklen Raum ließen auf die Weidelandschaft blicken, mithin, so folgerte Böhnke, mussten sie sich wohl in einem Eckraum des Herrenhauses befinden.

»Hier hatte der große Meister der Fußballkunst seine Schaltzentrale. Von hier aus regelte er den Trainingsbetrieb, die Spiele und den Verkauf der Spieler.«

Wieder fiel es Böhnke unangenehm auf, wie Christopher über die jungen Fußballer sprach. Waren konnte man verkaufen, aber doch nicht Menschen. Oder aber es stimmte, was Christopher gesagt hatte, dass nämlich der Fußballsport ein milliardenschweres Geschäft ist, in dem die Spieler eher ein notwendiges Übel und die Handelsware sind als die eigentlichen Hauptdarsteller.

»Da, sieh mal einer an.« Christopher, der sich auf den Schreibtischsessel niedergelassen hatte, winkte Böhnke herbei. »Hier hat sich einer an den Schubladen zu schaffen gemacht.«

Die Laden waren vermutlich mit einem Stemmeisen aufgebrochen worden, erkannte Böhnke.

»Da hat wohl jemand etwas gesucht. Bestimmt kein gewöhnlicher Einbrecher«, sagte Christopher grimmig und Böhnke nickte zustimmend. Ein Einbrecher hätte aus dem Flur oder diesem Raum etwas mitgenommen. Aber alle Gegenstände, ob Lampen und Pokale oder die Schatulle mit dem goldenen Schreibstift auf dem Schreibtisch hatte er nicht beachtet. Sie standen unberührt an ihrem Platz. »Der hat etwas gesucht, von dem er glaubte, dass er es hier findet«, mutmaßte der Journalist. »Es dürfte sich daher um jemanden handeln, der sich nicht auskennt oder der Pfifferlin nicht kennt.«

Böhnke schwieg zu den Überlegungen. »Du willst mir also sagen, dass es der Einbrecher auf den Schlüssel abgesehen hat, den du bei Pfifferlin gefunden hast.« Langsam hatte er sich mit der Denkweise und den Gedankensprüngen von Christopher vertraut gemacht.

»So ist es, mein Freund«, bestätigte der Journalist oberlehrerhaft. Er öffnete eine Schranktür nach der anderen und stieß jedes Mal auf ordentlich aufgereihte, fein säuberlich beschriftete Aktenordner. »Pfifferlin war halt einer vom alten Schlag. Der hat zwar vieles in seinem Rechner gespeichert, aber außerdem jedes Dokument und jeden Brief ausgedruckt und aufgehoben. Irgendwo muss doch der Scheißtresor sein, zu dem der Schlüssel passt.«

Böhnke machte sich seine eigenen Gedanken. Wo hätte er einen Tresor einbauen lassen? Bestimmt nicht in eine Außenwand, antwortete er sich. Da blieb nur die einzige Innenwand übrig. Vor sich hin pfeifend, nahm er sich die Regale in den Schränken beiderseits der Eingangstür vor. In Brusthöhe würde er fündig werden, da war er sich ziemlich sicher.

Christopher staunte nicht schlecht, als ihn der Kommissar wenige Augenblicke später zu sich rief. Wie erwartet, hatte Böhnke hinter einigen Ordnern den in der Wand eingelassenen Tresor gefunden; nicht gerade das modernste Modell mit einem Zahlenschloss, das einem Einbrecher das Leben schwer gemacht hätte, sondern ein schon an den

Ecken angerostetes Modell mit einem normalen Schloss mitten auf der Tür.

»Noch irgendwelche Fragen?« Er schmunzelte, als er den verblüfften Christopher mit einer einladenden Handbewegung aufforderte, sein Glück zu versuchen.

Jeder Tresorknacker hätte geflucht, wenn er den Tresor geöffnet hätte. Weder Geldbündel noch Goldbarren oder Wertpapiere beinhaltete der kleine Stahlschrank. Lediglich ein paar dürre Schnellhefter befanden sich darin. Sie enthielten von Hand beschriebene Blätter.

»Die sind von Pfifferlin«, sagte Christopher. »Ich kenne seine Schrift.« Ohne sich weiter um Böhnke zu kümmern, setzte er sich an den Schreibtisch und begann zu lesen. Schnell war er in den Aufzeichnungen versunken. Zeit und Raum waren für ihn ebenso vergessen wie sein Begleiter.

Dem Kommissar wurde es zu bunt. Wie eine Stehlampe unbeachtet herumzustehen, gefiel ihm überhaupt nicht, zumal Christopher keine Anzeichen machte, seine lesende Tätigkeit in Kürze zu beenden. »Hast du was dagegen, wenn ich mich ein wenig auf dem Gelände umschaue?«, fragte er verärgert.

Doch winkte der Journalist nur ab. Er interessierte sich nur noch für die Blätter.

Ungehalten entfernte sich Böhnke. »Du findest mich irgendwo, wenn du fertig bist.« Was sollte er wie ein stummer Diener neben dem Kerl stehen, der weder Augen noch Ohren für ihn hatte?

Langsam schlenderte er durch das menschenleere Herrenhaus, in dem alle Türen unverschlossen waren und in dessen Räumen es nichts gab, was für einen Einbrecher einen Wert hätte haben können. Das Haus hätte gut und gerne als Gespensterschloss durchgehen können, sagte sich Böhnke, bevor er sich den Nebengebäuden widmete. Dort fand er wenigstens Anzeichen von menschlichem Leben. In Schlafräumen mit jeweils vier Betten lagen Trikots und Trainingsanzüge ungeordnet herum. Wasserflaschen und Getränkedosen standen auf den einfachen Tischen. So konnte sich Böhnke eine Unterkunft in einer Kaserne vorstellen: einfach, praktisch, ohne Privatsphäre. In gewisser Weise passten diese Unterbringungen zur Funktion der Bewohner. Sie trainierten und schliefen, schliefen und trainierten, bis sie irgendwann einmal reif für das Geschäft als Söldner und Gladiator waren oder als Ausschuss das Lager verlassen mussten.

Böhnke schritt durch das hintere Gebäude auf die weitläufige Fläche, die sich bis zu einem bewaldeten Hügel erstreckte. Außer Fußballtoren und Eckfahnen sah er nichts auf der ebenen, kurzgemähten Rasenfläche. Für den Zustand der Spielfelder war offensichtlich der Mann zuständig, der immer noch in der Nähe der Bäume auf dem Sitzrasenmäher umherkurvte.

Merkwürdig, dachte sich Böhnke, als er blinzelnd den Rasenpfleger beobachtete. Der Mann kurvte in immer gleichem Rhythmus in einem großen Bogen um eine Stelle. Er würde ihn fragen, was los sei und wo er einen Trainer finde, entschloss er sich spontan. Er lief quer über das Spielfeld in Richtung des Rasenmähers, der mal näher, mal weiter entfernt vor ihm fuhr.

Das ist nicht mehr normal, schoss es Böhnke durch den Kopf. Er beschleunigte seinen Schritt und konnte endlich den Fahrer erkennen, der mit zur Seite geneigtem Kopf auf seinem Sitz hing und gar nicht in der Lage war, den Rasenmäher zu lenken. Das Gerät fuhr mit eingeschlagenen Rädern zwangsläufig immer den gleichen Rundweg, der unweigerlich an Böhnke vorbeiführen würde. Entschlossen stellte er sich in den Weg, sprang jedoch eilig zur Seite, als der Rasenmäher keine Anstalten machte, zu halten oder die Richtung zu ändern. Böhnke hastete hinter ihm her, bekam das Lenkrad zu packen und fand den Zündschlüssel im Schloss, den er entschlossen herauszog. Unvermittelt erstarb das leichte Brummen des Zweitakters und der Rasenmäher blieb stehen. Der Fahrer kippte in Böhnkes Richtung.

Der Kommissar musste beide Hände nutzen, um ihn zu stützen. Ein Blick reichte, dann wusste er Bescheid. »Ach, du Scheiße«, entfuhr es ihm.

# 20. KAPITEL

Christopher betätigte sich als Echo. »Ach du Scheiße«, sagte er erschrocken, als er endlich zu Böhnke gekommen war. »Ist der tot?«

Was für eine überflüssige Frage! Böhnke hatte den Mann auf den Boden gleiten lassen. Der Schnitt durch dessen Kehle und die blutbesudelte Kleidung ließen keine andere Folgerung zu. Die Tat musste erst vor wenigen

Stunden erfolgt sein. Auf Mitte 50 schätzte er den Toten in dem eleganten Sommeranzug aus Baumwolle. Der war nicht zufällig hier, dachte er sich, der wurde ermordet und bewusst auf dem Rasenmäher drapiert. Dafür sprach auch der Pflasterstein, der das Gaspedal zu Boden drückte. Der Mann war ihm unbekannt.

»Kennst du ihn?«, fragte er den erstarrten Journalisten, der schluckend nickte.

Für Böhnke war das Nicken Antwort genug. »Es handelt sich um Matthieux, nicht wahr?«

Wieder nickte Christopher, der langsam seine Sprache zurückfand. »Was macht der hier?«

»Gute Frage«, antwortete Böhnke ironisch, »du kannst ihn ja mal fragen.« Mehrere Gedanken gingen ihm durch den Kopf, wobei der für ihn wichtigste derjenige war, wie sie den Leichenfund und den augenscheinlichen Mord der Polizei melden konnten, ohne selbst in einen Erklärungsnotstand zu geraten.

»Der muss gerade aus Afrika zurück sein«, mutmaßte Christopher. »Im Terminkalender von Pfifferlin habe ich eine Notiz gefunden. Danach wollten die sich heute hier treffen. Die hatten wohl richtig Zoff.«

»Wieso?« Böhnke horchte auf.

»Später.« Christopher winkte mit den Aufzeichnungen von Pfifferlin. »Das ist eine längere Geschichte, und ich glaube, wir haben jetzt ein anderes Problem.« Er schaute sich aufgeregt um. »Ich hoffe nur, niemand hat uns hier gesehen. Lass uns verschwinden.«

»Bei all den Spuren, die wir hinterlassen haben?« Böhnke hielt Christopher, der zum Haus zurückkehren wollte, am Ärmel fest. »Wir müssen die Polizei darüber informieren, dass wir den Toten gefunden haben, und wir müssen den Jungs plausibel erklären können, warum wir ins Trainingslager gekommen sind.«

»Was nun?«

Ohne zu antworten, ging Böhnke los. Christopher folgte ihm ins Haus und in Pfifferlins Büro. Entschlossen griff der Kommissar zum Telefon und tippte nach kurzem Überlegen eine Rufnummer ein. Ob er seinen Kollegen Kommissar Dalhey sprechen könne, fragte er knapp, nachdem die Verbindung zustande gekommen war, und Christopher folgerte nicht zu Unrecht, dass Böhnke wohl Kontakt mit der belgischen Polizei in Eupen aufgenommen hatte. Dem im freundschaftlichen Tonfall geführten Gespräch entnahm der Journalist, dass sich die beiden Kommissare aus gemeinsam gelösten Fällen kannten, bei denen auch der Anwalt Grundler nicht unerwähnt blieb.

»Wir können hier auf euch warten, wir können euch aber auch eine schriftliche Einlassung schicken«, schlug Böhnke vor. Er schmunzelte, nachdem ihm Dalhey geantwortet hatte. Mit einem kurzen Gruß legte er auf.

»Wir werden die Kollegen in Empfang nehmen, ihnen sagen, dass wir wegen Pfifferlin hier waren, mit dem du befreundest warst, und dass wir zufällig auf den toten Matthieux gestoßen sind.« Er gab sich keine Mühe, Spuren zu verwischen, im Gegenteil, er achtete bewusst darauf, Fingerabdrücke zu hinterlassen, als er den Hörer auflegte, sich auf die Schreibtischplatte stützte und wenig später die Zimmertür öffnete. »Ich glaube nicht, dass wir den Spurensuchern die Arbeit erschweren. Die Mörder von Matthieux werden darauf geachtet haben, keine verräterischen Hinweise hinterlassen zu haben.«

Böhnke suchte sich einen sonnigen Platz auf einer Bank am Rande eines Spielfelds. »Jetzt warten wir auf die Polizei«, sagte er, schaute in Richtung der Sonne und schloss die Augen. »Muss ich dir Anweisungen geben oder kommst du allein klar, wenn die dich fragen, was wir hier machen?«

»Keine Sorge«, sagte Christopher. »Das kriege ich geregelt. Wir sind gekommen, weil ich wegen meines Freundes Pfifferlin kondolieren wollte, und sind dann über die Sportplätze gelaufen, weil wir den vermeintlichen Rasenpfleger gesehen haben, der ganz allein auf dem Anwesen war.«

»Interessiert mich schon, wer so sauer auf Pfifferlin war, dass er ihn umgebracht hat«, murmelte Böhnke, die wärmenden Sonnenstrahlen genießend.

»Ich kenne nur einen, der einen Grund gehabt hätte, Pfifferlin umzubringen. Aber der kommt als Mörder nicht in Frage, denn er ist selber erstochen worden«, murmelte Christopher ebenso und setzte sich neben Böhnke auf die Bank.

# 21. KAPITEL

Nur von kurzer Dauer war die Ruhepause. Das Geheul der Sirenen war unüberhörbar, das Knirschen der bremsenden Reifen auf dem Kies war sogar außerhalb des Innenhofes zu hören. Auf mindestens vier schätzte Böhnke die Zahl der Polizeifahrzeuge. Er streckte sich gähnend und ging Dalhey entgegen, der sich mit einem Lächeln näherte. Die beiden Männer umarmten sich herzlich und musterten sich danach interessiert.

»Du siehst immer noch aus wie vor zehn Jahren«, behauptete Dalhey.

»Und du hast dich auch nicht verändert«, gab Böhnke zurück. Auf Christopher wirkte Dalhey wie ein mittelmäßiger Büroangestellter Anfang 50, der pünktlich zum Dienst kam, aber auch keine Minute länger als gefordert an seinem Arbeitsplatz blieb. Als er von Böhnke vorgestellt wurde, hatte Dalhey für ihn nur einen festen Händedruck übrig, dann wandte er sich wieder Böhnke zu, mit dem er über den Rasen in Richtung der Leiche von Matthieux ging. Ehe sich Christopher versah, hatte ihn ein weiterer Kommissar in Beschlag genommen. Was er ihm zu berichten hätte, fragte ihn der Beamte höflich und hielt ihm ein Aufnahmegerät vors Gesicht. Irritiert stotterte Christopher ins Mikrofon, nervös den sich entfernenden Böhnke beobachtend.

Anscheinend hatte er trotz seiner Verunsicherung die richtigen Worte gefunden und war seine Version des Geschehenen plausibel gewesen. Sie stimme mit der Aussage von Böhnke überein, informierte ihn Dalhey. Die von Böhnke vorgetragene Begegnung mit dem rüpelhaften Autofahrer an der Zufahrt hatte er kommentarlos zur Kenntnis genommen.

Er könne fahren und möge dafür sorgen, dass Böhnke sicher nach Huppenbroich komme, forderte der belgische Kommissar den Journalisten freundlich auf. »Bevor Sie uns zwischen den Füßen herumlaufen und unsere Ermittlungen stören, machen Sie besser einen Abflug. Wir melden uns wegen Ihrer Zeugenaussage.«

Erst jetzt bemerkte Christopher den französischen Einschlag in der Sprache von Dalhey und erst jetzt bekam er mit, dass die Ermittler zum Teil Deutsch, zum Teil Französisch miteinander sprachen.

»Du weißt, was du zu tun hast?« Böhnke grinste ihn an. »Keine Experimente mehr. Gib ins Navi deines Teslas bitte die Kapellenstraße in Huppenbroich ein. Ich will nach Hause.« Es war ihm ein Bedürfnis, im eigenen Haus nach dem Rechten zu sehen, aber auch im Haus der Stiftungen. Auf der Heimfahrt habe Christopher ausreichend Zeit, ihn darüber zu informieren, warum Pfifferlin allen Grund gehabt hätte, Matthieux zu ermorden.

Er habe immer schon gewusst, dass der Fußballsport ein Sumpf sondergleichen sei, aber jetzt habe er durch die Lektüre von Pfifferlins Aufzeichnungen den Rest seines Glaubens an die Redlichkeit des Sportgeschäfts verloren. »Es geht nur ums Geld, um Macht, um das Rennen um die Vorherrschaft. Das war bei Matthieux und Pfifferlin nicht anders. Der Matthieux hat Pfifferlin verarscht, und der hat ihn deswegen erpresst.«

»Und das bedeutet konkret?« Böhnke stöhnte auf. Er mochte die allgemeinen Floskeln nicht, zumal er sich nicht vorstellen konnte, worauf der Journalist hinauswollte. Er wollte Fakten, die ihm Christopher endlich lieferte.

»Also, das Dilemma fing zur aktiven Zeit von Pfifferlin in Southampton an. Er wollte unbedingt einmal in der Bundesliga spielen, im Land seiner Vorväter und hat deshalb Matthieux beauftragt, nach einem Profiklub in Deutschland zu suchen, selbst wenn er dafür finanzielle Einbußen hinnehmen müsste. Angeblich hat aber kein Verein Interesse gehabt, sodass Pfifferlin quasi genötigt war, in Southampton zu verlängern. Nach seinem Rausschmiss und dem erzwungenen Ende der Karriere hat Pfifferlin dann herausgefunden, dass es durchaus einen Bundesligisten gab, der ihn gerne verpflichtet hätte. Es kam zu keiner Vertragsverhandlung, weil Matthieux ihn hinterging. Der Berater bekam von einem Sponsor des englischen Vereins viel Geld dafür, dass er Pfifferlin längerfristig an Southampton band. Matthieux ließ sich quasi kaufen, um Pfifferlins Wechsel zu verhindern. Vermutlich hat der Verein selbst gar nichts davon mitbekommen; anders als Pfifferlin, der nach seinem Rauswurf von Vertretern des deutschen Vereins erfuhr, dass man ihn hätte haben wollen, dass sein Berater aber horrende Forderungen gestellt hätte, die man nicht erfüllen konnte. Pfifferlin hat Matthieux zur Rede gestellt und hätte ihn angezeigt und bloßgestellt, wenn ihn der vermeintliche Freund nicht als stiller Gesellschafter in seiner Beraterfirma aufgenommen hätte.«

»Auf diesen Deal ließ sich Pfifferlin ein?«

»Offensichtlich«, bestätigte Christopher. »Für Nichtstun Geld zu kassieren, ist ja nicht unbedingt die schlechteste Art, sein Vermögen aufzustocken.«

Dann hätte ja wohl Matthieux eher ein Motiv gehabt, Pfifferlin umzubringen, als umgekehrt, meinte Böhnke.

»Richtig, zumal ein zweiter Aspekt hinzukommt, über den Pfifferlin sich mächtig aufgeregt hat. Wenn er sein Wissen preisgegeben hätte, wäre Matthieux ruiniert gewesen?«

»Inwiefern?«

»Pfifferlin hat herausgefunden, dass Matthieux in Zusammenarbeit mit anderen Beratern Schindluder getrieben hat. Das ist ihm ausgerechnet beim Bruder von Toni aufgefallen. Der muss vier Jahre älter sein als Toni, wurde aber mit den Papieren eines jüngeren Spielers ausgestattet. Er musste dessen Namen annehmen und ist an dessen Stelle zu einem Verein in Frankreich transferiert worden. Von dort wechselte er nach Osteuropa, wo sich die Spur verlor. Vermutlich kickt er jetzt irgendwo in Asien. Aber das ist nicht das Schlimmste.« Christopher schlug in einem überraschenden Wutausbruch auf das Lenkrad. »Der junge Spieler, dessen Identität Tonis Bruder annehmen musste, ist spurlos verschwunden. Pfifferlin hat einen Detektiv angesetzt und Kontakt zur Familie aufgenommen. Niemand weiß, wo der Junge ist.« Tonis Bruder sei kein Einzelfall gewesen. Wie Pfifferlin herausfand, wurden in jeder Transferperiode Spieler vermittelt, die älter waren, als es in ihren Papieren stand.

»Und Tonis Bruder? Der könnte doch sagen, dass er nicht derjenige ist, als den man ihn ausgibt.«

»Bist du so naiv?« Christopher lächelte gequält. »Der wird schön die Klappe halten und Geld kassieren, solange es geht. Bevor der wieder in den Busch abgeschoben wird, macht er lieber das Spiel mit. Er ist doch nur ein Söldner und Gladiator, dessen Berater die Strippen in den Händen halten. Die können ihn jederzeit austauschen und in der Versenkung verschwinden lassen.«

»Dann soll er sich ohne Berater einen Verein suchen«, schlug Böhnke vor.

»Du bist wirklich naiv, mein Freund. Die Berater und die Bosse in den Vereinen bestimmen und kungeln miteinander.« Er grinste. »Gar nicht weit von hier entfernt gab es sogar einmal einen Vereinsvorsitzenden, der hatte einen Privatvertrag mit einem Berater und verdiente bei jedem Transfer, den der Verein tätigte, weil er ein Teil des Honorars bekam, das er als Vertreter des Vereins mit dem Berater ausgehandelt hatte. Dass da nicht das Wohl des Vereins, sondern das eigene Portemonnaie im Vordergrund des Handelns stand, ist ja wohl klar.«

»Das war aber nicht bei der Alemannia?«

Christopher lachte. »Das habe ich nicht gesagt. Das hast du dir gedacht.« Er schaute vergnügt zu Böhnke. »Oder hast du je etwas darüber in den Aachener Zeitungen gelesen?«

»Zurück zu Pfifferlin.« Böhnke fiel es schwer, sich auf das Wesentliche zu konzentrieren, zu viele Informationen schwirrten ihm durch den Kopf. »Matthieux hatte also Pfifferlin betrogen und ihn durch die Teilhaberschaft zum Schweigen gebracht. Dann hat Pfifferlin herausbekommen, dass Matthieux in gewisser Weise Menschenhandel betrieb.«

»Vermutlich bis hin zum von ihm geduldeten Mord«, fiel ihm Christopher ins Wort. Pfifferlin habe ihn deswegen zur Rede stellen wollen, am Tag, an dem Pfifferlin ermordet wurde, sollte der Gesprächstermin sein.

»Daraus könnte man folgern, Matthieux habe den Mord in Auftrag gegeben«, sagte Böhnke nachdenklich. »Und ausgerechnet Toni sollte der Mörder sein?« Das könne er sich nicht vorstellen. Er deutete mit seinem Daumen auf den Rücksitz. »Alle diese Informationen hast du in den Schnellheftern gefunden?«

Der Journalist nickte. »Wenn du mir nicht glaubst, kannst du sie gerne selbst lesen.«

Der Blick aus dem Seitenfenster machte Böhnke deutlich, dass sie kurz vor Simmerath waren. In wenigen Minuten war er endlich zu Hause, nach einem anstrengenden Tag mit einer fast nicht mehr zu verkraftenden Fülle an Informationen. Erst Sascha und die Hinweise auf den Anschlag auf ihn, dann der ermordete Matthieux mit dem Rattenschwanz, der daran hing. Das kriege ich alles nicht mehr auf die Reihe, dachte er sich. Es war wirklich Zeit, dass er nach Hause kam und sich dort seine Notizen machen konnte.

»Ich habe noch etwas auf Lager«, sagte Christopher übertrieben langsam.

»Und was?«

»Pfifferlin und Matthieux haben sich noch wegen einer anderen Sache gestritten. Bereits seit drei Jahren hat sich Matthieux dafür eingesetzt, dass Talente nach Russland verkauft werden. Warum wohl?«

Böhnke schaute ihn fragend an.

»Da spielt die Fußballweltmeisterschaft eine Rolle. Der russische Verband wildert rund um den Globus, um Spieler zu finden, die besser sein könnten als die heimischen. Da gibt es nicht nur Anfragen in Deutschland, sondern überall. Wenn ein Spieler die Qualität hat, wird er kurzerhand eingebürgert. Da sind die Russen nicht anders als andere Sportverbände.«

Ob er sich noch an die Handballweltmeisterschaft vor

ein paar Jahren in Katar erinnern könne, fragte Christopher. Aber er erntete wieder nur einen fragenden Blick. »Die Kataris haben sich eine Mannschaft mit Weltklassespielern zusammengekauft, die mit Segen der Herrschenden und des Handballweltverbandes für Katar auflaufen durfte, obwohl fast niemand von den Sportlern Arabisch sprach.« Das sei im Fußball nicht anders. Da würden Brasilianer zu Deutschen und Deutsche zu Türken oder Amerikanern, Spanier zu Argentiniern und Kongolesen zu Belgiern. »Hauptsache der Ball und der Rubel rollen.«

»Und der einzige Spieler, den ich kenne, braucht sich nicht mehr zu entscheiden, für welches Land er spielen will, weil ihm ein Fuß fehlt«, fügte Böhnke ironisch hinzu.

Er war froh, dass sie endlich Huppenbroich erreicht hatten und Christopher vor seinem Haus angehalten hatte. »Für mich reicht's für heute«, sagte er gähnend. Schnell stieg er aus. »Wann sehen wir uns wieder? Ich muss morgen früh nach Aachen, ich komme dann gerne bei dir vorbei.«

Christopher dachte nach. »Morgen früh ist schlecht. Ich muss mit Calva zum Tierarzt, ein paar Sachen erledigen und mit meinen Freunden von der AFC telefonieren. Wir wär's, wenn wir uns um eins im Klömpchensklub treffen?«

»Okay.« Böhnke wollte bereits die Wagentür zuschlagen, als er der Versuchung doch nicht widerstehen konnte. »Kannst du mir Pfifferlins Unterlagen ausleihen, quasi als Bettlektüre?«

»Gerne.« Schnell drehte sich Christopher zum Rücksitz und langte nach den Schnellheftern. »Viel Spaß damit.«

Böhnke stutzte. »Da fehlt einer«, sagte er spontan. »Das hier sind drei. Du hast doch vier aus dem Tresor genommen.«

Christopher schüttelte den Kopf. »Du irrst, mein Freund. Es gibt nur die drei.« Er winkte ihm nach, als Böhnke zur Haustür stapfte.

»Ich hätte schwören können, dass es vier waren«, sagte der Kommissar laut zu sich selbst, als er ins Haus eintrat. Er war davon überzeugt, dass ihn Christopher belogen hatte. Es wäre ja nicht das erste Mal gewesen.

## 22. KAPITEL

Langsam wird es Zeit, dass ich mir einen Tagesplaner anlege, sagte sich Böhnke, als er beim Frühstück darüber nachdachte, was er wo wann zu erledigen hatte, wissend, dass sämtliche Planung mit einem unvorhergesehenen Zwischenfall zur Makulatur wurde. Als Fixpunkt hatte er eigentlich nur den Termin mit Christopher, bei dem er seine Zweifel an dessen Redlichkeit äußern würde. Nach der Bettlektüre von Pfifferlins Aufzeichnungen musste er zwar Christopher zugestehen, dass dieser ihm eine lückenlose, präzise Zusammenfassung gegeben hatte. Dennoch behielt er das unwohle Gefühl, wenn er daran dachte, dass Christopher ihm möglicherweise einen Schnellhefter unterschlagen hatte.

»Lass es«, bat ihn Grundler, den er nach der wieder einmal abenteuerlichen Busfahrt mit dem ÖPNV nach Aachen in der Kanzlei aufgesucht und den er über seine Ermittlungen am Meinweg und in Eupen informiert hatte. »Ich trau dem zwar auch nicht unbedingt über den Weg, aber unterm Strich scheint er doch auf deiner Seite zu stehen, denke ich mal.« Was er damit meinte, schob er erklärend nach. »Warum sonst sollte er Toni bei sich verstecken, wenn er nicht wie du von dessen Unschuld überzeugt ist? Und warum sonst hätte er sich mit dir auf den Weg ins Trainingslager gemacht?« Christopher sei ein Mensch, der an vielen Dingen gleichzeitig herumwerkele. »Vielleicht verliert er den Überblick. Vielleicht irrst du dich aber.«

Bedenken an seiner eigenen Beobachtungsgabe hörte Böhnke ungern. Es reichte, wenn ihm Lieselotte Schwächen und Fehler vorwarf. Da brauchte sein Freund nicht auch noch an ihm herummäkeln.

»Lass es«, wiederholte Grundler. »Vielleicht ist der ominöse vierte Schnellhefter später einmal eine Art Büchsenöffner für dich.«

»Hm«, brummte Böhnke. »Was hast du denn Neues für mich in Sachen AFC?« Es wurmte ihn immer noch, dass er im Prinzip eher zufällig und beiläufig erfahren musste, dass Grundler und Christopher bei einer Sache zusammenarbeiteten, ohne ihn von sich aus darüber informiert zu haben.

Grundler deutete auf einen schlichten Aktenordner auf seinem Schreibtisch. »Darin findest du den kompletten

Vertragsentwurf. Wenn die Vereinsbosse und die AFC-Vertreter ihn abzeichnen, kann die Fußballmannschaft von Hertha Eilendorf in der nächsten Saison in der Regionalliga spielen, vorausgesetzt, sie steigt auf.« Aber davon sei auszugehen, da der Konzern nach Vertragsabschluss personell kräftig aufrüsten würde.

»Und wo spielen die dann?« Böhnke hatte seine Zeitungslektüre vom Frühstückstisch im Blick. Darin hatte es fast wieder eine komplette Seite mit einer Berichterstattung über die traditionsreiche Alemannia und den rein profitorientierten Investoren aus Asien gegeben. Den Schwerpunkt hatten die Reporter auf die Beziehung zwischen der Stadt Aachen und der Alemannia gelegt. Ohne die Stadt wäre die Alemannia wahrscheinlich schon längst in einem Konkursverfahren abgewickelt worden. Erst durch die Übernahme des viel zu teuren, neuen Stadions eines viel zu klammen, mittelmäßigen Fußballvereins hatte die Stadt die Alemannia gerettet. Der Bau eines neuen Tivoli in unmittelbarer Nähe zum früheren Kultstadion hatte dem Verein das Überleben gesichert. Jetzt zahlte der Verein eine symbolische Miete an die Stadtverwaltung und durfte sich wie ein Eigentümer in seiner ehemaligen Immobilie fühlen. Dann trat der AFC auf den Plan, der der Stadt das Stadion abkaufen oder für seine Spiele mieten wollte. Das ginge überhaupt nicht, schimpfte der Reporter in einer Art Kommentierung. Der Tivoli und die Alemannia seien untrennbar verbunden. Da wollte der Oberbürgermeister nicht unbedingt Öl ins Feuer gießen. Er würdigte langatmig und überflüssig die Verdienste der Alemannia für die Stadt Aachen, erinnerte an den alten und den neuen Tivoli und versuchte schließlich in einem diplomatischen Spagat, der Alemannia alle

Vorrechte zu bewahren und zugleich den AFC nicht zu verprellen. Er biete sich an für einen Dialog, hatte Böhnke lesen können. Dabei dürften allerdings keine Forderungen erhoben werden, die sich nachteilig für die Alemannia auswirken könnten. Ob zwei Vereine sich den Tivoli für den Spielbetrieb teilen könnten, sei zwar nach seiner Auffassung nur schwerlich möglich, aber er wolle es nicht von vornherein ausschließen.

»Politikergesülze«, hatte Böhnke kommentiert, und er fühlte sich bestätigt, als Grundler seine Einschätzung teilte.

»Wo die spielen werden? Das kann ich dir nicht sagen«, antwortete der Anwalt auf Böhnkes Frage. »Entweder auf dem Tivoli oder woanders. Wenn der AFC sein Ziel hartnäckig verfolgt und die Alemannia sportlich überflügelt, wird es interessant, zumal der AFC schon Pläne in der Schublade hat, ein eigenes Stadion in Aachen oder an der Stadtgrenze zu Aachen zu bauen.« Er schmunzelte. »Das Geschrei möchte ich hören, wenn der AFC auf Würselener Gebiet als Aachener Verein in der Bundesliga spielt und die Alemannia zeitgleich auf dem Tivoli in der Regionalliga. Wenn der Verein nicht sogar aufgrund seiner permanenten finanziellen Schieflage ganz in den Niederungen des Kreisligafußballs verschwindet.«

»Wird es so weit kommen?«

»Ich schließe es nicht aus. Ich weiß nur, dass die AFC und mit ihr Christopher konsequent und hartnäckig das Ziel verfolgen, im deutschen Profifußball zu einer Spitzenkraft zu werden wie etwa Hoffenheim und Leipzig. Fußball hat nichts mehr mit Tradition zu tun, Fußball ist Werbung für Konzerne, und erfolgreiche Mannschaften sind hervorragende Werbeträger.«

Böhnke rieb sich die Augen: »Weißt du inzwischen, wer die Zeitung mit Infos füttert?«

»Nein.« Das sei auch nicht weiter interessant, weil die Plaudertasche nicht schädigend für das Projekt sei. »Schlimmer ist es, wenn es zu tatsächlichen Störfeuern kommt, wie etwa bei Christopher.«

Böhnke horchte auf. »Haben denn die Vergiftung des Hundes und das Drohschreiben etwas damit zu tun?«

Kopfschüttelnd verneinte Grundler. »Kann sein, muss aber nicht sein.« Vielleicht stünden die Drohungen mit Christophers Einsatz für Sascha in Zusammenhang.

Böhnke war froh für das Stichwort. »Was ist mit Sascha?«

»Still ruht der See«, antwortete Grundler. »Keiner weiß, wo er ist.« Er hob beschwichtigend die Arme, als Böhnke nachhaken wollte. »Es ist nicht sicher, ob er überhaupt noch lebt. Die vermeintlichen Erpresser der Familie waren nicht in der Lage, ein Lebenszeichen von Sascha zu liefern. Seitdem melden sie sich nicht mehr.«

Trittbrett oder tot, folgerte Böhnke für sich. Damit würde der Fall aber nicht einfacher. Die Suche nach den Entführern und nach dem Grund für den Anschlag blieb erfolglos.

Er war im Begriff, sich zu verabschieden, als sein Handy mit dem Radetzkymarsch auf sich aufmerksam machte. »Linke Hosentasche«, lästerte Grundler trocken, »da kommen die Töne besonders gut.« Böhnke winkte ungehalten ab und meldete sich mit einem ungehaltenen »Ich höre«.

In der Tat hörte Böhnke nur zu. Er selbst sagte kein einziges Wort, während er mit dem Handy am Ohr durch das Büro schritt. So sehr sich Grundler auch bemühte, er konnte sich aus dem minutenlangen Telefonat keinen Reim machen.

Nachdenklich schob Böhnke das Gerät in die Hosentasche zurück, nachdem er mit einem knappen, ausdrucklosen »Okay« zum Ende der einseitigen Unterhaltung gekommen war.

»Das war wirklich ein interessanter Dialog«, meinte der neugierige Grundler. »Deine Mitwirkung habe ich behalten: ›Ich höre‹ und ›Okay‹. Den Rest wirst du mir sicherlich beisteuern.«

»Willst du es wirklich wissen?« Böhnke betrachtete verunsichert seinen Freund. »Ich weiß nicht mehr, was hier abgeht.«

»Wenn ich es weiß, kann ich mitspielen«, kommentierte Grundler auffordernd. »Schieß los!«

»Also gut.« Böhnke sammelte sich und setzte sich wieder auf den Stuhl vor Grundlers Schreibtisch. »Das war Dalhey, mein ehemaliger Kollege aus Eupen. Er hat mich darüber in Kenntnis gesetzt, dass die Fußballakademie von Pfifferlin immer noch menschenleer sei. Da ist niemand. Es gibt auch keinerlei Unterlagen über Spieler und Angestellte. Alles und alle sind weg, als wenn es dort nie ein Trainingslager gegeben hätte. Aus Befragungen der Nachbarn haben Dalhey und seine Kollegen erfahren, dass gestern gegen zehn Uhr zwei Reisebusse das Gelände verlassen haben, was nicht unüblich ist, da immer wieder Busse ankommen und abfahren. Ungewöhnlich ist nur, dass gestern niemand zurückkehrte und auch heute niemand gekommen ist.«

»Was bedeutet das?«

»Das weiß ich doch nicht«, sagte Böhnke aufbrausend.

»Ich glaube, wir haben gestern ganz große Scheiße gebaut, als wir Dalhey nicht alles gesagt haben.«

»Kann sein, muss aber nicht sein«, versuchte Grundler abzuwiegeln. »Ist euch denn in dem Büro nichts aufgefallen?«

»Mir nicht.« Böhnke stoppte in seiner Rede. »Aber vielleicht Christopher. Den habe ich ja alleine gelassen.« Er stöhnte und schlug sich gegen die Stirn. »Ich Hornochse. Wer weiß, was der angestellt hat. Ich stelle ihn heute Mittag zur Rede.«

Grundler grinste ihn an. »Du hast Freunde. Die stecken mit einem Bein im Gefängnis und lassen dich dumm sterben.«

»So wie du«, fauchte Böhnke überzogen. Es war Zeit für ihn, zu gehen und beim Marschieren durch die Stadt Dampf abzulassen anstatt Grundler seine Wut spüren zu lassen.

Nur am Rande und doch deutlich bekam er Grundlers Bemerkung mit: »Irgendwie ist es doch schon merkwürdig, dass erst Toni, dann Sascha und jetzt ein komplettes Fußballinternat verschwindet.«

Den Routinebesuch beim Arzt hätte er sich schenken können. Er diente allenfalls dazu, einen Termin für den nächsten Monat festzulegen. Der Besuch in der Apotheke war ebenfalls unergiebig, weil Lieselotte zu einer Kundin unterwegs war. Notgedrungen schritt Böhnke vom Markt in der Innenstadt weiter in Richtung Krefelder Straße zum Tivoli; vom alten Stadtkern mit gotischer und barocker Bauweise zum modernen bisweilen futuristischen Gebäudeensemble aus Glas, Stahl und Beton. Er würde zu früh im Klömpchensklub sein. Aber es war immer noch besser, dort auf Christopher zu warten, als sich die Beine in den Bauch zu stehen, sagte er sich.

Obwohl das Lokal gut besucht war, blieb ein Tisch am Fenster frei: der, an dem Christopher üblicherweise seinen Platz hatte. Der Reservierungsvermerk tat offensichtlich seinen Dienst. Böhnke kümmerte sich nicht darum. Er setzte sich auf den bequemen Stuhl mit Blick auf das Finanzamt und wartete gespannt auf die Reaktion der Bedienung.

»Wie immer?«, fragte sie bloß, »ein Mineralwasser.« Mit dem Essen würde er sicherlich warten, bis Herr Christopher gekommen sei.

Wie immer! Als wenn ich ein Stammgast sei, dachte sich Böhnke. Er staunte weniger über das gute Gedächtnis der Bedienung als über ihre Art. Für sie schien es selbstverständlich, dass er hier auf den Journalisten wartete, sodass sie ihn erst gar nicht auf die Reservierung des Tisches hinwies. Warum ihm heute der Sinn nach Pfefferminztee statt nach Mineralwasser stand, konnte er sich nicht erklären. Die junge Frau nahm seine Bestellung freundlich lächelnd auf.

»Was machen Sie denn hier, Herr Böhnke? Ohne Calva an dessen Privattisch.«

Böhnke konnte den Mann, der ihm hinter seinem Rücken die Frage gestellt hatte, an der Stimme nicht erkennen. Erst als er sich umdrehte, erkannte er ihn als den Sportjournalisten der Zeitung, mit dem Christopher nicht gerade das freundschaftlichste Verhältnis zu pflegen schien.

»Was ich hier mache, solle Ihnen doch egal sein, Herr …«, antwortete Böhnke spitzzüngig. Mist, dass ihm der Name des Kerls nicht einfiel.

»Mir ist nichts egal, was sich im Dunstkreis der Alemannia abspielt«, erwiderte der Mann nicht minder spitz, der keine Veranlassung sah, seinen Namen zu nennen. »Wenn sich ein pensionierter Kommissar im Klömpchensklub rumtreibt und sich quasi wie nach einem Gewohnheitsrecht auf Calvas Platz niederlässt, interessiert mich das schon. Was hat denn die Schnapsdrossel ausgefressen?«

Böhnke verschwendete keinen Gedanken daran, woher der dreiste Mann seinen Namen kannte. Er musste damit rechnen, erkannt zu werden, wenn er sich mit Journalisten einließ. Bestimmt hatte der schon über ihn recherchiert. »Was meinen Sie denn?«, antwortete er mit einer Gegenfrage. Endlich fiel es ihm bruchstückhaft ein. ›Klausi‹, hatte Christopher seinen ehemaligen Kollegen genannt. »Herr … Klausi.«

»Hüllencremer. Ein für alle Mal, für Sie bin ich Klaus Hüllencremer«, fauchte der Redakteur. »Also, was ist?«

»Keine Ahnung«, antwortete Böhnke lässig. »Es ist mir doch wohl nicht verboten, hier in Ruhe einen Pfefferminztee zu trinken, Herr Hüllencremer. Oder?«

»Und ich bin hier, weil mir ein Stammgast die Lottozahlen vom nächsten Samstag verrät. Jemand wie Sie kommt nicht aus Spaß an der Freud in den Klömpchensklub, Herr Böhnke. Ich wette den Inhalt meines Portemonnaies darauf, dass Sie mit Calva verabredet sind. Ich werde es ja sehen, wenn er kommt. Ich habe viel Zeit.«

Unweigerlich musste Böhnke schmunzeln. Da rückte er in das Visier eines Sportredakteurs, nur weil er mit Christopher zusammenarbeitete. »Also gut, Sie haben gewonnen. Tatsächlich habe ich eine Verabredung mit Ihrem ehemaligen Kollegen. Warum interessiert Sie das so sehr?«

»Können Sie gut mit Christopher?« Hüllencremer ging gar nicht auf Böhnkes Frage ein.

»Was meinen Sie?« Böhnke hatte aufgehorcht.

»Na ja. Ich will Sie nur warnen. Christopher ist mit allen Wassern gewaschen.« Hüllencremer gab sich jovial, während er sich unaufgefordert gegenüber von Böhnke setzte. »Der wickelt Sie um den kleinen Finger und lässt Sie für sich arbeiten. Das hat der früher bei uns in der Redaktion schon getan. Der hat es immer geschafft, dass andere für ihn Recherchearbeit erledigten und er dann als der große Enthüllungsjournalist dastand, wenn er einen Artikel veröffentlichte. Aber selbst war er immer distanziert und verschlossen wie eine Auster, wenn man an ihn ran wollte. Das war kein guter Kollege und kein angenehmer Zeitgenosse, nur ein Alkoholiker und Trittbrettfahrer. Wir sind froh, dass er von einem Tag auf den anderen aus der Redaktion verschwunden ist.«

»Wissen Sie denn, was er jetzt macht?«

»Nicht mehr saufen oder nur noch heimlich, seinen Hund lieben, durch die Gegend lungern und ab und zu einen saumäßigen Zeitungsartikel für irgendein überflüssiges Käseblättchen schreiben.«

»Und Bücher verfassen«, gab Böhnke zu bedenken.

»Pah.« Hüllencremer lachte auf. »Mit Büchern verdienste doch kein Geld. Wenn du davon leben willst, musst du lange stricken.« Er machte eine abweisende Handbewegung. »Der hat noch in anderen Sachen die Finger drin. Vielleicht bei der AFC?« Er musterte Böhnke intensiv.

»Bei wem?« Der Kommissar tat ihm nicht den Gefallen. Böhnke mimte den Ahnungslosen und hatte damit Erfolg.

»Vergessen Sie's. Also, warum treffen Sie sich mit ihm?«

»Nur so«, antwortete Böhnke ausweichend.

»Ich dachte immer, nur Calva ist ein Geheimniskrämer, Sie sind ja auch einer.« Hüllencremer hustete. »Da kann ich Sie nur warnen, sich zu sehr auf den Kerl einzulassen. Der spielt mit Ihnen wie eine Katze mit der Maus. Wenn er genug von Ihnen hat, killt er Sie. Der verarscht Sie nach Strich und Faden.«

»Schöne Aussichten«, entgegnete Böhnke ironisch. »Vielleicht hat er Sie und Ihre Kollegen ja alle nach Strich und Faden verarscht.«

»Der Penner? Nie! Der ist doch viel zu blöd.«

»Na ja«, meinte Böhnke bedächtig, »ganz so blöd kann Christopher ja nicht sein, wenn er als einziger Sportjournalist schon vor Jahren das große Talent von Sascha Strohkämper entdeckt hat, als alle anderen noch darüber lachten.« Endlich hatte er den Hebel gefunden, um das Gespräch auf eine ihm genehme Bahn zu lenken. »Was ist eigentlich aus Strohkämper geworden?«

»Wenn Sie es als Kriminaler nicht wissen, Herr Böhnke, wie soll das ein einfacher Schreiberling wissen?«

»Also ist und bleibt er verschwunden, und niemand weiß, wie er von wem aus dem Klinikum entführt wurde.«

»So ist es. Den Kerl können Sie abhaken. Aus sportlicher Sicht interessiert der mich nicht mehr.«

»Und was ist mit dem anderen Nationalspieler, der mit dem Auto abschmierte?«

Hüllencremer zuckte mit den Schultern. »Pech gehabt«, sagte er teilnahmslos. »Schröder ist tatsächlich bei Tempo 200 der Reifen geplatzt. War ein Unfall. Sein Problem.«

Also gebe es keinen Zusammenhang zwischen Sascha und Schröder, wollte Böhnke fragen, dann bremste er sich. Hüllencremer hätte mit ein wenig Kombinationsgeschick darauf kommen können, dass der als Unfall von Strohkämper dargestellte Sachverhalt tatsächlich kein Unfall war, sondern ein Verbrechen.

Nach Toni, Pfifferlin und Matthieux wollte Böhnke erst gar nicht fragen. Da würde er Hüllencremer vielleicht nur auf eine Fährte setzen, was nicht unbedingt sein musste. »Was gibt es denn Neues bei der Alemannia?«, fragte er stattdessen, »nachdem Sie heute von den skandalösen Absichten dieses merkwürdigen Vereins geschrieben haben, der die Alemannia vom Tivoli vertreiben will.«

Als habe er einen Startknopf gedrückt, so sprudelte es aus Hüllencremer heraus. Wenn es um die Alemannia ging, war er nicht nur in seinem Metier, sondern auch nicht mehr zu halten, was Böhnke durchaus recht war, kam der Mann dadurch nicht auf andere Gedanken. »Mit der Alemannia entwickelt es sich bestens. Der AFC kann einpacken. Wir haben jetzt endlich die Vereinbarung mit einer Investorengruppe eingetütet. Da haben sich Spielerberater, ein Medienmogul und ein ehemaliger Bundesligamanager zusammengetan. Die Gruppe will ein paar Millionen investieren und die Alemannia wieder in den Profibereich führen. Endlich geht es aufwärts. Die Zeiten der Insolvenzen sind damit vorbei.«

»Sicher?«

»Da bin ich mir absolut sicher. Das sind die richtigen Leute für die Alemannia. Wir brauchen den AFC nicht. Der Alemannia gehört die Vergangenheit und die Zukunft.«

»Und wenn die sich dann mit dem AFC zusammenschließen in einer großen Runde, das wäre doch optimal.«

»Bloß nicht. Die Alemannia verkauft doch nicht ihre Seele. Außerdem brauchen die sich nicht zu verkaufen. Die Investorengruppe unterstützt den Verein, aber die

Finanzhoheit und die Entscheidungsgewalt bleibt im vollen Umfang bei der Alemannia.«

»Sie sind aber gut informiert.«

Hüllencremer fühlte sich tatsächlich geschmeichelt und meinte, in aller, wenn auch falscher Bescheidenheit sagen zu müssen, er habe nur das getan, was in seinem Arbeitsvertrag steht. Er griff nach dem Handy in seiner Jackentasche, das sich mit einem Torjubel gemeldet hatte. Kurz schaute er auf das Display und schob das Gerät in die Tasche zurück. »Ich muss los. Bei uns brennt der Baum.«

»Was ist denn?«

Hüllencremer erhob sich und legte einen Fünf-Euro-Schein auf den Tisch. »Berufsgeheimnis.«

»Klausi ist und bleibt ein Vollpfosten.« Christopher hatte sich Böhnkes Bericht fast schon amüsiert angehört. »Hat er nicht erzählt, dass er nur getan habe, was in seinem Arbeitsvertrag steht?«

Habe er. Böhnke war verblüfft. Wieso gebrauchte Christopher ausgerechnet diese Formulierung?

»Das ist eine lange Geschichte. Klausi hat vor etlichen Jahren über jegliche Absprachen und Gepflogenheiten zwischen Redaktion, Karnevalsgesellschaft und Stadtmarketing hinweg als kleiner Lokalredakteur den Namen eines neuen Trägers des Ordens wider den tierischen Ernst publiziert. Der Aachener Karnevalsverein hatte einen Bundesfinanzminister auserkoren und wollte ihn an einem Montag bei einer Pressekonferenz in der damaligen Hauptstadt Bonn werbewirksam vorstellen. Die Zeitungen sind bundesweit am Freitagabend zur Pressekonferenz eingeladen worden, und vertraulich ist bei der Aachener Heimatzeitung auch der Name des Ordensträgers genannt worden mit der Zusage, den Namen nicht vor Dienstag zu nennen. Klausi hat sich nicht daran gehalten, sondern ihn bei seinem Sonntagsdienst in einem Bericht für die Montagsausgabe geschrieben. War zwar damit exklusiv, aber für den AKV ein Desaster. Denn niemand von den überregionalen Medien hatte nach der Meldung noch Lust, die Pressekonferenz in Bonn zu bestreiten. Zur Rede gestellt, hat Klausi gesagt, er habe durch einen glücklichen Zufall den Namen erfahren und nicht von den eingeweihten Kollegen und außerdem habe er nur das getan, was in seinem Arbeitsvertrag stehe.« Christopher rieb sich vergnügt die Hände. »Das hat damals richtig Ärger gegeben und hat das Verhältnis zwischen Zeitung und Karnevalisten enorm getrübt.« Das sei sogar so weit gegangen, dass manche Anzeigen storniert wurden.

»Und Klausi, was ist mit ihm geschehen?«

»Der wurde aus der Schusslinie genommen, nachdem redaktionsintern bekannt wurde, dass ihn die Kollegen bewusst über den Namen des Ordensträgers, aber nicht über die Absprache informiert hatten. Da konnte jeder die Verantwortlichkeit auf den anderen schieben, und zum Schluss ist es niemand gewesen. Hängen geblieben ist nur die Argumentation mit dem Arbeitsvertrag. Die zieht jetzt auch immer noch, wenn Interna berichtet werden. Die Journalisten tun halt nur das, wozu sie sich vertraglich verpflichtet haben.« Er solle vorsichtig sein, mahnte Christopher. »Klausi ist nicht nur ein Vollpfosten, Klausi ist auch unseriös und rücksichtslos. Der lullt dich ein und schlachtet dich, wenn du ihm vertrauensvoll die Informationen gegeben hast, die er haben will. Dem kannst du nicht über den Weg trauen.«

Der Journalist hatte sein verspätetes Erscheinen mit einer Verzögerung beim Tierarzt wegen eines Notfalls begründet. »Und Calva ist mir wichtiger als du«, hatte er gesagt.

Die vermeintliche Geheimniskrämerei, die Hüllencremer seinem früheren Kollegen unterstellt hatte, war Böhnke nicht aus dem Sinn gegangen. War Christopher ihm gegenüber offen? Konnte er ihm vertrauen? War der Typ nicht tatsächlich eine Art Rattenfänger? Und das Wichtigste: Hatte Christopher ihn belogen? Er würde noch vorsichtiger sein, beschloss Böhnke für sich. Sein Ziel würde sein, Toni von dem Vorwurf des Mordes an Pfifferlin zu entlasten. Wie es ausschaute, kam er diesem Ziel näher, aber erst nach Erreichen des Zieles würde Toni sein Versteck in Christophers Wohnung aufgeben können.

Lange hatte er mit sich gerungen, ob er den Journalisten über die leergefegte Trainingsakademie informieren sollte, dann entschloss er sich dazu.

Christopher verschluckte sich beinahe an den Königsberger Klopsen, die die Bedienung ihm unaufgefordert als Tagesgericht serviert hatte. »Alle weg?«, fragte er ungläubig.

»Alle und alles weg«, bestätigte Böhnke. »Kannst du dir darauf einen Reim machen?«

»Die lösen den Laden auf«, sagte er langsam. »Die Spieler werden irgendwo unterkommen oder nach Afrika zurückgeschickt. Die Angestellten bekommen ein paar Kröten und vergessen, dass sie dort gearbeitet haben. In ein paar Monaten, spätestens nach der Fußballweltmeisterschaft, spricht niemand mehr von Pfifferlin und Matthieux.«

»Du weißt, dass du meine Frage nicht vollständig beantwortet hast«, meinte Böhnke. Er nippte an seinem kalten Pfefferminztee und betrachtete Christopher genau.

»Du willst wissen, wer ›die‹ sind?«

Böhnke nickte.

Christopher wischte sich den Mund mit der Serviette ab und trank einen Schluck. »Die, das sind nach meiner Überzeugung die Hintermänner von Matthieux oder vielleicht sogar die Geschäftspartner von Matthieux, also andere Spielerberater, deren Hintermänner und wer auch immer. Ich habe dir doch gesagt, der Fußballsport ist kein Sport, das ist ein Sumpf, in dem es auch um Schwarzgeld, Geldwäsche, krumme Geschäfte und Vertuschung geht. Ich glaube, es gibt in keinem Wirtschaftszweig und speziell in der Unterhaltungsindustrie so viele Briefkastenfirmen, Tarngesellschaften, Verknüpfungen zwischen handelnden Personen wie beim Fußball.« Wieder trank Christopher. »Ich kann mir gut vorstellen, dass zwei, vielleicht sogar drei Spieler in den nächsten Wochen in russischen Mannschaften spielen und vielleicht sogar für die WM spielberechtigt werden.«

»Wie soll das denn gehen?«

»Das geht, lass es dir gesagt sein, mein Freund. Die haben Beraterverträge und Verträge mit irgendwelchen unbedeutenden Vereinen, die die Transferrechte an den Spielern besitzen. Von diesen Vereinen werden sie an andere Vereine übertragen, bis sie dann irgendwann dort landen, wo sie spielen sollen. Oder glaubst du etwa, ein Fußballverband irgendwo in der Wüste oder der Prärie stellt sich bei einer Spielergenehmigung stur, wenn Rubel oder Dollar in die Schatulle der Funktionäre rollen?«

»Warum mussten dann Pfifferlin und Matthieux sterben?« Böhnke verzichtete darauf, das undurchsichtige Geflecht verstehen zu wollen.

»Ich kann es dir nicht sagen. Vielleicht hat Matthieux Pfifferlin auf dem Gewissen, weil dieser seine krummen Geschäfte durchschaut hatte. Vielleicht musste Pfifferlin sterben, weil Matthieux aus dem Weg geräumt werden musste und Pfifferlin den Mördern gefährlich werden konnte.«

»Womit man dann einen Zeugen vor dem Opfer tötet.« Das sei ja wohl eine absurde Vorstellung, mäkelte Böhnke.

»Ich will doch nur sagen, dass ich nicht weiß, wer warum Pfifferlin und seinen angeblichen Freund ermordet hat.«

»Was weißt du denn? Etwa über Saschas Verbleib und über die Erpressung. Etwa über deine Bedrohungen und die Aktivität der Polizei deswegen. Etwa über die AFC?« Böhnke schaute nachdenklich aus dem Fenster. »Soll ich mal etwas ganz Verrücktes sagen?«

»Mach es!«, forderte ihn Christopher auf.

»Es würde mich nicht wundern, wenn der Anschlag auf Sascha und Saschas Verschwinden, Tonis angebliche Täterschaft beim Mord an Pfifferlin und der Mord an Matthieux zusammenhängen und dass auch die AFC in irgendeiner Weise darin verwickelt ist.«

»Wie kommst du denn darauf?«, fragte Christopher entsetzt.

»Ich weiß es nicht. Ich kann nur dich zitieren, mein Freund: Der Fußball ist ein Sumpf.« Böhnke sah sein Gegenüber streng an. »Ich hoffe nur, dass ich darin nicht versinke, und ich befürchte, dass du mittendrin steckst, Calva.«

# 23. KAPITEL

Die Bemerkung hatte gesessen. Entgeistert stierte Christopher seinen Tischnachbarn an. In der Bewegung erstarrt, hielt er das Essbesteck in die Luft. Er schluckte schwer und schüttelte sich. »Hältst du mich für ein so großes Arschloch?«, krächzte er.

»Für ein noch größeres«, entgegnete Böhnke bissig. Es wurde Zeit, mit dem Kerl Klartext zu reden. »Ich habe den Eindruck, du machst mit mir das, was du Klausi in der Beziehung zu Informanten vorwirfst. Du schleppst mich mit, damit ich bezeugen kann, wenn du etwas findest, du trickst mich aus, wenn du meinst, auf mich verzichten zu können, du lässt mich die heißen Kastanien aus dem Feuer holen, wenn es brenzlig wird. Aber das Schlimmste ist: Ich glaube, du belügst mich.« Wenn er wolle, könne er jetzt gehen, schlug Böhnke dem blass gewordenen Journalisten vor. »Ich sage Grundler Bescheid, dass er die Polizei über Tonis Aufenthaltsort informiert, und ich werde mich dann bemühen, auf meine Art Tonis Unschuld zu beweisen beziehungsweise so viele Zweifel an seiner Schuld zu erwecken, dass die Geschichte glimpflich für ihn ausgeht.« Böhnke wusste selbst nicht, welcher Teufel ihn gerade ritt. Aber vielleicht war es die abweisende, verschlossene, wenig mitteilsame Art von Christopher, die ihn zu dieser Attacke veranlasste. »Wenn du bleibst, erkläre ich dir, was ich genau meine.«

Christopher nickte. Mit einem Wink bestellte er neue Getränke.

Ausführlich schilderte Böhnke das gemeinsam Erlebte aus seiner Sicht. Ob in Erkelenz, im Meinweg, in Eupen oder in dem Lager, immer habe Christopher die Richtung bestimmt und ihn gelenkt. »Meinst du etwa, ich hätte nicht bemerkt, dass du Toni bei dir aufgenommen hast, damit ich dir gefällig bin. Du hast eine Leistung erbracht, um von mir eine Gegenleistung zu bekommen, nicht, weil du tatsächlich auf Tonis Seite stehst, sondern weil du mich auf deine Seite ziehen wolltest.« Böhnke wartete, bis die Bedienung das Mineralwasser gebracht hatte. »Ist ja durchaus zulässig, aber passt nicht zu meiner Vorstellung einer Zusammenarbeit. Du verheimlichst mir mehr, als du mir sagst, und du sagst mir immer nur so viel, wie du preisgeben musst. Deshalb frage ich dich jetzt noch einmal in aller Deutlichkeit: Was ist mit dem vierten Schnellhefter aus Pfifferlins Tresor?« Solange er das Gefühl habe, Christopher belüge ihn deswegen, so lange könne er nicht mit ihm zusammenarbeiten.

Nachdenklich hatte Christopher zugehört. Er hatte sich wieder unter Kontrolle. »Du kannst mir ins Gesicht knallen, was du willst. Du wirst mich dadurch keinen Zentimeter von meinem Weg abbringen, Commissario. Das haben die Knalltüten in der Redaktion nicht geschafft, und das schaffst auch du nicht. Warum nicht? Weil ich es mir leisten kann. Ich bin von keinem abhängig.« Er merkte, dass Böhnke ungeduldig wurde. »Keine Sorge, ich werde konkreter«, sagte er mit ruhiger Stimme. »Meine Art ist vielleicht gewöhnungsbedürftig, aber ich kann dir versichern, dass wir beide an einem Strang ziehen – und zwar am gleichen Ende. Du willst Tonis Kopf retten, ich will die Schädiger von Sascha finden. Und das können wir gemeinsam besser.

Dir glaubt die Kripo nicht, wenn du Toni als unschuldig darstellst, mir glaubt sie nicht beziehungsweise hat mir bisher nicht geglaubt, wenn ich behaupte, auf Sascha sei ein Anschlag verübt worden. Also lass uns zusammen weitermachen.« Er hob beschwichtigend die Hände, als Böhnke ihm ins Wort fallen wollte. »Ich komme gleich auf deine Frage. Lass mich nur zuvor etwas klarstellen. Ich will nichts machen, was dir schaden könnte, und ich bin froh, wenn wir uns gegenseitig unterstützen.« Er reckte sich kurz. »Es gibt mehrere Aspekte: Da ist zum einem der AFC. Der zahlt mir ein immenses Honorar, wenn ich das Kind zum Laufen bringe. Das hat sich mittlerweile herumgesprochen.«

»Wie man in der Zeitung lesen kann. Die Alemannia und alle Öcher weinen.«

»Lass sie weinen. Das interessiert doch keinen. Viel dramatischer ist, dass inzwischen alle möglichen Spielerberater Lunte gerochen haben und das große Geschäft wittern. Was meinst du, wer mich alles mit welchen Superspielern lockt. Aber ich habe immer gebremst.«

Böhnke ahnte, was auf ihn zukommen könnte, und er behielt Recht.

»Ich habe meinen Freund Jean-Marie dafür gewinnen können, beim AFC als Trainer einzusteigen, was natürlich zwangsläufig dazu führte, dass Matthieux davon Wind bekam und ebenfalls als Marktschreier Spieler anbiederte. Dabei haben Pfifferlin und ich längst klar gemacht, welche Spieler aus der Akademie wir überhaupt gebrauchen konnten.«

»Und einer davon ist Toni?«

»Richtig. Ich wollte Toni unbedingt haben, und Jean-Marie wollte ihn gerne mitbringen.«

»Daraus wird ja wohl nichts, solange Toni als Mörder dasteht und der AFC nur auf dem Papier besteht.«

»Der AFC wird kommen, keine Sorge. Ob Toni dabei ist, bleibt leider abzuwarten. Wir müssen schauen, wie er die Situation verkraftet.« Christopher schaute aus dem Fenster und atmete tief durch. »Dazu kommt, dass Matthieux mit Toni ganz andere Pläne hatte. Was genau, wusste ich bis vor Kurzem nicht. Er hat sich nur mit Händen und Füßen dagegen gewehrt, Toni an den AFC abzugeben. Pfifferlin waren da die Hände gebunden. Matthieux war vertraglicher Berater von Toni, Pfifferlin nur Akademieleiter und Ausbilder. Und ohne Zustimmung von Matthieux konnten weder Toni noch Pfifferlin etwas machen.«

»Es kam zum Streit. Pfifferlin zog seine Trumpfkarte mit Matthieuxs unseriöser Vergangenheit, um Toni für sich zu sichern. Matthieux erstach Pfifferlin, und Toni ist in zweierlei Hinsicht der Gearschte. Er ist betreuungslos auf einem ihm fremden Kontinent, und er ist derjenige, der die Tatwaffe bei sich hatte.« Böhnke wollte Christophers Redefluss abkürzen.

»So könnte es gewesen sein.« Der Journalist wollte sich nicht festlegen. »Ich glaube es aber nicht. Wenn wir herausfinden, was Matthieux mit Toni vorhatte, kommen wir vielleicht einen Schritt weiter.«

»Verstehe ich nicht«, sagte Böhnke schnell.

»Pfifferlin wollte Toni, Matthieux wollte Toni nicht an Pfifferlin abgeben. Warum, frage ich mich.« Christopher sah seinen Tischnachbarn nachdenklich an.

»Okay.« Böhnke schlug vor, das Thema an dieser Stelle vorläufig zu beenden. »Was ist mit Sascha?«

»Sascha wäre eine logische Alternative zu Toni gewesen, weil beide ähnliche Typen sind und beide ein enormes Potenzial besitzen. Aber das ist eine irreale Vorstellung. Ein angehender Bundesligastar und Nationalspieler bei einer WM wechselt nicht in die vierte oder fünfte Liga. Daran habe ich gar keinen Gedanken verschwendet. Wir hatten mal in Erwägung gezogen, bei einem Aufstieg in die Bundesliga zum AFC zu wechseln.«

»Moment!« Böhnke unterbrach ihn scharf. »Dann wusste Sascha Bescheid wegen deiner Strippenzieherei für den AFC.«

Christopher lächelte gequält. »Hätte ich dir vielleicht schon früher sagen sollen, oder?«

Hätte es was geändert bei der Recherche oder bei seinem Verhältnis zu Christopher? Böhnke gab sich gnädig. »Spielt es eine Rolle, dass du mit ihm über den AFC gesprochen hast?«

»Wenn er es nicht weitergeplaudert hat, wahrscheinlich nicht«, antwortete Christopher.

»Warum gab es den Anschlag auf den Jungen? Wir stochern gewissermaßen im Nebel«, fuhr Böhnke fort. »Wer hat Vorteile davon? Wer erpresst die Eltern?«

»Und vor allem: Wo ist Sascha jetzt?«, fügte Christopher hinzu.

»Wenn du es nicht weißt, wer dann?« Böhnke grinste. Er gab sich versöhnlich. »Du bist doch Journalist und damit Alleswisser.«

»Nicht Alleswisser, Herr Böhnke, Besserwisser.« Christopher wirkte wieder frohgelaunt. Er betrachtete das verbale Donnerwetter als verzogen und sah keinen Anlass, sich von Böhnke zu trennen.

»Ich habe Klausi übrigens gesagt, dass Sascha für Deutschland spielen wollte«, sagte Böhnke beiläufig.

»Was?« Christopher schrie so laut, dass sich ihnen einige Gäste verwundert zuwandten. Er war vor Ärger rot angelaufen. »Das ist doch nicht dein Ernst? Die Geschichte hatte ich exklusiv.«

»Und jetzt weiß es die ganze Welt. Ist doch egal«, sagte Böhnke unbekümmert. »Sascha spielt überhaupt nicht mehr, weder im deutschen noch im russischen Nationaltrikot.«

»Es war absolute Verschwiegenheit verabredet«, fauchte Christopher. »Ich kann einpacken und kriege nie mehr vertrauliche Informationen.« Er wurde ironisch: »Danke, mein Freund.«

»Nichts zu danken«, entgegnete Böhnke freundlich. »So ist das, wenn man mit jemandem spielt, Calva.«

»Wie?« Christopher stutzte. »Hast du mich jetzt verarscht oder was?«

Böhnke lachte. »Ich rede nur mit meinem Anwalt, aber bestimmt nicht mit der Presse.« Unvermittelt änderte sich seine Miene, streng sah er Christopher ins Gesicht. »Gibt es einen vierten Schnellhefter?«

Der Journalist hielt dem Blick stand. »Nein«, sagte er im Brustton der Überzeugung, und Böhnke war froh, dass er ihm glauben konnte.

# 24. KAPITEL

Der Anruf aus Belgien während seines Spaziergangs durch Huppenbroich gab ihm zu denken. Was er über das Verhältnis zwischen Pfifferlin und Christopher wisse, hatte ihn Dalhey gefragt. Nach ihrem merkwürdigen Aufenthalt in der Trainingsakademie und dem Auffinden der Leiche, bei denen sie sich nicht unbedingt gesetzestreu verhalten hätten, sei er ihm eine vertrauensvolle Zusammenarbeit schuldig, hatte Dalhey im Telefonat erklärt. »Oder willst du, dass ich einen Ermittlungsbericht schreibe, in dem du als jemand erwähnt wirst, der in einem menschenleeren Gebäude herumstöbert und erst danach rein zufällig eine Leiche findet? Ich kann dich auch vorladen«, hatte der belgische Kommissar gedroht.

»Ist ja gut«, hatte Böhnke beschwichtigt. »Natürlich helfe ich dir, wo ich kann.« Das fehlte ihm noch zu seinem Glück, dass er als Beteiligter in einem Mordverfahren geführt wurde. Er wollte gar nicht wissen, warum Dalhey ihn nach dem Verhältnis fragte. »Ich weiß nur, dass Pfifferlin als Trainer für einen Aachener Verein arbeiten wollte, den ein asiatischer Sponsor mit Christophers Unterstützung in den Profifußball hieven wollte. Die beiden Männer waren wohl gut miteinander befreundet.«

»Mehr nicht?« Die Zweifel in Dalheys Stimme waren unüberhörbar.

»Nicht, dass ich wüsste«, antwortete Böhnke gedehnt. »Ist da etwa mehr?«

»Nach den Unterlagen, die mir vorliegen, wollten Christopher und Pfifferlin eine Beratergesellschaft gründen, in der sie Fußballspieler betreuen.«

»Aha.« Böhnke wartete auf eine weitergehende Erklärung seines Kollegen. Doch tat ihm Dalhey nicht den Gefallen.

»Wie kommst du darauf beziehungsweise kannst du mir verraten, woher du diese Unterlagen hast?«

»Die haben wir im Büro von Pfifferlin in seiner Akademie gefunden. In einem der vielen Aktenordner. Von Pfifferlin und Christopher unterzeichnet und von einem Notar beglaubigt. Weißt du, was das bedeutet?«

»Nein«, bekannte Böhnke offen. Was für ein Spiel trieb Christopher? Vor Kurzem glaubte er noch, dem Journalisten trauen zu können, jetzt musste er wieder eine Information verdauen, die er lieber von ihm selbst erhalten hätte.

»Damit nicht genug«, fuhr Dalhey fort. »Wir haben einen Wandtresor entdeckt, und du glaubst es nicht, wessen Fingerabdrücke wir darauf und darin gefunden haben.«

»Da brauche ich nicht lange zu raten, weil ich es weiß. Es sind die von Christopher.« Böhnke sah nicht ein, dem Kommissar keinen reinen Wein einzuschenken. »Ihr wusstet nicht, dass Pfifferlin in seiner Privatwohnung in einem ungewöhnlichen Versteck den Schlüssel für den Tresor deponiert hatte. Ich hätte den Schlüssel auch nicht gefunden. Aber Christopher kannte das Versteck. Wir haben den Schlüssel geholt und sind zur Akademie gefahren. Dort hat er den Tresor geöffnet.«

»Was war darin?«

»Schnellhefter mit Aufzeichnungen, die Pfifferlin gemacht hat.«

»Warum habe ich die nicht?« Dalhey machte sich keine Mühe, seinen Unmut zu verbergen.

»Das solltest du Christopher fragen. Er hat sie eingesteckt.«

»Den lade ich vor. Und dich gleich mit, mein Freund.«

»Komm zu mir«, schlug Böhnke vor. »Ich glaube, in kleiner Runde und nicht offiziell sagt uns Christopher mehr, als wenn du ihn nach Eupen zitierst. Oder glaubst du etwa, er habe mit dem Mord zu tun?«

»Mit dem Mord an Pfifferlin vielleicht nicht. Aber vielleicht mit dem an Matthieux?«

»Warum?«

»Tu nicht so dumm«, lästerte Dalhey. »Wenn Christopher mit Pfifferlin gemeinsame Sache macht, wird er zum Konkurrenten von Matthieux, der zugleich Partner von Pfifferlin war. Da kann man schnell auf den Gedanken kommen, einen lästigen Mitbewerber aus dem Rennen zu werfen.«

»Spricht das nicht eher dafür, dass Matthieux alles daran gesetzt hat, um die Beziehung zwischen Christopher und Pfifferlin zu verhindern, weil sie ihm das Geschäft kaputt machten?«

»Kann sein«, pflichtete ihm Dalhey bei. »Aber warum soll ich weiter spekulieren? Dazu kann sich Christopher äußern. In meinem Büro.«

»Nicht bei mir?« Böhnke würde gerne mitwirken, wenn es galt, Christopher zu schlachten, was leichter fiel, wenn er an der Unterredung, die quasi eine Vernehmung sein würde, teilnehmen könnte.

Dalhey blieb lange still. Offensichtlich dachte er nach. »Rudolf-Günther, du machst es mir verdammt schwer«, antwortete er endlich. »Aber wir machen es so, dass wir uns bei dir treffen. Das juristische Hickhack möchte ich mir ersparen, wenn ich Christopher vorlade und er alle Rechtsmittel einlegt, um den Termin zu verzögern. Da verliere ich zu viel Zeit. Das erschwert nur die Ermittlungen. Du musst mir aber versprechen, Christopher nichts davon zu sagen, wenn ich komme. Ich möchte ihn bei dir überraschen.«

»Okay.« Mit dieser Bedingung war Böhnke einverstanden. »Hast du denn etwas dagegen, wenn ich Tobias Grundler hinzuziehe? Nicht als Anwalt, sondern als Freund. Er soll nur dabei sein. Ich möchte seine Meinung hören.«

Dalhey schien in Gönnerlaune. »Von mir aus. Aber nur, wenn du für leckeres Eifelbier, Els und ein paar Koteletts für den Grill sorgst.«

»Was macht eigentlich die Suche nach dem angeblichen Mörder von Pfifferlin?« Endlich kam Böhnke dazu, sein Anliegen vorzutragen.

»Wer suchet, der findet. Noch sind wir Sucher«, antwortete Dalhey. »Der Kerl ist wie vom Erdreich verschluckt. Keiner hat ihn gesehen, keiner weiß, wo er ist. Es gibt keinerlei Hinweise auf seinen Verbleib. Wir haben nur Vermutungen, wo er sein könnte. Aber das hilft uns nicht weiter. Mukunumunu ist mittlerweile europaweit zur Fahndung ausgeschrieben.«

»Und er ist definitiv der Mörder von Pfifferlin?«

»Weiß ich nicht«, sagte Dalhey offen. »Das kann ich dir erst sagen, wenn ich mit ihm gesprochen habe. Die Beweislage spricht jedenfalls gegen ihn.« Er habe Zeugenaussagen, die eindeutig seien. »Übrigens auch die von dem Rüpel an der Zufahrt«, sagte er beiläufig.

»Hast du noch einmal mit dem gesprochen?«, fragte

Böhnke überrascht. Der Kollege hatte also doch die Beobachtung registriert, obwohl er den Anschein gemacht hatte, sie sei für ihn bedeutungslos.

»Nein. Geht nicht. Der Typ ist wohl an der Akademie tätig. Er hatte nach dem Mord seine Aussage gemacht und ist jetzt wie alle anderen verschwunden.« Dalhey schnaufte ins Telefon. »Das scheint ja wohl in Mode gekommen zu sein, dass Nachwuchsspieler in der Versenkung verschwinden. Bei uns ein komplettes Internat. Bei euch ein Nachwuchs-Messi. Habt ihr den Jungen gefunden?«

»Nein.«

»Naja.« Dalhey lachte. »Vielleicht hocken die beiden ja zusammen in irgendeinem Versteck.«

»Glaubst du's?«

»Nein.« Der Kommissar beendete das Gespräch. »Wie gesagt, ich erwarte übermorgen um 18 Uhr bei dir einen gut vorbereiteten Grill, ein kühles Bier, eine Flache Els, einen unvorbereiteten Christopher und einen eingeweihten Grundler.«

Grundler ließ Böhnkes Bericht unkommentiert. Er wollte sich zunächst seine eigenen Gedanken machen, sagte er im nächsten Telefonat, das Böhnke auf seiner Runde durch das Dorf machte. Selbstverständlich werde er an dem beinahe schon konspirativen Treff teilnehmen.

»Neues von Sascha gehört?«

»Still ruht der See«, antwortete der Anwalt. Die angeblichen Erpresser hätten den Kontakt zu den Eltern allem Anschein nach abgebrochen. Die hätten sich ebenso nicht mehr gemeldet wie die Typen, die Christopher bedroht hätten. Er würde nicht einmal ausschließen, dass die Drohungen fingiert seien. »So wie du mir den Kerl schilderst, ist Christopher wohl mit allen Wassern gewaschen. Der trickst, wo er kann. Das ist ein Meister der Vernebelungstaktik.«

»Oder er ist überfordert, mit dem, was er tut, und reagiert total unlogisch«, hielt Böhnke dagegen. »Wie er sich um den Hund kümmert, spricht eigentlich gegen die Vermutung, er selbst habe ihn vergiftet. Aber dem Kerl ist wahrscheinlich alles zuzutrauen. Der wollte Toni zum AFC holen, machte Deals mit Pfifferlin und mimte gleichzeitig den Manager von Sascha. Ich werde aus Christopher nicht schlau. Vor allem habe ich immer wieder das Gefühl, der verarscht mich, wenn ich dabei bin.«

»Irgendwann erstickt er in seinen eigenen Ausscheidungen, wenn er die Verarsche auf die Spitze treibt«, meinte Grundler grimmig. »Wenn er hier im Büro mit mir über den AFC redet, habe ich nicht das Gefühl, es mit einem überforderten oder dummen Menschen zu tun zu haben. Da weiß er genau, was er will, und wie er Fallstricke vermeiden kann. Der hat mit mir über jeden Satz des Vertragsentwurfs diskutiert. Ich musste viel erklären, bevor er damit einverstanden war. Das ist nicht der Christopher, von dem du berichtest. Das ist ein seriöser, wenn auch knallharter Geschäftsmann, dem man nichts vormachen kann und der es nicht nötig hat, faule Kompromisse einzugehen.« Grundler hüstelte und wurde leiser, ein Zeichen dafür, dass er über Dinge reden wollte, die besser ungesagt blieben. »Ich habe mich über ihn erkundigt. Keine Vorstrafen, keine Protokolle, gesund, mit einem Kontostand, von dem wir beide nur träumen können. Dem tut nichts weh, und der hat Geld wie Heu.«

»Und seine Kollegen meinen, er sei ein herumlungernder, trockener Alkoholiker, der froh ist, wenn er was zu essen kriegt.«

»Der hat dieses Bild von sich über Jahre aufgebaut, damit die ehemaligen Kollegen diesen Irrglauben pflegen. Der will mit denen rein gar nichts mehr zu tun haben, denke ich«, meinte Grundler. »Der ist ein Einzelgänger und Eigenbrötler.«

»Okay.« Böhnke wechselte das Handy ans andere Ohr. »Was gibt es zu Sascha zu berichten?«

»Nichts. Meine Freunde im Polizeipräsidium haben alle Möglichkeiten ausgelotet, um ihn zu finden. Ich glaube, es gibt kein Krankenhaus in Deutschland oder im benachbarten Ausland, in dem nicht nach Sascha gefragt wurde. Es gibt keinen Arzt weit und breit, der nicht von der Polizei angerufen wurde. Alle Taxiunternehmen wurden abgefragt, alle privaten Krankentransportdienste ebenso. Alle Hotels, Pensionen und Gästezimmer haben Besuch erhalten. Sascha ist unauffindbar. Das Gute ist nur, dass er keine intensive medizinische Betreuung mehr braucht. Den Verbandswechsel kann zur Not ein Laie vornehmen.«

»Wenn wir davon ausgehen, dass Sascha noch lebt.«

»Davon gehe ich so lange aus, solange sein Leichnam nicht gefunden und identifiziert wurde. Das ist auch Ansicht der Polizei, die mehrere Ansatzpunkte verfolgt. Nachdem die Erpresser aus Erkelenz anscheinend Trittbrettfahrer waren, suchen sie die Entführer und die Attentäter. Mittlerweile hat sich die Überzeugung durchgesetzt, dass Sascha tatsächlich absichtlich zu Fall gebracht wurde. Die Unfalltheorie gilt nicht mehr.«

»Wie kommt's?«

»Dank der Schnüffelei eines Journalisten und dem Respekt vor einem ehemaligen Leiter einer Mordkommission sowie dem Auftreten eines jungen, dynamischen und erfolglosen Rechtsanwaltes kann die Polizei gar nicht anders, als von einer Straftat auszugehen.« Grundler lachte ins Telefon. »Nein, im Ernst, die Spuren an den Bäumen im Meinweg, die Beschädigungen an dem Rennrad und nicht zuletzt die von euch entdeckte Halterung haben dazu geführt, dass wegen eines Verbrechens ermittelt wird.«

»Und um das Verbrechen zu vertuschen oder die Aufklärung zu verhindern, haben die Gauner Sascha entführt?«

»Glaube ich nicht«, antwortete Grundler nachdenklich. »Dann hätten sie im Meinweg gleich Tabula rasa machen können. Sie wollten ihn primär spielunfähig machen und haben seinen möglichen Tod billigend in Kauf genommen.«

»Was mich zu der Folgerung veranlasst, dass wir es mit zwei Tätergruppen zu tun haben«, meinte Böhnke.

»Du sagst es«, bestätigte Grundler. Doch sofort fügte er vorsichtshalber hinzu: »… zu tun haben könnten.« Der Konjunktiv ist halt der beste Freund von Politikern und Juristen, dachte Böhnke schmunzelnd für sich. »Und was soll das?«

»Ich weiß es nicht. Vielleicht kann es dir dein neuer Freund vom Hoteldach sagen.«

# 25. KAPITEL

Selbstverständlich werde er zum Grillen nach Huppenbroich kommen. Ohne zu Zögern nahm Christopher die Einladung an. Wenn Böhnke nichts dagegen hätte, würde er einen guten Freund mitbringen. Ehe Böhnke auf diese unerwartete Bemerkung entgegnen konnte, war Christopher in seiner Rede schon fortgefahren. »Hast du dich heute Morgen nicht gewundert, davon zu lesen, dass Sascha sich für die deutsche Nationalmannschaft entschieden hat?«

In der Tat hatte Böhnke über die Meldung gestaunt, die auch in den Nachrichten des Lokalradios Erwähnung gefunden hatte. Gestern noch hatte Christopher ein Riesentheater gemacht, als er ihn foppen wollte, heute nahm der mit Gleichmut die Zeitungsnotiz hin. »Warum dann deine Aufregung?«, fragte er.

»Ich habe die Meldung mit Zustimmung des Bundestrainers gestern Abend exklusiv an die Presseagenturen verkauft. Da hätte ich bescheuert dagestanden, wenn die Aachener Presse aus eigener Quelle berichtet hätte«, erklärte der Journalist. »Kommt nicht gut, wenn ich eine Exklusivmeldung verkaufe, die ein anderer schon hat. Deshalb meine kurzzeitige Erregung, du Scherzkeks.«

Während er sich wegen einer uninteressanten Nachricht errege und entspanne, habe er selbst nachgedacht, sagte Böhnke. »Das hängt auch mit Sascha zusammen.« Er berichtete über die Möglichkeit, dass sie es mit zwei Tätergruppen zu tun haben könnten. »Eine, die den

Anschlag auf ihn verübte, und eine zweite, die ihn erpressen will.«

»Könnte durchaus sein«, entgegnete Christopher nach längerem Nachdenken. »Wobei die Erpresser ja bislang nicht in der Lage waren zu beweisen, dass sie Sascha tatsächlich in der Hand haben.«

»Und wo ist er?«

»Du kannst nicht erwarten, dass ich dich zu seinem Aufenthaltsort führe. Oder?«

Wie sollte Christopher? »Natürlich nicht. Mich wundert nur, dass es überhaupt kein Lebenszeichen mehr von ihm gibt.«

»Das würde aber bedeuten, dass die Polizei und wir wegen zweier Verbrechen ermitteln müssten.« Christopher kam auf das ursprüngliche Thema zurück.

So sei es, bestätigte Böhnke. »Ich glaube nicht, dass wir die einzigen sind, die auf diese Gedanken gekommen sind. Meine ehemaligen Kollegen machen wahrscheinlich genau das.«

»Meinst du denn, dass die herausfinden können, wo Sascha sich momentan befindet?«, fragte der Journalist interessiert, als hege er die Hoffnung, seinen sportlichen Zögling doch noch einmal wiederzusehen.

»Das schließe ich nicht aus.« Böhnke listete einige Möglichkeiten und Methoden auf, wie man den Aufenthaltsort herausfinden könnte: Handyortung, Geldkartennutzung, Tankstellen, Aufzeichnungen auf Bahnhöfen, üblicherweise leerstehende, jetzt bewohnte Hütten in der Eifel. »Der Mensch ist gläsern, er weiß es nur nicht. Wenn Sascha auch nur für den Bruchteil einer Sekunde irgendwo auffällt, packen meine Kollegen ihn sich. Seine Entführer können sich nicht sicher sein.« Das könne sogar so weit gehen, dass die Kollegen die Käufe in Baumärkten oder im Internet nachverfolgen, bei denen Material und Werkzeug gekauft wurden, mit denen sich Verschläge, Kisten oder Särge bauen ließen. »Ich glaube, jede Holzhütte und jedes Gartenhaus, die in den letzten Monaten im Umkreis von 100 Kilometern gekauft oder ausgeliefert wurden, sind schon oder werden noch überprüft.«

»Tatsächlich?«, fragte Christopher erstaunt. »Du glaubst, die finden Sascha?«

»Bestimmt«, antwortete Böhnke überzeugt. Das ›tot oder lebendig‹ behielt er für sich.

Auch eine zweite Bemerkung, die ihm auf den Lippen gelegen hatte, unterdrückte er. Als Christopher davon sprach, einen guten Freund mitzubringen, hatte Böhnke kurz daran gedacht, dass er dann auch einen guten Freund, nämlich Grundler, einladen würde. Er war gespannt, wer der gute Freund von Christopher sein sollte. Konnte der überhaupt gute Freunde haben?

»Anderes Thema.« Nach der Zeitungslektüre am Morgen und seinem Spaziergang, der ihm die Zeit für ungestörtes Nachdenken gab, lag Böhnke noch eine Frage auf den Lippen wegen der für ihn unverständlichen, fast schon grotesken Zustände im Fußballsport. Die Zeitung hatte sich wieder spaltenlang über die Bedrohung der Aachener Fußballkultur durch einen asiatischen Investor ausgelassen. Es könne nur einen Verein geben, und das müsse die Alemannia sein, so der Tenor, den die vier der an dem Text beteiligten Journalisten zu Papier gebracht hatten. Fans, Bürgermeister, Politiker, Unternehmer, Prominente, die Böhnke zum Teil gar nicht als prominent eingestuft hätte, und ehemalige Fußballgrößen, deren Namen ihm nicht geläufig waren, äußerten ihre Solidarität mit dem Aachener Turn- und Sportverein Alemannia 1900 und ihr Unverständnis, die Tradition und die Liebe der Aachener zu ihrer Alemannia auf dem Altar des schnöden Mammons zu opfern, indem man einen Retortenklub ins Leben rief. ›Den will niemand!‹, behauptete ein ehemaliger Fußballnationalspieler, der wohl einmal im Reitstadion neben dem Tivoli beim CHIO zu Gast gewesen war. Was dieser Mann in der Riege der Alemannia-Befürworter zu suchen hatte, war Böhnke schleierhaft. »Warum kann sich die AFC nicht mit der anderen Investorengruppe und der Alemannia zusammentun und ihre Millionen in die Öcher Fußballliebe stecken?«

»Weil du dann dein Geld auch gleich in den Ofen stecken kannst«, antwortete Christopher. Die AFC wolle einen unbelasteten Start. »Der ist mit der Alemannia auch nach einer abgeschlossenen Insolvenz erfahrungsgemäß nicht gegeben. Ob die Investorengruppe dort den Erfolg hat, den man sich verspricht, weiß niemand. Vielleicht endet das Engagement ja in einem weiteren finanziellen Fiasko. Es würde mich nicht wundern. Bei der AFC kann ich sicher sein, dass die Finanzierung auf Jahre gesichert ist. Die wollen den Verein wie ein Wirtschaftsunternehmen betreiben und damit Gewinne erzielen, wobei auch Werbung Gewinn ist. Jeder Profiklub will wirtschaftlich erfolgreich sein. Das ist wichtiger als sportlicher Erfolg, der mit einer Überschuldung bezahlt worden ist. Am falschen Setzen von Prioritäten scheitern alle Vereine, die immer noch glauben, elf Freunde müssten es sein, die da für ihren Verein durch dick und dünn gehen.« Aber es sei nicht in erster Linie das mangelnde Vertrauen in die Vereinsführung und ihr wirtschaftliches Können, das gegen einen Einstieg der AFC bei der Alemannia spräche. »Die Fanszene in Aachen hat nicht den besten Ruf.« Die AFC habe die Besorgnis, in Zusammenhang mit rechtsradikalen Tendenzen gebracht zu werden. Es spiele dabei keine Rolle, ob es tatsächlich Neonazis oder Rechtsradikale unter den Fangemeinschaften gebe, es reiche auch, dass der Verdacht besteht. Auch sei die AFC strikt gegen jegliche Aggressivität oder Randale wie Pyrotechnik, Fahnenverbrennung oder Prügeleien. Deshalb habe es von vornherein die Entscheidung gegeben, nicht bei der Alemannia einzusteigen.

»Wegen der Fans und den Fanclubs?«

»Genau, auch deswegen. Die angeblichen Fans haben die AFC abgeschreckt.«

»Und wenn jetzt die Alemannia dank neuer Investoren einen Auftrieb erlebt? Dann ist doch kein Platz mehr für den AFC?«

»Warum nicht?« Christopher stellte eine Gegenfrage. »Konkurrenz belebt das Geschäft und bringt Werbung. Ein Derby ist doch das Nonplusultra im Fußball, siehe Dortmund gegen Schalke oder Hamburg gegen Bremen oder München gegen Nürnberg. Hamburger SV gegen den FC St. Pauli oder Bayern München gegen den TSV 1860 sorgen wie die Spiele zwischen Köln und Gladbach tagelang für Gesprächsstoff. Das bringt zwangsläufig Werbung mit sich. Nein, für die AFC wäre eine sportlich aufstrebende Alemannia kein Hinderungsgrund, eher sogar Motivation, noch schneller ganz nach oben zu kommen.«

»Die meinen es tatsächlich ernst?«

»Davon kannst du ausgehen, mein Freund. Und langfristig gesehen, wird die Alemannia nur noch die zweite

Geige in Aachen spielen.« Er schmunzelte. »Wir gönnen es der Alemannia, nicht in der Versenkung zu verschwinden. Me moss ouch jönne könne.«

## 26. KAPITEL

Der Schreck fuhr Böhnke in die Glieder, als er sich vorstellte, wen Christopher eventuell als guten Freund nach Huppenbroich mitbringen würde. Der Kerl hat doch hoffentlich nicht Toni gemeint, dachte er sich. Das fehlte noch, dass Dalhey quasi auf dem Präsentierteller den Hauptverdächtigen im Mordfall Pfifferlin präsentiert bekäme – und das ausgerechnet in seinem Zuhause. Wieder ärgerte er sich darüber, nicht unmittelbar mit dem Journalisten in Kontakt treten zu können; und den Rezeptionisten des Hotels anzurufen, war Böhnke zu blöd und zu umständlich, zumal dem Mann nicht bekannt sein dürfte, ob und wann Christopher in seine Wohnung zurückkehrte.

Auf den Schrecken einen Els! Das hätten die meisten Eifelaner in dieser Situation gesagt und sich ein Glas des so bitteren Kräuterschnapses aus ihrer Heimat gegönnt, um mit der Situation fertig zu werden. Nein, darauf konnte er verzichten. Zusammen mit dem Grillgut verstaute Böhnke die erstandene Flasche ungeöffnet im Kühlschrank. Von ihm aus war alles für den Herrenabend mit Überraschungen auf der Terrasse bereit, den Grill hatte er gesäubert und präpariert. Getränke und Fleisch waren reichlich vorhanden, das Wetter würde ihnen keinen Strich durch die Planung machen. Es war bereits kurz vor Mittag heiß und trocken, was Böhnke bei seinem Rundgang ins Schwitzen brachte, und es würde auch am Abend noch warm und trocken sein. Die angedeutete Kaltfront mit kühlen Nächten hatte sich auf einen Tag beschränkt, jetzt herrschte wieder für die Nordeifel ungewöhnlich gutes Sommerwetter. Der Regen war erst für den nächsten Tag angesagt; jedenfalls beim deutschsprachigen Belgischen Rundfunk, dessen Prognosen immer besser waren als die des deutschen Lokalsenders.

Auf den Schrecken einen Els! Böhnke hätte den Eifelschnaps gut gebrauchen können, nachdem Christopher aus dem Wagen ausgestiegen war. Wegen des begeistert auf ihn zulaufenden Hundes war er zunächst erleichtert gewesen. Mit seinem guten Freund hatte Christopher Calva gemeint, der gesund und munter umhertollte, aber auf den kurzen Pfiff innehielt und sich brav vor Böhnke niederlegte.

»Der blöde Köter rennt dich noch um«, knurrte Christopher und setzte hinzu: »Was gibt es da zu glotzen?«

Der Journalist sah ziemlich ramponiert aus.

»Was ist passiert?«, fragte Böhnke erschrocken. »Hast du dich geprügelt?« Das blutunterlaufene Auge und die aufgeplatzte Lippe sprachen für eine handfeste Keilerei.

»Das war eine einseitige Angelegenheit, bei der zwei

zuschlugen und einer geschlagen wurde.« Christopher versuchte es mit unangebrachtem Humor. »Einer allein hat sich wohl nicht getraut.«

»Und was ist geschehen?« Böhnke wollte endlich wissen, was passiert war, hielt aber inne, als das nächste Auto in die Einfahrt fuhr. Grundler sprang behände aus dem Porsche, eilte freudestrahlend auf die beiden Männer zu und erstarrte beim Anblick von Christopher mit der naheliegenden Frage: »Wer hat Sie denn in die Mangel genommen?«

»Ich weiß es nicht«, antwortete Christopher. »Ich war gestern Abend im Klömpchensklub. Auf dem Weg zum Auto bin ich auf dem Parkplatz von hinten gepackt worden. Ehe ich mich versehen konnte, habe ich zwei Schläge ins Gesicht bekommen. Ich bin zu Boden gesunken. Als ich mich wieder aufrappelte, waren die Kerle verschwunden. Es müssen mindestens zwei gewesen sein. Einer hat mich festgehalten. Der andere hat zugeschlagen.«

»Und Sie haben sofort die Polizei alarmiert?« Grundler kratzte sich sein kurzes Haar.

»Nein.« Christopher schüttelte den Kopf. »Ich war total durch den Wind, habe mich zum Auto geschleppt und bin nach Hause.« Er lächelte gequält. »Heute Abend sehe ich ja mit der Farbe im Gesicht schon wieder richtig gut aus.« Das sei eine weitere Drohung gewesen, sagte er überzeugt und griff in die Innentasche seiner Lederjacke. »Meine Freunde haben mir das zugesteckt. Einen Briefumschlag mit einem Liebesbrief.« Er gab Böhnke den Umschlag, der zugriff, ohne sich Gedanken um irgendwelche Fingerabdrücke zu machen. Etwaige Hinweise hatte Christopher wahrscheinlich längst zunichte gemacht.

»Ist nicht das Original«, ergänzte der Journalist. »Das liegt bei der Polizei. Da bin ich gestern am späten Abend doch noch hin.«

Das sei die letzte Warnung. Die nächste Begegnung ende für ihn tödlich, wenn er weiter tätig bleibe. ›Du bist unser Feind. Zieh dich aufs Altenteil zurück. Der Fußball braucht dich nicht!‹

»Was meinen die damit?«, fragte Böhnke, während er die Kopie an Grundler weiterreichte.

»Die wollen, dass ich aufhöre.«

»Womit?«

»Keine Ahnung.«

»Sie können nur mit etwas aufhören, das Sie begonnen haben«, mischte sich Grundler ein. »Sie haben begonnen, für die AFC in Aachen tätig zu werden. Also sollen Sie damit aufhören.«

Christopher habe aber auch damit begonnen, im Falle Strohkämper zu recherchieren, gab Böhnke zu bedenken. Vielleicht solle er diese Arbeit beenden.

»Wer weiß denn von dieser Recherche? Und wann gab es die erste Drohung gegen Sie?« Grundler hakte nach und gab sich die Antworten, nachdem Christopher zu lange nachdachte. »Von Ihrer Recherche wegen Sascha Strohkämper wissen wir, die Polizei und dessen Eltern. Mehr nicht. Die erste Drohung gab es aber schon, bevor Sie mit den Eltern geredet haben. Daraus schließe ich, dass sich die Drohung eindeutig auf Ihre Arbeit für die AFC bezieht. Oder wollen Sie widersprechen?«

»Nein.« In Erwägung ziehen könnte man allenfalls einen sehr derben Scherz seiner ehemaligen Kollegen wegen der Bemerkung Altenteil und Fußball. Aber er könne sich nicht vorstellen, dass Journalisten zu solch einem kriminellen Handeln fähig wären. »Oder glauben Sie das etwa?«

Verneinend schüttelte Christopher den Kopf. »Aber ihr werdet verstehen, dass ich auf diesen Schreck jetzt einen Els brauche.«

Der Schreck, den das Els seinen Geschmacksnerven versetzte, konnte nicht groß gewesen sein. Christopher schüttelte sich kurz, dann forderte er Böhnke auf, das Schnapsglas wieder zu füllen. »Der zweite kann nicht schlechter schmecken als der erste«, flachste er, kippte das braune Zeug hinunter und warf das kleine Glas in einem hohen Bogen ins Gebüsch. »Aus diesem Glas soll keiner mehr trinken«, sagte er trocken. »Auch ich nicht mehr. Ich hab zwar einen fast selbstfahrenden Wagen, aber das hindert die Grünen nicht, mir den Lappen abzunehmen, wenn sie mich hinter dem Steuer mit einer Alkoholfahne erwischen.« Er lachte den betroffen schauenden Böhnke an. Er schien zu ahnen, was der Pensionär dachte. »Keine Sorge, ich weiß, was ich tue. Ich bin kein Rückfaller. Das war eben meine Jahresration Alkohol. Für mich ab sofort nur noch Leitungswasser.«

»Für mich lieber ein Kölsch«, meldete sich eine Stimme mit französischem Einschlag aus dem Garten. Von hinten hatte sich unbemerkt Dalhey angeschlichen und stand mit einem breiten Grinsen vor den drei Männern, eine braune Aktentasche unter den Arm geklemmt.

»Kommen Sie gerade vom Dienst auf einen Absacker?«, begrüßte ihn Grundler freundlich mit einem festen Händedruck. »Oder sind Sie etwa noch im Dienst?«

Dalhey lachte. »Es gibt Berufe, die kennen keinen Dienstschluss. Das gilt für Rechtsanwälte ebenso wie für

Kommissare oder Journalisten.« Nach Böhnke hatte er auch Christopher mit einem Handschlag begrüßt.

»Also allzeit für eine Verhaftung bereit«, scherzte Grundler.

»So kann man es sagen. Aber vor der Verhaftung stehen das Essen und Trinken. Was macht der Grill, mein Freund?«

Böhnke deutete kurz auf das Gerät. Wie immer wollte die Grillkohle nicht so wie er. Sie ließ sich nach seinem Gefühl viel zu viel Zeit.

»Wenn ich noch 'nen Benziner fahren würde, hätte ich Ihnen ja mit ein paar Tropfen Sprit aushelfen können«, lästerte Christopher.

»Und jetzt suchen Sie hier eine Steckdose, um Ihre Prestigekarre für lau aufzupumpen.« Grundler war Böhnke zur Seite gesprungen. »Was machen Sie eigentlich, wenn Ihnen in der Wildnis mal der Strom ausgeht?«

»Wahrscheinlich dasselbe, das Sie machen würden, wenn Sie Ihren Edelflitzer in der Wildnis trocken gefahren hätten.« Christopher wollte die immer wieder aufkeimende Diskussion über die Gefahr, man könne mit einem Stromer kraftlos liegen bleiben, im Keime ersticken. »Sie wie ich achten vor Beginn einer Fahrt darauf, dass Sie genug Energie an Bord haben. Alles andere wäre fahrlässig. Und im Notfall bin ich nicht schlechter dran als sie. Es gibt wahrscheinlich mehr Steckdosen in Straßennähe als Tankstellen oder Benzinkanister.«

»Kann mir nicht passieren, dass ich liegen bleibe«, knurrte Böhnke. Er besaß kein Auto, nutzte den unterhaltsamen ÖPNV oder ging zu Fuß. »Es kann wohl sein, dass ich gleich verhungere, wenn ich nichts zu kauen bekomme.« Er hatte Christophers erfolgreiche Bemühungen beobachtet, durch heftiges Wedeln mit einem Kehrblech die Holzkohle zum Glimmen zu bringen. Schnell warf er die Würstchen auf den Rost und staunte, wie schnell sie durchbräunten. »Wer was trinken will, bedient sich selbst«, rief er seinen Gästen zu, während er mit der Grillzange hantierte, bis er endlich mit der ersten Ladung von vier Würstchen an den Gartentisch kommen konnte. »Greift zu, ihr werdet so schnell nicht mehr so Leckeres zu essen bekommen.«

»Besonders dann nicht, wenn Dalhey gleich seines Amtes waltet und einen von uns verhaftet. Wie schmeckt eigentlich die Gefängniskost in Belgien?«, fragte Grundler flapsig.

»Auf jeden Fall erheblich besser als in einer deutschen Frittenbude«, antwortete der Kommissar aus dem Land der weltbesten Pommes frites.

»Da bin ich ja beruhigt«, glaubte Christopher witzig beisteuern zu müssen.

»Ich kann Sie ja gerne einmal zu einer Verkostung im Rahmen einer Vollpension einladen«, schlug Dalhey vor. Der Ton war nach Böhnkes Geschmack ein wenig zu streng gewesen, und auch Grundler hatte aufhorchend die Stirn gerunzelt.

Nur Christopher hatte diese leichte Veränderung des Gesprächs zu einer ernsthaften Unterhaltung nicht mitbekommen.

»Nein danke, darauf kann ich verzichten«, meinte er kauend.

»Die meisten, denen ich die nahrhafte Gefängniskost verabreiche, lehnen sie zunächst dankend ab, aber es bleibt ihnen nichts anderes übrig, als sie zu essen. Das könnte Ihnen auch blühen, Herr Christopher.«

Die Gabel mit dem aufgespießten Reststück seiner Grillwurst schaffte nur den Weg bis zur Höhe des Halses, dann stoppte sie in ihrer Bewegung, weil Christopher den Arm nicht weiter anhob. »Was wollen Sie mir damit sagen, Herr Dalhey?«, fragte er argwöhnisch.

»Um es kurz zu machen, Herr Christopher: Ich glaube, Sie wissen mehr, als Sie uns verraten. Und ich bin enttäuscht, dass Sie mich nicht über den Inhalt des Safes informiert haben, den Sie in dem Fußballinternat geknackt haben.«

»Nicht geknackt, geöffnet«, widersprach Christopher.

»Noch so eine oberlehrerhafte Bemerkung, und ich vergesse mein gutes Benehmen«, sagte Dalhey scharf. Er sah dem Journalisten streng ins Gesicht. »Ich habe große Lust, Sie heute nach Eupen mitzunehmen, Sie über Nacht in eine Zelle zu stecken und Sie morgen in meinem Büro zu grillen.« ›Grillen‹ schien für ihn ein Stichwort zu sein, schnell packte er sich die letzte Wurst auf dem Tablett und schob sie auf seinen Teller. »Also, was haben Sie mir zu sagen? Und wehe, Sie unterschlagen etwas.«

Was könnte Christopher wohl unterschlagen, dachte sich Böhnke. Der würde allenfalls auf die Finte von Dalhey hereinfallen, der etwas unterschlug, nämlich das Wissen von dem Vertrag zwischen Pfifferlin und Christopher. Er war gespannt, ob der Journalist diese Vereinbarung aus freien Stücken offenbarte.

»Was soll ich Ihnen sagen, was Sie nicht schon längst wissen?« Christopher suchte nach einer angemessenen Wortwahl. »Sie wissen ja, dass ich den Tresor leergeräumt habe. Die Schnellhefter stelle ich Ihnen gerne zur Verfügung.«

»Wie viele?« Böhnke wunderte sich über Dalheys Frage. Er konnte sich nicht daran erinnern, ihn bei ihrem Telefonat von seinen Zweifeln berichtet zu haben.

»Drei«, lautete Christophers Antwort.

»Die ich morgen von Ihnen bekomme.« Das war keine Bitte, das war ein Befehl.

Christopher nickte. »Dann können Sie sich selbst über den Inhalt ein Bild machen. Brauche ich also hier nichts drüber zu sagen.« Er nahm einen kräftigen Schluck aus dem Wasserglas. »Ich kann aber erst kommen, nachdem ich bei meinem Arzt war.« Er deutete auf die Verletzungen in seinem Gesicht. »Der will sichergehen, dass ich nicht doch eine Gehirnerschütterung erlitten habe.«

»Dann hätten Sie doch einen plausiblen Grund für einen Gedächtnisverlust«, unterbrach ihn Dalhey ungehalten. »Was haben Sie in Belgien gemacht?«

»Das, was Ihnen auch Ihr Kollege Böhnke sagen könnte«, gab Christopher pampig zurück.

»Ich will es von Ihnen wissen, Herr Christopher.«

Haarklein, fast schon übertrieben gründlich, schilderte der Journalist ihre Suche in Pfifferlins Wohnung und ihren Aufenthalt in der Akademie. Zu Böhnkes Erleichterung ließ er dessen Rolle beim Auffinden von Matthieux und dem Alarmieren der Polizei außen vor. Zwei unterschiedliche Versionen über ihr Handeln hätte nur unangenehme Nachfragen mit sich gebracht.

»Was haben Sie gemacht, nachdem Rudolf-Günther das Büro verlassen hat?«

»Ich habe gelesen. Mich hat interessiert, was in den Schnellheftern stand.«

»Mehr nicht?«, fragte Dalhey argwöhnisch.

»Mehr nicht.«

»Sie sind also nicht durch den Raum gelaufen und haben in den Regalen und Schränken nach etwas anderem gesucht?«

Christopher wirkte ob der Frage verblüfft. »Warum sollte ich?«

Der Kommissar aus Eupen ließ sich viel Zeit mit einer Antwort. Er bückte sich nach seiner Aktentasche, die er am Tischbein neben sich angelehnt hatte. Grundler, der sich in der Rolle des interessierten Zuhörers gefiel, richtete seinen Blick auf Christopher ebenso wie Böhnke. Endlich hatte Dalhey das Schriftstück gefunden, das er, in einer Klarsichtfolie verpackt, Christopher entgegenhielt. »Ich glaube, Sie haben das hier gesucht. Aber«, er lächelte süffisant, »Sie haben es nicht gefunden.«

Der Journalist hatte Mühe, nicht die Fassung zu verlieren, nachdem er gelesen hatte. »Das kann nicht sein«, stammelte er. »Woher haben Sie das Papier?«

»Das Papier, das für mich ein Vertrag zwischen Ihnen und Pfifferlin ist, habe ich in einem Aktenordner in dem Büro in der Akademie gefunden. Danach haben Sie doch gesucht, nachdem es Ihnen gelungen war, Böhnke abzuwimmeln.«

»Das ist doch Unsinn!« Christopher schaute entgeistert in die Runde der ihn beobachtenden Männer. »Ich kenne diesen Vertrag nicht.«

»Natürlich nicht. Wie gut, dass Sie unter Gedächtnisverlust leiden nach Ihrer gestrigen Prügelei«, höhnte Dalhey. »Ich verstehe nur nicht, wie Ihre und Pfifferlins Unterschriften auf diesen Vertrag gelangen. Die Unterschriften sind nicht gefälscht, das haben wir längst mit Schriftproben und einem Vergleich mit einem anderen Vertrag, den Sie in Ihrer Eigenschaft als AFC-Vertreter mit Pfifferlin als dem zukünftigen Trainer und Sportmanager des AFC abgeschlossen haben, geprüft. Ich finde es nur befremdlich, dass Sie am gleichen Tag diesen zweiten Vertrag mit Pfifferlin abgeschlossen haben, in dem Sie mit ihm eine Beratergesellschaft für Fußballprofis gründen. Davon wollen Sie nichts wissen.«

»Ehrlich. Davon weiß ich nichts.«

Dalhey lächelte ihn versöhnlich an. Doch seine Worte standen im krassen Gegensatz zu seiner Mimik. »Reine Schutzbehauptung. Denn Sie wissen genau, was dieser Vertrag für Konsequenzen hat: Pfifferlin wollte mit Ihnen gemeinsame Sache machen und das, obwohl er mit Matthieux zusammenarbeitet. Das hat Matthieux mitbekommen. Deren Freundschaft war damit vorbei. Pfifferlin musste sterben. Wer weiß, wie viel Geld Toni dafür bekommen hat, dass er Pfifferlin umbrachte. Und dann musste Matthieux sterben. Vielleicht wollten Sie sich ja an ihm rächen, Herr Christopher, weil er Ihren neuen Trainer und neuen Geschäftspartner umbringen ließ.«

»Schwachsinn«, schnaubte der Journalist. »Das ist doch gequirlte Scheiße.«

»Fakten«, brach es aus Böhnke heraus, was ihm einen entgeisterten Blick von Christopher einbrachte.

»Du bist im Bilde?« Christopher schluckte schwer. »Also«, er konzentrierte sich, »ich kenne diesen Vertrag nicht, er muss eine Fälschung sein. Da will mir jemand etwas unterschieben, warum auch immer. Matthieux bin ich noch nie in meinem Leben begegnet. Ich liefere Ihnen gerne meine Fahrtenbücher, Notizblocks und Terminkalender der letzten 20 Jahre, da werden Sie keinen Hinweis auf eine Verbindung zwischen Matthieux und mir finden.« Er sah zu dem schweigenden Dalhey, der mit keiner Miene zu verstehen gab, wie er diese Äußerungen bewertete. »Mehr kann ich nicht sagen. Sie machen mich hier zu einem Täter, obwohl ich doch Opfer bin. Ich werde bedroht und zusammengeschlagen und mache mir riesige Sorgen um Sascha Strohkämper. Und Sie haben nichts Besseres zu tun, als mich mit den Morden an Pfifferlin und Matthieux in Verbindung zu bringen.« Er hob die Hände, als wolle er sich ergeben. »Mehr weiß ich nicht.«

»Sie lügen.« Dalhey gab sich unerbittlich.

»Wieso?«, stammelte der Journalist. »Ich habe Ihnen wirklich alles gesagt.«

»Nein. Nicht alles.«

»Was fehlt denn?« Christopher würde helfen, wo er nur konnte, um aus dieser misslichen Lage herauszukommen.

»Der vierte Schnellhefter aus Pfifferlins Tresor.«

»Den gibt es nicht«, sagte Christopher schnell.

»Den gibt es wohl«, behauptete Dalhey mit spitzer Zunge. Er machte sich erneut an seiner Aktentasche zu schaffen und zog ein zweites Blatt Papier in einer Klarsichtfolie heraus. »Das haben wir ebenfalls im Internatsbüro gefunden: eine Liste der von Pfifferlin angelegten Schnellhefter. Sie war ebenfalls in einem der fast 300 Aktenordner abgeheftet. Schauen Sie mal drauf«, forderte er Christopher übertrieben höflich auf, »und erklären Sie mir, warum dort vier Schnellhefter verzeichnet sind, Sie aber nur drei gelesen haben wollen. Was ist mit dem vierten, der den Titel ›Toni‹ trägt?«

Die Fassungslosigkeit war Christopher ins Gesicht geschrieben, als er nacheinander zu den drei Männern am Tisch blickte. »Ich kann es mir nicht erklären«, sagte er leise.

»Ich schon«, konterte Dalhey. »Das ist quasi die Handakte über den Deal, den Sie mit Pfifferlin über Toni machen wollten. Sie mussten sie verschwinden lassen, um nicht in den Mordfall hineingezogen zu werden. Pech für Sie, dass Pfifferlins Gründlichkeit und Ihre vergebliche Suche nach der Auflistung Ihrer Behauptung widersprechen.«

»Ich kann es mir beim besten Willen nicht erklären.«

»Na gut.« Dalhey erhob sich energisch. »Ich mache mich jetzt vom Acker. Am liebsten würde ich Sie mitnehmen, Herr Christopher. Zum einen, weil Sie offensichtlich in die Mordfälle mehr verwickelt sind, als Sie zugeben, zum anderen, weil ich befürchten muss, dass Sie noch mehr zu verdecken versuchen, als Sie bisher schon getan haben.« Er reichte Grundler und Böhnke die Hand zum Abschied und streckte sie auch Christopher entgegen, der reflexartig nach ihr griff. »Ich erwarte, dass Sie morgen gegen zehn Uhr mit Rudolf-Günther bei mir erscheinen. Wenn nicht, lasse ich Sie holen, und dann können Sie garantiert einmal die belgische Gefängniskost kosten.«

»Kann es sein, dass der Herrenabend einzig dem Zweck diente, dass sich Dalhey mit mir auseinandersetzt, ohne auf Regeln achten zu müssen?« Christopher unterbrach die Stille in der kleinen Runde. Am liebsten wäre er sofort nach Aachen aufgebrochen, doch daran hinderte ihn Grundler, dessen Porsche ihm die Ausfahrt versperrte. Woher sollte er auch wissen können, dass verabredungsgemäß Grundler gewartet hatte, bis er seinen Wagen in der Zufahrt abgestellt hatte, um den Sportwagen dahinter zu platzieren?

»Isso«, antwortete Grundler lakonisch und sagte nach Christophers fragendem Blick noch einmal: »Ist so.«

»Warum?«

Das habe mehrere Gründe, erläuterte Böhnke. Das fange bei der verzwickten Rechtslage an, wenn ein belgischer Kommissar einen deutschen Zeugen, der eventuell auch Täter sein könnte, anhören möchte, das gehe bei der Zeitschiene weiter und ende schließlich bei der Unmöglichkeit, Dinge anzusprechen, die nur außerhalb offizieller Ermittlungen angesprochen werden können.

»Als da sind?«, fragte Christopher neugierig. Er war immer noch aufgewühlt. So forsch und unnachgiebig wie eben war lange niemand mit ihm umgegangen.

»Die Unterlagen in der Akademie. Unser Auftauchen dort und unser spätes Benachrichtigen der Polizei. Meine auf Kollegialität beruhende Einflussnahme auf Dalheys Ermittlungen ist auch nicht gerade ein Ruhmesblatt, wenn sie der Staatsanwaltschaft oder Dalheys Mitarbeitern bekannt wird«, erläuterte Böhnke freimütig. »Ich glaube nicht, dass Dalhey im Ernst meint, dass du bei den Mordfällen als verdächtig giltst. Aber deine Rolle ist, um es gelinde auszudrücken, merkwürdig.«

»Sie ist nicht merkwürdig«, sagte Grundler aufbrausend. »Ich glaube, Sie treiben mit uns ein böses Spiel, Herr Christopher. Ihre Rolle bei der AFC mag ja durchaus legitim und ehrenwert sein. Welche Rolle Sie bei Sascha Strohkämper spielen, erschließt sich mir beim besten Willen nicht. Und warum Sie wie selbstverständlich Toni bei sich aufnehmen, nur weil ein pensionierter Kommissar von dessen Unschuld überzeugt ist, verstehe ich ebenfalls nicht.« Grundler hievte sich aus dem Gartenstuhl. »Ich mache die Mücke und erwarte von euch Bericht, nachdem ihr bei Dalhey ward.« Grußlos verschwand er aus dem Garten.

Wenige Augenblicke später war das Aufheulen des Sportwagens zu hören.

Auch Böhnke stand nicht mehr der Sinn nach einem Gespräch. »Hol mich morgen ab«, bat er Christopher. »Alles andere bereden wir später.« Er war froh, dass der Journalist diese Aufforderung zum Gehen richtig verstanden hatte. Nach einem stummen Händedruck blieb Böhnke allein auf seiner Terrasse. »Jetzt könnte ich auch einen Els gebrauchen«, sagte er zu sich und kippte mit Verachtung das Getränk in den Rachen.

# 27. KAPITEL

»Ohne Calva?« Suchend hatte sich Böhnke in Christophers Wagen umgeschaut. Er hatte nicht unbedingt damit gerechnet, dass der Journalist tatsächlich rechtzeitig bei ihm vorfuhr.

»Und ohne Toni.« Christopher grinste seinen Beifahrer frech an. »Wenn alle Stricke reißen, verrate ich deinem belgischen Oberschnüffler, dass du Toni bei mir versteckt hast. Das kommt ganz darauf an, wie sich unsere Plauderstunde heute entwickelt.«

»Vielleicht klärt sich ja heute schon Tonis Unschuld«, entgegnete Böhnke gelassen. Christophers Drohung konnte ihn nicht beeindrucken. Auch er verzog das Gesicht zu einem Grinsen. »Wenn dich Dalhey heute schlachtet wegen deines Vertrages mit Pfifferlin, glaubt der dir eh nichts mehr. Der fragt sich und dich höchstens, warum du Toni vor ihm verschwiegen hast. Und ich werde so tun, als hätte ich keinen blassen Schimmer.« Er lenkte seinen Blick auf die schnurgerade Strecke durchs Hohe Venn. Die häufigen Hinweise auf die Brandgefahr durch weggeworfene Zigarettenkippen oder achtlos entsorgtes Glas an den Banketten machten deutlich, wie sehr die Trockenheit die Region beherrschte. Die Hitze hatte nach einer eintägigen Pause auch Ende August noch nicht nachgelassen, der fehlende Regen sorgte dafür, dass Blätter und Gräser verdorrten und dass das trockene Geäst schnell brach. Ein Funken würde genügen, um den Wald und die Moorlandschaft in Brand zu setzen, und wenn sich das Feuer erst einmal in den Boden hineingefressen hatte, war es fast unmöglich, es zu bekämpfen.

»Genauso unmöglich ist es, gegen die internationale Fußballmafia vorzugehen. Da spielt sich auch vieles im Untergrund ab, von dem wir beide nichts wissen«, zog Christopher einen nicht unbedingt passenden Vergleich. »Hier verschwindest du in einem Moor, im Fußball versinkst du in einem Sumpf.«

»In dem Verträge bestehen, von denen die Unterzeichner gar nicht wissen, dass sie sie unterzeichnet haben«, bemerkte Böhnke trocken. »Hast du inzwischen deine Erinnerung aufgefrischt oder musst du dich weiter auf einen Gedächtnisverlust berufen nach deiner kleinen Keilerei?«

Christopher musste über gutes Heilfleisch verfügen. Die Haut rund ums rechte Auge war wieder normal, die aufgeplatzte Lippe war nur schwer erkennbar. »Ich brauch mich auf keinen Gedächtnisverlust berufen«, brauste er auf. »Ich kenne diesen vermeintlichen Vertrag zwischen Pfifferlin und mir nicht. Das muss eine Fälschung sein.«

»Mit echten Unterschriften«, fiel ihm Böhnke ironisch ins Wort. »Kommt nicht allzu häufig vor und ermöglicht vollkommen neue Interpretationen bei Vertragsabschlüssen.« Er hielt es für ratsam, das Thema zu wechseln, um Christopher nicht zu sehr zu ärgern. Zumal er selbst keine Erklärung fand. Konnte er Christopher glauben? Es fiel ihm schwer.

»Was gibt es Neues in der Aachener Fußballszene? Die Zeitung hat heute nur die alte Kamelle aufgewärmt.« Tatsächlich hatte er sich am Morgen gewundert, dass die Zeitung im Prinzip die Aussagen der Vortage wiederholte mit den Angriffen gegen den AFC und die Lobeshymne für die Alemannia.

»Neu ist im Prinzip nur, dass die Alemannia wieder einmal kurz vor einer Insolvenz steht. Aber das ist im Prinzip nicht neu.«

»Darüber habe ich nichts gelesen.« Böhnke gab sich überrascht.

»Darüber wird auch nicht geschrieben; zum einen, weil es noch keinen Antrag gibt, zum anderen, weil es wieder Gespräche mit Sponsoren und Investoren gibt, die Geld locker machen sollen.«

»Wofür?« Böhnke verstand nicht, warum jemand Geld an einen klammen Fußballklub gab, der weder erfolgreich war, noch von großer Bedeutung für Aachen.

»Gute Frage«, antwortete Christopher. »Vielleicht ist es die Lust am Untergang, mit der man spielt. Vielleicht ist es Wichtigtuerei.«

»Am sinnvollsten wäre es doch tatsächlich, wenn die AFC bei der Alemannia einsteigt.«

Jetzt war es an Christopher zu fragen: »Wofür?« Er wartete, bis er an der Kreuzung links abbiegen konnte, wie es ihm das Navi vorgeschlagen hatte. »Das würde nur der Alemannia nützen, aber nicht der AFC. Oder glaubst du etwa, die Alemannia würde ihre Namensrechte verkaufen? Das größte Problem sind aber verschiedene Fangruppierungen. Diese Radikalinskis unter den angeblichen Fans will die AFC auf keinen Fall in ihrem Dunstkreis wissen. Deshalb gab es gestern noch einmal ein kategorisches Nein zu etwaigen Gesprächen mit der Alemannia.«

»Die Gespräche sollten tatsächlich sein?«, fragte Böhnke verblüfft.

»Die hatte der Bürgermeister angeregt. Aber wir haben abgelehnt. Nein, mein Freund, es bleibt dabei, der AFC steigt in den nächsten Jahren auf, bis er in der Bundesliga spielt. Und was dann mit der Alemannia ist, kümmert uns einen feuchten Kehricht. Du wirst sehen, die wahren Fußballfreunde laufen in Scharen zu uns über. Auf die Krawallmacher, denen es nur um Randale unter dem Deckmäntelchen des Fußballs geht, können wir gut und gerne verzichten. Ob am Tivoli oder in Würselen oder in einem neuen Stadion in Aachen.« Für Christopher war damit die Unterhaltung beendet; nicht weil er davon genug hatte, sondern weil er auf dem Parkplatz vor der Polizeistation angekommen war und aussteigen wollte. »Ich nehme an, du willst nicht im Wagen auf mich warten.«

»Wie schön, dass Sie gekommen sind.« Mit ausgewählter Freundlichkeit und einem herzhaft festen Händedruck begrüßte Dalhey seine Gäste. Von einer Verstimmung oder gar einer Feindseligkeit gegenüber Christopher war nichts zu spüren. Es schien, als habe es den gestrigen Abend gar nicht gegeben, was nicht nur Christopher, sondern auch Böhnke verwunderte.

»Hat man dir Glückshormone oder Friedenspillen in den Tee getan?«, fragte er erstaunt, derweil er beobachtete, wie Dalhey Kaffee in die bereitgestellten Tassen füllte.

»Weder noch.« Dalhey setzte sich zu den beiden an einen kleinen Tisch in einer Ecke seines Büros. »Eigentlich müsste ich grübelnd und hilflos durch das Kommissariat laufen, aber es ist nicht so.«

»Sondern?« Böhnke wurde aus der Bemerkung nicht schlau.

Er sei im Prinzip nicht weiter als vorgestern, meinte Dalhey. Er habe gehofft, endlich einen Fuß in der Tür zu haben, indem er Christopher als Mitbeteiligten in den Mordsachen Matthieux und Pfifferlin festnageln könnte, doch habe sich diese Hoffnung zerschlagen.

»Wieso?«

»Weil der Vertrag tatsächlich gefälscht ist, wie unser verehrter Herr Christopher stets behauptet hat.«

»Trotz der Originalunterschriften«, fragte Böhnke erstaunt, während Christopher verdutzt das Umrühren in seiner Kaffeetasse beendete und zu Dalhey aufschaute.

»Es waren Originalunterschriften und doch keine Originalunterschriften.«

»Muss ich das verstehen?« Der Journalist schüttelte ungläubig den Kopf.

»Können Sie nicht verstehen. Haben unsere Experten herausgefunden. Die Unterschriften sind von anderen Schriftstücken kopiert und auf diesen vermeintlichen Vertrag übertragen worden. Sieht zwar wie ein Original aus, ist aber keines. Die Kollegen haben festgestellt, dass die Unterschriften auf das Papier eingescannt wurden«, erläuterte der Kommissar. »Aber fragen Sie mich bitte nicht nach Details.«

»Wieso bist du denn überhaupt auf die Idee gekommen, den Vertrag prüfen zu lassen?«, fragte Böhnke. »Da musst du doch Zweifel gehabt haben.«

Das vehemente Abstreiten von Christopher habe ihn dazu ebenso bewogen wie die Überlegung, dass bei einem eventuellen Prozess Christophers Strafverteidiger diese Prüfung mit Sicherheit beantragt hätte. Er schmunzelte. »Jedenfalls dann, wenn Tobias Grundler mitmischen würde.«

Damit wäre zwar ein umstrittenes Detail geklärt, aber würden die Mordumstände nicht unbedingt klarer, meinte Böhnke. Eher sei das Gegenteil der Fall. »Man versucht offensichtlich, Calva hineinzuziehen.«

»Du sagst es«, bestätigte Dalhey. »Wenn du mir jetzt noch verrätst, wer ›man‹ ist, bin ich vollkommen zufrieden.«

»Man will uns auf eine falsche Fährte locken. Das ist offensichtlich.« Böhnke gab gerne seine Überlegung preis. »Du findest diese Fälschung in Pfifferlins Unterlagen in der Akademie. Dort wird Matthieux ermordet aufgefunden. Da frage ich mich, ob Matthieux zunächst die Fälschung versteckt und dann getötet wurde oder ob er ermordet wurde und ein Dritter sie versteckt hat. Vielleicht wurde Matthieux ja auch gezwungen, die Papiere im Büro zu deponieren, und wurde anschließend getötet. Und dann«, er lächelte gequält, »könnte es ja auch sein, dass das eine mit dem anderen gar nichts zu tun hat.« Auszuschließen sei diese Möglichkeit nicht.

Christopher räusperte sich. »Um mir das mitzuteilen, lassen Sie mich aus Aachen antanzen?«, fragte er verärgert. Die Tour hätte ihm Dalhey mit einem Anruf ersparen können. Er hätte Wichtigeres zu tun, als seine Zeit mit unsinnigen Plauderstunden zu verbringen, maulte er.

Christophers Ärger perlte wirkungslos von Dalhey ab. Er blieb unbeirrt. »Vielleicht verraten Sie mir, woher Matthieux Ihre Unterschrift hat. Die von Pfifferlin konnte er sich leicht besorgen, aber wie kam er an Ihre? Haben Sie irgendwann mit ihm zu tun gehabt?«, fragte er, ohne auf Christophers Vorwurf einzugehen.

»Nein. Den kenne ich nur aus den Erzählungen von Jean-Marie. Persönlich kenne ich ihn nicht. Ich habe auch nie mit ihm gesprochen. Keine Ahnung, wie er sich meine Unterschrift besorgt hat.«

Böhnke sah ihn streng an. »Spiel nicht den Dummkopf. Du hast einen Vertrag mit Pfifferlin gemacht, als du ihn für den AFC verpflichtet hast. Ich glaube nicht, dass Pfifferlin diesen Vertrag vor seinem Kompagnon verheimlicht hat. Da hatte er die Gelegenheit, dein Autogramm abzugreifen.«

So werde es gewesen sein, meinte er, und Dalhey pflichtete ihm bei. Der Kommissar hatte sich erhoben. »Ich wollte euch ohnehin um Mitarbeit bitten. Sechs Augen sehen mehr als zwei. Und wenn wir schon einen Fußballexperten dabei haben, sollten wir auf sein Wissen nicht freiwillig verzichten.«

»Wobei?«, fragte Christopher verwundert.

»Kommen Sie«, forderte Dalhey ihn und Böhnke auf. Er hatte sich erhoben. »Ich lade Sie zu einer Fahrt durch das schöne Ostbelgien ein.«

# 28. KAPITEL

Böhnke richtete sich auf eine Fahrt ins Trainingszentrum ein, als er es sich auf dem Sitz hinter einem uniformierten Chauffeur bequem machte. Neben ihn platzierte sich Christopher, derweil Dalhey auf Französisch seinem Fahrer das Fahrtziel nannte. Böhnke verstand den Ortsnamen nicht, ging aber davon aus, dass es sich um den Ort handelte, in dem Pfifferlin seine Fußballspieler getrimmt hatte. Auch als die Fahrt in genau entgegengesetzter Richtung zu der ging, in die Christopher vor ein paar Tagen mit ihm gefahren war, sah er keinen Grund, sich Gedanken zu machen. Er wurde erst aufmerksam, als der Fahrer auf die Autobahn zusteuerte, die nach Lüttich führte.

»Ich dachte, wir fahren durch das schöne Ostbelgien«, raunte er laut genug, damit es Dalhey auch verstand.

»Zu Ostbelgien gehört alles östlich von Brüssel«, entgegnete der Kommissar schmunzelnd, »und Ostbelgien ist halt der schönste Teil unseres Königreichs.«

Böhnke hielt den Atem an, als der Fahrer die Limousine auf der Autobahn beschleunigte. Entweder hatte der Mann am Lenkrad noch nie etwas von der Geschwindigkeitsbeschränkung auf den belgischen Schnellstraßen gehört oder er sah keinen Grund, sich an die erlaubten 120 Stundenkilometer zu halten. Dalhey verfolgte die Raserei ungerührt. Christopher hatte die Augen geschlossen und schien zu dösen.

Lüttich würde für Böhnke immer ein Buch mit sieben Siegeln bleiben. Er durchschaute die Verkehrsführung nicht, die in Kombination mit den Hinweisschildern in französischer Sprache ihn wiederholt zur Verzweiflung gebracht hatte, wenn er mit Lieselotte zum im Dreiländereck beliebten Trödelmarkt gefahren war. Er verfuhr sich jedes Mal und hatte nach dem Bummel entlang der Maas stets Probleme, wieder eine Straße in Richtung Aachen zu finden. Er erinnerte sich noch gut an die Zeit, als Lüttich eine schwarze, staubige Ansammlung von baufälligen Häusern gewesen war, in der der Steinkohlebergbau herrschte. Von der früheren Industriestadt war auf den ersten Blick nichts mehr zu sehen. Lüttich war hell, modern, lebendig geworden.

»Hier ist echt was los«, bemerkte Dalhey. »Das entwickelt sich zu einer richtigen Großstadtregion.« Lüttich habe rund 200.000 Einwohner und mit dem verstädterten Gürtel lebten rund 600.000 Menschen in diesem Bereich entlang der Maas.

»Und einen davon willst du mit uns besuchen?«, fragte Böhnke ungehalten. Er schaute sich um und entdeckte ringsum nur moderne Bürogebäude.

»Falsch, Herr Kollege. Wir besuchen ein Büro, nicht einen Menschen.« Dalhey sprach wieder Französisch mit seinem Fahrer. Er gab ihm wohl einen Hinweis zum Zielort, wie Böhnke vermutete. Christopher verfolgte das Geschehen stumm, aber mit flinken Augen. Ihm würde nichts entgehen, und er würde garantiert im Schlaf diese Stelle wiederfinden, wenn es sein musste, dachte sich Böhnke. Endlich hielt der Wagen auf einem nur mit wenigen Autos besetzten großen Parkplatz neben einem fünfgeschossigen, rechteckigen Gebäude aus Glas und Beton.

»Wir sind gleich da«, verkündete Dalhey verheißungsvoll.

»Wo, verdammt noch mal?«, platzte es aus Böhnke heraus.

»Im Büro von Richard Matthieux.«

»Okay.« Bedächtig mischte sich Christopher ein. »Was wollen wir da?«

»Uns umschauen.« Dalhey lächelte. »Vielleicht finden wir dort ja Hinweise auf den oder die Mörder von Matthieux und Pfifferlin.«

Blödsinn, dachte sich Böhnke. Die belgischen Kollegen hatten bestimmt schon bei ihren Ermittlungen das Büro auf den Kopf gestellt.

Dalhey, der Gedankenleser, fuhr jovial fort: »Wir sind Kriminalisten, aber keine Fußballexperten. Wir finden Fingerabdrücke, DNA-Spuren, kennen Verhörmethoden und wissen, wie man mit Ganoven umgehen muss, aber beim Fußball hört unser Sachverstand auf, wenn es über Abseits, Vorteil und taktisches Foul hinausgeht.« Selbstverständlich habe man alle Unterlagen durchforstet und mit dem nationalen Fußballverband und einem Manager vom AS Eupen Kontakt aufgenommen. »Aber ich glaube, dass ein Kenner wie Sie, Herr Christopher, vielleicht einen anderen Blick hat und schnell Zusammenhänge erkennt, auf die wir vielleicht zu spät oder gar nicht kommen.«

»Schleimer«, kommentierte Christopher unverblümt. Er schloss sich dem Chauffeur an, der ins Treppenhaus gegangen war und auf ein ebenerdiges Büro zusteuerte. Neben der schlichten Eingangstür hing ein kleines, nicht minder schlichtes Schild, das nur die Aufschrift ›Matthieux & Pfifferlin‹ trug.

»Eine Sekretärin, eine Putzfrau, drei Angestellte, die für die Steuern, die Reiseorganisation und die Kontakte zuständig sind, alles andere erledigte der Chef höchstpersönlich«, klärte Dalhey seine Gäste auf. »Wir haben den fünf bis auf weiteres Hausverbot erteilt.« Er ging durch den weißen, fensterlosen Flur des Büros bis zum äußersten Ende und öffnete dort eine weitere Tür. »Das ist das Reich von Matthieux.«

Böhnke konnte einen Hustenanfall nicht vermeiden, als ihm eine erkaltete, nikotingeschwängerte Wolke entgegenschwebte. »Wann wurde hier das letzte Mal gelüftet«, fluchte er und erntete prompt Christophers scherzhafte Ergänzung: »Gibt es denn hier überhaupt Fenster? Ich sehe keine. Ich sehe nur eine gelbbraune Fläche.«

Das Büro hatte vieles, nur eines nicht: eine Ordnung. Auf den halbhohen Schränken, auf dem Boden und auf dem Schreibtisch verteilt, lagen Unterlagen, zum Teil gestapelt, zum Teil scheinbar achtlos auf den vergilbten Teppichboden geworfen.

»Der beste Schutz gegen ungebetene Gäste, die etwas suchen«, lästerte der Journalist. »Oder haben Sie das Chaos angerichtet, Herr Dalhey?«

Der Kommissar verneinte. Alle Akten, Papiere und Ordner lägen so, wie seine Kollegen sie aufgefunden hätten.

»Wo fangen wir an?«, fragte Christopher tatendurstig. »Haben Sie einen Plan?«

»Ja«, antwortete Dalhey. Die Papiere bräuchten sie nicht zu durchsuchen. Sie seien alle gescannt und ausgewertet und würden Böhnke und Christopher als Mail geschickt werden. Er habe einige Sachen herausgesucht, über die er mit ihnen sprechen wollte. Wissend steuerte er einen Stapel auf dem überladenen Schreibtisch an und zog geschickt eine Kladde aus der Mitte heraus. »Das ist mein erstes Schätzchen.«

Böhnke fühlte sich in gewisser Weise geschmeichelt, dass er an den Ermittlungen beteiligt wurde, obwohl eigentlich nur Christophers Wissen gefragt war. Die ihm zugeteilte Rolle des schweigenden Beobachters reichte ihm.

Christopher hatte die Kladde geöffnet und schaute nach dem Lesen der wenigen Blätter staunend auf Dalhey. »Wie viele Verträge haben Pfifferlin und ich eigentlich unterzeichnet?«

»Gar keine«, antwortete der Kommissar. »Das sind alles Fälschungen oder Versuche von Fälschungen. Durchaus gut gemacht, aber dank unserer Fachleute als solche erkannt.«

»Warum?«

»Bin ich der Fußballer oder Sie? Ich sehe hier nur Verträge, bei denen Sie und Pfifferlin angeblich Beraterfunktionen für Spieler vereinbaren.«

»Spieler, deren Namen ich nicht einmal kenne«, unterbrach ihn Christopher.

»Das sind alles Spieler aus der Akademie«, klärte ihn Dalhey bereitwillig auf. »Was bezweckte Matthieux bloß damit?«

Christopher zuckte mit den Schultern. »Keine Ahnung«, sagte er schnell. »Wir werden wohl nie eine Antwort auf diese Frage bekommen.«

Böhnke beobachtete den Journalisten genau. Mimik und Gestik passten nicht zu der geäußerten Ahnungslosigkeit, so kam es ihm vor. Christopher wusste ganz genau, was der Spielerberater mit diesen gefälschten Verträgen beabsichtigte, er wollte sein Wissen aber nicht weitergeben. Da war sich Böhnke verdammt sicher. Aber er sah nicht die Zeit gekommen, den Journalisten mit seiner Annahme zu konfrontieren.

»Was ist denn Ihr zweites Schätzchen?« Christopher lenkte geschickt das Gespräch in eine ihm genehme Richtung, bevor Böhnke oder Dalhey nachhaken konnten oder wollten.

»Auch so ein dubioser Vertrag, wobei wir davon ausgehen, dass es sich nicht um eine Fälschung handelt.« Er übergab Christopher mehrere zusammengeheftete Blätter. »Bin gespannt, was Sie dazu sagen.«

Zunächst überfliegend, dann staunend und schließlich konzentriert widmete sich Christopher den Papieren. »Das ist ja starker Tobak.« Er war tatsächlich verblüfft. Das war keine Maske und keine Verstellung, wie Böhnke beobachtete. Diese Unterlagen hatten den Journalisten tatsächlich aus der Fassung gebracht.

»Das ist starker Tobak«, wiederholte sich Christopher. Er schaute abwechselnd zu Böhnke und Dalhey. »Dieses Papier ist der absolute Wahnsinn. Hiermit hat sich Matthieux im Prinzip dazu verpflichtet, dafür zu sorgen, dass

Sascha als russischer Nationalspieler von Deutschland nach Russland und Toni nach Mönchengladbach transferiert wird. Der hat sich mit dem Papier an eine osteuropäische Beratergruppe gebunden und wollte mit denen Geschäfte machen.«

»Aber«, Böhnke sah es an der Zeit, sich einzumischen, »der Matthieux hat doch gar keine Aktien bei Sascha. Der kann den doch gar nicht transferieren.«

»Vielleicht hat er aber einen Vertrag mit einem Berater, der glaubt für Sascha handeln zu können, oder er hat geglaubt, selbst mit Sascha ins Geschäft zu kommen.«

»Und davon hast du nichts gewusst?«, fragte Böhnke ungläubig. »Du und Sascha, ihr ward doch ein Herz und eine Seele, hast du jedenfalls versucht, mir einzureden.«

»Sind wir auch. Sascha hat keine Geheimnisse vor mir. Ich kann mir nur denken, dass Matthieux und seine neuen Kumpanen aus dem Osten die Strippen so ziehen wollten, dass sie Einfluss auf Sascha bekommen.«

Böhnke winkte ab. Jetzt begaben sie sich wieder auf sumpfiges Gebiet, was er nicht wollte. »Und dann kommt der Anschlag auf Sascha im Meinweg dazwischen. Das passt denen gar nicht in den Kram.«

»Richtig. Das konnte denen überhaupt nicht passen.«

Dalhey, der dem Dialog staunend gefolgt war, machte sich räuspernd bemerkbar. »Es kann sein, dass die Verletzung des Spielers im Prinzip Matthieux das Genick gebrochen hat.«

»Wieso?« Böhnke wunderte sich über die Bemerkung. Offenbar wusste Dalhey doch mehr über die Materie, als er behauptet hatte.

»Nun, Matthieux hatte eine Art Vorschuss dafür bekommen, dass er diese Vereinbarung geschlossen hat. Jetzt ist der Spieler wertlos geworden, und die Partner wollten das Geld zurück.« Er lächelte hämisch und wandte sich einem Ordner zu, der ein wenig abseits auf einer Fensterbank gestanden hatte.

»Das hier ist eine Aufstellung der Vermögenswerte von Matthieux. Die haben wir uns zusammengebastelt. Um es kurz zu machen: Er hat nichts, er ist pleite und überschuldet. Der Mann hat ein Vermögen in Spielcasinos verzockt, und dann konnte er den Vorschuss nicht mehr zurückzahlen.«

»Und deshalb haben ihn seine neuen Freunde aus Osteuropa gekillt?« Böhnke stellte die Frage, die zwangsläufig folgen musste.

»Kann sein. Wäre zumindest ein neuer Ermittlungsansatz«, antwortete Dalhey bedächtig.

»Damit sind wir beim Mord an Pfifferlin aber keinen Schritt weiter«, fuhr Böhnke fort. »Oder glaubst du nach wie vor an eine Täterschaft dieses Toni Mukunumunu?«

»Ich schließe sie nicht aus«, sagte Dalhey, »zumal ja vieles dafür spricht. Der Junge ist nicht aus dem Schneider, solange er flüchtig ist und solange er mir nicht plausibel erklären kann, wie seine Fingerabdrücke auf die Tatwaffe gelangten. Um es deutlicher zu sagen: Für mich ist er der Hauptverdächtige.«

»Ohne Motiv.«

»Das sagst du, Commissario. Ich sage, er hat von den Machenschaften mitgekriegt, die es zwischen Matthieux und anderen Beratern gab und die Pfifferlin nicht unbekannt waren.« Dalhey legte den Ordner beiseite. »Also, Matthieux war pleite, weil er spielsüchtig war, und er versuchte deshalb, überall dort Geld zu machen, wo es ihm möglich schien. Das machte ihn natürlich angreifbar und zugleich zu einem Befehlsempfänger, der das tat, was man ihm sagte, um an frisches Geld zu kommen.«

»Perfide.« Christopher hatte die Hand gehoben, um sich zu Wort zu melden. »Die haben Matthieux fest im Griff. Wenn seine Pleite bekannt wird, stürzt sich die andere Beratergruppe auf die Profis wie ein Haufen Hyänen auf eine tote Antilope. Wenn er seine Beraterfunktion behalten will, muss er so handeln, wie es die Geldgeber wollen.«

»Womit wir wieder bei Sascha sind«, bemerkte Böhnke nachdenklich. »Da hatten wohl Einige Interesse daran, dass er für Russland spielt.« Er wandte sich Christopher zu. »Hilf mir. Wer wusste ab wann von Saschas Entscheidung, für Deutschland spielen zu wollen?«

»Ich vor dem Telefonat, seine Eltern und der Bundestrainer nach dem Telefonat.«

Tolle Antwort, dachte Böhnke ironisch. »Und war der Anschlag auf Sascha vor dem Mord an Pfifferlin oder danach.«

»Gibt es da einen Zusammenhang?«, fragte Dalhey aufgeregt dazwischen. Doch winkte Böhnke ab. Darauf wollte er nicht antworten, er wartete vielmehr Christophers Antwort ab.

»Wenn ich die Zeitabläufe richtig in Erinnerung habe, gab es zuerst den Mord an Jean-Marie, dann das Telefonat von Sascha mit dem Bundestrainer am Samstag und am Montag darauf den Anschlag auf ihn.«

»Dann war Pfifferlin also schon ausgeschaltet, bevor es Sascha erwischte.« Böhnke dachte laut. »Pfifferlin hätte Matthieux nicht mehr im Wege gestanden bei Sascha. Er wusste aber nichts von Saschas Anruf bei dem Bundestrainer, hatte demnach keinen Grund zu glauben, er könne nicht mit Sascha ins Geschäft kommen. Ihm muss daran gelegen sein, Sascha nach Russland zu verschieben. Das spricht dafür, dass Sascha nicht für seine Entscheidung für Deutschland büßen musste, eben weil sie niemandem bekannt war außer zwei bis vier Personen, für die Stillschweigen galt. Dann entfallen aber Matthieux und sein Dunstkreis als Täter des Attentats auf Sascha. Es muss einen anderen Grund haben.« Er pustete durch. »Puh. Alles hängt zusammen und ist doch getrennt zu sehen.«

»Es wird noch besser und vielleicht auch klarer.« Dalhey gab sich optimistisch. »Wir haben noch etwas gefunden, das ich euch gerne zeigen möchte.« Erneut griff er nach einem Ordner. »Darin findet ihr einen Schriftverkehr, genauer einen E-Mail-Verkehr zwischen Pfifferlin und Matthieux.«

»Den wir uns jetzt durchlesen sollen, oder was?«, knurrte Böhnke. »Wie wär's mit einer Zusammenfassung?«

Dalhey schmunzelte, bevor er seinen Vortrag begann, der Böhnke nicht mehr sonderlich verwundern konnte. Er befand sich halt in einem Sumpf.

Es hatte Streit zwischen Pfifferlin und Matthieux gegeben, bei dem es mehrere Ursachen gab, wie Dalhey schilderte. Pfifferlin wollte aus der Trainingsakademie aussteigen, um sich ausschließlich seinem neuen Job beim AFC zu widmen. Das passte seinem Partner ebenso wenig wie Pfifferlins Bitte, ihm seinen Anteil an der Beratergesellschaft auszuzahlen. Als Matthieux sich weigerte, drohte Pfifferlin mit juristischen Schritten. Als auch dieses Druckmittel nicht zu einer Einwilligung von Matthieux führte, hatte Pfifferlin seine stärksten Geschütze aufgefahren. Er schilderte sein Wissen von Passmanipulationen, bei denen ältere Spieler mit den Pässen von jüngeren ausgestattet wurden, und von Knebelverträgen, mit denen sich die Spieler verpflichteten, Werberechte abzutreten und Einkünfte an Dritte weiterzuleiten, die angeblich Rechte an ihnen besäßen. Wer die Verträge nicht unterzeichnete, musste gehen. Diese Methoden prangerte Pfifferlin an, damit wollte er nichts zu tun haben. Auch wegen verschwundener Spieler hatte er nachgeforscht und war zu einer erschreckenden Erkenntnis gekommen. »Ich befürchte, du billigst und unterstützt es, dass Spieler zu Tode kommen, wenn du sie nicht vermitteln und du ihre Pässe gebrauchen kannst«, zitierte Dalhey. Er winkte ab, als Böhnke ihn mit einer Frage unterbrechen wollte.

»Diese Mail stammt vom Tag, bevor Pfifferlin ermordet wurde.« Er kratzte sich am Hinterkopf. »Wenn das kein Mordmotiv für Matthieux war, dann weiß ich es nicht. Pleite, unlautere Geschäftspraktiken, Mitwisser von Verbrechen. Da kannst du schnell zum Mörder werden.« Er schaute zu Böhnke. »Ich kann mir vorstellen, dass er den jungen Afrikaner Toni angestiftet oder vielleicht sogar erpresst hat, Pfifferlin zu töten. Aber wir werden es nicht erfahren, wenn wir ihn nicht schnappen.« Dalhey gähnte. »Leute, für heute reicht's. Das Wichtigste wisst ihr, das andere steht in der Mail, die ihr schon auf euren Rechnern habt.« Auf Französisch gab er dem Polizisten, der nahezu regungslos neben der Tür gewartet hatte, einen Befehl. »Er bringt uns zurück ins schöne Eupen.«

Nach einer schweigsamen Rückfahrt hatte der Fahrer sie auf dem Parkplatz abgesetzt. Christopher hatte ihn in das Polizeigebäude begleitet; zu einer Angelegenheit, die er gerne alleine regeln wollte, wie er seinen Gang zur Toilette umschrieb.

»Warum musste ich eigentlich mitkommen? Das hätte Christopher doch auch allein erledigen können.« Wartend standen Dalhey und Böhnke vor Christophers Tesla.

»Wer hätte das Auto nach Aachen zurückgefahren, wenn ich ihn doch verhaftet hätte?«, entgegnete Dalhey. Er sah Böhnke ernst ins Gesicht. »Außerdem warst du noch lange nicht aus dem Schneider nach euren Eskapaden bei Pfifferlin und in der Akademie. Ein Restverdacht, dass ihr an den Morden beteiligt ward, war für mich immer noch gegeben.«

»Aber der Restverdacht ist doch jetzt ausgeräumt?« Böhnke nahm seinem belgischen Kollegen die Offenheit nicht übel. Er musste immer damit rechnen, unter Tatverdacht zu geraten, wenn er sich in verzwickte Angelegenheiten einmischte.

Dalhey wandte sich ein wenig. »Ich kann mir dich nicht als Mörder vorstellen, Commissario.« Er wundere sich über das Interesse von Böhnke an Toni. »Und wenn ich dann noch mitbekomme, dass angeblich ein Dunkelhäutiger in der Fluchtnacht im Bereich Monschau gesehen wurde, könnte ich auf den abwegigen Gedanken kommen, dass vielleicht doch etwas dran sein könnte an der Vermutung, dass ein pensionierter Kommissar sich zum Verbündeten eines flüchtigen Mordverdächtigen gemacht hat.«

»Weit hergeholt, mein Freund. Oder?«

»Sehr weit hergeholt, aber nicht gänzlich abwegig, mein Freund. Oder?« Dalhey verzichtete auf Böhnkes Antwort. »Ich kann mir dich nicht als Mörder vorstellen«, wiederholte er, »oder als Helfer eines Mörders.«

»Wohl aber Christopher?«

»Ich habe nichts auf der Pfanne, um ihn festzuhalten.«

»Dann wollen wir schnell los, bevor du es dir anders überlegst«, sagte Böhnke händeschüttelnd, als sich der Journalist näherte. Innerlich pustete er durch. Viel fehlte nicht mehr und Dalhey würde seine zwielichtige Rolle im Fall Mukunumunu aufdecken. Das Eis, auf dem er sich bewegte, wurde immer dünner, und damit auch das Risiko einer strafrechtlichen Aufarbeitung seines dubiosen Handelns. »Um in der Fußballersprache zu reden: Ich bleibe am Ball und beobachte die Laufwege von Christopher. Ich halte dich auf dem Laufenden.«

## 29. KAPITEL

»Jetzt aber schnell nach Hause!« Christopher hatte es eilig und drückte im wahrsten Sinne des Wortes aufs Tempo, ohne auf die Geschwindigkeitsbegrenzungen Rücksicht zu nehmen, als hinge ihm in Belgien der Sensenmann höchstpersönlich im Nacken. »Bloß weg aus dem Pommesland!«

Die schnurgerade Straße durchs Hohe Venn war Böhnke noch nie so kurz vorgekommen, die Bäume beiderseits flogen an ihnen vorbei. Er schwieg, war aber nicht in der Lage, konzentriert seine Gedanken zu ordnen und das Erlebte der letzten Stunden zu gewichten. Zu viel war auf ihn eingeprasselt. Er würde sich in Billas Haus zurückziehen und dort anhand von Notizen versuchen, Zusammenhänge zu finden und zu Schlüssen zu kommen.

Der Journalist hatte schon bei der Abfahrt angekündigt, er wollte sich erst alle Akten von Matthieux reinziehen, bevor er darüber und über den heutigen Tag reden wolle. Insofern hätte es für Böhnke wenig Sinn gemacht, ihn in ein Gespräch zu verwickeln.

Es dauerte, bis er wahrnahm, dass der Radetzkymarsch nicht aus den Lautsprechern des Autoradios, sondern aus seinem Handy ertönte. Christophers hämisches Grinsen ignorierte er, während er umständlich in der Hosentasche nach dem Telefon kramte.

Als er auf sein »Ich höre« als Antwort das »Alles andere wäre schlecht« vernahm, wusste er, mit wem er sprach. »Was du heute erlebt hast, kannst du mir heute Abend in Ruhe sagen«, sagte der Anwalt schnell. »Ich möchte nicht, dass Christopher deine Ansicht mitbekommt.«

»So?« Böhnke konnte sich auf diese Gesprächseröffnung keinen Reim machen. »Ich bin mit Christopher gerade auf dem Rückweg von Eupen. Was gibt's denn?«

Er traue Christopher nicht über den Weg, es gebe da ein paar Dinge, die nicht so richtig zu dem angeblichen Saubermann und Gutmenschen passten, antwortete Grundler. »Aber das erzähle ich dir später in Ruhe. Deswegen rufe ich nämlich nicht an.«

»Etwa wegen Sascha?« Böhnke versuchte gleichgültig zu wirken.

»Deswegen nicht. Da ruht still der See. Das kannst du Christopher ruhig sagen.«

Allein diese Bemerkung ließ Böhnke stutzig werden. Offenbar wusste Grundler von einer Entwicklung bei der Entführung des jungen Spielers, die er gegenüber Christopher verschweigen wollte. In Verbindung mit dessen Zweifel an der Redlichkeit von Christopher schien sich hier eine Entwicklung anzubahnen, von der er noch nichts wusste. »Also nichts Neues in Sachen Sascha«, sagte Böhnke betont laut.

Er hörte Grundlers Lachen. »So soll es jedenfalls den Anschein haben, den du gerade deinem Fahrer vorgaukelst«, sagte der Anwalt. Er müsse einmal den Ermittlern im Polizeipräsidium ein großes Lob zollen, meinte er. »Deine ehemaligen Jungs sind richtig fit.«

»Zur Sache!« Die Fähigkeiten seiner früheren Kollegen würde er eh nicht in Zweifel ziehen.

Nachdem sie davon überzeugt worden waren, dass Sascha Opfer eines Anschlags geworden war, hatten sie trotz der wenigen Anhaltspunkte intensiv und erfolgreich ermittelt, wie Grundler erläuterte. Im Prinzip hätten die Ermittler nur das Teilstück der Seilklammer zur Verfügung gehabt. Aber das kleine Teil hätte ausgereicht, um herauszufinden, dass die Klammer aus den Niederlanden stammt. »Diese Klammer ist in Deutschland gar nicht erhältlich. Da kannst du sämtliche Baumärkte der Republik absuchen, du wirst sie nicht finden.«

»Und das im gemeinsamen Europa?«, fragte Böhnke zweifelnd.

»Das ist so. Diese Klammer aus Holland entspricht nicht der deutschen DIN und darf deshalb hierzulande nicht vertrieben werden.«

»Daraus folgere ich, dass die Attentäter sich das Zeug in Holland besorgt haben.«

»Richtig, und vermutlich haben sie von dort auch das Drahtseil«, bestätigte Grundler, »was aber nicht folgerichtig dazu führt, dass es sich bei den Tätern auch um Holländer handeln muss.« Aber es sei ein Indiz dafür, dass es sich um Täter handelt, die entweder aus den Niederlanden oder aus dem deutsch-niederländischen Grenzgebiet stammten. Er hustete laut ins Telefon; nicht wegen einer Unpässlichkeit, sondern um die uneingeschränkte Aufmerksamkeit von Böhnke zu erhalten. »Du kannst Christopher sagen, dass die Seilklammer in den Niederlanden gekauft wurde und die Polizei deshalb auch jenseits der Grenze ermittelt. Und du kannst ihn fragen, ob er von Feinden aus den Niederlanden weiß, die es auf Sascha abgesehen haben könnten.«

Christopher dachte nicht lange nach, als ihn Böhnke fragte. »Nein. Sascha hat mit Holland überhaupt nichts am Hut.«

Sie hatten die Grenze passiert und stauten sich auf der Ortsumgehung von Monschau im Touristenverkehr. »Alles Holländer«, ärgerte sich Christopher. »Können die nicht in ihrem Käseland bleiben? Was wollen die hier?«

»Den Tourismus fördern und die schöne Eifel mit der Perle im Rurtal, nämlich Monschau, genießen«, entgegnete Böhnke. »Ohne den Tourismus sähe es hier zappenduster aus. Wir freuen uns, wenn sie kommen.« Und wenn sie wieder gehen, sagte er zu sich.

Über eine Sache wolle er sich noch unterhalten, meinte er. »Könnte es sein, dass diese gefälschten Verträge etwas mit deiner Tätigkeit für die AFC zu tun haben?«

Wie er darauf käme, fragte Christopher zurück.

Es sei nur eine Vermutung, antwortete Böhnke.

Sie könnten auch dem Zweck gedient haben, Pfifferlin in Misskredit zu bringen, sagte Christopher.

»Wieso?«

»Na ja, das macht sich nicht gut, wenn ein Trainer und Sportdirektor schon Verträge mit Spielern abschließt, obwohl er noch gar nicht im Amt ist, und er zugleich den Eindruck erweckt, wegen dieser Verträge seien die Spieler nicht mehr zu haben.« Aber er habe keine große Lust, sich darüber den Kopf zu zerbrechen. »Wer weiß, welche wirren Gedanken in dem kranken Hirn von Matthieux herumgeisterten. Man müsste ihn fragen können.« Er hatte an der Kapellenstraße angehalten und wartete darauf, dass Böhnke ausstieg. »Nicht nur der Akku meines Autos ist bald leer, meiner auch, wird Zeit, dass wir nach Hause kommen.«

»Wann sehen wir uns wieder?«

Christopher lachte. »Hast du jetzt schon Sehnsucht nach mir? Lass erst mal die Dinge sacken. Leg die Beine hoch und erhole dich. Ich melde mich.«

Böhnke hatte den Wagen schon verlassen, als er noch einen Satz nachschob: »Calva, eine Bitte, keine Alleingänge mehr.«

Christopher antwortete grinsend: »Wie du mich – sue ich dich.« Er hob die Hand zum Gruße und fuhr mit einem »A-di-e-da« fort.

Böhnke wartete, bis der Tesla aus seinem Blickfeld verschwunden war. Über Christophers Schlusswort machte er sich keine Gedanken. Gemächlich schlenderte er durch den stillen Ort zu Billas Büro. Christopher brauchte nicht mitbekommen, dass er dort noch tätig werden wollte. Die Bemerkungen von Grundler gingen ihm nicht aus dem Sinn. Was war mit Sascha und Calva?

Sein Anruf in der Kanzlei ging ebenso ins Leere wie der auf Grundlers Handy. Dann halt später, sagte Böhnke sich und aktivierte den Rechner.

Dalhey hatte Wort gehalten. Er hatte die Unterlagen aus Matthieuxs Büro in mehreren Mails verschickt, was Böhnke die Arbeit erleichtern sollte. Es gab eine Mail mit den privaten Unterlagen, eine mit den Dateien zu den Finanzen, eine weitere mit den Beraterverträgen mit Spielern, in einer weiteren Mail würde Böhnke, so hatte Dalhey erläuternd geschrieben, alle Verträge zwischen Matthieux und anderen Beratern finden. Schließlich hatte Dalhey die sonstigen Unterlagen in einer gesonderten Mail zusammengefasst.

Und wo soll ich bei diesem Wust von Unterlagen beginnen, fragte sich Böhnke, der kurzentschlossen die Mails an Grundler weiterleitete. Sollte der sich damit beschäftigen, wenn es ihn interessierte. Seiner selbstgewählten Aufgabe folgend, nämlich die Unschuld von Toni festzustellen und bestenfalls dadurch auch den tatsächlichen Mörder von Pfifferlin zu überführen, wollte Böhnke seinen Schwerpunkt bei dieser Datenvielfalt auf Informationen über Toni setzen. Aber wo sollte er sie finden? Ein Stichwortverzeichnis oder eine Suchfunktion wären hilfreich gewesen. Böhnke versuchte sein Glück bei den Dateien mit den Verträgen. Irgendwie musste es ja eine Vereinbarung geben, aufgrund derer Toni überhaupt erst nach Belgien und in die Fußballakademie gekommen war.

Er wurde fündig. In einer Art Personalakte fand er Informationen über Toni Mukunumunu. Aber das war es auch schon. Für die Aufzeichnungen brauchte er einen Übersetzer. Sie waren allesamt in Französisch.

Kurzer Strich, langer Strich, abhaken. Er würde warten, bis ihn Grundler oder Christopher aufklärte.

Die Müdigkeit übermannte ihn, noch während er in den Dateien herumstocherte. Gähnend schaltete er den Rechner ab. Langsam schleppte er sich zum Hühnerstall. Böhnke wollte nur noch schlafen, in Vorfreude darüber, dass das Wochenende bevorstand und er mit Lieselotte zwei ruhige Tage verbringen würde. Da konnten ihm Toni und Sascha, Pfifferlin und Matthieux, Grundler und Christopher gestohlen bleiben, da hatten Mord und Totschlag, Fußballsumpf und Spielergeschacher, Attentate und Versteckspielerei nichts bei ihm zu suchen.

## 30. KAPITEL

Obwohl ihm Grundlers Andeutung zu Christopher und Sascha nicht aus dem Kopf ging, vermied Böhnke es, ihn anzurufen. Die wenigen Stunden mit Lieselotte waren zu kostbar, um sie mit Telefonaten zu verbringen. Außerdem hätte Grundler sicherlich von sich aus zum Hörer gegriffen, wenn die Informationen wichtig gewesen wären, dachte sich Böhnke. Er hatte sich von Lieselotte zu einem Ausflug nach Monschau verleiten lassen, auch in dem Wissen, dass das Städtchen am Wochenende wieder einmal von Touristen überflutet sein würde. Aber die spektakuläre Ausstellung auf dem Markplatz lockte sie mehr an, als die Schar der Touristen sie von einem Besuch abschrecken konnte.

In der Tat war der Marktplatz voller Menschen, allerdings von solchen aus Müll. Ein Künstler aus Köln, der vor Jahrzehnten mit einer Ausstellung in Monschau seinen künstlerischen Durchbruch hatte, hatte aus Dank dafür seine Müllmenschen-Ausstellung ins Rurtal gebracht, die er üblicherweise nur in Weltmetropolen zeigte. Getränkedosen aus Blech, zusammengepresst und mit Bauschaum verklebt, stellten Menschen dar. Erschreckend und faszinierend zugleich, dachte sich Böhnke, der durch das Labyrinth der mannshohen Figuren lief. Die Blechhaufen symbolisierten die globalisierte Konsumgesellschaft ebenso wie die schweigende Masse, denen die Konzerne ihren Willen und ihre Produkte aufdrängten. In gewisser Weise waren die Müllmänner nicht anders als die Fußballlegionäre; einen eigenen Willen hatten sie nicht, sie wurden dorthin verschoben, wohin es ihre Besitzer bestimmten. Und kaum lehnte sich jemand dagegen auf, wie etwa Sascha, da ist es auch schon um ihn geschehen. Vermutlich war der Junge kein Einzelfall, dachte sich Böhnke, während er hinter Lieselotte her trottete, die vom idyllischen Markt mit seiner historischen Bebauung über die Rurbrücke gegangen war und in eine der schmalen Gassen eingebogen war, in der es fast nie Sonnenlicht gab wegen der Tallage und der dichten Bebauung. Wer nicht spurt, wie es die Berater wollen, verschwindet unbeachtet in der Masse, so wie die Getränkedose, für die der Konsument keine sinnvolle Verwendung mehr hatte.

»Was denkst du?« Lieselotte stellte ihm die typische Frage, die immer gestellt wurde, wenn das Anschweigen sie zu sehr langweilte. Offensichtlich hatte sie die Umgebung des kleinen Cafés, auf dessen Terrasse oberhalb der Rur sie einen freien Tisch gefunden hatten, lange genug beobachtet. Jetzt wollte sie die Aufmerksamkeit ihres Partners, zumal sie die vornehmlich niederländischen Gesprächsfetzen ohnehin nicht verstand.

»Dass es Zeit wird abzuhauen«, brummte Böhnke. Für heute war sein Bedarf an Kunst und Menschen gedeckt; außerdem wollte er sich nicht Lieselottes Zorn zuziehen, wenn er ihr seine tatsächlichen Gedanken mitgeteilt hätte. Sie sprach nicht über ihre Arbeit, er nicht über seine Ermittlungen. So hatten sie es vereinbart, und daran hielten sie sich; meistens jedenfalls, wenn es Lieselotte nicht gerade einfiel, sich über diese Regelung hinwegzusetzen.

»Denkst du nicht an Toni? Ich schon.« Sie erhob sich. »Was hältst du davon, ihn bei deinem neuen Freund zu besuchen?«

»Bloß nicht«, antwortete Böhnke abwehrend. »Je weniger wir uns um ihn kümmern, umso besser ist es für ihn, dann erwecken wir keinen Verdacht, dass wir mehr über ihn wissen, als wir der Polizei gesagt haben.« Dalheys beiläufige Bemerkung gab ihm doch mehr zu denken, als er zugeben würde. Er musste weiterhin vorsichtig sein, solange er nicht den endgültigen Beweis für Tonis Unschuld hatte. »Lass uns nach Hause fahren.«

Das neue Telefon, das sie sich nach dem Überfall angeschafft hatten, weil es über eine Notruftaste verfügte, blinkte bei ihrer Rückkehr in den Hühnerstall unentwegt. »Wer will denn was von uns?«, fragte Böhnke. Er wollte die Anrufliste aufs Display drücken, doch bremste ihn seine Liebste. »Wir haben Freizeit. Und wenn jemand von uns was will und es wichtig ist, wird er es noch einmal versuchen. Du hast Wichtigeres zu tun, als Anrufern hinterherzulaufen.«

»Und was?«

»Tee kochen.«

Abwarten und Tee trinken waren nicht unbedingt Böhnkes hervorstechenden Eigenschaften. Die unbefriedigte Neugier beschäftigte ihn. Wer wollte was von ihm?

»Wehe, du gehst ans Telefon«, warnte ihn Lieselotte. »Dann fahre ich sofort nach Aachen, und du kannst dir den Tatort allein ansehen.«

Endlich meldete sich das Gerät wieder. Doch Böhnke blieb stur in seinem Sessel hocken.

»Was ist? Willst du nicht abheben?«, fragte Lieselotte verwundert.

»Du hast es mir doch untersagt. Meinst du etwa, ich will heute Abend ohne dich vor der Glotze sitzen?« Er verschränkte die Arme vor der Brust und mimte den Sturkopf.

»Blödmann«, sagte Lieselotte zärtlich und nahm das Gespräch an, um es nur wenige Sekunden später an Böhnke weiterzugeben. »Für dich. Hätte ich mal nicht abgenommen.«

»Ich höre.«

»Endlich.« Grundler hielt sich nicht lange damit auf, sich darüber zu beklagen, dass Böhnke nicht per Handy und auch nicht per Festnetz zu erreichen gewesen war.

»Was ist?« Ob Grundler über Christopher und Sascha sprechen wollte?

»Du kriegst wohl gar nichts mit, was?«

Böhnke schwieg zu dem unterschwelligen Vorwurf. »Was ist?«, wiederholte er.

»Hat dich Christopher angerufen?«

»Nein. Sollte er?«

Grundler lachte auf. »Hätte ich gedacht.«

»Warum?«

»Dann hättest du aus erster Hand erfahren, was ihm heute passiert ist. So musst du mit meinem Wissen auskommen. Also«, er legte eine kleine Spannungspause ein. »Heute ist kurz nach Mittag auf Christopher geschossen worden. Er war mit dem Hund im Burtscheider Kurpark unterwegs, als es passierte. Der hat verdammt viel Schwein gehabt.«

Böhnke spürte, wie sein Blutdruck auf Touren kam. »Mordversuch?«

»Sieht ganz so aus«, bestätigte Grundler. »Davon geht jedenfalls die Polizei aus. Christopher war im Gespräch mit einem anderen Hundebesitzer vertieft, als die Schüsse fielen.«

»Mehrere Schüsse?«

»Zwei Schüsse. Abgefeuert irgendwo aus den Büschen mit einem Luftgewehr.«

»Mordversuch mit einem Luftgewehr?« Böhnke zweifelte.

»Ob Luftgewehr oder Jagdwaffe, ist doch einerlei. Wenn Christopher am Kopf getroffen worden wäre, hätte er vielleicht nicht überlebt. Deshalb ist die Annahme eines Mordversuchs gerechtfertigt.«

»Was hat denn Christopher gemacht?«

»Der hat sich sofort zu Boden geworfen. Sein Gesprächspartner hat sich hinter einem Baum versteckt und die Polizei alarmiert.«

»Die aber nichts gefunden hat.«

»Doch, die haben die Patronenhülsen und die Patronen sicherstellen können. Aber eine Fahndung nach dem Schützen blieb erfolglos.«

»Und weiter.«

»Die Spurensucher sind noch zugange. Im Präsidium wird die Tat rekonstruiert.«

»Und Christopher?«

»Der ist nach Hause und hat sich dort eingeschlossen.«

»Du hast ihn angerufen?«

»Ja, aber er geht nicht ans Telefon, hat sich durch den Hotelmann entschuldigen lassen. Der muss den Schock erst verdauen.« Er atmete durch. »Ich bin dafür, wir besuchen ihn morgen. Ich mache mit ihm einen Termin aus, und dann hole ich dich ab. Einverstanden?«

Gab es da einen Widerspruch? Selbstverständlich würde Böhnke mitmachen. Er werde morgen früh mit Lieselotte fahren und in die Kanzlei kommen. »Sonst noch was?«

»Ja. Ich habe die Unterlagen von Matthieux durchgeforstet. Sabine hat sie mir in Deutsch vorgelesen.«

»Und?«

»Ich weiß die Informationen noch nicht einzuordnen. Es sind zu viele Verträge, Vereinbarungen, Streitschriften. Da habe ich noch nicht den Faden gefunden, der uns zu Pfifferlins oder zu Matthieuxs Mörder führt.«

»Apropos Pfifferlin. Den bringe ich immer mit Christopher in Verbindung.« Böhnke nutzte die Gelegenheit. »Du hattest eine vage Andeutung gemacht, dass es eine

Verbindung oder so etwas zwischen Christopher und dem verschwundenen Fußballer aus Erkelenz gibt.«

Das sei jetzt nicht das Thema, wiegelte Grundler ab. »Darüber kann ich dir vielleicht morgen etwas sagen, wenn wir bei Christopher waren. Aber vielleicht ist es auch gar nicht wichtig oder gar nicht wahr. Wir stehen jetzt jedenfalls vor der dramatischen Wendung, dass Unbekannte auf Christopher tatsächlich geschossen haben, nachdem es bisher nur Drohungen gegeben hat.«

»Gibt es ein Motiv?«

»Wenn du es nicht weißt.« Grundler schnaufte. »Vermutlich hängt es mit der AFC zusammen und dem Hass von Alemannen-Fans auf Christopher und alles, was gegen die Alemannia ist.«

## 31. KAPITEL

Die Zeitung lieferte einmal mehr einen Grund, das Abonnement aufzukündigen. Weder gab es Berichte über Simmerath, geschweige denn Huppenbroich, noch fand Böhnke überregional Artikel, die ihn hätten interessieren können. Der Sportteil bestand fast wieder nur aus Fußball, allerdings nicht dergestalt, dass Böhnke die Texte gelesen hätte. Kein Wort zu Sascha, kein Wort zur AFC, aber fast eine halbe Seite über das Heimspiel der Alemannia in der Regionalliga, das torlos geblieben war, während der zweite Regionalligist aus dem Verbreitungsgebiet der Zeitung gerade einmal mit ein paar Zeilen erwähnt wurde. Aber was waren die Provinzamateure des FC Wegberg-Beeck schon im Vergleich mit den Stars aus der Kaiserstadt? Auch Böhnkes Hoffnung, etwas über die Schüsse im Stadtpark zu erfahren, blieb unerfüllt. Das Fehlen konnte eigentlich nur auf einer Informationssperre der Polizei beruhen, dachte er sich. Wenn dies aber der Fall war, dann war die Sache heikel und dramatisch. Aber er würde es wohl nie erfahren.

Lieselotte hatte ihn nicht nur mit nach Aachen genommen, sie hatte ihn auch eingeladen, die Nacht in ihrer Wohnung zu verbringen. Es sei denn, er würde lieber in Huppenbroich in der Dorfkneipe versacken.

Böhnke schwieg zu dieser Alternative. Er blieb selten über Nacht in Aachen. Er genoss die Ruhe in dem Ferienhäuschen, das zu seiner Dauerbleibe geworden war. »Gerne«, sagte er ausdrucklos, was Lieselotte nicht zu überzeugen schien, wie ihr fragender Blick verriet.

Die Fahrt aus der Eifel in die Kaiserstadt war einmal mehr eine Geduldsprobe, nicht zuletzt verursacht durch die zahlreichen Ampeln und Blitzer auf der Bundesstraße in Roetgen. Aber auch auf der Himmelsleiter staute sich der Verkehr, da nur eine Fahrspur zur Verfügung stand, über die in aller Seelenruhe ein Landwirt mit seinem Traktor tuckerte.

»Ruhig, Brauner!« Lieselotte bremste seinen aufkeimenden Zorn. »Spar dir deine Kräfte für deine Zeit mit Tobias.«

»Und für Christopher. Ich glaube, ich gehe vorher bei ihm vorbei.«

»Warum?«

»Warum wohl? Ich möchte von ihm aus erster Hand erfahren, was passiert ist.«

»Ich denke, Tobias wollte einen Termin vereinbaren.«

»Das eine schließt das andere nicht aus«, sagte Böhnke langsam. Er krallte sich am Haltegriff über der Beifahrertür fest, als Lieselotte heftig auf die Bremse trat, weil ein entgegenkommender Vollpfosten meinte, eine Minilücke für ein Überholmanöver nutzen zu müssen. »Der lebt nicht mehr lange«, sagte er kopfschüttelnd.

»Solange er uns nicht mit in den Tod reißt, kann er das von mir aus tun«, ergänzte Lieselotte lakonisch.

Vom Markt zum Marschiertor; Böhnke musste überlegen, welchen Weg er einschlagen sollte. Er entschied sich für die Variante über den Katschhof und den Münsterplatz, die zwar etwas länger, aber nach seiner Auffassung attraktiver war. Auf dem Katschhof stehen und sich einmal um die eigene Achse drehen, das war wie ein Rundblick durch die Stadtgeschichte, den er immer wieder gern tat. Das historische Rathaus am einen Ende, der Dom am anderen; näher konnte man gar nicht an Karl dem Großen sein. Über die Kleinmarschierstraße und die Franzstraße steuerte er das Marschiertor an, betrat kurzentschlossen das Hotel und bat den Rezeptionisten, einen Kontakt zu Christopher herzustellen.

Es blieb bei der Bitte. Bedauernd erklärte der Mann, Christopher sei vor wenigen Minuten mit dem Wagen fortgefahren.

Womit auch sonst?, brummte Böhnke vor sich hin. Die

Frage nach dem Fahrtziel von Christopher schenkte er sich. Unzufrieden trollte er sich in Richtung Theaterstraße. Er hatte die kürzeste Strecke gewählt, als er sich instinktiv für den Weg über die Wallstraße ostwärts entschieden hatte. Hier sah Aachen anders aus. Mietblocks aus der Nachkriegszeit ohne Charme, aber zweckmäßig, beherrschten den Bereich. Von der historischen Stadtbebauung oder den Straßenzügen mit den Jugendstilfassaden war hier nichts zu finden.

Wieder kam er um einige Minuten zu spät. Grundler habe kurzfristig einen Mandanten besuchen müssen, sagte Sabine entschuldigend. Sie schob ihn an einen Tisch in ihrem Büro und stapelte einige Ordner vor ihm auf. »Hier findest du alle Übersetzungen von Matthieuxs Dateien. Viel Spaß damit.«

»Hast du auch eine Gebrauchsanweisung, wo oder womit ich anfangen soll?«

Die Frau lachte. »Tobias meint, du könntest lesen, was du willst. Du würdest es eh nicht verstehen.« Sie hatte es sich an ihrem Schreibtisch bequem gemacht. »Bevor ich es vergesse, Tobias hat mit Christopher heute Morgen ausgemacht, dass ihr euch um elf Uhr in der Alemannenkneipe im Tivoli trefft. Christopher ist bei der Kripo, um ein Protokoll wegen gestern aufnehmen zu lassen. Spätestens halb zwölf ist er da.«

Böhnke erhob sich. »Dann sag deinem Chef, dass er mich dort findet. A-di-e-da.« Was sollte er sich in der Kanzlei langweilen? Da machte er lieber einen Spaziergang durch die Stadt.

»Du weißt, wie weit das ist?«, fragte Sabine vorsichtig.

»Ziemlich weit, aber ich habe ja Zeit bis elf.«

Spätestens, als er an der Ampel an der Ludwigsallee wartete, bereute er seinen Plan. Er hatte vielleicht die Hälfte der Strecke absolviert und musste jetzt noch die elend lange Krefelder Straße entlanglaufen. Über vier Kilometer würden es wohl insgesamt werden, schätzte er. Er war ins Schwitzen geraten, weil er wieder einmal nicht bedacht hatte, dass Aachen eher eine Stadt für gebirgstaugliche Wanderer als für gelegentliche Spaziergänger war. Er kannte keine Großstadt, in der es so oft bergauf und bergab ging wie in Aachen. Doch jetzt war es zu spät für eine Rückkehr in die Innenstadt. Aufgeben ist nicht, sagte er sich, als er mit dem Umspringen der Ampel endlich seinen Marsch fortsetzen konnte.

Böhnke war pünktlich im Klömpchensklub, anders als Grundler oder Christopher. Er war noch allein in der Gaststätte, abgesehen von der Bedienung, die ihm ungefragt ein Mineralwasser zu Christophers Stammtisch brachte.

»Wieso?« Böhnke suchte nach den treffenden Worten für seine Frage.

»Wieso wieso?«, antwortete die Frau vergnügt. »Wer zweimal hier war, von dem weiß ich, was er am liebsten trinkt. Und wenn Sie sich an Calvas Tisch setzen, weiß ich, dass Sie sich mit ihm treffen wollen. Damit sind Sie automatisch sein Gast.«

»Wie macht der das eigentlich mit dem Bezahlen?«, fragte Böhnke neugierig.

»Der bezahlt nie.«

»Und das lasst ihr dem durchgehen?«

»Wieso nicht? Calva ist unser Ehrengast. Der zahlt die Pacht für den Klömpchensklub. Das ist quasi seine Spende für die VIA Integrations gGmbH, damit sie hier integrativ gehandicapte Menschen beschäftigen kann. Ich und ein paar andere sind Angestellte des Hotels am Marschiertor und nach hier abgestellt.«

»Und das Hotel am Marschiertor?«

»Das gehört im Prinzip auch Calva.«

»Im Prinzip?«

»Ja, er hat es wohl geerbt und verpachtet. Da bezahlt der auch nie und wohnt umsonst unterm Dach, wenn er in Aachen ist.«

»Wie?« Böhnke stutzte. »Wohnt der nicht in Aachen?«

Die Frau lachte. »Nein. Der wohnt irgendwo auf dem Land bei Mönchengladbach. In Aachen ist er nur Hotelgast.« Sie ließ ihn allein, als sich das Telefon am Tresen bemerkbar machte.

Lange blieb Böhnke nicht allein. Endlich gesellte sich Grundler zu ihm.

»Meine Uhr muss falsch gehen. Ich habe schon halb zwölf. Aber es muss elf sein, wenn du jetzt kommst«, knurrte Böhnke zur Begrüßung.

»Wo ist Christopher«, fragte Grundler um sich schauend.

»Der hat bestimmt auch erst elf.« Böhnke schmunzelte. »Der wird schon kommen.« In der Zwischenzeit würde er Grundler einige interessante Neuigkeiten über Christopher flüstern.

Der Anwalt hatte interessiert zugehört, um anschließend beiläufig zu bemerken: »Hast du auch was Neues für mich? Das weiß ich doch schon alles.«

»Von wem?«

»Von Christopher natürlich. Der hat offiziell seinen Hauptwohnsitz in Genhof, das ist ein Miniortsteil von

Erkelenz, kurz vor Mönchengladbach. Der besitzt da einen Bauernhof, den er verpachtet hat und in dem er als Bewohner gemeldet ist. Aber tatsächlich hält er sich dort nie auf, sondern nur in Aachen.«

»Warum macht er das?«

»Frag ihn selber.« Grundler betrachtete wohlwollend die Bedienung, die nicht minder kess seinen Blick erwiderte. »Brauchst du nicht. Er will zwar in Aachen wohnen, aber nicht hier gemeldet sein. Offiziell hat er alle Brücken nach Aachen abgebrochen, nachdem er bei der Zeitung ausgestiegen ist. Für seine Kollegen ist er verschwunden, irgendwo in der Bedeutungslosigkeit angekommen. Die wissen nicht, wo er wohnt und was er macht. Er will das so.« Das sei zwar nicht üblich und vielleicht auch nicht normal, aber es sei nicht unzulässig. »Christopher bezahlt brav und artig pünktlich seine Steuern und verhält sich wie ein redlicher Bundesbürger.«

»Dann gehört die Unpünktlichkeit wohl zu den Tugenden eines redlichen Bundesbürgers«, unterbrach ihn Böhnke nach einem Blick auf die Uhr. »Wir haben bald Mittag, und die Hütte hier füllt sich zusehends. Nur Christopher kommt nicht.«

»Dann gehen wir ihn halt abholen«, schlug Grundler vor. »Oder schaffst du nach deinem Gewaltmarsch von fünf Kilometern die paar Meter bis zu deiner ehemaligen Arbeitsstelle nicht mehr?«

»Wir nehmen deinen Wagen«, bestimmte Böhnke. »Ich habe keinen Bock mehr aufs Asphalttreten.«

Christopher habe ihm übrigens beim Telefonat am Morgen von einer Drohung berichtet, die er per Mail bekommen hat, sagte Grundler auf dem Weg zum Polizeipräsidium entlang der riesigen Anlage des Aachen-Laurensberger Reit- und Fahrvereins mit dem gigantischen Reitstadion, Schauplatz des traditionellen CHIO. Christopher solle aus Aachen verschwinden. »Der nächste Schuss sitzt«, zitierte Grundler aus der Mail.

»Ist das ernst zu nehmen?«

»Todernst, würde ich sagen.« Grundler schaute in Richtung des Betonklotzes am Ende des Eulerswegs, auf den sie abgebogen waren. »Christopher hat seinen Laptop zu den Jungs gebracht, um zu beweisen, dass es die Mail tatsächlich gibt.« Er parkte am Straßenrand, ohne darauf Rücksicht zu nehmen, dass dort ein eingeschränktes Halteverbot galt.

»Und die Jungs finden heraus, von welchem Rechner oder von welchem Smartphone die Mail abgeschickt wurde?«, fragte Böhnke beim mühsamen Aussteigen aus dem flachen Sportwagen.

»Vielleicht war der Absender ja so blöd.« Grundler gab nicht zu erkennen, ob er daran glaubte oder diese Möglichkeit verwarf. »Schau mal!« Er deutete zum Haupteingang, aus dem Christopher auf die Straße trat.

Der Journalist schien es eilig zu haben. Er stieg in seinen auf dem Behindertenparkplatz abgestellten Wagen und fuhr davon.

»Das ist aber nicht die Richtung zum Tivoli«, sagte Böhnke. »Wo will der hin? Hat der uns vergessen?«

»Fragen wir ihn«, antwortete Grundler salopp. »Fahren wir hinter ihm her.«

An der beampelten Kreuzung an der Krefelder Straße mussten sie notgedrungen halten, während Christopher links in Richtung Würselen fuhr.

Aus dem Augenwinkel bekam Grundler mit, dass der

Journalist von der Bundesstraße auf die Autobahn in Richtung Niederlande abgebogen war. »Ich glaube, ich weiß, wohin der Kerl will.«

»Dann lass mich an deinem Wissen teilhaben«, bemerkte Böhnke mürrisch. Alle schienen viel zu wissen, nur er blieb der Ahnungslose, so kam es ihm vor.

»Ich kann dir nur sagen, Lesen bildet, mein Freund.« Grundler grinste seinen Nachbarn an. »Ich bin gestern Abend bei der Durchsicht der Dateien von Matthieux auf einen Streit wegen eines merkwürdigen Vertrags gestoßen, den er mit einer niederländischen Beratergruppe geschlossen hatte. Die wollten wohl einen Jungen aus Limburg nach Mönchengladbach transferieren, und Matthieux hatte an diesem Transfer insofern mitstricken sollen, als dass er den Transfer von Strohkämper dorthin verhindern sollte. Denn zwischen den beiden Spielern wollte sich der Gladbacher Sportmanager entscheiden. Für seine Strippenzieherei zum Nachteil von Strohkämper hatte Matthieux eine Provision bekommen. Jetzt sind die Holländer ein wenig sauer auf ihn, weil sie ihren Mandanten nicht an die Borussia verscherbeln konnten, und wollen die Provision zurück. Aber bei Matthieux ist nichts zu holen.«

»Und weil dem so ist, haben die zur Selbsthilfe gegriffen und Sascha ausgeschaltet, um ihren Spieler wieder ins Spiel zu bringen.«

»Könnte sein«, bestätigte Grundler, der konzentriert nach vorne schaute, um nicht Christopher aus dem Blick zu verlieren, der tatsächlich über die offene Grenze in die Niederlande gefahren war und sich dem Autobahnkreuz bei Kerkrade näherte. »Kann aber auch sein, dass die Matthieux auf die Schliche gekommen sind, weil der ja auch einen Vertrag mit den osteuropäischen Beratern abgeschlossen hatte, wonach Sascha nach Russland und Toni nach Mönchengladbach verschoben werden sollten. Da könnten sie sich ein wenig von ihm verarscht vorkommen.«

»Und haben ihn deshalb um die Ecke gebracht?«

»Das weiß ich nicht. Aber vielleicht erfahren wir das heute noch.« Er machte es Christopher nach und bog am Knotenpunkt auf die Autobahn ab, die nach Valkenburg und weiter nach Maastricht führte. »Vielleicht haben die ja auch den Mord an Pfifferlin auf dem Gewissen, den sie Toni in die Schuhe schieben. Dann gibt es keinen Konkurrenten mehr für sie.«

Mit ausreichendem Abstand fuhr Grundler hinter Christopher her. Gelegentlich ließ er sich sogar von mehreren Autos überholen, deren Fahrer hochnäsig zu ihnen hinüberschauten, wenn sie an dem langsameren Porsche vorbeifuhren.

»Du weißt, was du tust?«, fragte Böhnke besorgt.

»Mit jedem Meter, den wir fahren, bin ich mir sicherer, wohin Christopher will. Es reicht, wenn wir dort ankommen, wenn er schon ausgestiegen ist.«

»Und wo soll das sein?«

»Bist du schon mal in Meerssen gewesen?«

»Nein. Du etwa?«

»Nein. Und ich glaube, Christopher auch nicht. Aber er will dahin, eben weil in dem wunderschönen Meerssen die Beratergruppe ihren Sitz hat.«

Ob der Ort Meerssen tatsächlich wunderschön war, wollte Böhnke nicht unterschreiben. Er beobachtete stumm, wie Grundler an der Ausfahrt von der Autobahn fuhr. Christophers Tesla hatte er seit Minuten nicht mehr gesehen.

»Keine Sorge, mein Navi führt uns direkt bis vor die Agentur der Fußballerverkäufer. Wenn du willst, können wir darauf wetten, ob Christopher schon da ist.« Grundlers Überzeugung war unerschütterlich, sodass auch Böhnke seine Zweifel beiseiteschob. Es wirkte zwar merkwürdig, durch eine reine Wohngegend mit adretten, freistehenden Häusern mit großen Vorgärten zu fahren, aber er war sicher, dass Grundler auf dem richtigen Weg war. Und in der Tat blickten sie nach dem Abbiegen auf eine andere Straße direkt auf einen Parkplatz, der zu einem Bürogebäude gehörte, auf dessen Dach sich ein großer, orangefarbener Fußball drehte. Christophers Tesla wirkte in der Reihe der Luxuskarossen geradezu bescheiden.

# 32. KAPITEL

Die Frage nach ihrem weiteren Vorgehen verkniff sich Böhnke, nachdem Grundler den Wagen in einer Nebenstraße mit Blick auf den Eingang des modernen Glaskomplexes, der gar nicht in das Ensemble der gediegenen Einfamilienhäuser passte, geparkt hatte und keine Anstalten machte auszusteigen.

Sie würden warten, bis Christopher seinen Besuch erledigt hatte und fortfuhr.

»Wolltest du mir nicht noch etwas sagen?«, fragte Böhnke nach geraumer Zeit. Anscheinend führte Christopher ein längeres Gespräch, und sie mussten sich gedulden. »Über unseren Freund und über Sascha.«

»Vergiss es.« Grundler lächelte vor sich hin. »Da hat jemand versucht, mich für seine Zwecke einzuspannen, indem er behauptete, er hätte vor wenigen Tagen gesehen, wie Christopher mit Sascha durch Aachen gefahren sei. Aber dem ist nicht so«, sagte er mit großer Selbstverständlichkeit.

»Wieso nicht?«

»Zum einen habe ich Christopher dazu befragt, und der hat mir glaubhaft versichert, dass das nicht sein könnte. Der kann mich nicht belügen. Ich würde ihn sofort durchschauen.«

»Na ja.« Böhnke fand das Argument nicht zwingend überzeugend, wohl aber das zweite, das Grundler ins Gespräch brachte.

»Der Typ hat mich angerufen, und ich konnte über die Rufnummer herausfinden, dass er ein Telefon in einer Firma in Eilendorf benutzt hat. Ich habe zurückgerufen, hatte aber leider nur eine Sekretärin an der Strippe. Aber sie konnte mir den Namen des Mannes nennen, in dessen Auftrag sie meine Telefonnummer heraussuchen musste. Danach war es für mich ein Leichtes festzustellen, dass er im Vorstand eines der resolutesten Alemannen-Fanclubs sitzt.«

»Merkwürdig.« Böhnke runzelte nachdenklich die Stirn. »Woher weiß der Kerl denn, dass Christopher dein Mandant ist?«

»Der weiß auch, dass ich die Verträge für die AFC aufsetze.« Grundler schnitt ihm das Wort ab. »Der hat die Boulevardzeitung vom Rhein gelesen. Da steht haarklein drin, dass ich beteiligt bin.« Ein Journalist habe ihn angerufen und nach Informationen gefragt. »Ich habe ihn abblitzen lassen, und dann kam quasi die Rache des Kanalarbeiters. Er hat zwar meinen Namen nicht ausdrücklich genannt, aber ihn so umschrieben, dass selbst der doofste Leser einer Boulevardzeitung im Bilde war.« Er gähnte als Zeichen der Langeweile. »Wenn du jetzt noch wissen willst, woher der Journalist weiß, dass ich …«

»… vergiss es.« Jetzt war es Böhnke, der dem Partner das Wort abschnitt. Es gab genügend Plaudertaschen, die mit halbgarem Wissen bei den Zeitungen anriefen, und es gab Strippenzieher, die geschickt die Medien einbanden, um ihre Ziele zu erreichen. Und hier war offensichtlich das einzige Ziel, zugunsten der Alemannia und zulasten der vermeintlichen Feinde der Alemannia die öffentliche Meinung zu lenken und dadurch Druck zu erzeugen.

»Allerdings.« Grundler biss sich auf die Lippe. »Es gibt noch eine Kleinigkeit.«

»Welche?«

»Angeblich soll Christopher mit Sascha zu seinem Bauernhof nach Genhof gefahren sein.«

»Aber auch das streitet er ab, oder?«

»Richtig.« Grundler schaute auf die Uhr im Armaturenbrett. »Langsam könnte unser Freund kommen. Ich werde nicht für Überstunden bezahlt.«

Christopher tat ihnen nicht den Gefallen. Sie mussten fast drei Stunden ausharren, bis der Journalist ins Freie trat. Er war nicht alleine. Seine drei stämmigen Begleiter wirkten nicht wie Geschäftsleute, die einen guten Partner verabschieden, sondern mit ihrem vor Kraft strotzenden Gehabe und ihren durchtrainierten Körpern eher wie Personenschützer oder Mitarbeiter eines zivilen Wachdienstes. Christopher konnte keinen Schritt machen, ohne nicht von den Männern begleitet und sogar gelenkt zu werden. Sie schoben den nervösen Journalisten zu seinem Wagen. Spätestens, als sie beim Einsteigen Christopher rüde auf den Rücksitz schoben, wurde auch Böhnke klar: »Da stimmt was nicht.«

»Genau, du Schnelldenker.« Grundler hatte den Porsche gestartet und wartete auf die Abfahrt des Stromers. »Da ist was im Busch, das mir überhaupt nicht gefällt. Rufe vorsichtshalber die Polizei an.«

Böhnkes Wille war da, aber er konnte keine Verbindung herstellen. »Funkloch.« Unzufrieden schob er das Handy zurück in die Hosentasche. »Oder falsches Netz?«

»Mist«, fluchte Grundler. »Was haben die vor?« Er hatte Probleme, Christophers Wagen zu folgen, der mit überhöhter Geschwindigkeit durch die Wohnstraßen fuhr.

»Ich weiß es nicht. Auf keinen Fall wollen die auf die Autobahn.« Böhnke hatte das Hinweisschild gesehen, an dem sie vorbeigerast waren. »Bunde«, las er auf einem Ortseingangsschild. »Die fahren in Richtung Maastricht.«

Er klammerte sich fest, als Grundler in einer scharfen Kurve kurz ins Schleudern geriet. Den Tesla konnte er auf der schmalen Straße mit dem dichten Verkehr nur noch mit Mühe erkennen. Sie hatten Glück, sich an einer beampelten Kreuzung noch bei Gelb als Linksabbieger durchquetschen zu können. Das böse Hupkonzert der gefährdeten Verkehrsteilnehmer störte Grundler weniger als die Kamera an einer Hausecke, die sein riskantes Manöver aufgenommen haben könnte. Mehrmals die Richtung wechselnd, verließ der Stromer den Ort, er überquerte eine Brücke in der landwirtschaftlich genutzten Fläche und bog ohne Richtungsanzeige nach links in einen Wirtschaftsweg ab, der als Sackgasse enden würde.

»Merkwürdiges Ziel für einen Familienausflug«, kommentierte Grundler. Langsam fuhr er über den holprigen, nicht asphaltierten Weg. Der vom Tesla aufgewirbelte Staub habe durchaus einen Vorteil, meinte er ironisch. Dadurch würden sie wahrscheinlich nicht bemerkt.

Abrupt endete der Weg an einem von Büschen umsäumten Platz direkt an einem Baggersee. Grundler hatte rechtzeitig das Anhalten des Wagens bemerkt und stoppte den Porsche außerhalb des Blickfelds.

»Von hier geht es zu Fuß weiter«, sagte er, »und ich befürchte, es wird nicht unbedingt ein gemütlicher Spaziergang.« Zwischen dem Grün pirschten sie sich an die Gruppe heran. Die drei Muskelpakete trieben Christopher schubsend vor sich her in Richtung Wasser. Er musste harte Schläge einstecken, als er versuchte auszuweichen. Immer näher kamen die Vier dem Ufer. Ein Stoß, und Christopher landete im See. Er hatte Mühe, sich aufrecht zu halten. Offensichtlich ging es steil abwärts.

Die wollen den absaufen lassen!, durchfuhr es Böhnke. »Die bringen den um!«

Er schaute zu Grundler, der mit seiner Handykamera das Geschehen aufzeichnete. Der Anwalt nickte grimmig. »Schluss jetzt«, sagte er entschlossen und trat ins Freie. Brüllend und das Handy schwenkend näherte er sich der Gruppe, die mit Fußtritten Christopher traktierten, der sich immer wieder bemühte, an Land zu kommen.

Grundlers überraschendes Auftreten zeigte Wirkung. Die Männer ließen von ihrem Opfer ab. Ehe sich Böhnke versehen konnte, waren sie am Ufer entlang davongelaufen.

Sie zu verfolgen hätte wenig Sinn gemacht, dachte er sich. Er widmete sich lieber dem zerschundenen Christopher, der mit Grundlers Hilfe endlich wieder Boden unter die Füße bekommen hatte und schwer keuchend auf dem Gras lag. Der Journalist blutete aus mehreren Platzwunden, aus seiner Kleidung triefte Wasser.

»Das war knapp«, meinte Grundler trocken. »Ohne uns hätten Sie den Abend wahrscheinlich nicht mehr erlebt.«

Christopher nickte stumm. Er schluckte schwer.

»Sie können mir auf der Rückfahrt berichten, was passiert ist«, fuhr Grundler fort, »obwohl ich mir schon meinen Teil denken kann. Aber zunächst bringe ich Sie zu einem Arzt.«

Ablehnend winkte Christopher ab. »Ich …«, stammelte er, »… will … nach … Hause.« Sein Versuch, sich zu erheben, scheiterte schon im Ansatz. Kraftlos schlug er hin.

»Ist nicht«, sagte Grundler resolut. »Ich bringe Sie zu einem Arzt.«

»Nein.«

»Doch. Oder wir lassen Sie hier liegen. Ich wette, Ihre netten Bekannten warten nur darauf, um Sie endgültig fertigzumachen.« Er griff zu seinem Mobiltelefon. Er rief, wie Böhnke mitbekam, Sabine an und bat sie, das von ihm mit der Handykamera aufgenommene Video der Polizei zu mailen. Darauf seien alle wesentlichen Fakten, um die Kerle zu identifizieren und dingfest zu machen. Er würde am Abend einen Bericht verfassen und nachreichen.

»So, und jetzt ab mit Ihnen.« Energisch hakte er sich bei Christopher unter und richtete ihn auf. »Heute dürfen Sie mal mit einem vernünftigen Sportwagen fahren. Und du«, er blickte zu Böhnke, »du bringst den Stromer heim nach Aachen.«

»Nein.« Wieder wollte Christopher widersprechen.

»Doch!« Grundler ließ keinen Widerspruch zu. »Ich fahre Sie nach Aachen und unterwegs berichten Sie mir.«

Um Unterstützung bittend schaute Christopher zu Böhnke, doch der zuckte nur mit den Schultern.

»Ich finde es richtig, dich verarzten zu lassen.« Christopher war noch derart mit Adrenalin vollgepumpt, dass er seine Verletzungen noch gar nicht wahrnehmen konnte. Da war eine medizinische Untersuchung unbedingt angebracht. »Deine Wunden müssen verbunden und deine Knochen geröntgt werden.«

Der Journalist fügte sich seinem Schicksal und krabbelte mühsam in den Sportwagen. Er kramte in der nassen Kleidung nach seinem Handy und fluchte laut, als es nicht funktionierte. Es hatte das unfreiwillige Bad im See nicht überstanden.

»Besser ein abgesoffenes Handy als ein abgesoffener Handybesitzer«, kommentierte Grundler lakonisch. Er schaute zu Böhnke. »Wir sehen uns heute Abend in der Kanzlei«, meinte er beim Einsteigen. »Du kannst jetzt ja hinter uns herfahren.«

# 33. KAPITEL

Leichter gesagt als getan. Der Stromer bereitete Böhnke keine Probleme, er genoss es geradezu, wieder einmal mit einem Tesla zu fahren, obwohl dieses Fabrikat nicht mehr unbedingt sein Favorit war beim Kauf eines neuen Autos für Lieselotte, das unbedingt ein strombetriebenes sein sollte. Verdruss bereitete ihm der stärker gewordene Straßenverkehr. Am Feierabend wollte jeder schnell nach Hause, mit der Folge, dass sich die Fahrzeuge stauten. Böhnke wollte Grundlers Sportwagen nicht aus den Augen verlieren, was wegen der vielen Ampelanlagen verdammt schwierig war und nur mit Grundlers Unterstützung gelang, der brav hinter einer Kreuzung wartete, wenn Böhnke wegen des Rotlichts anhalten musste. Erst kurz vor den Hinweisschildern zur Autobahn war jede Bemühung vergebens. Grundler war und blieb aus Böhnkes Blickfeld verschwunden. Kein Problem, dachte er sich, den Weg nach Aachen finde ich jetzt auch allein. Sprach's und bog auf die Autobahn. Er genoss es, den Stromer geräuschlos zu beschleunigen, im Vergleich dazu produzierte Lieselottes Kleinwagen bei gleicher Geschwindigkeit geradezu einen Höllenlärm. Den staunenden Blicken der von ihm überholten Autofahrer begegnete er mit einem Grinsen, das ihm allerdings gefror, als er bemerkte, dass er am Maastricht-Aachen-Airport vorbeifuhr und auf einem Hinweisschild als Fernziel Eindhoven angegeben wurde. Verdammt, fluchte er vor sich hin, das kommt davon, wenn du ohne Navi fährst. Er hatte die falsche

Autobahnauffahrt genommen und war in den Norden unterwegs statt südwärts. Entschlossen steuerte er den nächsten Halteplatz an, um das Navi in Ruhe zu aktivieren. Die Menüführung erleichterte ihm die Aufgabe und bot ihm diverse gespeicherte Ziele an, darunter selbstverständlich die Aachener Adresse von Christopher, zu der er rund 80 Kilometer zurücklegen musste, und eine in Erkelenz-Genhof, rund 60 Kilometer entfernt.

›Wenn ich schon mal fast da bin, was hindert mich an einem Ausflug? Auf nach Genhof!‹ Die Bemerkung über die vermeintliche gemeinsame Fahrt mit Sascha, die von Christopher bestritten wurde, und der ominöse Hauptwohnsitz des Journalisten waren für ihn Grund genug, dort nachzuforschen, zumal sein Zutrauen zu Christopher nicht größer geworden war nach dem Zwischenfall am Baggersee. Der Kerl hatte so viele Geheimnisse und war in so viele Merkwürdigkeiten verstrickt, dem traute er alles zu.

Zügig verlief die Fahrt nach Erkelenz. Böhnke hatte befürchtet, durch Städte westwärts zur deutschen Grenze zu stauen. An seine letzte Tour, die zugegebenermaßen schon etliche Jahre zurücklag, erinnerte er sich mit Grauen an die Kurverei durch die Städte Geleen und Sittard, weil es keine Verbindung zwischen dem niederländischen Autobahnnetz und dem deutschen gegeben hatte. Doch zu seiner Verwunderung gab es inzwischen keine Unterbrechung mehr, ehe er sich versah, war er auf der deutschen A 46, von der ihn das Navi an einer Ausfahrt vor Erkelenz auf Landstraßen lotste.

Genhof war wirklich nicht der Nabel der Welt. Im Vergleich dazu hatte das mit rund 400 Einwohnern nicht gerade große Huppenbroich schon fast städtischen Charakter. Hier gab es nur plattes Ackerland und ein paar Häuser an verkehrsberuhigt ausgebauten Straßen. ›Hier möchte ich nicht tot überm Stacheldrahtzaun hängen‹, sagte sich Böhnke bei seiner langsamen Fahrt durch die ungeordnete Häuseransammlung. Wer es hier länger als einen Tag aushielt, war entweder blind oder hatte mit dem Leben abgeschlossen. Und ausgerechnet in dieser Ödnis sollte sich Christopher mit einem Hauptwohnsitz eingenistet haben?

Das Navi hatte Böhnke den Weg zu einem Bauernhof gewiesen, zu dem kurz hinter dem Ortsausgangsschild ein schmaler Weg führte. Er war gespannt, was ihn erwarten würde. Das weißgetünchte, dreigeschossige Gemäuer mit dem großen Torbogen am Ende des Weges sah gepflegt aus mit den Gladiolen auf den Fensterbänken und den roten Klappläden, die die Symmetrie des Gebäudes unterstrichen. Neugierig fuhr Böhnke durch die gemauerte Einfahrt und hielt in einem viereckigen Hof an, der von Stallungen beiderseits und einer Scheune umgrenzt war. Das Rattern einer Maschine war für Böhnke das Zeichen, dass er nicht alleine war.

»Was machst du denn hier?«, fragte ihn eine männliche Stimme in seinem Rücken.

Langsam drehte sich Böhnke um. Vor ihm stand ein unmissverständlich als Landwirt erkennbarer Mann in seinem Alter. Die Gummistiefel, die verschmutzte Arbeitshose mit den Hosenträgern über einem grobkarierten Hemd und die schräg sitzende Schirmmütze ließen keine andere Deutung zu.

»Du bist es ja gar nicht«, bemerkte der Bauer erstaunt. »Wieso sind Sie denn mit Calvas Wagen unterwegs?«, fragte er.

Er habe den Auftrag, den Wagen von Holland nach Aachen zu überführen, um ihn in Calvas Garage abzustellen, antwortete Böhnke in der Hoffnung, der Landwirt würde nicht zu intensiv nachfragen. Er verschwieg den Mordversuch, sondern sprach von einem Unfall. »Ich habe zu wenig Saft, um nach Hause kommen«, gab er als Grund für sein Erscheinen an. »Ich kann mir nicht vorstellen, dass Calva hier keinen Stromanschluss hat, schließlich ist es ja sein Zuhause.«

»Wer sind Sie?« Der Landwirt ging auf die Bemerkung nicht ein. Er hatte Böhnke mit zusammengekniffenen Augen angesehen. Seine Miene hellte sich erst auf, als Böhnke sich als ehemaliger Kriminalhauptkommissar zu erkennen gab, der mit Calva befreundet sei. »Hat er Sie verpflichtet?«

Böhnke nickte vorsichtshalber zustimmend, obwohl er nicht wusste, was der Mann meinte. Wusste der etwa von ihren Ermittlungen wegen Sascha oder Toni?

»Der ist ja immer auf der Suche nach Widerwärtigkeiten im Profifußball. Haben Sie das von dem jungen Strohkämper aus Erkelenz mitbekommen? Armes Schwein. Hatte einen Unfall mit dem Fahrrad. Kann nie mehr Fußballspielen. Das hat Calva fast umgehauen. Der Junge war ja für ihn fast so was wie ein Sohn.«

Böhnke schwieg und beobachtete den Landwirt, der zu einem Kasten neben dem Scheunentor trottete. Mit einem Ladekabel kehrte er zurück. »Dann wollen wir das Schätzchen mal füttern. Ist nicht mein Ding, so ein Elektroauto. Geht nichts über einen Diesel.«

Wenn er meinte. Böhnke verzichtete auf einen Einwand, obwohl der ihm auf der Zunge lag. War der Dieselskandal schon vergessen? Jagten die fossilen Brennstoffe nicht schon genug $CO_2$ in die Atmosphäre?

»Lust auf 'nen Kaffee? Dauert ja was, bis Sie weiterkönnen.«

Gerne nahm Böhnke die Einladung an und folgte dem Mann durch die Scheune zu einer Sitzgarnitur auf einer Terrasse, die einen freien Blick auf eine große Pferdekoppel bot. »Das ist unser Geschäft. Wir züchten hier Reitpferde. Gehen weg wie geschnitten Brot. Die bezahlen Calva alles, was er will.«

»Wie?« Böhnke stellte verwundert den Plastikbecher ab.

»Wissen Sie das nicht? Das alles hier gehört Calva. Wir sind bei ihm angestellt. Aber er kümmert sich um nichts. Wir sind hier die eigentlichen Herren.«

»Der wohnt ja auch in Aachen. Kommt der eigentlich oft nach hier?« Böhnke hatte seine Sprache wiedergefunden.

»Selten. Der hat hier ein Zimmer, aber der schläft fast nie hier. Der kommt nur, um die Post zu holen und mit uns über das Geschäft zu reden.«

»Wann war er denn das letzte Mal hier?« Böhnke hoffte, dass die Frage nicht zu plump war und den Mann nachfragen ließ.

»Letzte Woche. Hatte ein Schreiben von der Erkelenzer Stadtverwaltung bekommen und musste was im Rathaus erledigen.«

»Kommt der alleine oder …?«

»Der hat nie Begleitung.«

»Dann war er noch nie mit Sascha oder einem anderen hier?«

»Doch, einmal hatte er den Jungen dabei. Das ist aber schon ewig her. Der sollte reiten.« Er lachte vor sich hin. »Das arme Pferd. Der war so was von unsportlich. Und der ist Fußballer.«

»Und letzte Woche war er auch alleine?«

»Ja, aber warum wollen Sie das wissen?« Der Landwirt schaute argwöhnisch auf Böhnke.

»Nur so. Angeblich soll Calva letzte Woche mit Sascha unterwegs gewesen sein.«

»Geht doch gar nicht«, sagte der Bauer. »Sascha ist doch verschwunden. Calva war alleine hier. Der war richtig erschrocken, dass der Junge weg ist. Er glaubt, der wurde entführt.«

Böhnke beobachtete schweigend eine Herde von Stuten mit ihren Fohlen, die über die Weide preschte.

»Schön, was?«

»Ja, dieser Anblick würde bestimmt auch Sascha erfreuen.« Böhnke lenkte das Gespräch zurück auf das ihn interessierende Thema, bevor der Landwirt anfangen konnte, ihn mit Einzelheiten über die Pferdezucht zu langweilen. »Ob er jetzt doch noch einmal zum Reiter wird?«

Der Landwirt grinste. »Ob Sie's glauben oder nicht. Das hat Calva auch gesagt. ›Wenn der Junge wieder da ist, muss der reiten, damit er in Bewegung bleibt‹, hat er gesagt.« Er schenkte Kaffee aus der Thermoskanne nach. »Das Reiten ist medizinisch kein Problem, auch wenn dir ein Unterschenkel fehlt. Das ist Therapie.«

»Kann sein«, mehr fiel Böhnke nicht ein.

»Hat mir mein Sohn gesagt. Der muss es wissen. Der ist nämlich Arzt. Er arbeitet als Chirurg in Würselen.«

»Was sagt der denn dazu, dass Sascha aus dem Klinikum verschwunden ist?« Böhnke hatte bei der Bemerkung aufgehorcht.

»Den wundert gar nichts in der Medizinfabrik. Der hat schon vor vier Jahren dort aufgehört und ist nach Würselen gewechselt. Du kannst da rein und raus, ohne dass du einem auffällst.«

»Aber Sascha muss doch medizinisch versorgt werden.« Böhnke gab sich mitleidsvoll.

»Kein Problem, hat mir mein Sohn gesagt. Die Wunde ist verheilt, der Verband muss regelmäßig kontrolliert und gewechselt werden. Ob du da im Krankenhaus liegst oder woanders, ist da egal, solange es keine Probleme gibt. Wenn jemand Sascha entführt hat, ist das nicht lebensbedrohlich für den Jungen. Hauptsache, die regelmäßige Kontrolle ist gegeben.«

Böhnke war insgeheim dankbar für den Hinweis. Vielleicht hatte er jetzt einen Hebel gefunden bei der Suche nach Sascha. Vielleicht stellte ja sogar der Sohn des Landwirts die medizinische Versorgung sicher.

»Kennt Ihr Sohn denn den Fußballer?«

»Das weiß ich nicht. Da müssten Sie ihn fragen. Aber warum?«

»Nur so«, wiegelte Böhnke ab. »Mich interessiert halt aus kriminalistischer Sicht die Entführung.«

»Und jetzt glauben Sie als Kriminalist, dass mein Sohn damit zu tun haben könnte?« Der Landwirt winkte ab. Er machte sich auf den Weg zur Elektrotanke. »Können Sie sich abschminken. Mein Sohn ist seit drei Wochen auf einer Weiterbildung in der Schweiz und kommt erst nächste Woche wieder.« Er grinste, während er das Ladekabel aufrollte. »Ihr Kriminalen seid doch alle gleich. Gestern haben mich Ihre Kollegen von der Kripo Heinsberg auch danach gefragt.«

# 34. KAPITEL

Das Stromern ist und bleibt ein Genuss, freute sich Böhnke bei der Rückfahrt in gemächlicher Fahrt über die Autobahn, beobachtet von den neugieren Blicken der Fahrer, die ihn überholten. Grundler würde auf ihn warten, da kam es nicht auf jede Minute an. Selbst der kurze Stau am Aachener Kreuz konnte ihn nicht stören, er freute sich vielmehr darüber, dass der Stromer dabei durch das permanente Bremsen sogar noch neue Energie erzeugte.

Ohne Gewissensbisse stellte er den Wagen in der Nähe von Grundlers Büroräumen ab, obwohl dieser Bereich an der Theaterstraße nur eingeschränktes Halten erlaubte. Ein etwaiges Knöllchen würde zu Christophers Lasten gehen, wenn denn überhaupt eine Politesse zu dieser frühabendlichen Stunde auf Jagd ginge. Der Anwalt sei unterwegs, klärte ihn Sabine auf, das Gespräch mit einem scheidungswilligen Ehepaar hatte länger gedauert als geplant.

Ehe es sich Böhnke an Sabines Seite gemütlich machen konnte, war die Idylle auch schon vorbei. Grundler eilte ins Büro und schimpfte zunächst wie ein Rohrspatz, weil sein Parkplatz von einem dämlichen Tesla-Fahrer belegt sei. Man müsse die Polizei über den Verkehrsrowdy informieren, lästerte er. »Aber weil du es bist, will ich mal Gnade vor Recht ergehen lassen«, sagte er zu Böhnke, als er ihn in Sabines Büro erblickt hatte. Ihre Bemerkung, warum er eigentlich reservierte Plätze nebenan angemietet hatte, überhörte er.

»Was ist mit Christopher?«, fragte Böhnke auf dem Weg in Grundlers Bereich, in dem er, wie gewohnt, den Sessel vor dem Schreibtisch einnahm, derweil sich Grundler, wie gewohnt, in seinen lungerte und dabei die Füße auf die Tischplatte legte.

»Dem geht es schon so gut, dass der unbedingt nach Hause wollte. Da mussten die Ärzte ziemlich energisch werden, um ihn über Nacht dazubehalten.« Ein paar Prellungen, Platzwunden und vielleicht eine leichte Gehirnerschütterung habe Christopher erlitten und dazu noch eine Unterkühlung, weil er sich zu lange im Wasser aufgehalten hatte. »Die Ärzte wollten die Laborergebnisse abwarten und die Untersuchungen auswerten, bevor sie ihn auf die Menschheit loslassen. Der hat sich mit allen, was er hat, gewehrt, da haben sie ihn zu seinem eigenen Schutz mit Medikamenten ruhiggestellt. Jetzt schläft er wie ein Murmeltier.«

»Im Wasser aufhalten musste«, verbesserte Böhnke. »Warum wollten die ihn erledigen? Ich hatte den Eindruck, die Typen wollten, dass er absäuft.«

»Und dabei den Eindruck erwecken, er sei aus eigenem Antrieb in den Baggersee gestiegen«, ergänzte Grundler. »Es sollte aussehen, als habe Christopher Selbstmord begangen.«

»Aber es wäre Mord gewesen. Da frage ich mich doch glatt, was hat sich in diesem Beraterbüro in Meerssen ereignet, das so gravierend ist, dass man Christopher deswegen ermorden wollte?«

»Wie fast immer geht's im Prinzip ums liebe Geld.« Grundler lächelte dankend Sabine an, die mit einer Wasserflasche und zwei Gläsern ins Büro kam. »Die einen morden, weil man ihnen Geld nimmt, die anderen morden, weil sie keines bekommen.«

»Das bedeutet konkret?« Das ausschweifende Ansteuern des eigentlichen Punkts behagte Böhnke nicht. Er fing ja auch nicht bei seiner Geburt an, wenn er von seinem Erlebten berichten würde.

»Konkret bedeutet das, dass Christopher den niederländischen Beratern auf den Kopf zu gesagt hat, dass sie Sascha Strohkämper zum Sportinvaliden gemacht haben, weil er ihnen im Wege stand.« Das nicht in Deutschland erhältliche Material war der erste Hinweis auf ihre Tat. Den zweiten hatte Christopher aus den Unterlagen von Matthieux gezogen. »Wie Matthieux dort dokumentiert hat, hatte er mit der Beratergesellschaft verabredet, dass er Saschas Transfer nach Gladbach verhindern wird und sich für den niederländischen Spieler stark macht. Als er sich weigerte, ihnen eine Entschädigung zu zahlen, nachdem Sascha unterschrieben hatte, wuchs der Plan zur Selbsthilfe.«

»Moment.« Böhnke unterbrach seinen Freund. »Ich denke, es gibt einen Vertrag zwischen Matthieux und den Osteuropäern, wonach Sascha nach Russland und Toni nach Gladbach soll. Das widerspricht doch dieser Vereinbarung.«

»Richtig. Matthieux spielte ein falsches Spiel, und im Übrigen nicht nur in diesem Falle. Er kassierte bei mehreren ab, für die er in manchen Fällen gegensätzliche Positionen einnahm.«

»Und weil Christopher ihnen das vorwarf, wollten sie ihn ermorden?«

»Vielleicht dafür, vielleicht aber auch dafür, dass er diese merkwürdigen Geschäftspraktiken veröffentlichen wollte.« Das habe ihm der Journalist jedenfalls gesagt, meinte Grundler. »Aber vielleicht wollte er ein Schweigegeld erpressen.«

»Glaube ich nicht. Der hat Geld wie Heu«, gab Böhnke zu bedenken.

»Warum wohl?« Grundler lachte. »Weil er die Strippenzieher im Fußballgeschäft kennt und durchschaut hat und sich bezahlen lässt, damit er die Klappe hält.«

Böhnke fiel es schwer, dieser Argumentation zu folgen. »Der hat reich geerbt, der hat das nicht nötig.«

»Woher weißt du von seinem Erbe? Weil er es dir gesagt hat oder weil du es ermittelt hast?«

Böhnke schwieg. Er hatte es geglaubt, weil Christopher wie selbstverständlich von seinem Erbe gesprochen hatte.

»Der ist mit allen Wassern gewaschen«, fuhr Grundler fort. »Ich habe zwar über ihn recherchiert und allerhand herausgefunden. Aber: Der mag zwar ohne Ende geerbt haben, aber das schließt für mich nicht aus, dass er sich durch Erpressungen von Fußballberatern ein lukratives Zubrot hinzuverdient hat. Quasi als Beraterhonorar.« Schlussendlich spiele es jedoch keine Rolle mehr. »Die niederländischen Berater wollten ihn für alle Zeit aus dem Spiel nehmen.«

»Was wir verhindert haben«, sagte Böhnke nachdenklich. »Wie geht es denn weiter?«

Er habe das ihm Mögliche in die Wege geleitet, meinte Grundler. Ein Protokoll, von dem er Böhnke eine Kopie nach Huppenbroich gemailt habe, habe er ebenso wie das Handyvideo der Polizei zukommen lassen. Verbunden mit der Aussage von Christopher hätten die niederländischen Behörden genug in der Hand, um die Gruppe aus Meerssen genauer unter die Lupe zu nehmen. Sie dürfte für den Anschlag auf Sascha zur Rechenschaft zu ziehen sein. Man habe Christopher gegenüber zugegeben, für den vermeintlichen Unfall des Fußballers gesorgt zu haben. »Dieser Fall Strohkämper ist damit für mich geklärt. Wie es sich mit Saschas Entführung verhält, vermag ich nicht zu sagen, zumal sich seine angeblichen Entführer nicht mehr gemeldet haben.« Er könne sich nicht vorstellen, dass die niederländische Beratergruppe daran beteiligt sei. »Das passt nicht zu deren Plan. Die wollten Sascha als Spieler vernichten, nicht unbedingt als Mensch.«

»Und wenn der den Anschlag nicht überlebt hätte?«

»Hätte er Pech gehabt«, antwortete Grundler lakonisch.

»Und was ist mit den Morden an Pfifferlin und Matthieux und den Drohungen gegen Christopher?«

Grundler schaute Böhnke nachdenklich an. »Das kann ich dir nicht sagen, Commissario.« Eine Mitwirkung an den Taten gegen Christopher sei wohl auszuschließen, was hingegen bei der Ermordung von Matthieux nicht von vornherein so sei. Zum Mord an Pfifferlin hätte die Gruppe keinen Anlass. »Übrigens habe ich das Video und mein Protokoll auch an Dalhey geschickt. Vielleicht kann er neue Verbindungen herstellen.«

»Mag sein.« Böhnke biss sich auf die Lippe. »Hattest du am Baggersee keine Angst, dass die Typen auf uns losgehen könnten?«

»Eigentlich nicht.« Grundler gab sich betont lässig. »Zum einen waren die total perplex, zum anderen haben die glauben müssen, dass wir mit dem Handy die Polizei alarmiert hatten, und schließlich waren sie unbewaffnet. Da war das schnelle Verschwinden naheliegend.« Er lächelte grimmig. »Und wenn die doch auf uns zugekommen wären, hätte ich meine Knarre gezogen.« Er zeigte auf die Lade. »Da liegt das gute Stück.«

»Seit wann?«

»Schon seit ewigen Zeiten«, antwortete Grundler. »Ist noch ein Überbleibsel aus meiner Knastzeit.«

»Die fast 20 Jahre her ist.«

»Und über die ich nicht mehr spreche. Vergiss die Waffe. Ich habe sie noch nicht gebraucht, und ich habe auch nicht die Absicht, sie zu brauchen. Aber sie gibt mir bei gewissen Anlässen ein gutes Gefühl. So wie heute in Holland, wenn wir uns hätten verteidigen müssen.«

Insgeheim hatte sich Böhnke erschrocken. Grundler offenbarte einen Zug, den er nicht bei ihm erwartet hätte.

»Tu nicht so betroffen, Commissario. Bei Lieselotte in der Apotheke liegt ja auch so ein Schätzchen. Oder schon vergessen?«

Jetzt war er tatsächlich betroffen, aber er wusste nicht, ob wegen Grundlers Wissen davon oder wegen der Tatsache, dass er seinem Freund etwas nicht zubilligte, das er seiner Partnerin nach dem letztjährigen Mordversuch für den absoluten Notfall zugestand.

»Wir haben alle unsere Geheimnisse. Du auch, mein Freund.« Grundler reckte sich unbekümmert. »Und der größte Geheimniskrämer ist Christopher.«

»Wieso?«

»Wenn ich an das Krankenhaus denke und seine Forderung, wieder entlassen zu werden. Fast alle Ärzte waren dagegen, nur einer hat ihn unterstützt. Als ich ihn fragte, ob er ihn kenne, hat er verneint, was ihn aber nicht davon abhielt, ihn zu duzen, was ich zufälligerweise mitbekommen hatte.«

»Du hast ihn natürlich sofort zur Rede gestellt.«

»Aber sicher«, bestätigte Grundler. »Der Arzt hat angeblich bis vor ein paar Jahren während seines Studiums bei Hertha Eilendorf Fußball gespielt. Daher kenne man sich vom Sportplatz, sagte Christopher, und der Arzt hat mir das auf Nachfrage auf dem Flur bestätigt.«

»Womit das Geheimnis kein Geheimnis mehr wäre.« Böhnke lenkte das Gespräch auf seinen Besuch in Genhof und sein neues Wissen über Christopher.

»Der macht halt mit allem Geld, was Beinpaare hat«, kommentierte Grundler trocken.

»Mehr hast du dazu nicht zu sagen.«

»Doch, ich könnte dir mehr sagen, aber das wären nur Vermutungen, die nichts bringen. Schade nur, dass der Chirurg aus Würselen nicht im Lande ist.«

»Wieso?«, fragte Böhnke wieder.

»Vergiss es, so wichtig ist es auch nicht.«

# 35. KAPITEL

Grundlers letzte Bemerkung ließ Böhnke nicht ruhen, als er zu Christophers Wohnung fuhr. Was war mit dem Arzt? Warum dachte Grundler an einen Arzt im Zusammenhang mit Christopher? Es konnte nur einen Grund geben, aber der war so abwegig, dass er sich erst gar nicht traute, den Gedanken daran zu vertiefen. Er hätte den Stromer auch auf dem Krankenhausparkplatz abstellen können. Der wesentliche Grund für ihn, stattdessen zum Marschiertor zu fahren, bestand in dem hektischen Versuch von Christopher, nicht ins Krankenhaus zu müssen und Böhnke nicht den Stromer nach Aachen fahren zu lassen.

›Warum wollte er auf Gedeih und Verderb verhindern, dass ich zu ihm fahre?‹, fragte sich Böhnke. Zugleich sah er es als seine Pflicht an, so würde er es jedenfalls bei einer Entdeckung begründen, einmal nach Toni zu schauen, für den er immerhin eine Verantwortung trug und für den er sich strafbar gemacht hatte, weil er ihn vor der Justiz versteckte. ›Also, was spricht dagegen, dass ich mich bei Calva umschaue? Nichts.‹ Er gähnte. Nicht ohne Grund, wie er sich eingestand. Die Müdigkeit kam zwangsläufig nach den vielen, ereignisreichen Stunden.

Lieselotte würde schon auf ihn in ihrer Wohnung warten. Sie hatte längst Feierabend; anders als er, der nach seinem Besuch bei Toni noch zu Fuß durch die Innenstadt laufen musste. Er würde, trotz der Sommerzeit wahrscheinlich erst in der Dunkelheit bei Lieselotte Bericht erstatten können.

Langsam bog er auf die Franzstraße ab und erfreute sich dabei wieder einmal am Anblick des mächtigen, in der einsetzenden Dämmerung angestrahlten Stadttores. Er langte nach der Fernbedienung und richtete sie auf das Garagentor in der Häuserzeile. Er hatte den Wagen in gerader Ausrichtung vor die Einfahrt gebracht und wartete nur darauf, dass die Öffnung größer wurde. Den Schatten auf der Windschutzscheibe nahm er zeitgleich mit dem Knall wahr, der ihm in den Ohren dröhnte. Instinktiv hatte er die Hände vors Gesicht gehoben, während es ein zweites Mal knallte. Irgendjemand traktierte die Scheibe mit einem Gegenstand.

»Was soll das?«, brüllte er, obwohl ihn niemand außerhalb des Fahrzeugs hören konnte. Er entschied sich, in die Garage zu fahren, solange ihm noch die Sicht durch die Scheibe möglich war. Der mit einer schwarzen Sturmhaube vermummte Mann erstarrte erschrocken mit dem schlagbereiten Baseballschläger, als der Tesla losrollte. Er sprang zur Seite, um nicht vom Kotflügel erwischt zu werden. Böhnke fuhr unbeirrt weiter, auch als er spürte, den Mann erwischt zu haben. Der Blick in den Rückspiegel zeigte ihm, dass der Kerl sich humpelnd vom Haus wegbewegte. Kurzentschlossen bremste er in der Einfahrt, stieg aus und lief hinter ihm her.

»Bleiben Sie stehen!«, befahl er, aber da hätte er auch einem Fußballspieler der Alemannia sagen können, er solle endlich einmal laufen.

Der Mann schaute sich humpelnd um. »Au huur, du bist ja gar nicht Christopher«, sagte er verdattert und hastete weiter, bevor ihn Böhnke packen konnte. Er war schneller als der Pensionär, dem einfach die Luft fehlte, um eine längere Strecke schnell zurücklegen zu können.

Ohnmächtig musste Böhnke beobachten, wie der Vermummte in ein Auto sprang, das mit laufendem Motor am Straßenrand stand, zu weit von ihm entfernt, um das Kennzeichen vollständig erkennen zu können. Das Nummernschild war in Aachen ausgestellt, so viel hatte Böhnke gesehen. Notgedrungen rief er bei seiner ehemaligen Dienststelle an und bat die ehemaligen Kollegen darum, eine Fahndung nach dem Wagen und Verletzten einzuleiten. Den Stromer parkte er vor der Garage, wenngleich er nicht erwartete, dass die Techniker daran brauchbare Spuren finden würden. Er wollte nicht, dass sie auf die Idee kommen könnten, aus dem Keller in die Wohnung zu fahren, wenn er das Gefährt auf dem reservierten Standplatz abstellte. Unter dem Dach auf Toni zu stoßen, würde ihn zweifelsohne in Erklärungsnot bringen.

Böhnke wartete geduldig, bis sich ein Streifenwagen näherte. Ruhig und präzise schilderte er das Geschehen, ebenso routiniert und unaufgeregt sorgten die Ordnungshüter für die Aufnahme des Tathergangs und den Abtransport des Stromers. Sie nahmen die Attacke ernst, bei der sie nach der verblüfften Äußerung des Geflüchteten davon ausgehen mussten, dass sie Christopher gegolten hatte. Holzsplitter auf der Scheibe oder Fasern von Kleidung auf der Karosserie könnten vielleicht Hinweise auf die Täter geben. Nicht zuletzt die Aufzeichnungen der Videokamera über dem Hoteleingang, die die Garageneinfahrt im Visier hatte, würden Aufschlüsse geben, so hofften jedenfalls die Ermittler. Sie verabschiedeten sich kollegial von Böhnke, verbunden mit der Bitte, er möge am nächsten Tag zur Protokollunterzeichnung und einer Anklagestellung ins Polizeipräsidium kommen.

Insgeheim war Böhnke froh, dass sich sein Verhältnis zu den Kollegen in Aachen wieder normalisiert hatte, nachdem er mit dem Einstieg in den krankheitsbedingten Ruhestand ein wenig auf Kriegsfuß mit seinem Nachfolger gestanden hatte. Nicht zuletzt der dramatische Zwischenfall, durch den er zur Klärung eines vertrackten Mordfalles bei einem Klinikskandal beigetragen hatte, hatte zu einer Klimaverbesserung geführt.

Er zauderte. Sollte er nicht doch besser unverzüglich zu Lieselotte gehen, als Toni zu besuchen? Andererseits war der Junge vielleicht in Sorge, weil Christopher noch nicht heimgekommen war. Er machte sich wieder auf den Weg in die Tiefgarage, aktivierte mit dem Schlüssel an Christophers Bund den Aufzug und ließ sich bis unters Dach fahren.

Schwanzwedelnd begrüßte ihn Christophers Hund vor der Aufzugstür. Calva wirkte wieder gesund, dachte sich Böhnke, als er die Wohnung betrat. Er wunderte sich über die Stille in dem großen Wohnbereich und hatte den Eindruck, die Wohnung sei menschenleer.

»Wo ist Toni?«, fragte er, als könnte ihn der Hund verstehen. Dieser drehte sich postwendend um und lief zu einer verschlossenen Tür, hinter dem sich nach Böhnkes Erinnerung das Arbeitszimmer von Christopher befinden musste.

Beim Betreten des Raumes fiel ihm zunächst nur der gewaltige Bildschirm auf, der die gegenüberliegende Raumseite beherrschte, auf dem ein Fußballspiel ablief. Das war nicht das Arbeitszimmer, das war ein Fernsehraum. Erst beim genaueren Hinschauen bemerkte Böhnke, dass es sich nicht um eine Fernsehübertragung handelte, sondern um ein Videospiel. Die beiden auf einer Couch sitzenden Akteure, von denen er nur die Hinterköpfe erkennen konnte, waren derart mit ihren Spielkonsolen beschäftigt, dass sie Böhnkes Erscheinen gar nicht wahrnahmen.

Einer der Spieler war Toni, das war Böhnke sofort klar, als er an die Couch trat. Die Identität des anderen versetzte ihn in schiere Verblüffung und zugleich in gewaltigen Zorn auf Christopher. Das verbundene rechte Bein des jungen Mannes ohne Fuß ließ keinen anderen Schluss zu: Neben Toni saß Sascha.

# 36. KAPITEL

Diese Überraschung musste er erst einmal verdauen. Böhnke schluckte schwer, als er die beiden Jungen anstarrte, die wiederum ihrerseits erschrocken in seine Richtung stierten. Mehrere Gedanken schwirrten Böhnke durch den Kopf. Sich zu konzentrieren und das Richtige zu tun, das fiel ihm schwer. Aber was war überhaupt das Richtige? Die Polizei informieren? Grundler um Rat fragen? Christopher zur Hölle wünschen? Einen Arzt oder den ärztlichen Notdienst in Marsch setzen?

»Du bist Alexander ›Sascha‹ Strohkämper?« Mehr konnte Böhnke nicht sagen.

Der Junge nickte stumm, derweil der verunsicherte Toni unruhig auf seinem Sitz umherrutschte.

»Was machst du hier?« Blöde Frage, schalt sich Böhnke selbst. »Wieso bist du hier? Wer hat dich nach hier gebracht? Warum bist du nicht im Krankenhaus? Wirst du ausreichend versorgt?« Mit dem Schwall von Fragen hoffte er, den richtigen Ansatz für ein Gespräch zu finden. Doch noch während er fragte, war Toni auf ihn zugeeilt und hatte ihn an den Händen gefasst. Der Junge redete aufgeregt und schnell auf ihn ein.

Böhnke verstand nichts. Französisch, ob schnell oder langsam, gehörte halt nicht zu seinem bescheidenen Repertoire von Fremdsprachenkenntnissen.

Sascha mischte sich ein. Er redete in französischer Sprache auf Toni ein, und obwohl Böhnke mit dem Redefluss nichts anfangen konnte, wusste er, dass Sascha seinen Kumpel beruhigen wollte.

»Sie rufen doch nicht die Polizei?« Sascha schaute Böhnke ins Gesicht. »Toni fürchtet, dass er abgeholt wird. Ich habe ihm gesagt, er brauche keine Angst zu haben. Sie stehen auf unserer Seite. Oder?«

»Keine Sorge«, hörte sich Böhnke sagen, obwohl er eigentlich mit dem Gedanken gespielt hatte, Toni in die Obhut von Dalhey zu geben. Er konnte nur hoffen, dass die Geschichte ohne negative Auswirkungen auf ihn ausgehen würde. Er ließ sich durch sein unrechtmäßiges Verhalten immer tiefer in den Schlamassel hineinziehen. Beschwichtigend hob er die Arme. »Toni ist hier gut aufgehoben. Aber was ist mit dir?« Er deutete auf das Bein, das Sascha auf einem Hocker abgelegt hatte.

»Was soll mit mir sein?« Sascha lachte auf. »Ich habe mein Leben als Fußballprofi hinter mir«, sagte er mit Bitterkeit in der Stimme. »Ich hoffe nur, dass man mir glaubt, dass ich keinen Unfall hatte, sondern von Schweinen absichtlich verletzt wurde.«

Die Polizei habe die Sache aufgeklärt, versicherte ihm Böhnke. Dank Christophers Hilfe sei der Anschlag erkannt und die Hintermänner und die mutmaßlichen Täter ermittelt worden. »Weißt du das noch nicht?«

»Nein.« Sascha wusste nicht, ob er sich freuen oder ärgern sollte. »Was passiert jetzt mit denen?«

Wenn sie verhaftet seien, würde wohl wegen Mordversuchs gegen die Kerle ermittelt werden, antwortete Böhnke. Dahinter stecke die Beratergesellschaft eines niederländischen Nachwuchsspielers, der auch in Mönchengladbach im Gespräch gewesen sei.

»Piet?« Sascha schaute Böhnke ungläubig an. »Piet soll

dahinterstecken? Kann ich mir nicht vorstellen.« Er kenne den Spieler aus gemeinsamen Trainingseinheiten in Gladbach und aus den Spielen der Jugendnationalmannschaft. »Piet ist ein ganz Lieber.«

Das mag sein, gab Böhnke zu bedenken. Der mag zwar ein netter Kerl sein, doch seien seine Berater das Gegenteil. Er dachte an Christophers Worte, nach denen die Spieler Verhandlungsmasse sind, mit denen in der Unterhaltungsindustrie Fußball Geld verdient wird. »Piet wusste vielleicht tatsächlich von nichts«, räumte er ein.

»Aber er wird den Platz im Kader der Borussia nicht bekommen«, sagte Sascha schnell. »Der ist verbrannt wegen seiner Berater.« Er grinste. »So ist das Geschäft. Oder glauben Sie etwa, das ist eine heile Fußballwelt? Es geht ums Geld und sonst gar nichts.« Er deutete auf sein Bein. »Nach mir kräht schon längst kein Hahn mehr. Gestern noch ein Kandidat für den Kader der Fußballweltmeisterschaft, heute als untauglich aussortiert. Es gab noch nicht einmal ein Schreiben vom Fußballverband, nur vom Verein. Man würde mir helfen, wie immer man könne.« Er deutete auf Toni. »Der könnte meinen Platz bei der Borussia bekommen.«

»Bist du erpresst worden?« Böhnke wechselte das Thema. »Weil du für Deutschland oder weil du für Russland spielen solltest?«

»Wenn man Drohungen schon als Erpressungen ansehen will, dann ja, wenn nicht, dann nein.« Es habe immer wieder Versuche gegeben, ihn auf eine Nationalmannschaft festzulegen. »Das ging so weit, dass man mir androhte, in Russland würde es mir schlecht ergehen, wenn ich nicht für die Nationalmannschaft spiele.«

»Für die russische?«

Sascha lachte. »Das ist ja das Bescheuerte. Die einen drohten mir Ärger in Russland an, wenn ich für Deutschland spiele, die anderen, wenn ich für Russland spiele.« Er winkte ab. »Das Theater darf einen nicht irritieren, und außerdem ist es ja jetzt sowieso vorbei.«

Bevor Böhnke weitere Fragen stellen würde, wolle er ihn aufklären, warum er sich in der Wohnung von Calva aufhalte, erklärte er mit einer Gelassenheit, die Böhnke einem nicht einmal 20-Jährigen nicht zugetraut hätte. Im Krankenhaus hätte das Telefon nicht stillgestanden, Journalisten hätten permanent versucht, zu ihm durchzudringen. Freunde und angebliche Freunde wollten zu ihm, und einige hätten sogar versucht, von ihm Geld dafür zu verlangen, dass er nicht mehr Fußballspielen könne. »Da ist Calva auf die Idee gekommen, mich quasi aus dem Krankenhaus zu entführen. Die Operation war gut verlaufen, der Stumpf gut verheilt. In Absprache mit einem Arzt hat er mich dann in seine Wohnung gebracht, wo mich der Arzt jeden Tag untersucht und den Verband wechselt.«

»Welcher Arzt?«

»Calva hat mir erzählt, das sei ein ehemaliger Kollege eines Arztes, der auf Calvas Bauernhof in Erkelenz gewohnt hat. Der ist jetzt in Eschweiler tätig. Die haben das wohl arrangiert.« Es sei eine Leichtigkeit gewesen, mit dem Aufzug bis ins Kellergeschoss zu fahren. Dort habe Calva mit dem Wagen gewartet. Er sei hineingestiegen und sie seien weggefahren. »Das hat keiner mitgekriegt. Und Calva hat dann über seine Pressekanäle lanciert, ich sei entführt worden.« Unwillkürlich musste der Junge schmunzeln. »Jetzt hänge ich hier herum, lerne mit Krücken zu gehen, werde wohl irgendwann einen künstlichen Fuß als Prothese erhalten und versuchen, meine Zukunft so angenehm wie möglich zu gestalten.« Er werde studieren, meinte er, was genau, wisse er noch nicht.

»Dann hängt ihr beide also den ganzen Tag hier herum und macht Videospiele.« Böhnke schaute sich um. »Ist das nicht langweilig?«

Sascha widersprach. Man habe einen festen Stundenplan mit Trainingseinheiten in Calvas Fitnessraum, mit geregelten Essenszeiten und Freizeit. »Und dann müssen wir noch den Hund bespaßen.« Er zuckte mit den Schultern. »Das kann natürlich kein Dauerzustand sein. Aber solange mein Fall nicht geklärt und auch Tonis Situation ungeklärt ist, halten wir uns hier versteckt.« Bittend blickte er Böhnke ins Gesicht. »Und Sie verraten uns nicht?«

Der Kommissar schaute auf die Uhr an Saschas Handgelenk. »Es ist schon so spät, da hat keine Polizeibehörde mehr auf. Und außerdem bin ich viel zu müde, um irgendetwas zu machen. Ich will nur noch ins Bett. Morgen sehen wir weiter.« Er wollte gehen und wartete geduldig auf Sascha, der zu den Krücken greifen wollte, um ihn zur Tür zu begleiten. Böhnke hatte ein wenig die Orientierung verloren und öffnete die Tür zu dem Raum hinter dem Fernsehzimmer statt die zum Flur.

»Vorsicht!«, rief Sascha. »Das ist das Heiligtum von Calva. Der hat uns mit Rausschmiss gedroht, wenn wir da hineingehen.«

»Hat er etwa Geheimnisse vor euch?«, fragte Böhnke ironisch. Ungeniert schaute er sich im Arbeitszimmer in den Papieren auf dem Schreibtisch um. Manuskripte von Büchern, Zeitungsartikel und Briefe waren säuberlich geordnet und gestapelt. Alles in Ordnung, meinte

Böhnke fast schon ein wenig enttäuscht, bevor sein Blick auf einen dünnen Ordner fiel. Er zog ihn hervor und wurde zum letzten Mal an diesem Tag geschockt. In seinen Händen hielt er die Akte aus dem Tresor von Pfifferlin, die es nach Christophers Worten angeblich gar nicht gab. Der Mann hatte ihn einmal mehr – und er scheute sich nicht vor diesem unflätigen Wort – verarscht.

## 37. KAPITEL

Eine besondere Art, seine Verärgerung auszudrücken, hatte Grundler, den Böhnke noch am Abend, der schmollenden Lieselotte zum Trotz, angerufen hatte. »Wir hätten den Kerl im Baggersee verrecken lassen sollen, dann hätten wir wenigstens Ruhe vor ihm«, meinte er nach Böhnkes Bericht. »Aber dann hätte ich mir den lukrativen Job für die AFC abschminken müssen.« In dieser Angelegenheit gebe es eine neue Entwicklung. Eigentlich dürfe er nicht darüber sprechen. »Aber ich habe nichts dagegen, dich auf den aktuellen Stand der Dinge zu bringen, bevor dir Christopher wieder irgendwelchen Unfug erzählt«, sagte er. Die AFC überlege, statt in Aachen zu investieren, sich an einem anderen Standort niederzulassen. »Die haben mich gefragt, ob ich die Verträge eventuell umändern könnte, wenn Hertha Eilendorf nicht mehr Frage komme, sondern ein Verein in einer anderen deutschen Großstadt, die mit A beginnt.«

Viele fielen ihm da nicht ein, sagte Böhnke. Er überlegte. »Außer Aachen und Augsburg kenne ich keine, die mehr als 100.000 Einwohner hat.«

»Gibt es auch keine«, belehrte ihn Grundler. »Augsburg ist mit rund 280.000 die größte Stadt, Aachen hat rund 250.000, dann kommt lange nichts, ehe mit knapp 70.000 Aalen in Baden-Württemberg und Aschaffenburg in Bayern kommt.« Die genauen Zahlen könne er gerne nachliefern, wenn Böhnke es wünsche.

»Klugscheißer, Oberlehrer«, knurrte Böhnke. »Dann hat die AFC also auch Augsburg im Visier?«

»So ist es. Christopher weiß noch nichts von seinem Glück oder Pech, ganz, wie man's sieht. Der hat gestern der Stadt eine Mail zukommen lassen mit einem neuen Vorschlag: Die AFC würde garantieren, dass der Tivoli auf jeden Fall seinen Namen behält; anders als die Alemannia, die die Namensrechte möglicherweise an einen Sponsor abtreten würde, damit sie von der Insolvenzschiene runterkommt.« Den Fans bliebe damit ihr Heiligtum Tivoli erhalten. Grundler schnaufte ins Telefon. »Nach der Attacke auf dich vor seiner Wohnung, die ihm gegolten haben dürfte, wird er wohl ins Grübeln kommen, ob das für ihn noch Sinn macht.«

»Glaube ich nicht«, widersprach Böhnke. »Der ist so abgebrüht, der zieht sein Spiel durch, egal, wen er dabei düpiert, missbraucht und für seine Zwecke instrumentalisiert.«

»So wie dich«, meinte Grundler trocken.

»So wie mich.« Er sei angefressen und überlege, ob er Sascha und Toni aus der Wohnung holen und zur Polizei bringen solle.

»Bringt uns das was?«, fragte Grundler vorsichtig. »Dalhey wird nur irritiert, wenn du ihm jetzt Toni zum Fraß vorwirfst. Das beschert dir nur viele Fragen und stört ihn bei seinen Ermittlungen. Toni soll ruhig in Christophers Wohnung bleiben«, schlug er vor. »Was ist denn mit Sascha? Wird er denn medizinisch gut versorgt?«

So, wie er es einschätze, sei die Behandlung bestens geregelt, antwortete Böhnke.

»Also halten wir auch hier den Ball flach.«

»Und lassen die Polizei unnötige und erfolglose Sucharbeit machen.« Böhnke behagte es nicht, seine ehemaligen Kollegen nicht über die vorgetäuschte Entführung aufzuklären. Aber wahrscheinlich ging es nicht anders.

»Was steht denn in der ominösen Handakte, die du von Christophers Schreibtisch entwendet hast?«

»Entwenden ist gut«, schnaubte Böhnke. »Ich habe Diebesgut sichergestellt.«

»Was steht darin?«

»Kann ich dir nicht sagen«, bekannte Böhnke. Zum einen sei es schon spät am Abend, zum anderen habe Pfifferlin eine fast nicht lesbare Handschrift. »Es muss etwas mit Toni und Matthieux zu tun haben. So viel habe ich mitgekriegt. Aber mehr auch nicht.« Er werde die Akte morgen früh in die Kanzlei bringen, bevor er sich auf den Weg zu Christopher ins Klinikum mache. »Ihr müsst mir ein Auto aus eurem Fuhrpark leihen. Ich habe keine Lust, mit Christopher Bus zu fahren.«

Grundler lachte. Es werde Zeit, den Spieß umzudrehen

und mit Christopher zu spielen, statt von ihm gelenkt zu werden. »Du brauchst nicht mit Christopher Bus fahren. Mir reicht es, wenn du morgen mit ihm Schlitten fährst.«

Er sah keinen Grund, Christopher über das Geschehen am Vorabend aufzuklären. Er würde auf die Reaktion des Journalisten warten, wenn er mit den Ereignissen konfrontiert würde. So gab er sich freundlich und hilfsbereit, als er den Journalisten im Klinikum abholte.

»Ich habe doch gesagt, dass mit mir alles in Ordnung ist.« Christopher schimpfte über die Mediziner und die überflüssige Nacht im Krankenbett. »Und? Gibt's was Neues?« Ohne ein Wort des Dankes darüber zu verlieren, dass ihm Grundler und Böhnke wahrscheinlich das Leben gerettet hatten, ging er zur Tagesordnung über, zumindest zu der, die ihm vorschwebte. Er hatte die Kleidung, die ihm Böhnke aus Grundlers Bestand mitgebracht hatte, widerwillig angezogen. Jeans und Sweatshirt entsprachen nicht seinem Geschmack. Mürrisch hatte er seine Geldbörse in der Gesäßtasche verstaut.

»Sei froh, dass du die Klamotten hast. Sonst müsstest du im Engelshemdchen mitkommen. Deine Sachen sind immer noch nass und dreckig.« Böhnke warf ihm die Plastiktüte zu, in die die Kleidung gestopft worden war. »Und nun ab zur Stationsleitung.«

»Warum?« Christopher hatte schon das Zimmer verlassen.

»Damit die wissen, dass du gegangen bist.«

»Das merken die schon von allein.« Unbeirrt eilte Christopher durch den fensterlosen Flur zu den Aufzügen. Mit großer Selbstverständlichkeit betrat er den gerade frei gewordenen, für den Krankentransport vorbehaltenen und forderte Böhnke auf, ihm zu folgen. »Willst du etwa warten, bis die sich bequemen, uns einen Besucheraufzug auf die Etage zu schicken?«

Böhnke fand es noch nicht einmal wert, darauf zu antworten. Wortlos ging er weiter zum Treppenhaus und stieg ins Erdgeschoss hinab. Christopher würde entweder dort auf ihn warten oder umherirren. Aber das war nicht sein Problem.

Tatsächlich wartete der Journalist am Ausgang auf ihn. »Wo hast du geparkt?«

Wieder schenkte sich Böhnke eine Antwort. Er drückte Christopher den Parkausweis in die Hand. »Wir treffen uns an der Ausfahrt. Da kannst du zusteigen, wenn du bezahlt hast.« Ohne auf eine Bemerkung von Christopher zu warten, lief er über die Straße auf den großen Besucherparkplatz.

»Wo ist mein Auto?« Besorgt stieg Christopher in die Limousine. »Hast du meinen Tesla etwa geschrottet?«

»Nein.«

»Sondern?«

»Du wirst es sehen.«

»Ich will verstehen.« Christopher war ungehalten. »Was ist mit meinem Auto?«

»Das steht gut bewacht in der Stadt.«

»Prima. Dann fahr mich dahin. Ich muss einiges besorgen. Ich brauche ein neues Handy.«

»Mehr nicht?« Böhnke war gespannt, ob und wann ihn der Journalist auf seine Einsilbigkeit ansprechen würde.

»Immer der Reihe nach. Wohin fährst du eigentlich? In die Stadt geht es in die andere Richtung. Du fährst ja in Richtung Norden.«

»Ich habe noch etwas zu erledigen.«

»Und ich habe keine Zeit«, sagte Christopher unruhig. »Kannst du mich nicht zuerst zum Tesla bringen und dich danach um deine Dinge kümmern?«

»Kann ich nicht.«

Staunend schaute sich Christopher um. »Was willst du in der Soers?«, fragte er, als sie zwischen den Weiden des weitläufigen Tals über die Nebenstraße fuhren.

»Mich um meine Dinge kümmern und dich zu deiner Karre bringen.«

»Muss ich das verstehen?«

»Nein. Aber du wirst es bald verstehen.« Böhnke fuhr auf das Polizeipräsidium zu und war froh, auf dem Seitenstreifen am Straßenrand eine große Parklücke für die Limousine zu finden. »Ab jetzt geht es zu Fuß weiter.«

»Wohin?«

»Blöde Frage. Wo sind wir denn?«

»Am Bullenbunker«, antwortete Christopher.

»Calva, das Wort habe ich jetzt nicht gehört. Wir statten meinen Freunden aus dem Polizeipräsidium einen Besuch ab. Die haben einige Fragen an dich.«

»Da gehe ich nicht hin«, sagte Christopher spontan.

»Da musst du hin, wenn du dein Auto wiederhaben willst. Die haben es nämlich gestern mitgenommen.« Böhnke schritt auf die Eingangstür zu, winkte dem Mann im Pförtnerhäuschen freundlich zu und lief nach kurzer Orientierung über den Flur zu einem Büro.

Verärgert folgte ihm Christopher. »Was soll das?«

Böhnke sah ihn streng an. »Pass auf, was du da drinnen sagst. Sonst buchten die dich sofort ein. Das nenne ich dann den direkten Umzug vom Krankenzimmer in eine Gefängniszelle.« Er hatte Spaß daran, Christopher in Unkenntnis zu halten. Der Kerl hatte es nicht anders verdient.

Die Begrüßung des Beamten für Böhnke war herzlich, die für Christopher eher nüchtern.

»Was geht hier ab?«, fragte er argwöhnisch.

»Hier findet eine Zeugenbefragung statt«, klärte ihn der zivil gekleidete Mittfünfziger auf. Er hatte an einem Schreibtisch Platz genommen und mit einem Handzeichen den beiden Besuchern die freien Stühle vor seinem Arbeitsplatz angeboten. »Oder wollen Sie auf meinen Platz, Chef?«, fragte er scherzhaft, wissend, dass Böhnke schmunzelnd ablehnen würde. Böhnke würde für seine ehemaligen Kollegen und Mitarbeiter Zeit seines Lebens Chef bleiben, sofern er nicht vorher in Vergessenheit geraten würde oder ihm vielleicht doch noch ein Prozess gemacht würde wegen Vertuschung einer Straftat wegen seiner Hilfe für einen Mordverdächtigen.

»Dann mal los«, forderte der Pensionär ihn auf. »Mit welchem Fall fangen wir an?«

»Das Wichtigste zuerst«, entgegnete der Kommissar, derweil er nach einer Handakte auf seinem Schreibtisch griff. »Ihr Freund Grundler hat uns ja ein sehr interessantes Video und eine sehr ausführliche Aussage geschickt. Die Kollegen in den Niederlanden haben gut zu tun. Die Kerle sind bestens bekannt. Ist nur eine Frage der Zeit, bis sie erwischt werden.« Er reichte die Papiere an Böhnke. »Ich nehme an, Sie werden nichts hinzuzufügen haben.« Sein Blick wanderte zu Christopher: »Und Sie berichten mir jetzt bitte in aller Ausführlichkeit, was Sie in Meerssen wollten, mit wem Sie gesprochen haben und was der Grund sein könnte, warum man Sie töten wollte.«

Wenn Böhnke es nicht besser gewusst hätte, hätte er nach Christophers Aussage glauben müssen, der Mann sei zu einem kollegialen Gespräch zu den Beratern gefahren und er könne sich nicht erklären, warum man ihn erledigen wollte.

»Bist du so blöd oder willst du uns für blöd verkaufen?«, blaffte Böhnke. »Du bist dahin, um die zur Rechenschaft zu ziehen wegen Sascha.« Er wandte sich seinem früheren Kollegen zu. »Finden Sie alles in den Unterlagen von Matthieux und Pfifferlin. Die Holländer haben Sascha Strohkämper auf dem Kerbholz, und sie wollten Christopher töten, weil er zu viel wusste.« Er schaute zu dem Journalisten. »Was soll also dieses Herumgeeiere?«

Der Journalist schwieg.

»Steht auch so in den Anmerkungen von Grundler. Ich wollte nur die Version von Herrn Christopher hören. Ist schon interessant, wie unterschiedlich die Schilderungen ausfallen können.« Er betrachtete den Journalisten. Sein spöttischer Gesichtsausdruck war unverkennbar. »Wenn es um Ihre Bücher und Ihre Artikel geht, sind Sie nicht auf den Mund gefallen. Da reden Sie Klartext. Also bitte auch hier.« Er kramte ein Aufnahmegerät vor. »Und jetzt noch einmal von vorne mit allen Details und allen Namen. Das interessiert auch unsere niederländischen Kollegen. Wenn Sie nicht mögen, dass Sie dort noch einmal aussagen müssen, empfiehlt es sich, hier und jetzt alles zu sagen, was Sie wissen. Immerhin geht es ja um einen Mordversuch zu Ihrem Nachteil.«

Christopher schluckte. »Okay. Dann in aller Ausführlichkeit.«

Neuigkeiten erfuhr Böhnke keine. Das hätte ihn auch gewundert. Kopfnickend gab er seinem Kollegen zu verstehen, dass nunmehr Christophers Aussage umfangreich und vollinhaltlich zutreffend war.

»Haben Sie eigentlich Ihren Lebensrettern schon gedankt?«, fragte der Beamte beiläufig.

Christopher schwieg betroffen.

»Natürlich nicht.« Der Kommissar schüttelte den Kopf. »Sie sind nur auf sich fixiert, habe ich den Eindruck.«

»Und auf seinen materiellen Vorteil«, fügte Böhnke hinzu. »Calva, ein Wort des Dankes habe ich, ehrlich gesagt, von dir auch nicht erwartet.« Er wandte sich wieder seinem Kollegen zu. »Wie geht's weiter?«

»Die Protokolle wandern nach Limburg. Die Kollegen werden hoffentlich den Laden hochnehmen. Ich kann mir nicht vorstellen, dass die Machenschaften der Berater nicht publik werden. Dann können sie sich einen neuen Job suchen.«

»Der Fall Sascha Strohkämper dürfte damit aus ermittlungstechnischer Sicht erledigt sein«, folgerte Böhnke, »und der Mordversuch an Christopher ist auch aufgeklärt. Da brauchen wir eigentlich nur noch Sascha zu finden. Oder?«

So sei es, bestätigte der Kommissar. Aber es sei in gewisser Weise wie die Suche nach einer Nadel im Heuhaufen. Es gebe keine Hinweise auf den Aufenthaltsort des Jungen.

»Aber er lebt?«, fragte Böhnke. Er wollte seine Frage als rhetorisch verstanden wissen.

Sein früherer Kollege stimmte ihm zu: »Das ist und bleibt selbstverständlich unsere Grundannahme.«

»Vielleicht kannst du uns ja weiterhelfen.« Böhnke richtete sich an Christopher. »Hast du irgendwelche Anhaltspunkte oder Ideen, wo Sascha sein könnte?« Er konnte sich die Antwort denken, die auch prompt so ausfiel, wie er vermutet hatte.

Christopher mimte den Ahnungslosen. Er wisse nichts, meinte er bedauernd.

»Dann wird der Junge ja wohl auch nicht in deiner Wohnung sein«, sagte Böhnke scherzhaft, obwohl er es besser wusste. »Oder ist er etwa doch bei dir?«

»Nein. Natürlich nicht«, log Christopher dreist.

»Wenigstens etwas fürs Protokoll. Die Polizei kann also ausschließen, den Jungen bei dir zu finden. Wieder ein Ort weniger, wo sie suchen müssen.« Böhnke genoss es geradezu, Christopher in ein Dilemma zu treiben. Es würde dem Journalisten schaden, wenn bekannt würde, dass er den Jungen bei sich untergebracht hatte. Aber Christopher hatte es nicht anders verdient. Der hatte ihn lange genug an der Nase herumgeführt.

»Hm.« Der Kommissar machte sich räuspernd bemerkbar. »Herr Christopher, Sie sind ja ein wahres Glückskind. Zuerst rettet man Ihnen in Holland das Leben, dann entgehen Sie am Abend zum zweiten Mal einer Attacke auf Ihr Leib und Leben. Sie können von Glück reden, dass nicht Sie in Ihrem Auto gesessen haben. Sonst lägen Sie wahrscheinlich jetzt immer noch im Klinikum.«

Oder im Kühlhaus eines Bestattungsunternehmens, dachte sich Böhnke.

»Wie?« Christopher schaute verblüfft auf.

»Haben Sie ihm nichts gesagt?« Erstaunt fragte der Kommissar seinen ehemaligen Vorgesetzten, der verneinend den Kopf schüttelte. »Dazu hatte ich noch keine Gelegenheit.«

Böhnke deutete an, der Kollege möge das Aufnahmegerät in Betrieb setzen. Nahezu druckreif schilderte er die Geschehnisse vor Christophers Wohnung, was den Journalisten in immer größeres Erstaunen versetzte. Mit offenem Mund und irritiertem Blick lauschte Christopher der ausführlichen Schilderung.

»Au Banan.« Zu einer weitergehenden Kommentierung war Christopher nicht in der Lage, als Böhnke geendet hatte.

Die beiden Kriminalen beachteten ihn und seine Bemerkung nicht.

»Was habt ihr denn rausgefunden?«, fragte Böhnke. »Hat die Spurensicherung etwas am Tesla entdeckt?«

»Zunächst nichts, was uns tatsächlich weiterbringen könnte. Holzsplitter auf der Windschutzscheibe, Stofffasern einer Jeans auf der Karosserie. Doch dann haben wir einen Fingerabdruck erkennen können. Er könnte von dem Mann stammen, der sich vielleicht abgestützt hat, als Sie ihn angefahren haben.«

»Der Abdruck könnte aber auch von Christopher, einem Passanten oder von mir stammen.«

»Durchaus möglich. Aber wir haben ihn zunächst registriert und überprüft. Er gehört allerdings nicht zu einem aus unserer Kundschaft.«

»Videokamera«, krächzte Christopher.

Milde lächelnd winkte der Beamte ab. »Sie meinen die vom Eingangsbereich des Hotels? Die Aufnahmen haben wir ausgewertet. Sie können zwar erkennen, wie ein Mann auf Ihr Fahrzeug einschlägt, mehr aber auch nicht. Wir haben mit allen möglichen Programmen versucht, den Täter zu identifizieren. Aber es ist leider nicht möglich«, bedauerte er.

Immerhin gebe es Fakten, sagte Böhnke nachdenklich. Eine dokumentierte Straftat, ein Fingerabdruck des Täters, der sich humpelnd vom Tatort entfernt habe und der in einem wartenden Auto mit Aachener Kennzeichen geflüchtet sei. Man könne davon ausgehen, dass der Anschlag Christopher gegolten habe und nicht im Zusammenhang mit dem Anschlag vom Nachmittag in den Niederlanden zu sehen sei. »Meines Erachtens hat er etwas mit dem leidigen Thema Alemannia Aachen und AFC zu tun. Oder gibt es da Widerspruch?« Fragend schaute Böhnke in die Runde.

»Nein. Das ist zunächst unsere Stoßrichtung.« Der Kommissar griff zu einer weiteren Handakte. »Wir haben ja noch andere Anhaltspunkte: die Projektile nach dem Attentatsversuch im Stadtpark, die Mails, deren Absender wir derzeit ermitteln wollen, die offensichtliche Fannähe zur Alemannia und das Wissen um die Aktivität von Christopher für die AFC und Hertha Eilendorf.« Er streckte sich. »Das sind so viele Anhaltspunkte, da brauchen wir nicht mehr lange, um das Tatgeschehen aufzuklären.«

»An dem mindestens zwei beteiligt sind«, ergänzte Böhnke, wenn er an den Fahrer dachte, der das Fluchtauto gesteuert hatte. »Die außerdem wussten, wo Christopher wohnt. Die haben nicht an seiner Meldeadresse in Genhof nach ihm gesucht, sondern in Aachen, obwohl er in Aachen nicht gemeldet ist.« Den erschrockenen Blick des Journalisten übersah er. ›Soll der sich doch seine eigenen Gedanken machen, woher ich mein Wissen habe‹, dachte er sich.

»Am besten ist es, Sie stellen Ihre Bemühungen für die AFC ein, und die AFC verzichtet auf ihre Pläne in

Aachen«, schlug der Kommissar vor. »Das sage ich jetzt als Alemannenfan. Ich finde das nicht gut.«

»Ob Sie es gut finden, interessiert nicht die Bohne«, bemerkte Christopher schnippisch. Er hatte seine Fassung wiedergewonnen. »Ich bleibe für die AFC in Aachen am Ball und werde dafür sorgen, dass der AFC in Aachen zum besten Fußballverein wird.« Außerdem sei es nur eine Frage von Monaten, bis der Alemannia wieder einmal das Wasser bis zur Oberkante Unterlippe stehe, weil kein Geld mehr in der Kasse sei. »Da ist der AFC der Rettungsanker für den Profifußball in unserer schönen Kaiserstadt.«

»Finde ich gut, dass du dich nicht verunsichern lässt.« Böhnke klopfte Christopher anerkennend auf die Schulter. »Du und die AFC, euch bringt niemand auseinander.«

»So ist es«, sagte der arglose Journalist im Brustton der Überzeugung. »Wann können wir gehen? Wo ist mein Auto?« Er zurrte an Grundlers Sweatshirt, das wie ein Sack an ihm hing, weil es viel zu groß für ihn war. »Ich will endlich vernünftige Klamotten anziehen.«

»Ihr Fahrzeug bleibt noch bis zum Abschluss der Spurensicherung hier«, sagte der Kommissar jeglichen Widerspruch ausschließend. »Sie können gehen, wenn ich meine, dass wir hier fertig sind. Und Ihre Klamotten stören mich überhaupt nicht.«

Böhnke konnte seine Schadenfreude nur schwer verheimlichen. Er würde Christopher zappeln lassen. »Vielleicht findet ihr ja in dem Tesla Spuren von Sascha«, sagte er spöttisch. »Aber das geht ja nicht, weil du ja nicht weißt, wo sich der Junge aufhält.« Böhnke widmete sich wieder dem ehemaligen Kollegen.

»Habt ihr noch was von dem Fußballer aus Afrika

gehört, nach dem gefahndet wird? Diesem Toni Mukunu-soundso.«

»Sie meinen den mutmaßlichen Mörder des Trainers Pfifferlin?« Das war keine Frage des Kommissars, sondern mehr eine Bestätigung. Er winkte ab. »Wir arbeiten nur den Kollegen in Eupen zu, aber wir haben keine Anhaltspunkte darüber, ob sich der Flüchtige tatsächlich in unserer Region aufhält.« Sein Blick machte deutlich, dass er durchaus von der Vermutung wusste, Böhnke könnte eventuell in einen Verdacht geraten sein, Kontakt zu dem Fußballer gehabt zu haben. »Soviel ich weiß, ist der von der Bildfläche verschwunden, Chef.«

»Der sitzt bestimmt neben Sascha auf der Couch in deinem Wohnzimmer. Nicht wahr, Calva?«, lästerte Böhnke scherzhaft. Er freute sich über die leichte Röte, die sich auf Christophers Gesicht zeigte.

»Witzbold«, knurrte der Journalist. »Das wüsste ich. Aber ihr Kriminalen wisst doch meistens mehr als wir kleinen Bürger. Vielleicht hast du ihn ja versteckt.«

»In Huppenbroich!« Böhnke lachte lauthals, und auch sein Kollege konnte sich das Lachen nicht verkneifen. »Ein dunkelhäutiger junger Mann hält sich in einem Hühnerstall in Huppenbroich auf und wird von niemandem entdeckt. Wie soll das gehen?«

»Dem ist nicht so«, bestätigte der Beamte. »Huppenbroich ist sauber.«

Jetzt war es an Böhnke zu schlucken. Hatten die Kollegen etwa tatsächlich in Huppenbroich hinter seinem Rücken ermittelt?

»Wir haben die komplette Nordeifel umgekrempelt. Da gibt es keinen Stall, keine Scheune, keine Hütte, kein Zelt, geschweige denn ein Haus, das wir nicht kontrolliert haben«, erläuterte der Mann. »Deshalb kann ich mit Fug und Recht behaupten, der Hühnerstall und ganz Huppenbroich sind sauber.«

»Tonifreie Zone gewissermaßen«, feixte Christopher.

»Was man von Aachen nicht unbedingt behaupten kann. Oder habt ihr hier ebenfalls schon alles überprüft?« Böhnke brauchte keine Antwort. Er wusste aus eigener Erfahrung, dass eine lückenlose Suche in einer Großstadt wie Aachen nahezu unmöglich war. Hier wohnten auf einer Straßenseite mehr Menschen als im gesamten Dorf, in dem er lebte. »Ich sag's ja. Toni sitzt neben Sascha auf der Couch in Christophers Wohnung.«

»Arschloch.« Christopher verschränkte die Arme vor der Brust. »Ihr könnt ja gerne vorbeikommen«, fauchte er wütend.

Der rotzfreche Pokerspieler, dachte sich Böhnke schmunzelnd. Der wusste ganz genau, dass der Kollege dieser Aufforderung nicht nachkommen würde.

# 38. KAPITEL

Ob ihm irgendjemand am Morgen etwas in den Tee gekippt hätte, fragte Christopher auf der Rückfahrt.

»Wieso?«

»Du haust mich in die Pfanne, nötigst mich quasi dazu, dass ich in einem Protokoll wissentlich die Unwahrheit sage und lässt mich auch bei Toni voll auflaufen. Das kenn ich gar nicht von dir.«

Böhnke sah seinen Beifahrer streng an. »Du kennst mich nicht, und du wirst mich auch nicht kennenlernen, mein Freund.« Er würde Christopher voll gegen die Wand laufen lassen, wenn es sein musste. Sein Ärger über die Lüge wollte einfach nicht abklingen. So hintertrieben, wie Christopher agierte, hatte er es nicht verdient, dass man ihn schonte oder ihm gar noch vertraute. »Ich weiß nicht, was du meinst.« Sein Interesse an einem Gespräch war gering. »Kümmere dich um deine Sachen.«

»Als da sind?«

»Wenn du es nicht weißt, wer sonst?«

»Hm.« Verstört blickte Christopher um sich. »Wohin fahren wir?«

»Zu dir.«

Unzufrieden schmollte der Journalist für einige Augenblicke, ehe er den nächsten Vorstoß wagte, um in einen Dialog mit Böhnke zu treten. »Woher kennst du eigentlich meine Adresse in Erkelenz?«

»Einfache Polizeiarbeit.«

»Mehr nicht?«

»Nein.« Böhnke sah keinen Grund, Christopher jetzt schon über seinen Besuch auf dem Bauernhof in Kenntnis zu setzen. Das hatte Zeit. In aller Ruhe kurvte er durch die Stadt und fuhr am Marschiertor mit großer Selbstverständlichkeit in die Tiefgarage des Hotels. »Wir sind da«, sagte er jovial und schwang sich aus dem Wagen.

»Wie? Was willst du?«

»Mit dir in deine Wohnung, was sonst?«, antwortete Böhnke. »Ich will mal nach meinem Schützling Toni sehen.«

»Dem geht's gut«, sagte Christopher schnell. »Du irritierst ihn nur, wenn du jetzt erscheinst.«

»Das lass mal meine Sorge sein. Oder willst du nicht, dass ich mit raufkomme?« Böhnke gab sich enttäuscht. »Hast du etwas zu verbergen?«

»Quatsch.« Er wolle nur in Ruhe die Kleidung wechseln, sich mit Toni austauschen, dann mit Calva Gassi gehen und sich ein neues Handy besorgen, entgegnete Christopher. »Ein Besuch in meiner Wohnung bringt dir rein gar nichts. Bringe lieber das Auto zu seinem Herrchen zurück.«

»Nein.« Böhnke wirkte entschlossen. »Ich möchte Toni sehen.« Er drückte auf den Rufknopf neben der Aufzugstür. »Außerdem hast du wörtlich angeboten: ›Ihr könnt ja gerne vorbeikommen‹. Oder irre ich mich?« Er trat in den Aufzug und forderte Christopher höflich auf, es ihm gleichzutun. »Außerdem freut sich Calva bestimmt schon auf dich.«

Das Unbehagen stand dem Journalisten ins Gesicht geschrieben, worüber sich Böhnke köstlich amüsierte, und es stieg mit jedem Meter aufwärts. »Geht's dir nicht gut?«

Sein besorgt wirkender Gesichtsausdruck täuschte über seine tatsächliche Schadenfreude hinweg.

»Alles okay«, murmelte Christopher, der mit Schrecken auf den Moment wartete, dass sie seine Wohnung betreten würden.

»Willkommen zu Hause«, sagte Böhnke munter, als der Aufzug hielt und die Tür sich öffnete.

Wie erwartet, stand der Hund vor ihnen.

»Wo ist Toni abgeblieben?«, fragte Böhnke um sich schauend. »Hast du den etwa eingesperrt?« Er hatte die Geräusche aus dem offen stehenden Fitnessraum gehört und steuerte zielstrebig darauf zu.

»Stop!«, rief ihm Christopher hinterher.

Doch ließ sich Böhnke nicht beirren. »Bon jour«, sagte er frohgemut, als er sich in den Türrahmen lehnte. Wie erwartet, mühte sich Toni auf einem Laufband ab. Neben ihm hatte sich Sascha auf eine Bank gelegt und drückte Hantelstangen nach oben. Beide Jungen waren schweißdurchtränkt, was dafür sprach, dass sie ihre Übungseinheiten durchaus ernst nahmen.

Mit gespielter Überraschung drehte sich Böhnke zu Christopher um, der immer noch am Aufzug stand, verlegen seinen Hund tätschelte. »Kannst du mir verraten, was das hier soll? Was macht Sascha hier?« Kopfschüttelnd griff er zu seinem Handy.

»Was machst du?«

»Wonach sieht es denn aus? Meinst du etwa, ich will mit meinem Telefon Tischtennis spielen? Ich rufe meine ehemaligen Kollegen an, dass sie die Suche nach Sascha einstellen können.«

»Bitte nicht.«

»Bitte schon.« Böhnke hatte die Stimme erhoben. »Es

läuft eine gewaltige Suchmaschinerie, die viele Einsatzkräfte bindet. Und wofür? Für nichts, beziehungsweise weil ein Volltrottel den Jungen bei sich versteckt, ohne ein Wörtchen zu sagen. Das wird teuer, mein Freund. Die Kosten für die Einsätze gehen auf deine Rechnung.« Er schüttelte verständnislos den Kopf. »Meinst du nicht, dass du mir eine Erklärung schuldig bist?«

»Seien Sie nicht so streng zu ihm, Herr Böhnke. Er hat es doch nur gut gemeint.« Sascha sprang Christopher hilfreich zur Seite, nicht gerade zur großen Begeisterung von Böhnke, der seinen Plan in Gefahr sah.

Prompt stellte der überraschte Journalist die Frage, die er nach Böhnkes Erwartung stellen musste. »Ihr kennt euch?«

Sascha nickte.

»Ja«, Böhnke kam ihm mit der Antwort zuvor. »Wir hatten schon mal das Vergnügen.«

»Wann?«

»Tut das was zur Sache? Du hast Sascha aus dem Krankenhaus hierhergeschleppt und versteckst ihn. Kannst du mir dafür einen einzigen plausiblen Grund nennen?« Er musste es schaffen, Christopher davon abzuhalten, wegen Sascha nachzuhaken. Wenn der herausbekam, dass er gestern in der Wohnung war, könnte er im schlimmsten Falle, um seine Haut zu retten, Böhnke zum Mitwisser machen, der die Polizei ebenfalls an der Nase herumgeführt hatte, als er im Polizeipräsidium nichts von Saschas Aufenthaltsort gesagt hatte.

»Du kommst in Teufels Küche, wenn sich durch deine Eskapaden die Verletzung von Sascha verschlimmert. Dann gehst du wegen Entführung oder Vortäuschung einer Straftat und Körperverletzung vor den Kadi und möglicherweise in den Bau. Und wie es darin aussieht, das willst du nicht in Wirklichkeit wissen.« Er schluckte. »Also. Was hat es mit Sascha auf sich? Warum ist er hier?« Ihm fiel noch eine Frage ein, die seine vorgetäuschte Ahnungslosigkeit untermauern sollte. »Wie wird er bei dir eigentlich medizinisch versorgt?«

Mit einer deutlichen Handbewegung bremste er Sascha, der zu einer Bemerkung ansetzen wollte. »Was hast du mir zu sagen, Calva?« Er machte sich auf den Weg in den Wohnbereich und setzte sich aufs Sofa mit einem herrlichen Ausblick auf das alte Stadttor. »Ich warte auf deinen Bericht, und ich erwarte, dass er lückenlos ist«, sagte er streng zu Christopher, der, mit den beiden Jungen im Schlepptau, hinter ihm hergelaufen war.

Der Journalist zuckte resignierend mit den Achseln. Die Beharrlichkeit und Entschlossenheit des Alten ließen ihm keine andere Möglichkeit. Er musste sein Wissen preisgeben, wenn er es sich nicht endgültig mit Böhnke verscherzen wollte. Der würde ihn voll ins Messer laufen lassen und bei der Polizei an den Pranger stellen, daran hatte er keine Zweifel mehr. Der Alte war wohl doch gerissener gewesen, als es den Anschein gehabt und als er gedacht hatte. Der wusste wahrscheinlich viel mehr, als er sagte. Aber er kam aus dieser Nummer nur unbeschadet raus, wenn er klar Schiff machte, das war Christopher bewusst geworden, nachdem er sich die letzten Zusammentreffen mit Böhnke durch den Kopf gehen ließ. Detailliert schilderte er die Ereignisse, von denen er nicht ahnte, dass sein Besucher sie längst schon kannte.

Böhnke ließ ihn absichtlich in diesem Glauben. Er wollte erfahren, wie genau es Christopher tatsächlich mit der Wahrheit hielt.

Nach dem ausführlichen Bericht des Journalisten war er zufrieden. Er hatte bestätigt, was Sascha bereits berichtet hatte, und sogar noch darüber hinaus zugegeben, dass er das Verbandsmaterial übers Internet besorgt und er dem Arzt für jede Behandlung 500 Euro bar in die Hand gedrückt hatte. »Bevor der mich verpfeift, schiebe ich dem so viel Geld in den Arsch, dass er selbst als Mittäter angesehen wird, wenn die Sache platzen sollte. Der spielt brav mit.« Christopher grinste verlegen. »So ist die Sache mit Sascha.«

Zufrieden war Böhnke trotz der genauen Sachverhaltsschilderung nicht. »Das Wichtigste fehlt: »Warum hast du Sascha zu dir geholt?«

»Damit er aus der Schusslinie und aus dem Blickfeld gerät. Du hast doch selbst gesehen, wie Trittbrettfahrer Geld aus seiner Verletzung herausschlagen wollten. Jede Erpressung geht fehl, wenn du kein Lebenszeichen des Opfers liefern kannst. Du musst ja sogar befürchten, dass man dich als Mörder vor Gericht bringt, wenn du gekascht wirst und du nicht sagen kannst, wo dein Entführungsopfer geblieben ist.«

Böhnke kommentierte den Gedankengang nicht. »Sind denn Saschas Eltern eingeweiht?«

»Nein. Ich habe denen nur gesagt, dass sie sich nicht erpressen lassen und nicht mit den Medien reden sollen. Du glaubst es vielleicht nicht«, Christopher lächelte gequält, »aber die verlassen sich auf mich. Wenn ich denen sage, dass Sascha nichts passiert, dann glauben die mir bedenkenlos. Ich habe schon so viel für die gemacht, dass die nicht glauben können, ich wollte ihnen schaden. Ich will nur das Beste für sie, davon sind Sascha und seine Eltern überzeugt.«

»Nicht wahr?« Die Frage war an den Jungen gerichtet, der zustimmend mit dem Kopf nickte.

»Okay«, sagte Böhnke nachdenklich. »Die Frage ist, wie bekommen wir die Kuh vom Eis beziehungsweise wie kriegen wir die Sache geregelt, ohne dass etwas hängen bleibt.« Das sei eine Sache für Grundler, überlegte er laut. Der könne daran seine juristischen Fähigkeiten beweisen.

»Muss das sein?« Christopher war es unangenehm, dass ein weiterer von der vorgetäuschten Entführung erfahren sollte.

»Ja, das muss.« Böhnke hatte mit scharfer Stimme geantwortet. »Entweder läuft das Spiel jetzt nach meinen Regeln oder du läufst auf dem schnellsten Weg ins Untersuchungsgefängnis.« Mit ihm war nicht mehr zu spaßen. Es war ihm ernst, wie Christopher erkannte.

»Und was ist mit Toni?«, fuhr Böhnke fort. Er lächelte den Jungen an, der bei der Nennung seines Namens aufgehorcht hatte. »Wie wär's, wenn deine beiden verschwitzten Gäste duschen? Hier stinkt es langsam wie in einem Pumakäfig oder in der Umkleidekabine einer Fußballmannschaft nach dem Schlusspfiff.«

Ehe er sich versah, hatte Sascha seinem Kollegen den Vorschlag, der eigentlich ein Befehl war, auf Französisch mitgeteilt, und sofort trollten sich die beiden.

»Also noch mal, was ist mit Toni?«

»Das weißt du doch selbst. Er wird als mutmaßlicher Mörder von Pfifferlin gesucht, und du hast ihn bei mir untergebracht. In dieser Sache hängst du in den Seilen, wenn die Kripo dein Mitwirken mitbekommt.« Christopher glaubte wohl, ein wenig Land zu sehen.

Doch blieb Böhnke unbeirrt. »Lass das mal meine Sorge

sein. Dalhey ist für mich kein Problem«, sagte er lässig abwinkend. »Ich glaube, nur du hast ein Problem wegen Toni. Oder?«

»Wieso?« Christopher schaute Böhnke mit großen Augen an, als könne er kein Wässerchen trüben.

»Weil du Informationen über Toni hast, die du mir und der Polizei vorenthältst.«

»Wie kommst du darauf?« Christopher tat erstaunt.

»Soll ich es Intuition oder Ahnung nennen?« Böhnke winkte ab. »Oder weiß ich es vielleicht sogar?« Langsam machte er sich auf den Weg zur Fensterfront und schaute hinaus. »Ich denke, du wolltest dich wieder wie ein Mensch kleiden. Ich warte, bis du umgezogen bist«, sagte er beiläufig.

Er wartete nicht lange, nachdem Christopher in einem anderen Zimmer verschwunden war. Zielstrebig schritt er ins Arbeitszimmer und setzte sich mit der Handakte über Toni an den Schreibtisch. Christopher würde ihm sagen, was darin stand, und er würde ihm erklären müssen, warum er ihn belogen hatte. Er machte sich nicht die Mühe, das Geschriebene zu lesen. Er schaute zwar auf den Text, aber es gelang ihm nicht, die winzige Schrift zu entziffern.

»Was machst du denn?« Christopher stierte ihn erzürnt an. »Verschwinde von meinem Schreibtisch!«

»Auf dich warten«, sagte Böhnke gelassen. Er betrachtete den Journalisten, der mit seiner Markenkleidung auch seine Hochnäsigkeit angelegt hatte. »Und ich will endlich eine Erklärung.« Er wedelte mit der Akte. »Erstens, was steht hier drin, und zweitens, warum hast du mich belogen? Oder willst du etwa abstreiten, sie aus dem Tresor von Pfifferlin mitgenommen zu haben?« Er musste sich bremsen, um seine Wut nicht zu groß werden zu lassen. »Ich kann dir nichts mehr glauben. Entweder«, er sah Christopher drohend an, »sagst du mir jetzt alles, oder ich lasse dich wirklich hochgehen.« Es war schon ärgerlich, dass er wieder zu einer Drohung greifen musste, um von Christopher vermeintlich wichtige Informationen zu erhalten. »Also, komm endlich zur Sache!«

Er scheuchte die beiden Jungen weg, die neugierig im Türrahmen standen. »Macht, dass ihr Land gewinnt«, schnauzte er sie an, selbst erschrocken darüber, dass er sich im Tonfall vergriffen hatte.

»Die können doch nichts dafür«, ließ sich prompt Christopher vernehmen.

»Lenk nicht ab! Ich will wissen, was los ist.«

Böhnke konnte nur staunend den Kopf schütteln ob der Geschichte, die ihm Christopher auftischte. Und selbst, wenn er noch so zweifeln wollte, er glaubte ihm. Sie passte einfach in das Bild vom Fußballgeschäft, das inzwischen immer klarer vor ihm auftauchte.

Danach war Toni ohne sein Wollen und zum Teil auch ohne sein Wissen zum Spielball, zum Teil sich widersprechender Interessen geworden. »Er wollte mit seinem Ziehvater Pfifferlin zum AFC kommen und hat auch schon eine entsprechende Vereinbarung abgeschlossen. Das passte Matthieux überhaupt nicht in den Kram, der andere Pläne mit dem Spieler hatte. Toni sollte, wie du weißt, nach Gladbach wechseln, wenn Sascha nach Russland transferiert wird. Darüber hatte Matthieux schon eine Erklärung unterzeichnet, für die er einen attraktiven Geldbetrag von der osteuropäischen Beratergruppe erhalten hatte. Er musste unter allen Umständen verhindern, dass ihm Toni von der Fahne geht.«

»Und er hat Pfifferlin umbringen lassen und den Mord Toni in die Schuhe geschoben?«, folgerte Böhnke fragend.

»So muss es gewesen sein.«

»Aber wir haben keinen Verdächtigen, außer Toni.«

»Und wir haben ein Motiv für Toni.« Christopher deutete auf die Akte. »Pfifferlin hat notiert, wie verzweifelt Toni war, als er erfuhr, dass er nicht für den AFC spielen darf. Das erinnerte ihn an einen seiner Kameraden, der auch nicht so wollte, wie es die Berater vorhatten. Als er sich weigerte, zu dem nicht gewünschten Verein zu wechseln, ist er aus dem Trainingslager verschwunden und tauchte erst Wochen später mit gebrochenen Beinen in Frankreich auf. Davor hatte Toni Angst, und er hat wortwörtlich gesagt, so hat es jedenfalls Pfifferlin notiert: ›Wenn der mich nicht zum AFC wechseln lässt, bringe ich den um.‹« Christopher zuckte mit den Achseln. »Mit einer solchen Aussage kannst du tausendmal deine Unschuld beteuern. Da glaubt dir niemand mehr.«

»Aber warum wollte ihn Matthieux zwingen, nach Gladbach zu wechseln?«

»Commissario, bist du so blöd oder tust du nur so?« Christopher versuchte zu scherzen, kehrte aber zur Sachlichkeit zurück, als ihn Böhnke grimmig anfunkelte.

»Das Geld, wie immer. Matthieux war bekanntlich pleite und hatte sich zugleich in seinen diversen Verträgen verstrickt. Ein Transfer von Sascha nach Russland und zusätzlich ein Vertrag von Sascha in Gladbach, bei dem Matthieux fast alles und Toni fast nichts übrig behält, hätte ihm das finanzielle Überleben sichern können. Alles andere hätte seinen finanziellen Tod bedeutet.«

»Und jetzt ist er tatsächlich tot«, bemerkte Böhnke trocken, »und kann nicht mehr zur Rechenschaft gezogen werden.«

»Und Toni kann man ein schönes Motiv unterstellen«, ergänzte Christopher. »Deshalb schien es mir ratsam, diese belastende Unterlage mitzunehmen. Ich wollte dich nicht mit reinziehen, deshalb habe ich dich belogen. Es war zu deinem Schutz, damit du nicht in Gewissenskonflikte kommst, wenn du mit deinen Kollegen über den Mord an Pfifferlin sprichst.«

Meinte Christopher das allen Ernstes? Böhnke schenkte sich eine Antwort auf seine nicht gestellte Frage. Christophers Bemerkung war für ihn nicht unbedingt stichhaltig. Aber er sah keinen Anlass nachzuhaken. Er hatte sich nicht getäuscht, als er von der vierten Akte gesprochen hatte. Das zählte, und das Wissen, dass er Christopher nicht vertrauen würde, auch wenn er ihm die Sache mit Toni in der dargestellten Form glaubte.

»Okay«, sagte er, während er sich langsam aus dem Sessel erhob. »Ich lasse euch jetzt alleine. Hatte ich dir übrigens schon gesagt, dass wir uns morgen früh bei Grundler in der Kanzlei treffen? Dann kannst du dessen Klamotten mitbringen. Aber bitte gewaschen und gebügelt.«

# 39. KAPITEL

»Christopher ist ein Arsch.« Grundler fand drastische Worte für den Journalisten, der es nicht für nötig erachtete, pünktlich zu erscheinen. Gemeinsam mit Böhnke wartete er ungeduldig in seinem Büro.

Christopher sah bei seiner Ankunft noch nicht einmal einen Anlass, sich für seine Verspätung zu entschuldigen. Die Parksituation auf der Theaterstraße sei einfach nur katastrophal, da dürfe sich niemand wundern, wenn man zu spät zu Terminen erscheint. »Sie könnten sich ja mal einen Stellplatz für Ihre Kunden besorgen, dann brauchen Sie auch nicht auf sie zu warten«, sagte er läppisch, als er den grimmig dreinblickenden Grundler begrüßte. »Ist doch nicht meine Schuld, wenn Sie Ihre Kanzlei mitten in einer dicht beparkten Straße haben.«

Böhnke grinste vor sich hin. Eine andere Bemerkung hätte er von Herrn Hochnase, wie er ihn bezeichnet hatte, auch nicht erwartet. Er schob ihm eine Visitenkarte von Grundler zu und deutete auf eine kleine Notiz auf der Rückseite. Im Parkhaus im Contipark an der Lothringerstraße, fast gegenüber der Kanzlei, gab es reservierte Parkplätze für Grundler. »Schön blöd, wenn man nicht lesen kann«, lästerte er. »Oder hast du keine Karte mehr?«

»Apropos Karte.« Grundler war es leid, sich mit derartigen Nebensächlichkeiten aufzuhalten, dafür war ihm seine Zeit zu kostbar. Er hatte sich im Besprechungsraum an Böhnkes Seite gesellt, sodass für Christopher nur ein einzelner Platz ihnen gegenüber übrig blieb. »Was macht eigentlich Ihre Dauerkarte für die Alemannia?«

Bevor Christopher antworten konnte, mischte sich Böhnke ein. »Haben wir nicht größere Probleme, Tobias? Was machen wir mit Sascha? Was geschieht mit Toni? Hast du dir dazu Gedanken gemacht?« Er wusste, ihr Spiel des gegenseitigen Zuschiebens der Fragen und der damit verbundenen Gesprächsleitung würde auch dieses Mal funktionieren. Christopher war wegen Grundlers Frage verunsichert, auf die er noch eine Antwort schuldig war, und wurde gleichzeitig mit den nächsten Problemen konfrontiert.

»Was denken Sie, Herr Christopher?« Grundler schob Böhnkes Fragen an den Journalisten weiter.

»Hm, wenn ich ehrlich bin, bin ich froh über den Zustand, den wir jetzt haben.«

»Der aber nicht von Dauer sein kann«, unterbrach ihn Böhnke. »In nicht allzu ferner Zeit muss Sascha ins Leben zurück, und dann kommen wir in Erklärungsnot. Und bei Toni ist es nicht anders. Oder willst du ihn so lange bei dir verstecken, bis du ihn nach Afrika abschieben kannst oder nach Asien als Fußballer verkauft hast?« Er rührte nachdenklich in seinem Kaffee. »Also, was gedenkst du zu tun?«

»Ich weiß es nicht.« Als würde er sich ergeben, hob Christopher die Arme. Die Idee mit einem Transfer des Jungen auf einen anderen Kontinent sei vielleicht gar nicht so schlecht.

»Aber sie funktioniert nicht, solange er als Mörder gesucht wird«, widersprach Grundler. »Wie können wir Toni helfen, seine Unschuld zu beweisen?«

»Und uns selbst dabei raushalten«, ergänzte Böhnke.

»Wir behindern die Ermittlungen, indem wir ihn verstecken, und wir haben Beweismaterial unterschlagen. Ich glaube«, er drehte seinen Kopf zu Grundler, »da müssen wir noch einige Verhandlungen führen.«

»Vielleicht kriegen wir ja einen Deal mit Dalhey hin.« Der Anwalt dachte laut nach. »Wenn wir ihm glaubhaft machen können, dass Toni nicht der Hauptverdächtige ist, sondern dass ihm der Mord in die Schuhe geschoben wurde, lässt er uns vielleicht bei den Ermittlungen mitmachen.«

»Was aber auch bedeutet, dass wir alle Fakten auf den Tisch legen müssen«, gab Böhnke zu bedenken. »Was wiederum bedeutet, dass der mich grillt und Christopher zur Schnecke macht. In gewisser Weise haben wir ihn ja verarscht.«

»Verarschen, das ist ja Ihr Lieblingsspiel, nicht wahr?« Grundler lächelte Christopher hämisch an. »Selbst wenn es uns gelingt, Toni aus dem Schlamassel rauszupauken, bleibt bei Ihnen garantiert was hängen. Glaubt Ihnen überhaupt noch jemand?«

»Äh«, stammelte Christopher, »ich …«

»Calva, dir glaubt niemand«, unterbrach ihn Böhnke. »Ich würde dir niemals mehr meine Hand geben. Wer weiß, ob danach noch alle Finger dran sind?«

Jetzt war ihrem Spiel entsprechend Grundler wieder dran. »Bei Toni kann ich nur hoffen, auf dem Verhandlungswege etwas zu erreichen, bei Sascha müssen Sie die Hose runterlassen. Diese schwachsinnige, vorgetäuschte Entführung geht einzig und allein auf Ihr Konto. Da halte ich mich raus. Ich kann Ihnen nur empfehlen, sich bei der Polizei zu melden.« Er griff zum Telefon auf dem Konferenztisch und reichte es Christopher. »Am besten sofort.«

Der Journalist schluckte.

»Moment!« Jetzt war wieder Zeit für ein Einschreiten von Böhnke. »Lass uns zuerst alles klären.«

»Was meinst du damit?«, fragte Grundler.

»Die Frage, die du eben gestellt hast. Da interessiert mich Calvas Antwort.« Er könne sich nicht vorstellen, dass Christopher tatsächlich Besitzer einer Dauerkarte bei der Alemannia wäre. »Ich denke, du findest den Verein zum Kotzen?«

»Kann gar nicht sein. Sie sind sogar ein Edelfan der Alemannia.« Grundler übernahm. »Oder bin ich da falsch informiert? Sie sind außerdem Ehrenmitglied des Vereins wegen Ihrer Verdienste, worin immer die auch bestehen mögen.«

»Und du sitzt sogar im Ältestenrat, habe ich gelesen.« Böhnke schüttelte betrübt den Kopf. »Wieder so eine Verarsche von dir. Du lässt mich glauben, der Verein widert dich an, doch tatsächlich gehörst du zur erweiterten Führungsriege. Das passt doch nicht.«

Christopher schluckte. »Ist doch alles Schnee von gestern«, krächzte er mit trockener Kehle. »Ich lasse schon seit Jahren alle Funktionen ruhen.« Er hätte gerne einen Schluck getrunken, aber vor ihm stand, im Gegensatz zu seinen beiden Gesprächspartnern, keine Tasse. Wer zu spät zu einem Termin komme, habe es nicht verdient, auch noch bewirtet zu werden, hatte Grundler lapidar bemerkt, als Sabine ihnen während ihrer Wartezeit den Kaffee gebracht und auf seine Weisung das Gedeck für Christopher mitgenommen hatte.

»Gestern hatten wir es weit über 20 Grad. Da lag kein Schnee«, feixte der Anwalt. »Wenn dem nicht so wäre, hätten Sie doch längst Ihre Mitarbeit aufkündigen und

Ihre Dauerkarte zurückgeben können. Das haben Sie aber nicht getan. Warum nicht, frage ich mich. Und ich komme zu dem Schluss, dass Sie für die Alemannia tätig sind.«

»Was wiederum bedeutet, dass du gar nicht daran interessiert sein kannst, dass die AFC sich in Aachen breitmacht. Du versuchst sie zu torpedieren«, assistierte Böhnke.

»Quatsch!« Wütend sprang Christopher auf. »Die Alemannia interessiert mich weniger als ein querliegender Furz. Die …«

»Glaub ich dir nicht«, unterbrach ihn Böhnke streng. »Ich glaub dir überhaupt nichts mehr. Ich glaube inzwischen sogar, dass du die Anschläge auf dich fingiert hast. Dein Hund ist vielleicht tatsächlich vergiftet worden, aber das gab dir dann die Gelegenheit, die Bedrohung gegen dich zu inszenieren. Du hast genug Geld und genug Mittelsmänner, um vermeintliche Attentate auf dich durchführen zu lassen.«

Christopher staunte mit offenem Mund. Ihm fehlten die Worte. Sein Kopf pendelte unentwegt zwischen Grundler und Böhnke.

»Sie kennen so viele Interna der Alemannia, da wissen Sie genau, wo Sie ansetzen müssen, um den Verdacht auf den Dunstkreis des Vereins zu lenken.« Grundler lächelte diabolisch. »Die kriegen Sie dran.«

»Das wird teuer, mein Freund.« Böhnke war am Zuge, derweil Christopher kurz davor war, in Schnappatmung zu verfallen. »Wenn die AFC das herausbekommt, werden die dich mit Schadensersatzklagen überhäufen. Und in der Fußballszene bist du dann auch verbrannt. Dann kannst du dir alles abschminken. Oder du wirst so ein schäbiger Menschenverkäufer, der junge Spieler wic Sklaven verscherbelt. Aber wer will dich schon, wenn du kein Geld mehr hast, weil dich die AFC und die Prozesse finanziell ruinieren?«

Christopher konnte nur noch mit dem Kopf schütteln. »Ich bin Opfer«, stammelte er, »nicht Täter.« Mit der Alemannia habe er nichts mehr zu tun. Dem Ältestenrat gehöre er schon lange nicht mehr an. Die hätten wahrscheinlich keine aktuelle Homepage. Der Tivoliklub sei für ihn gestorben. »Ehrlich.«

»Ich glaub dir nicht«, entgegnete Böhnke. »Es sei denn, du beweist mir, dass du Opfer bist.«

»Indem Sie heute Abend voll und ganz auf unserer Seite stehen, wenn wir mit dem Hertha-Vorstand den Vertrag mit der AFC durchgehen.« Grundler gab sich versöhnlich. »Dann können Sie beweisen, dass Sie nicht für die Interessen der Alemannia arbeiten. Das wiederum wäre für mich ein Indiz dafür, dass die Anschläge auf Sie doch nicht getürkt waren.« Er blickte kurz auf die Wanduhr hinter dem Rücken von Christopher. »So, das war's für jetzt.« Er stand auf. »Beweisen Sie mir heute Abend durch Ihre Solidarität zu Ihrem Auftraggeber, dass Rudolf-Günther und ich uns irren.« Er stand schon vor der Tür, als er sich zu Christopher umdrehte. »Sie wissen, wo der Ausgang ist«, sagte er und verließ grußlos den Raum.

Hilflos schaute der Journalist zu Böhnke, der ohne Regung zu zeigen auf seinem Stuhl saß. »Ich hab dir nichts zu sagen, Calva. Ich gehe jetzt zu Lieselotte und hoffe, dich heute Abend hier zu sehen.« Ohne Abschiedsgruß ließ er den Journalisten stehen. Der hatte es nicht anders verdient, dachte er sich.

Die Zeit der Samthandschuhe war vorbei. Christopher brauchte nicht zu wissen, dass er nur der Ball in ihrem

Spiel gewesen war. Wie der die Zeit bis zum Abend verbringen würde, kümmerte Böhnke nicht. Ihn interessierte allenfalls, wie sich Christopher beim Treffen mit dem Hertha-Vorstand geben würde.

## 40. KAPITEL

Äußerlich gab Christopher den allwissenden Strahlemann, als er bei der Zusammenkunft die Vorstandsmitglieder des Eilendorfer Amateurvereins herzlich begrüßte. Nur an den flinken, nervös umherhuschenden Augen erkannte Böhnke dessen Verunsicherung. Der Frontalangriff am Morgen hatte Christopher mehr zu schaffen gemacht, als er zu erkennen gab. Daran hatte Böhnke keine Zweifel. Von der gewohnten Großspurigkeit war bei Christopher nichts zu spüren. Höflich, hilfsbereit, zurückhaltend zeigte er sich, als Grundler zur großen Runde an den Konferenztisch bat. Es wurde eng in dem Raum, der nicht darauf ausgerichtet war, dass sich ein kompletter Vorstand einschließlich der Beisitzer einfand. Grundler hatte darauf gedrungen, dass nicht nur der geschäftsführende, sondern der gesamte Vorstand an dieser Informationsveranstaltung teilnahm. »Alle sollen Bescheid wissen«, hatte er argumentiert, »nicht nur die üblichen Verdächtigen in einem Verein; selbst wenn die meisten Beisitzer nur schlafmützige Kopfnicker sein sollten.« Keiner im Vorstand sollte sagen können, man habe über seinen Kopf hinweg entschieden.

So drängelten sich das gute Dutzend der Vereinsvorstände, Grundler, Böhnke und Christopher in dem Raum. Sabine hatte noch einige Sitzgelegenheiten herbeigeschafft. »Meine letzte Amtshandlung heute«, sagte sie vergnügt. »Ich habe Feierabend. Amüsiert euch gut.«

Durchaus wohlwollend sahen die Männer der attraktiven Frau nach.

»Die geht jetzt zum Bauchtanzen. Da könntet ihr Stielaugen bekommen, aber doch nicht hier.« Grundler hatte mit seiner Bemerkung die Stimmung aufgelockert. Die Anspannung ließ spürbar nach.

Zwei Dinge gebe es zu klären, erläuterte er. »Zum einen möchte ich Sie ausführlich über den Vertragsinhalt aufklären; zum anderem sollen Sie von mir einiges über die Attentate auf Christopher erfahren. Es hat ja den Anschein, als solle auf Gedeih und Verderb verhindert werden, dass es zu diesem Vertragsabschluss mit der AFC kommt.« Er forderte seine Gäste auf, sich an den Getränken zu bedienen, derweil er den Beamer aktivierte, über den er die auf seinem Laptop gespeicherten Unterlagen auf eine kahle, weiße Wand übertrug.

Grundler ließ sich viel Zeit mit seinen Erläuterungen, fast schon zu viel, wie es Böhnke vorkam. Die meisten Zuhörer verstanden wahrscheinlich nicht alles, was er ihnen vortrug, obwohl Grundler immer wieder zu Fragen aufforderte. Das Bier, die abgestandene Luft und die trockene Vertragsmaterie ermüdeten die Vorstandsmitglieder schnell. Sie verließen sich auf ihren Vorsitzenden, der als Einziger in den Dialog mit Grundler trat. Im Prinzip ging es dem Verein nur um Geld, je mehr umso besser; und vielleicht noch einen kleinen Posten im Umfeld des neuen, großen AFC, wie der Vorsitzende unmissverständlich andeutete. Schon schnell war klar, dass die Hertha den Vertrag absegnen würde, durch den sie zwar ihre Fußballabteilung verlor, aber finanziell für die nächsten Jahre ausgesorgt hatte. Erleichtert schnauften die müden Männer durch, als Grundler dieses Thema für vorläufig erledigt erklärte. Er habe bereits im Vorgriff auf die Zustimmung des Hertha-Vorstands den Vertragsentwurf an die AFC weitergeleitet. »Vielleicht bekommen wir ja heute noch während unserer Konferenz eine Reaktion.«

Die erbetene Zigarettenpause lehnte Grundler rigoros ab. »In meiner Kanzlei wird nicht geraucht. Außerdem wollen wir ja heute noch fertig werden«, sagte er mit einem Blick auf die Wanduhr. »Ich möchte doch noch zu meiner Bauchtänzerin.«

Christopher hatte dem Vortrag und der Diskussion zwischen Grundler und dem Vereinsvorsitzenden schweigend zugehört. Es schien, als sei ihm das Gerede einerlei.

»Der macht seinen Schnitt«, raunte ein nach Nikotin riechender Senior Böhnke zu. »Dem ist im Prinzip egal, was mit uns wird. Der will dabei sein, wenn der AFC die Alemannia überholt.«

»Finden Sie das gut?«

»Ich finde das toll, wenn wir die Alemannia überflügeln können. Aber das ist meine persönliche Meinung.«

»Dann ist die Vereinbarung also nicht im Sinne aller Vereinsmitglieder?« Böhnke hakte nach, obwohl ihn der entgegenströmende Nikotingestank anekelte.

Es gebe zwei Lager, aber die große Mehrheit sehe die Chance für die Hertha, mit einer anderen Abteilung groß herauszukommen. »Wir haben eine gute Volleyballabteilung. Vielleicht kommen wir damit nach oben. Wer weiß, wie lange sich die Aachener Ladies in Black noch in der Bundesliga halten können.«

Das Interesse an der Unterhaltung mit dem Böhnke schwand bei dem Mann in dem Moment, in dem Grundler auf die Anschläge auf Christopher zu sprechen kam. Böhnke wunderte sich über die überzeugende Darstellung, nach der es nur eine Frage der Zeit sein würde, bis die Polizei die Ganoven dingfest machen würde. »Die Attentäter haben schon so viele Fehler gemacht und uns so viele Fakten verraten, da brauchen wir nur noch die Teile richtig zusammensetzen – und schon ist der Fall gelöst.« Die E-Mail sei der größte Fehler gewesen. Die Spezialisten der Kriminalpolizei seien dabei, den Absender zu ermitteln. Dann sei ja klar, dass es mehrere Täter sein müssten, die aus Aachen stammten. Ein wenig übertrieb Grundler in seinem Vortrag, ein wenig zu sicher stellte er Vermutungen als Fakten dar, so bewertete Böhnke die Darstellung; aber er wusste, was Grundler damit bezweckte. Er wollte davon überzeugen, dass die Anschläge tatsächlich kurz vor der Aufklärung stehen.

»In jedem Fall verfehlen die Täter ihr Ziel, nämlich Christopher auszuschalten. Wir gehen davon aus, dass sie aus dem Umfeld der Alemannia stammen, Menschen, die sich als Fans ausgeben, aber im Prinzip keine Fans, sondern Idioten sind.« Er schaute überlegen in die Runde. »Es gibt noch mehr Anhaltspunkte. Ich kann sie Ihnen gerne nennen, wenn Sie wollen. Vielleicht etwas zu den Tatwaffen, etwas zum Täterprofil. Es gibt viel.«

Nein, die Akkus waren leer, die Aufnahmespeicher übervoll. Die Hertha-Vertreter wollten nur noch nach Hause.

Sofort erfüllte Grundler ihnen den Wunsch, nachdem er erneut auf die Wanduhr geschaut hatte.

»Es ist 23 Uhr vorbei«, sagte er zufrieden. »Jetzt ist meine Bauchtänzerin zu Hause.« Das leichte Klingeln aus dem Laptop ließ ihn stoppen. Nach einem kurzen Blick strahlte er die Männer an.

»Das war die Antwort der AFC. Sie sind mit dem Vertrag in dieser Form einverstanden. Christopher soll ihn morgen in ihrem Namen unterzeichnen.« Grundler blickte zu ihm. »Sie kommen morgen um zehn Uhr zu mir?«

Bestätigend nickte Christopher. »Gerne. Dann haben wir die Sache endlich vom Tisch.« Er hatte es ebenso eilig wie die Gäste aus Eilendorf, die Kanzlei zu verlassen. Noch länger wollte er sich die Enge und die vielen alten Männer nicht antun.

Schließlich blieben Grundler und Böhnke alleine zurück. Gemeinsam sorgten sie für Ordnung in dem Raum.

»Eine Frage habe ich noch«, meinte Böhnke. »Was sollte das mit 23 Uhr?«

»23 Uhr, das ist Redaktionsschluss bei den Zeitungen. Jetzt können wir sicher sein, dass morgen nichts über unser Treffen im Blättchen steht.«

Was wollte ihm Grundler damit gesagt haben? Böhnke lief nachdenklich durch das stille Aachen. Warum hatte er auf den Redaktionsschluss geachtet? Hatte er vielleicht vermutet, dass unter den Männern eine Plaudertasche war?

Und wenn dem tatsächlich so war, warum sollte die Plaudertasche daran gehindert werden, die Information an die Presse weiterzugeben?

Natürlich! Böhnke tippte sich an die Stirn. Insgeheim leistete er Grundler Abbitte für die bewusste Verzögerung der Verhandlung und die unangemessene Verlängerung des Abends. Dieser Zug brachte ihm vielleicht das letzte Mosaikstück, das er brauchte, um Christophers Attentäter dingfest zu machen.

Leise schlich Böhnke in Lieselottes Wohnung. Bekanntlich ist der Schlaf vor Mitternacht der beste, und diesen Schlaf seiner Liebsten wollte er nicht unterbrechen. Prompt passierte es, dass er im dunklen Flur gegen die Kommode stieß, auf der noch eine von ihm selbst am Morgen abgestellte Wasserflasche stand. Sie kippte und rollte über den Rand zu Boden. Das Klirren des Glases kam ihm vor wie ein Silvesterfeuerwerk direkt neben seinem Ohr. Von dem Lärm würden selbst Tote erwachen.

Das Licht im Schlafzimmer machte deutlich, dass er Lieselotte aufgeweckt hatte.

Sie schüttelte den Kopf, als sie die Bescherung aus Glassplittern und Wasser auf dem Marmor sah. »Commissario, du bist so doof, dass dich ein Schwein beißt«, sagte sie eher liebevoll statt vorwurfsvoll. Pragmatisch machte sie sich ans reinigende Werk. »Guck, dass du Land gewinnst, sonst wische ich dich mit auf«, lästerte sie.

Böhnke stand wie ein begossener Pudel neben ihr. Er wusste nicht, was er tun sollte.

»Mach hinne«, forderte ihn die auf dem Boden kniende Frau auf. »Ich will ins Bett und hoffe, dass du dann schon drin liegst.«

Böhnke trollte sich. Als er aus dem Bad zurückkehrte,

hatte Lieselotte ihr Werk erledigt. »Schnell ins Bett. Noch ist es nicht Mitternacht«, sagte sie. Sie stoppte in ihrer Bewegung, als sie den Radetzkymarsch hörte, den Böhnkes Mobiltelefon in der Jackentasche von sich gab. »Wenn du jetzt rangehst, küsse ich dich heute nicht mehr!«

»Keine Sorge.« Bis Mitternacht waren es noch fünf Minuten. Morgen war ein neuer Tag, der gleich beginnen würde. Dann war wieder heute und Lieselotte würde ihn küssen. Böhnke griff entschlossen nach dem Handy, das im Display eine ihm nicht bekannte Nummer anzeigte.

»Ich höre.«

»Ich bin's«, hörte er Christopher schreien. Er schien in Panik.

»Was ist?«, fragte er auf dem Weg ins Schlafzimmer.

»Toni und Sascha sind weg!« Er sei nach Hause gekommen und habe die Wohnung leer vorgefunden. »Die sind weg mit allen Sachen, die sie haben. Alles ist weg.« Er fluchte mit Worten, die Böhnke nie in den Mund genommen hätte. »Was soll ich denn tun?«

Zwei Minuten vor Mitternacht zeigte die Uhr auf dem Radiowecker.

»Du kannst ja die Polizei rufen. Die kommt um sechs oder sofort und buchtet dich ein. Lass uns morgen bei Grundler darüber reden. Ich habe jetzt echt keine Lust«, sagte Böhnke schroff. Er konnte im Augenblick eh nichts mehr tun. »Ich bin dafür, wir schmieden morgen einen Plan. Die Jungs sind weg, und es ist unwahrscheinlich, dass wir sie schnell finden.« Er wollte Christopher nicht glauben. Wer weiß, welchen Trick er dieses Mal ausgepackt hatte. Er gähnte, während er sich auf die Bettkante setzte. »Kannst ja Grundler anrufen. Vielleicht hilft der dir.« Kurzerhand legte er auf. Er schwang sich ins Bett und beugte sich über Lieselotte, die wach, aber mit geschlossenen Augen auf dem Rücken lag. Die Digitalanzeige der Uhr sprang auf Mitternacht. »Dein Kussentzug für heute ist vorbei. Jetzt ist ein neues Heute.«

Warum nur ging ihm das Verschwinden von Toni und Sascha nicht nahe? Weil es nicht schlimm ist, sagte er sich. Und es gibt Schöneres im Leben als zwei spurlos verschwundene Jungen, für die es schon zum guten Ton gehörte, immer zu verschwinden.

In der Tat gab es Schöneres. Das hatte auch Lieselotte für sich entschieden, als sie meinte, dass das heutige Heute ein anderes Heute sei als das gestrige Heute und daher die Verbote von gestern heute nicht mehr galten.

## 41. KAPITEL

»Glaubst du diesem Idioten etwa?« Grundlers aufreizende Gelassenheit ließ Böhnke aufhorchen. Der Anwalt hatte den Bericht über das Verschwinden der beiden Jungen am Morgen unaufgeregt zur Kenntnis genommen. Noch am Frühstückstisch sitzend hatte Böhnke ihn angerufen. Er fühlte sich durch Grundler in seiner eigenen, rational nicht begründbaren Einschätzung bestätigt, dass das Verschwinden nicht so dramatisch sein konnte, wie es Christopher heraufbeschworen hatte.

»Meinst du, der versucht wieder, uns aufs Kreuz zu legen? Was will er damit bezwecken?«, fragte er nachdenklich.

»Ablenken. Uns auf eine andere Fährte führen. Alles ist möglich. Bei dem Typen weißt du nie, was der ausheckt. Nein, ich glaube erst dann, dass Toni und Sascha tatsächlich verschwunden sind, wenn ich dafür handfeste Beweise habe. Ich gehe davon aus, dass sie sich entweder noch in Christophers Wohnung aufhalten oder ihr Aufenthaltsort nicht unbekannt ist. Ich unterstelle inzwischen zuerst, dass der Kerl uns anlügt und täuscht, solange ich nicht das Gegenteil erkenne.« Er war kurz angebunden und stand offensichtlich unter Zeitdruck, wie Böhnke vermutete. »Wir sehen uns kurz vor zehn«, sagte der Anwalt und legte unverzüglich grußlos auf, ohne auf eine Bestätigung zu warten.

In Huppenbroich hätte er gewusst, was er dank seines geregelten Tagesablaufs tun würde. An Tagen wie diesen, an denen er in Aachen nächtigte, fehlte ihm morgens etwas, auch wenn er sich über die Gegenwart seiner Liebsten freute. Ihm fehlte die Natur; die Luft, die Menschen in Huppenbroich, denen er auf seinen Spaziergängen begegnete und mit denen es sich so gut plaudern ließ.

»Putz die Fenster oder mach das Kreuzworträtsel in der Zeitung«, riet ihm Lieselotte, als er nach dem Frühstück rastlos wie ein Tiger im Käfig durch die Wohnung streifte, um die Zeit zu überbrücken. »Oder mach dich auf die Socken.«

Der Vorschlag gefiel ihm. Spontan rüstete er sich. Der

kleine Fußmarsch würde ihm wenigstens etwas Bewegung verschaffen.

»Willst du mich etwa kontrollieren?«, schnaubte der Journalist, als Böhnke ihm telefonisch seinen frühmorgendlichen Besuch ankündigte. »Glaubst du etwa, Toni und Sascha sind wieder bei mir, oder was?«

»Nichts von ihnen gehört?«, fragte Böhnke zurück.

»Kein Sterbenswörtchen.«

»Dann sollten wir doch einmal ernsthaft in Betracht ziehen, die Polizei zu alarmieren.« Böhnke zog die Wohnungstür hinter sich zu und stiefelte durchs Treppenhaus. »Darüber können wir gleich bei Grundler reden.«

»Bis gleich«, sagte Christopher mit scharfer Stimme. »Zu mir brauchst du nicht zu kommen. Ich bin nicht zu Hause. Ich kriege gleich mein Auto gebracht.« Und auch er beendete das Gespräch ohne Abschiedsgruß.

Dann eben nicht, sagte sich Böhnke, als er das Haus verließ. Das Verhalten von Christopher ließ im Prinzip nur einen Schluss zu, nämlich, dass der ihm wieder etwas verschweigen wollte. Dieses Gebaren sprach fast schon dafür, dass Christopher ihn wegen Toni und Sascha belog. Aber warum?

Er würde ihn fragen, nahm er sich vor. Er schlenderte langsam durch die Stadt, in der es noch angenehm kühl war. Mit den einfallenden Touristen und den umherwuselnden Studenten würde im Verlauf des Tages auch die Schwüle kommen. Er hätte nichts dagegen gehabt, jetzt durch die Wälder und entlang der Wiesen bei seinem Eifeldorf zu streifen statt in der mit Häusern vollgepflasterten Stadt, in der es fast keine natürlichen Geräusche gab. Er würde, so beschloss er für sich, am Nachmittag zurück nach Huppenbroich fahren.

Die knatternden Motorräder, die vor der Ampel an der Kreuzung auf ihre Weiterfahrt warteten, ärgerten Böhnke nicht nur, sondern sie verhinderten auch, dass er rechtzeitig den Radetzkymarsch vernehmen konnte, den das Handy in seiner Jackentasche von sich gab. Als er endlich das Gerät herausgekramt hatte, war die Melodie verklungen und der verhinderte Anrufer hatte aufgelegt. Nach der Anrufliste war der Anruf aus Belgien getätigt worden, weshalb Böhnke für einen Moment mit dem Rückruf zögerte. Neugierig wartete er in einem Hauseingang auf den Empfang, und er schlug sich selbst symbolisch auf die Schulter, als sich, wie von ihm erwartet, Dalhey meldete.

»Was gibt's, mein Freund?«, fragte er interessiert. Dalhey würde einen wichtigen Grund für eine Kontaktaufnahme haben, dachte er sich.

»Interessante Neuigkeiten, mein Freund«, antwortete der Kommissar aus Eupen. »Die bringen mich zwar in einigen Dingen weiter, aber auf der Suche nach meinen Mördern einschließlich Toni Mukunumunu überhaupt nicht.«

Böhnke verstand nicht, worauf Dalhey hinauswollte. »Was willst du mir damit sagen?«

»Im Prinzip wollte ich dir nur sagen, dass unsere Kollegen in Limburg mit ihrer Fahndung erfolgreich waren. Sie haben die Männer festgenommen, die Christopher in die Mangel genommen haben. Die haben gar keine Anstrengungen unternommen, um ihre Taten zu verleugnen.« Vielleicht hätten ja die Kollegen die geeigneten Mittel, ein Geständnis von einem Tatverdächtigen zu bekommen. Aber das solle nicht seine Sorge sein, meinte Dalhey. »Jedenfalls haben sie den Anschlag auf den jungen Fußballer aus Deutschland gestanden und auch ihre Auftraggeber genannt, nämlich die Berater aus Meerssen. Bei denen findet zurzeit eine große Durchsuchung statt.« Er legte eine Pause ein, wohl in der Erwartung, Böhnke würde dazu einen Kommentar äußern. Aber der blieb stumm.

»Bei den Morden an Pfifferlin und Matthieux bin ich damit aber nur einen kleinen Schritt weitergekommen, nämlich so weit, dass ich diese Kerle von der Liste der möglichen Täter streichen kann. Sie waren zu beiden Tatzeiten nachweislich in Amsterdam, um dort ihren Beraterfreunden Personenschutz zu gewähren. Es gibt keine Zweifel an diesen Alibis. Sie haben in Hotels eingecheckt, haben sich dort in der Lobby tagsüber aufgehalten und sind abends zurück nach Limburg gefahren. Ist alles dokumentiert und auf Videoaufzeichnungen zu sehen.« Bevor er zu der Vermutung komme, das seien absichtlich gestellte Alibis, müsse er ihn enttäuschen. »Das haben die in dem Zeitraum der beiden Morde in Belgien fast an jedem zweiten Tag praktiziert.«

»Na gut.« Böhnke war zwar zufrieden, dass das Verbrechen an Sascha und auch die Attacke auf Christopher geklärt waren, zugleich wurde damit aber auch der Kreis der möglichen Mörder von Pfifferlin kleiner – bis zum Schluss vielleicht doch nur noch Toni übrigblieb. Und das konnte nicht in dessen Sinne sein. »Ist ja toll, wenn mir ein Kommissar aus Belgien die Neuigkeiten aus den Niederlanden präsentiert. Hat der belgische Kollege denn auch Neues aus seinem eigenen Königreich für mich?«

»Hat der, wenn du ihm sagst, was du wissen willst«, sagte Dalhey schmunzelnd.

»Pfifferlin und Matthieux. Sagst du mir was über den Stand der Dinge?«

»Es bleibt vieles undurchsichtig. Wir konzentrieren

uns momentan auf die Trainingsakademie. Wir haben einige Spuren gesichert, unter anderem Fingerabdrücke, Kleidungsstücke und einige Papiere. Interessant ist für uns, dass sich einige übereinstimmende Fingerabdrücke sowohl in der Akademie als auch in den Räumen von Matthieux und der Wohnung von Pfifferlin finden ließen. Einige konnten wir inzwischen zuordnen.«

»Und ihr habt interessante Spuren gefunden?«

»Wir haben jedenfalls insofern etwas Licht ins Dunkel gebracht, als dass wir jetzt von zwei Kleinkriminellen wissen, dass sie in irgendeiner Beziehung zu den beiden Mordopfern standen. Als Täter kommen sie wahrscheinlich nicht in Frage. Mord ist für die eine Nummer zu groß. Diebstahl, Raub, Erpressung, Prügelei, damit sind sie uns bisher aufgefallen. Aber vielleicht können sie uns etwas über die Akademie und das spurlose Verschwinden der Spieler berichten.«

»Ihr habt sie also noch nicht vernommen?«

»Ja. Wir fahnden noch nach ihnen. Irgendwann tauchen sie wieder an ihren Wohnorten auf. Da bin ich sicher.«

»Oder sie wurden entsorgt«, meinte Böhnke.

»Diese unbedeutenden Nasen? Das glaube ich nicht«, erwiderte Dalhey.

»Na gut. Jedenfalls hast du genug zu tun. Jetzt suchst du schon drei Männer wegen des Mordes an Pfifferlin und zwei davon wegen des Mordes an Matthieux.«

»So ist es, mein Freund. Und ich würde mich freuen, wenn du mich informierst, wenn du etwas Neues erfahren solltest. Immerhin hast du einen guten Bekannten, der mit Pfifferlin befreundet war, und der soll, wenn ich den Unterlagen folge, sogar Kontakt zu unserem Mordverdächtigen im Falle Pfifferlin gehabt haben. Ich werde ihn wohl doch offiziell einmal vorladen, denke ich mal. Der hört ja oft die Flöhe husten, wie man so sagt.«

# 42. KAPITEL

Böhnke musste sich sputen, wollte er rechtzeitig in Grundlers Kanzlei sein. Das Telefonat hatte seine Zeitplanung durcheinandergewirbelt.

Auch Christopher hatte es eilig, nachdem ihm die Polizisten den Wagen verspätet gebracht hatten. Er hatte sie an der Zufahrt zur Tiefgarage abgepasst und auf die angebotene Inspektion verzichtet. Er vertraute darauf, dass die Techniker keinen Unfug mit seinem Gefährt angestellt und keine Kratzer hinterlassen hatten. Das Fachgespräch mit dem Ordnungshüter, der sich über die Stromertechnologie und die damit verbundene Fahrweise auslassen wollte, beendete er abrupt. Ehe sich die Polizisten versehen konnten, war er eingestiegen und davongeprescht, allerdings nur bis zur nächsten Ampel, an der er wie alle anderen Autofahrer anhalten musste. Er bekam nicht mit, dass die beiden Überbringer in einen Zivilwagen gestiegen waren und hinter ihm in der Schlange warteten.

Zu Fuß wäre er schneller gewesen, fluchte Christopher vor sich hin. Für die wenigen hundert Meter bis zur Theaterstraße staute er sich fast eine Viertelstunde im permanenten Anfahren und wieder Anhalten. Der nervöse Blick auf seine Armbanduhr zeigte ihm, dass er wahrscheinlich auf den letzten Drücker bei Grundler ankommen würde, wenn nicht noch ein Glückfall in Form einer grünen Welle eintrat. Während der Schleichfahrt kramte er nach der Visitenkarte des Anwalts. Immerhin etwas, sagte er sich, als er den Hinweis auf den Parkplatz in dem Parkhaus las. Das hätte ihm noch gefehlt, irre lang auf Parkplatzsuche gehen zu müssen. Er pustete durch, als er kurz vor zehn endlich die Zufahrt zum Parkhaus erreicht hatte. Tatsächlich war einer der beiden für die Kanzlei reservierten Stellplätze frei. Er wunderte sich nicht, als zeitgleich zu ihm die beiden Insassen des Nachbarautos ausstiegen.

Die zwei unscheinbaren Männer, die sich am Kofferraum zu schaffen machten, grüßten ihn freundlich. Doch fand ihre Freundlichkeit ein abruptes Ende. Christopher hatte die beiden fast schon vergessen, als er eilig zum Ausgang strebte. Schmerzhaft wurde er an der Schulter zurückgerissen.

»Hier ist Schluss für dich«, hörte er eine harte Stimme. Der Schlag in den Nacken ließ ihn nach vorne stolpern, der Stoß in den Rücken zu Boden stürzen. Schwer atmend stützte er sich auf den Knien und Händen ab. »Du verrätst die Alemannia nie mehr wieder«, brüllte ihn jemand an.

Keuchend drehte sich Christopher um und schaute auf einen der beiden Typen, der drohend einen Baseballschläger schwang. In Erwartung des Schlages schloss Christopher die Augen. Sein Puls hämmerte in den Schläfen.

»Halt! Polizei! Lassen Sie die Waffe fallen!« Ein lautstarkes Kommando durchbrach die Stille.

Irritiert schaute Christopher auf. Die beiden Männer waren in ihrer Bewegung erstarrt. Mehrere Polizisten in Uniform, aber auch die beiden Zivilgekleideten, die ihm den Tesla zurückgebracht hatten, hatten sich genähert und nahmen resolut die Schläger dingfest.

»Alles gut mit Ihnen?«, wurde Christopher gefragt. Er wusste nicht, wer aus welcher Richtung ihn gefragt hatte. Er wusste nur, dass er wieder viel Glück gehabt hatte. Er schluckte schwer, als er sich aufrappelte.

»Was? Wie?«, stammelte er. Er beobachtete, wie die beiden Angreifer in einen Transporter verfrachtet wurden und Böhnke und Grundler herbei eilten. »Was ist los?« Wieso war die Polizei hier?, fragte er sich verwirrt. Es fiel ihm schwer, sich zu konzentrieren. Immer noch raste sein Puls.

»Ein Fall für den Arzt«, hörte er. Aber er lehnte winkend ab.

»Ich will wissen, was los ist.« Christopher stützte sich vornübergebeugt auf seinen Oberschenkeln ab. »Ich bin okay.« Er grinste gequält. »Von mir aus können wir jetzt den Vertrag unterzeichnen.«

»Immer der Reihe nach«, bremste ihn Grundler. »Erst wird hier die Ermittlung abgeschlossen. Dann fahren Sie mit ins Präsidium, um Ihre Zeugenaussage zu machen, und danach sehen wir weiter. Sie wollen doch bestimmt wissen, wie es zu dieser Situation hier gekommen ist. Oder irre ich mich?«

»Natürlich will ich wissen, was los ist. Ist doch klar?« Christopher hatte seinen Puls beruhigen und die Atmung normalisieren können. »Eines dürfte Ihnen ja wohl deutlich geworden sein, Herr Grundler, dass nämlich Ihre unverschämte Unterstellung, ich stecke selbst hinter den Anschlägen auf mich, haltlos ist. Oder glauben Sie immer noch, ich hätte die Typen beauftragt, mich vor Ihrer Kanzlei zu Tode zu prügeln?«

»Sie haben Sorgen«, brummte Böhnke. Er wandte sich an einen seiner ehemaligen Kollegen. »Verraten Sie uns, was geschehen ist?«

»Moment!« Christopher wollte zuerst zu Wort kommen. »Kann es sein, dass ich mich verarscht vorkommen muss?« Er hatte Mühe, seine Wut zu beherrschen. »Woher wussten die Kerle, dass ich hier parke, und woher wusste die Polizei davon? Für mich stellt sich die Sache so dar. Sie, Herr Grundler, haben gestern Abend in unserer großen Runde von unserem heutigen Termin gesprochen. Ich unterstelle, diese Terminabsprache ist aus der Runde weitergegeben worden. Stimmt's?« Er sah Grundler streng an, der unbeeindruckt bejahte.

»Dann war es wohl auch beabsichtigt, dass die Polizisten mir heute Morgen den Tesla zurückgebracht haben. Sie waren über den Termin im Bilde und haben mich bis hierhin verfolgt. Stimmt's?« Jetzt schaute Christopher zu einem der Beamten in Zivil, der ebenfalls zustimmend nickte.

»Sie haben vermutet oder vielleicht sogar gewusst, dass ich hier attackiert werden sollte, weil es quasi die letzte Gelegenheit war, um die Vertragsunterzeichnung zu verhindern. Anders kann ich mir nicht erklären, dass unsere Freunde und Helfer fast schon in Mannschaftsstärke zur Stelle waren, als es mir an den Kragen gehen sollte. Stimmt's?« Dieses Mal wartete Christopher gar nicht mehr auf eine Zustimmung. Er hatte sich in Rage geredet.

»Sie haben hier darauf gewartet, dass was passiert. Und Sie haben es billigend in Kauf genommen, dass ich einen auf den Schädel bekomme.« Entgeistert starrte er wechselweise Böhnke, Grundler und die Polizisten an. »Sie haben eine Falle gestellt und mich dabei als Opferlamm in Unkenntnis gelassen. Ich glaube, ich spinne.«

»Sie waren in keiner Sekunde in Gefahr«, meinte Böhnke beschwichtigend. »Meine Kollegen hatten alles unter Kontrolle.«

»Das sagen Sie so locker in Ihrem jugendlichen Leichtsinn«, fauchte Christopher. »Ich bin der Arsch, der fast verprügelt worden wäre, während Sie sich im warmen Kämmerlein den Kaffee reinkippen.«

Im Prinzip habe er den Sachverhalt zutreffend dargestellt, bestätigte einer der Zivilen. Auf dem Präsidium würde man ihn bei der Protokollaufnahme die näheren Umstände erläutern. »Warten wir zunächst, was uns die beiden Festgenommenen zu erzählen haben.« Er legte Christopher eine Hand auf die Schulter und lenkte ihn, ohne dass der Journalist sich dagegen hätte wehren können, zu seinem Dienstwagen. »Ich bringe Sie nachher wieder nach hier.«

»Und dann können Sie gerne in die Kanzlei kommen«, fügte Grundler hinzu. Er schaute nachdenklich hinterher, als Christopher zu den Beamten stieg und sie fortfuhren.

»Du wolltest mit mir Kaffee trinken«, sagte er zu Böhnke, der die Aufforderung richtig verstand: Grundler hatte noch etwas für ihn. Er folgte dem leise vor sich hin pfeifenden Anwalt durch das Treppenhaus und über die Straße.

»Was machen die denn hier?«, fragte er verwundert.

Die Männer vor dem Eingang zum Bürogebäude waren ihm bekannt. Aber er hätte zwei von den vieren auch aufgrund der umhängenden Fotoapparate sofort als Journalisten erkannt.

»Unsere Freunde von den Medien werden wohl einen Grund haben, hier zu stehen«, feixte Grundler. Freundlich winkend grüßte er sie.

Der umtriebige Journalist, der schon mehrfach mit ihnen zu tun hatte, wandte sich an Böhnke. »Wo haben Sie denn Christopher gelassen? Hier soll doch gleich die Vertragsunterzeichnung zwischen Hertha Eilendorf und dem AFC-Vertreter stattfinden?«

»Wie kommen Sie darauf, Herr Sümmerling?«, fragte Grundler mit gespielter Verwunderung. »Woher wissen Sie das denn?« Die Antwort auf seine letzte Frage konnte er sich denken.

Der kleine Journalist mit den flinken Augen lächelte nur müde: »Ich werde Ihnen doch meine Hinweisgeber nicht verraten.«

Darauf hatte Grundler nur gewartet. »Dann haben Sie aber schlechte Hinweisgeber«, lästerte er. »Haben die Ihnen denn nicht gesagt, dass der Termin verschoben wurde?«

»Wie?« Sümmerling war ebenso überrascht wie die anderen Journalisten. »Wann soll der sein?«

Grundler lachte: »Erwarten Sie darauf wirklich eine Antwort? Fragen Sie doch Ihre Hinweisgeber.«

»Wo ist Christopher?«, hakte Sümmerling nach. So schnell wollte er sich nicht abspeisen lassen.

»Hier nicht. Oder sehen Sie ihn etwa?« Grundler hatte die Eingangstür geöffnet, und schon kam Böhnke in den Flur. »Fragen Sie ihn selber. Sie wissen ja, wo er sich für gewöhnlich aufhält. Oder vielleicht können Ihnen ja Ihre Kollegen aus der Sportredaktion helfen.«

»Was war das denn für eine Show?« Böhnke staunte immer noch, während er in Grundlers Büro in seiner Kaffeetasse rührte.

»Alles vorhersehbar.« Der Anwalt hatte sich lässig mit hinter dem Kopf verschränkten Armen in seinen Sessel zurückgelehnt und die Füße auf der Schreibtischplatte abgelegt. »Nachdem die Medien gestern Nacht nicht mehr reagieren konnten, mussten sie heute bei uns aufschlagen. Denn es ist so gekommen, wie ich mir gedacht habe, dass es nämlich im Kreis der Hertha-Vertreter eine Plaudertasche gibt, die ein falsches Spiel spielt. Wenn wir gestern früher Schluss gemacht hätten, hätten wir heute von der Vertragsunterzeichnung in den Medien lesen und hören können. Das wollte ich verhindern, um bestätigt zu bekommen, dass die Störenfriede tatsächlich aus dem Kreis von Hertha Eilendorf kommen und nicht ihre Informationen aus den Medien erhalten. Die heutige Aktion hat uns das letzte Mosaiksteinchen gebracht, denke ich.«

»Uns?« Böhnke hob fragend die Augenbrauen. Am liebsten hätte er die Frage sofort zurückgezogen. Uns konnte nur bedeuten, dass Grundler mit der Polizei zusammengearbeitet hatte. Ohne seine Kollegen wäre er niemals das Risiko für Christopher eingegangen.

»Ja, ja, manchmal ist es schon gut, wenn man nicht immer nur der Böse ist, der Verbrecher verteidigt, sondern als derjenige dasteht, der versucht, Verbrechen aufzuklären.« Der Anwalt grinste. »Noch so ’ne überflüssige Frage?«

»Blödmann.« Böhnke brauchte nicht lange nachzudenken. »Was sollte denn diese Nummer mit 23 Uhr?« Was er tatsächlich mit dieser Frage bezweckte, ließ er offen. Darauf würde Grundler selbst kommen.

Der Anwalt schmunzelte. »Du stehst doch noch nicht auf dem Abstellgleis, weil du eingerostet bist«, lobte er. »Du hast recht, wenn du sagen würdest, das Argument mit dem Redaktionsschluss zieht nicht. Die machen nämlich schon früher Feierabend. Aber das wussten die Nasen offenbar nicht. Du hast auch recht, wenn du vermutest, dass ich nicht auf die Mail der AFC gewartet habe. Es wäre sehr ungewöhnlich, wenn sie spätabends einen Termin festlegen und wenige Stunden später dieser Termin verschoben würde. Tatsächlich haben wir den Termin schon am Nachmittag abgesagt, weil die AFC sich gegen Aachen entschieden hat. Aber das brauchten unsere Freunde gestern nicht zu wissen. Dadurch hätten wir meinen Plan zunichte und die Schlägertypen nicht dingfest gemacht.« Nein, Bedauern für Hertha Eilendorf habe er ebenso wenig wie Mitleid mit Christopher. »Ich finde es schade, dass es weiterhin keinen vernünftigen Fußballsport in Aachen gibt. Der AFC hätte der Stadt gutgetan. Aber so? Und Christopher hat uns so oft gelinkt und getäuscht, da hat er es durchaus verdient, einmal richtig in die Bredouille zu geraten. Der wird es überstehen.«

Böhnke ließ das Gehörte sacken. Nachdenklich schaute er aus dem Fenster auf die moderne Bürofassade auf der gegenüberliegenden Straßenseite. Langsam schlürfte er an dem Kaffee. »Das ist nicht alles. Da fehlt noch was.«

»Richtig.« Schnell verlagerte Grundler sein Gewicht und nahm die Füße vom Tisch. Die Standpauke von Sabine, die in den Raum trat, wollte er sich ersparen. Er lächelte seine Partnerin an. »Commissario, du hast natürlich recht, wenn du mir sagen würdest, das der Kurs von Sabine spätestens um 22 Uhr beendet ist. Wenn ich also um 23 Uhr keine Mail von der AFC bekommen habe und zu diesem Zeitpunkt Sabine zu Hause ist, ist die Folgerung durchaus möglich, dass mich Sabine angemailt hat.«

»Warum?« Böhnke unterbrach seinen ins Dozieren geratenen Freund. »Der Hinweis auf den Redaktionsschluss überzeugt nicht, bei der AFC-Schote hat Sabine überhaupt keine Aktien. Also, was war der wirkliche Grund, warum sie dich angemailt hat? Oder«, er sammelte sich, um die Frage besser zu formulieren: »warum hast du auf ihre Mail gewartet, die nichts mit dem Redaktionsschluss und der AFC zu tun hat? Sie hätte auch früher oder später kommen können. Wir hätten wahrscheinlich so lange in deinem Büro ausharren müssen, bis Sabine sich meldet. Nicht wahr?«

»Commissario, dir kann man nichts vorenthalten. Du kriegst alles raus«, schmeichelte Grundler.

»Fakten, Tobias«, grunzte Böhnke. Er wandte sich Sabine zu, die im Hintergrund an einem Aktenschrank hantierte. »Oder willst du mir sagen, warum du Tobias eine Mail schicken solltest?«

»Willst du es wirklich wissen?« Grundler hätte sich liebend gern um eine Antwort gedrückt.

»Wenn du wirklich willst, dass ich nicht als Auslaufmodell aufs Abstellgleis komme, dann solltest du mir meine Frage beantworten.« Böhnke war verunsichert; weniger wegen Grundlers Zaudern und Sabines Schweigen, sondern vielmehr über das, was er vielleicht erfahren würde.

»Also, gut. Dann kommst du jetzt mit ins Boot und

wirst zum Mitwisser.« Grundler schaute zu Sabine, die ihn aufmunterte.

»Da bin ich aber gespannt.«

»Um es kurz zu machen: Während wir hier die Hertha-Fuzzis und Christopher hingehalten haben, hat Sabine Toni und Sascha aus der Wohnung abgeholt.« Grundler sah dem fassungslosen Böhnke offen ins Gesicht. »Ich hatte ja zugesagt, mich um die beiden zu kümmern. Sabine hat sie zu uns gebracht. In der Nacht noch bin ich mit Toni an die Nordsee gefahren und habe ihn in unserem Appartement in De Haan untergebracht.« Er gähnte ungeniert, und erst jetzt fiel Böhnke auf, dass Grundler nicht gerade wie das blühende Leben aussah. »Heute Morgen habe ich Sascha in eine Klinik in der Schweiz bringen lassen«, fuhr Grundler fort. »Die sind sehr diskret dort. Ich glaube nicht, dass irgendjemand Sascha dort vermutet oder gar aufspürt. Und wenn er in ein paar Wochen nach einer Reha wieder an die Öffentlichkeit tritt, wird kein Hahn mehr danach krähen, unter welchen Umständen er zuvor verschwunden war.« Er streckte sich gähnend. »Toni ist unser Sorgenkind. Den müssen wir aus dem Schlamassel holen, bevor ihn Dalhey als möglichen Mörder einbuchtet.«

Bei anderen Menschen wäre Böhnke vielleicht nicht mehr aus dem Staunen herausgekommen, von Grundler war er ungewöhnliche Aktionen und Überraschungen gewöhnt. Deshalb ließ er die Aufklärung unkommentiert im Raum stehen. »Ich habe wieder die blödeste Rolle«, meinte er nur. »Wie komme ich jetzt mit Christopher klar?«

»Ich würde ihm nichts sagen«, schlug Grundler vor. »Er soll uns liefern, nicht wir ihm. Der hat genug zu schlucken, wenn er erfährt, dass der AFC-Deal geplatzt ist.« Er schälte sich müde aus seinem Sessel. »Du bist doch passionierter Stromer-Fahrer. Lass uns die Kiste zu Christopher bringen.«

# 43. KAPITEL

Wie erwartet, war Christophers Stammtisch im Klömpchensklub unbesetzt. Die Aussage des Journalisten bei der Polizei nahm wohl mehr Zeit in Anspruch, als Grundler vermutet hatte. »Wir haben Zeit«, sagte er gelassen, »er wird schon kommen. Sabines Hinweis auf uns ist ihm im Präsidium mitgeteilt worden.« Er gab sich keine Mühe, das Gähnen zu unterdrücken. »Noch eine kurze Nacht halte ich nicht mehr aus«, meinte er und deutete auf die Jackentasche von Böhnke. »Commissario, hörst du nicht, dass dein Handy Mucke macht?« Er hatte wohl das bessere Gehör als sein Begleiter.

Es dauerte noch einige Sekunden und eine größere Lautstärke, bis auch Böhnke die Marschmusik vernahm und das Gerät aktivierte. »Ich höre.«

»Warum auch nicht? Sonst hättest du meinen Anruf

auch nicht angenommen«, hörte Böhnke eine Stimme sagen, die unzweifelhaft Dalhey gehörte.

»Was gibt's denn so Interessantes im Pommesland, dass du mich unbedingt stören musst?«

Dalhey lachte. »Ich wollte dich einladen.«

»Mit oder ohne Christopher?«

»Den lade ich nicht ein. Den lade ich allenfalls vor, wenn ich zu der Erkenntnis gelange, dass er mich hintergangen hat oder dass er in irgendeiner Weise an den Verbrechen beteiligt ist. Also möchte ich dich bitten, zunächst nicht mit Christopher über meine Einladung an dich zu sprechen.«

»Okay.« Der Blick zur Eingangstür machte Böhnke deutlich, dass der Mann, über den sie gerade sprachen, den Raum betreten hatte.

Christopher sah ausgelaugt aus. Langsam schleppte er sich zu seinem Stammplatz und wunderte sich nicht wenig, als Böhnke mit dem Handy am Ohr aufstand und sich entfernte. Notgedrungen setzte er sich zu Grundler und beobachtete den Kommissar, der sich außerhalb der Hörweite in eine Nische zurückgezogen hatte.

»Wenn man vom Teufel spricht«, sagte Böhnke mehr zu sich als zu Dalhey. »Also, was willst du von mir?«

»Ich will, dass du dabei bist, wenn ich ein, sagen wir mal, informelles Gespräch führe.«

»Mit wem?«, fragte Böhnke in freudiger Erwartung.

»Mit zwei Männern, die uns in die Lappen gegangen sind.«

»Aus der Trainingsakademie?«, unterbrach ihn Böhnke fragend.

»Richtig. Die Knaben haben wir an der Grenze, von Frankreich kommend, aufgegriffen. Die haben tatsächlich die Spieler aus Pfifferlins Akademie zu unseren Freunden gebracht.« Dalhey schnaubte. »Mehr will ich dir am Telefon nicht sagen. Am besten kommst du morgen gegen neun vorbei, dann kannst du mithören, wenn ich sie mir vornehme.«

»Na, was gab es denn da so Geheimnisvolles, dass du es nicht in unserer Gegenwart bereden wolltest?«, fragte Christopher nach Böhnkes Rückkehr an den Tisch.

»Nichts, das du wissen müsstest«, konterte Böhnke, der neben Grundler Platz nahm. »Wenn ich es dir verrate, ist es ja nicht mehr geheimnisvoll.« Er lächelte die Frau an, die ihm unaufgefordert das Mineralwasser gebracht hatte. »Hier wechselt wohl jeden Tag die Bedienung«, meinte er trocken, nachdem die Kellnerin sich wieder verzogen hatte.

»Hier hält es ja auch niemand lange aus«, ätzte Christopher, »wenn ich mir jeden Tag das Gesuse und Gejammer und die Untergangsszenarien der Alemannia anhören müsste, würde ich auch depressiv. Da muss ich flüchten, ehe ich selbst zum Jammerlappen werde.«

»Damit ist es ja wohl bald vorbei«, mischte sich Grundler barsch ein. »Die Alemannia ist ja wohl bald endgültig in der Versenkung verschwunden, wenn ich das Gemunkel im Städtchen richtig interpretiere. Insolvenz und Neuanfang in der untersten Amateurliga tippe ich.« Und selbt wenn es dem Verein gelingen sollte, sich in der Regionalliga zu berappeln, würde er langfristig in der Bedeutungslosigkeit versinken. »Die Alemannia ist tot.«

»Dann kommt der AFC ja gerade recht«, frohlockte Christopher.

»Wenn er denn kommt«, bremste Grundler mit skeptischer Miene.

»Warum sollte er nicht kommen?«, fragte der Journalist staunend.

Christopher hatte wirklich noch nichts von den geänderten Überlegungen des Konzerns mitbekommen, dachte sich Böhnke.

»Ich glaube erst daran, wenn die Verträge tatsächlich unterschrieben sind«, antwortete Grundler bedächtig. Er mimte den übertrieben vorsichtigen Advokaten, der einem Braten so lange nicht traute, solange er ihn nicht selbst verspeist und auch verdaut hatte. Er blickte von seinem Wasserglas auf. »Was ist denn eben rausgekommen?«

»Alles klar.« Christopher stöhnte ein wenig zu theatralisch. »Dieser Albtraum hat endlich ein Ende.«

»War er denn so, wie ich vermutet habe?« Grundler wartete auf eine Bestätigung.

»Weiß ich nicht. Ich war und bin so durcheinander, daher weiß ich nicht mehr, was Sie im Parkhaus gesagt haben und ob das zutrifft.«

»Aber du weißt jetzt Bescheid?« Böhnke drängelte. »Was war los?«

»Also, eines ist sicher, von der Hertha steckt keiner unmittelbar in der Sache mit mir drin«, sagte der Journalist. »Es ist so, dass ein Vorstandsmitglied als glühender Alemannenfan seinem ebenfalls von der Alemannia besessenen Bruder brühwarm berichtete, was im Vorstand beredet wurde und wie weit die Verhandlungen gediehen waren. Der Mann hatte keinen blassen Schimmer, dass sein Bruder das Wissen in seiner Gruppe weitertratschte. Aus dieser Gruppe heraus sind dann die Angriffe auf mich gestartet worden. Die Polizei hat sogar schon das Gewehr sichergestellt, aus dem auf mich geschossen wurde. Insgesamt waren es vier Idioten, die aus schwarz-gelbem Fanatismus beinahe zu Mördern geworden wären.«

»Das wäre dann also geklärt«, meinte Grundler zufrieden. Er fixierte Christopher. »Haben Sie denn eben etwas über Sascha und Toni gesagt?«

Christopher winkte ab. »Ich bin doch nicht blöd und reiße mich selber hinein. Wie soll ich denen erklären, warum sich die Jungen bei mir aufgehalten haben und ich das nicht gemeldet habe und warum die jetzt verschwunden sind.«

Wenn Grundler erleichtert gewesen wäre, ließ er es sich jedenfalls nicht anmerken. »Weise Entscheidung«, lobte er. »Solange sich kein Entführer meldet, gehen wir mal davon aus, dass sich die beiden nicht in Lebensgefahr befinden.«

Als sei dieser Satz ein Signalzeichen gewesen, machte sich Christophers Handy bemerkbar. Staunend las er die SMS auf dem Display.

»Was gibt's?«, fragte Böhnke.

»Nichts Besonders. Jedenfalls nichts, das dich betrifft, Commissario.« Er hatte es eilig und erhob sich. »Soll ich euch mitnehmen?« Er hielt die Hand hin und wartete darauf, dass ihm Böhnke die Schlüssel gab.

»Nein«, sagte Grundler zu Böhnkes Überraschung, »wir fahren mit dem Taxi.« Er wartete, bis der Journalist aus dem Restaurant verschwunden war.

»Das ist ein Stinkstiefel«, sagte er kopfschüttelnd. »Weißt du, wer ihm die SMS geschrieben hat?«

»Ich nicht.«

»Ich schon«, fuhr Grundler fort. »Das war Sascha. Sabine hatte ihm gesagt, er solle sich nach seiner Ankunft in der Klinik bei Christopher melden und ihm schreiben, dass es ihm gut gehe.«

»Und warum sagt Christopher uns das nicht?«

»Weil er ein Arsch war, ein Arsch ist und immer ein Arsch bleiben wird, auch wenn wir ihm noch tausendmal den Selbigen retten sollten.«

## 44. KAPITEL

Endlich Ruhe! Das hatte nicht nur Lieselotte gemeint, als er ihr am Nachmittag eröffnete, zurück nach Huppenbroich zu fahren. Das sagte er sich auch, als er am frühen Abend bei lauen Temperaturen zu einem Spaziergang durch die friedliche Natur aufbrach. Das Angebot einer Fahrt in der von Kaltblütern gezogenen Kutsche lehnte er dankend ab, er wusste, dass der Kutscher darauf spekulierte, dass er für die mitfahrenden Touristen den Reiseführer mimen sollte. Seine Informationen über Huppenbroich würden sich wahrscheinlich beschränken auf die 400 Einwohner, 4.000 Kühe und 40.000 Buchen, was immer für einen Lacher sorgte, obwohl niemand wusste, ob die Bemerkung zutraf oder nicht. Irgendwann würde der Senior auf dem Kutschbock davon erzählen, dass Böhnke ein ehemaliger Kommissar sei, der jedes Verbrechen in Huppenbroich aufklären würde, und dann dauerte es nicht mehr lange, bis er aus seinem Berufsleben als Kriminaler zu erzählen hatte. Nein, danke, darauf konnte er heute verzichten. Er wollte endlich Ruhe.

Die fand er im Wald, als er im Hang parallel zum Tiefenbach über den Weg kraxelte. Hier hätte er nahe des Jugendzeltplatzes beinahe sein Leben ausgehaucht, erinnerte er sich. Aber es war ja noch mal gutgegangen. Ob es auch mit Toni gutgehen würde? Diese Frage beschäftigte ihn bei seinem Marsch rund um den kleinen Ort mehr, als ihm lieb war.

Mit der wohltuenden Ruhe des Abends und der Nacht war es am Morgen vorbei. Und das lag nicht an den Folgeschäden des nächtlichen Gewitters, das über Huppenbroich hinweggezogen war und zu zahlreichen abgebrochenen Ästen geführt hatte, die störend auf den Beeten und dem Rasen lagen. Böhnke hatte das Gewitter in seiner Tiefschlafphase schlichtweg nicht mitbekommen, wie er auf Grundlers Nachfrage am frühen Morgen freimütig zugab.

»Aber du willst doch nicht mit mir über ein Gewitter reden.« Ihm schwante, dass der Anwalt einen triftigen Grund haben würde, um ihn quasi noch im Nachtrock ans Telefon zu rufen.

»Nicht über das Gewitter, sondern über Christopher. Und wenn ich den zwischen die Finger kriege, gibt's ein Donnerwetter, wie er es noch nie erlebt hat.« Grundler gab sich keine Mühe, seine Verärgerung zu verbergen.

»Zur Sache«, stöhnte Böhnke gähnend auf dem Gang zum Eingang, um aus dem Zeitungskasten die feuchte Tageszeitung zu ziehen. »Was hat er angestellt?«

»Der Typ hat nichts anderes zu tun, als in einer überregionalen Tageszeitung exklusiv und ausführlich darüber zu berichten, wie er Sascha aufgestöbert haben und mit ihm gesprochen haben will. Dichtung und Wahrheit halten sich die Waage, wenn ich wohlwollend schätzen sollte. Nach dem Artikel sei Sascha auf eigenen Wunsch auf undurchsichtigen Wegen aus dem Klinikum in eine Privatklinik verlegt worden. Dort sei er gut aufgehoben und arbeite an seiner Genesung. Er setze alles daran, in Bälde ein Studium im Sportmanagement zu beginnen, um im Fußballbusiness beruflich tätig zu werden.«

»Kein Wort von dem Versteckspiel in Christophers Wohnung?«

»Natürlich nicht. Christopher bringt sich doch nicht selbst in Schwierigkeiten und Erklärungszwänge. Deshalb schreibt er ja nichtssagend über die undurchsichtigen Wege, über die Sascha angeblich nicht reden will. Sascha habe aus dem Blickfeld der Öffentlichkeit gewollt und sei deshalb in der diskreten Klinik untergetaucht.«

»Hm.« Böhnke hatte sich in der Küche einen Tee aufgebrüht und setzte sich mit der dampfenden Tasse an den Tisch. »Willst du mit Christopher darüber reden?«

»Nein«, sagte Grundler schnell. »Der ist für mich gestorben. Ich schreibe dem eine saftige Rechnung für unseren Einsatz und erkläre ihm, dass der AFC nicht länger seine Dienste in Anspruch nehmen wird. Den Grund dafür sollen ihm die Asiaten selbst nennen. Für mich ist das Thema mit der Fertigstellung der Musterverträge erledigt. Ob die jetzt nach Augsburg oder nach Aurich gehen oder überhaupt nicht mehr in Deutschland aktiv werden wollen, ist nicht mein Bier.«

»Dann haben ja die Fanatiker der Alemannia ihr Ziel erreicht«, meinte Böhnke.

»Einen Sieg für ihre Interessen vielleicht, aber bestimmt keinen Sieg für die Fußballfreunde in Aachen.«

Böhnke stutzte. »Wieso?«

»Hast wohl noch nicht unser Lokalblättchen gelesen«, lästerte Grundler. »Bis in die Puppen schlafen und dann uninformiert durch den Tag laufen, das möchte ich mir auch mal gönnen können, alter Mann.« Er habe keine Zeit, meinte er und beendete nach kurzem Gruß das Telefonat.

Böhnke mühte sich mit den durchfeuchteten Zeitungsblättern. Sie klebten aneinander und rissen ein, als er sie auseinanderblätterte; ein Argument mehr für eine papierlose Zeitung, sagte er sich. Grundler hatte wahrscheinlich heute Morgen schon per Internet die überregionalen und lokalen Zeitungen durchforstet.

Der Sportteil – wie immer an letzter Stelle des Lokalteils untergebracht, was für Böhnke nicht nur wegen der Lage am Ende dafür sprach, dass er der schlechteste Teil der Zeitung war – hatte dank seines Platzes im Innenteil der Tageszeitung die wenigste Feuchte mitbekommen und war problemlos lesbar.

Was er las, konnte ihn nicht sonderlich aufregen: ›Alemannia vor Insolvenz?‹ Mal wieder war das Geld knapp, und mal wieder versuchte sich der Verein in Erklärungen und Beteuerungen, dass das Ende nicht bevorstehe, wenn alle an einem Strang ziehen würden: mögliche Sponsoren und Investoren und auch die Fans, die für die Alemannia das höchste Gut seien. Böhnke ersparte sich das journalistische Klagelied. Für ihn war der Verein ebenso gestorben wie Christopher.

Auch die Anmerkung in einem kleinen Beisteller, dass sich der Bürgermeister durchaus vorstellen könnte, unverbindlich noch einmal ein Gespräch mit der AFC aufnehmen zu können, hakte er als überflüssig und uninteressant ab. Sein Mitleid galt einzig Sascha und seine Sorge allein Toni. Erst wenn es ihm gelang, diesen Jungen endgültig vom Mordverdacht zu befreien, war es Zeit für ihn, dieses vertrackte Spiel abzupfeifen, das für ihn viele Ähnlichkeiten zu einem Fußballspiel hatte: Es tobte hin und her, war manchmal schleppend, dann wieder furios und endete mit einem Ergebnis, das die einen freute und die anderen ärgerte. Und kurz vor dem Ende war immer noch nicht endgültig geklärt, wer der Sieger und wer der Verlierer sein würde, oder ob es überhaupt keinen Sieger und keinen Verlierer geben würde; abgesehen von denjenigen, die ihr Leben lassen mussten.

Nach dem Blick auf die Küchenuhr ließ Böhnke alles stehen und liegen, um sich schleunigst auf den Weg nach Eupen zu machen. Er war spät dran, aber er wollte nicht in das Gespräch von Dalhey mit den beiden vorgeladenen Mitarbeitern der Trainingsakademie hineinplatzen, sondern unbedingt von Beginn an dabei sein und am besten zuvor noch mit dem Kollegen eine Strategie verabreden. Doch dazu kam er nicht. Auf den letzten Drücker erreichte er die Polizeistation und hatte Dalhey kaum mit einem Kopfnicken im Besprechungsraum begrüßt, als die Männer auch schon herangeführt wurden. Dalhey stellte Böhnke als Kollegen aus Deutschland vor, der zu Studienzwecken an dem Gespräch teilnehmen würde. Die beiden nickten bestätigend, obwohl sie wahrscheinlich gar nicht verstanden, was Dalhey überhaupt meinte.

Nach der Handakte, die ihm der belgische Kollege auf den Tisch gelegt hatte, waren Roger Frantzen und Jacques Mohné keine großen Leuchten. Sie schlugen sich als Hilfsarbeiter ohne Schulabschluss und Berufsausbildung durchs Leben und fielen regelmäßig der Polizei in die Hände, wenn sie versucht hatten, sich durch Raub oder Diebstahl das zu holen, was sie aufgrund ihrer stets klammen Finanzlage daran hinderte, an der Konsumgesellschaft teilzunehmen. Ihr Ausflug in die Welt der Drogendealer war nur von kurzer Dauer gewesen, nachdem der Strafrichter ihnen nach einem mehrmonatigen Haftaufenthalt im Wiederholungsfall eine drastische Strafe angekündigt hatte. Ihre Kleidung ließ erkennen, dass sie lieber schlecht und billig, statt nachhaltig und hochwertig einkauften. Die Jeans waren ausgewaschen und eingerissen, die Polohemden aus der Form geraten und blass. Die ungepflegte Frisur und die Bartstoppel im Gesicht machten die Männer, die um die 40 Jahre waren, auch nicht gerade attraktiver. Sie waren genau die Männer, die jemand brauchte, der nicht unbedingt die Herkunft seiner Arbeitskräfte kennen und nicht viel bezahlen wollte; am besten ohne Steuerkarte und ohne Versicherungsschutz. Im Prinzip waren das arme Schweine, die irgendwann in der Gosse oder im Alkohol landeten oder, wenn sie Glück hatten, als Knastbrüder ihr Leben fristen würden, dachte sich Böhnke, der interessiert durch die Akte blätterte, während Dalhey das Gespräch in Gang brachte.

Den Kaffee nahmen die Männer gerne an, ihren Wunsch nach Zigaretten wies der Kommissar entschieden zurück. Ob sie wissen, warum er mit ihnen sprechen wollte; fragte er allgemein. Argwöhnisch verneinten sie, sie hätten sich nichts zuschulden kommen lassen.

Sie würden sich irren, erwiderte Dalhey mit ausgesuchter Höflichkeit. »Sie haben dazu beigetragen, dass die Spuren einer Straftat verwischt wurden, vielleicht waren Sie ja sogar an der Straftat selbst beteiligt.«

»Nein.« Der vermutlich braunhaarige Mann, sofern Böhnke dessen Haarfarbe trotz der wohl seit Wochen ausgebliebenen Wäsche erkennen konnte, und der wohl Roger Frantzen hieß, verfiel ins Französische: »Ne comprends pas. Je …«

Barsch unterbrach ihn Dalhey. Böhnke verstand nichts, und er war froh, als ihm sein Kollege erklärte, er habe den Kerl aufgefordert, auf Deutsch zu antworten.

»Was sollen wir gemacht haben?«, fragte der Kumpel des Braunhaarigen. Über Mohnés Stirn zog sich eine breite Narbe, wie Böhnke erkannte, als dieser sich die vermutlich schwarzen Haare zurückgewischt hatte.

»Sie waren dabei, als Richard Matthieux in der Trainingsakademie von Jean-Marie Pfifferlin ermordet wurde. Zumindest haben Sie dazu beigetragen, dass nach dem Mord versucht wurde, die Tat zu verwischen. Oder wie soll ich es verstehen, dass Sie die Spieler aus der Akademie nach Frankreich verfrachtet haben?«

»Damit haben wir nichts zu tun«, sagte der Narbenträger sofort.

»Sie haben einen Kleinbus gefahren, der an der Grenze kontrolliert wurde. Das reicht für eine Mittäterschaft.«

»Wir haben doch nur unsere Arbeit gemacht«, mischte sich der Kumpel ein. »Uns wurde gesagt, man würde in Frankreich ein neues Internat gründen, nachdem Pfifferlin tot war.«

»Wer hat das gesagt?«, hakte Dalhey ganz in Böhnkes Sinne nach. »Matthieux etwa?«

»Der war zwar dabei. Aber der hat im Prinzip nur übersetzt, was die anderen gesagt haben«, antwortete Frantzen.

»Welche anderen?«

»Das waren unangenehme Typen aus Osteuropa oder so. Mit denen möchte ich nicht aneinandergeraten. Die waren noch nie da. Ich kenne ihre Namen nicht und weiß nicht, woher sie kamen.«

»Aber Matthieux kannte sie?«

»Ja, sie hatten ihn in ihrem Wagen mitgebracht. Er hatte Angst vor ihnen, glaube ich.«

»Und Sie?« Dalhey drehte sich zu dem anderen Mann hin. »Hatten Sie auch diesen Eindruck?«

»Ja. Der hatte richtig Schiss gehabt. Der hat getan, was sie ihm sagten.« Mohné nickte heftig, als könne er dadurch die Richtigkeit seiner Aussage noch deutlicher machen.

Böhnke gefiel sich in der Rolle des stillen Zuhörers. Es würde die Männer nur verunsichern, wenn er mit eigenen Fragen dazwischengrätschen würde. Er überließ Dalhey gerne das Kommando. Nur, wenn er eine Chance witterte, sein eigenes Interesse zu befriedigen, dann würde er in das Gespräch einsteigen.

»Na, gut«, hörte er Dalhey sagen. »Was haben Sie getan, als Matthieux und seine Begleiter kamen?«

»Wir hatten zu tun. Aufräumen und so. Bis sie uns dann sagten, wir sollen wegfahren. Wir sollten zu einem Spiel, um den Jungs dort noch Sachen zu bringen«, antwortete Frantzen.

»Sie haben sie also alleine gelassen.«

»So war es.«

»Und als Sie zurückkamen, was war dann?«

»Wir sind nicht zurück. Wir hatten den Auftrag bekommen, direkt von dem Spiel mit den Jungs nach Frankreich rüberzumachen.«

»Das haben Sie getan, ohne sich zu wundern oder zu fragen?«

Der Braune lächelte gequält. »Unsereins fragt nicht, unsereins tut, was man ihm sagt. Sonst steht unsereins am nächsten Tag vor der Tür.«

»Okay. Wie ging's weiter?«

»Als wir spätabends in der Akademie ankamen, hat uns einer der Typen zu verstehen gegeben, wir sollten weitere Jungs wegbringen. Als wir losfuhren, war die Akademie so leer, als wäre dort nie Fußball gespielt worden.«

Nachdenklich trommelte Dalhey mit den Fingern auf die Tischplatte. Er schien zu überlegen, wie er das Gespräch in Gang halten und wie er aus den Männern Informationen herauslocken könnte. »Hast du vielleicht eine Frage?«

Der überraschte Böhnke musste sich sammeln, ehe er die Männer langsam fragte, während er sie intensiv betrachtete: »Kennen Sie Toni Mukunumunu?«

Die beiden hielten seinem Blick stand.

»Kenne ich nicht«, sagte das Narbengesicht.

»Wer soll dieser Toni Mukunu-wieauchimmer sein?«, fragte sein Kumpel.

Er sei Spieler in der Akademie gewesen, klärte Böhnke die beiden auf, obwohl er zweifelte, ob er sie überhaupt aufklären müsste. Außerdem hätte Toni eine freundschaftliche Beziehung mit Jean-Marie Pfifferlin gepflegt und werde jetzt nach dem Mord an seinem Mentor gesucht. »Aber er sagt, er sei nicht der Mörder. Er hätte aber Männer gesehen, die aus Pfifferlins Wohnung gestürzt seien, als er angekommen war.« Böhnke stöhnte. »Leider hat er sich versteckt, bevor er uns eine Beschreibung geben konnte. Jetzt suchen wir nicht nur Toni, sondern auch das Duo.« Er hob besänftigend die Arme. »Nicht als Mörder, sondern als Zeugen. Davon wissen Sie nichts?«

Im Gleichklang schüttelten die beiden den Kopf. »Ich habe nur mitbekommen, dass ein junger Schwarzafrikaner der Täter sein soll.« Der Braunhaarige sprach auch für den anderen. »Wir haben damit garantiert nichts zu tun. Mord ist nicht unsere Kragenweite.«

»Wo waren Sie denn?«

Sie seien in der Akademie gewesen, wie immer, wenn sie nicht mit den Spielern unterwegs waren, antwortete Frantzen.

Das hätten alle bestätigen können, die dort waren, fügte Mohné hinzu.

»Und die nun nicht mehr in Belgien sind«, schimpfte Dalhey verärgert.

Der Narbige erhob sich und bat entschuldigend darum, die Toilette aufsuchen zu dürfen.

»Flüchten werden Sie nicht. Erstens haben Sie keinen Grund dazu und zweitens kommen Sie nicht nach draußen, weil Sie an den Schleusen warten müssen, bis man Ihnen Ausgang gewährt«, sagte Dalhey freundlich lächelnd, als er der Bitte zustimmte. »Sie sind ja aus freien Stücken hier und nicht als Verdächtiger.«

Kaum hatte Mohné den Raum verlassen, sprang Böhnke auf. Er folgte ihm bis zu den Toiletten und versteckte sich in der Nachbarkabine, nachdem der Kerl sich in einer Kabine eingeschlossen hatte. Es dauerte nur Momente, bis Böhnke das Gespräch vernahm, das Mohné auf Französisch über sein Handy führte. Aufgeregt und schnell sprach der Mann, immer wieder musste er seine Stimme zügeln, weil er zunehmend lauter wurde. Böhnke verstand nichts, fast nichts, obwohl er aufmerksam zuhörte. Das Französische war einfach nicht sein Ding. Er verstand allenfalls die Namen. Daraus schloss er, dass es in diesem Telefonat auch um Pfifferlin und Matthieux ging; ein interessanter Aspekt, dachte er sich. Warum sollte der Kerl mit einem anderen über die Männer sprechen, wenn er doch behauptete, er wisse von nichts. Er wusste zumindest von einem etwas, der mit den beiden Ermordeten in irgendeinem Zusammenhang stehen musste: derjenige am anderen Ende der Leitung.

Böhnke schlich sich leise davon und kehrte in den Besprechungsraum zurück, in dem es ausgesprochen still war. Dalhey und Frantzen hatten sich offenbar nicht mehr viel zu sagen gehabt.

»Na, Erfolg gehabt?«

Worauf immer sich Dalheys Frage bezogen haben sollte, Böhnke nickte bejahend. Er war in der Tat zufrieden nach dem mitgehörten Gespräch. Er setzte sich an den Tisch und beteiligte sich am allgemeinen Schweigen.

Es wurde erst beendet, als Mohné zurückgekehrt war. »Gibt es noch was oder können wir gehen?«, fragte er forsch mit einem Zuversicht ausstrahlenden Lächeln für seinen Partner.

»Von mir aus. Ich habe keine Fragen mehr.« Dalhey schaute zu Böhnke. »Sie, Herr Kollege?«

»Ja«, sagte Böhnke zur allgemeinen Verblüffung. »Mit wem haben Sie eben auf der Toilette telefoniert, Herr Mohné? Sie brauchen es nicht zu sagen, aber Sie haben mir durch Ihr Telefonat zu verstehen gegeben, dass Sie doch tiefer in dem Mordfall stecken, als Sie zugeben.« Er grinste Dalhey an. »Ist doch schon komisch, dass Mohné in unserem Beisein den Namen Mukunumunu nicht einmal richtig aussprechen kann, weil er ihn angeblich nicht kennt, er aber in dem Telefonat diesen Namen ebenso fließend über die Lippen bringt wie Pfifferlin und Matthieux.«

»Oha!« Dalhey rieb sich vergnügt die Hände. »Dann fangen wir doch noch einmal von vorne an, meine Herren.«

»Moment«, bremste ihn Böhnke. »Getrennt. Wir reden zunächst mit Frantzen, während unser Freund des Telefons draußen wartet.« Er gab sich voller Tatendrang. »Ich kriege Sie beide dran«, behauptete er mit einem bösen Lächeln. »Und jetzt ab nach draußen mit Ihnen, Herr Mohné.«

Ergiebig war die Vernehmung nicht. Frantzen hatte sich hinter seinen verschränkten Armen verschanzt und schwieg.

»Kein Problem«, sagte Dalhey zuversichtlich. »Über das Handy Ihres Kumpels kriegen wir den Gesprächsteilnehmer raus, und dann schauen wir weiter. Sie jedenfalls wandern erst einmal in eine Zelle.«

Nur widerwillig ließ sich der Mann abführen.

»Da kommt nichts.« Dalhey glaubte nicht, bei dem anderen mehr zu erfahren. »Der spielt jetzt auch Muschel.«

»Abwarten«, sagte Böhnke gelassen. Er blätterte in der Handakte und machte sich auf einem Blatt einige Notizen.

Wie von Dalhey angenommen, war dem zuvor gesprächsbereiten Mohné urplötzlich die Stimme abhandengekommen. Er reagierte überhaupt nicht auf die Fragen, sodass Dalhey die Vernehmung schnell beenden wollte.

»Oder?«

Böhnke antwortete auf die an ihn gerichtete Frage zunächst nicht. Er vertiefte sich lange in die Handakte, sodass Dalhey und Mohné schon unruhig wurden.

»Da sitzen Sie ja ganz schön in der Scheiße«, sagte Böhnke ruhig und zückte das von ihm selbst beschriebene Blatt aus der Akte. »Ihr Kollege Franzten hat eben zugegeben, dass Sie dabei waren, als Pfifferlin in seiner Wohnung erstochen wurde. Er selbst habe draußen im Wagen gesessen und will nichts mitbekommen haben. Er hat erst später erfahren, dass Pfifferlin ermordet wurde. Sie sind dran, Herr Mohné. Sie sind der Mörder von Jean-Marie Pfifferlin.« Andere Zeugen würden sich sicherlich an ihr Auto am Tatort erinnern.

»Das stimmt nicht.« Der Mann brauste auf. »Ich lass mir nichts ans Zeug flicken.«

»Wir haben einen Zeugen, Ihren angeblichen Freund.« Böhnke winkte mit dem Blatt. »Hier ist die von ihm unterschriebene Aussage.«

»Frantzen lügt.«

»Aber Sie sagen die Wahrheit? Wie kann ich Ihnen glauben, wenn Sie leugnen, Mukunumunu zu kennen? Wie kann ich Ihnen glauben, wenn Sie uns gegenüber von Osteuropäern faseln, aber in Französisch über Pfifferlin und Matthieux sprechen? Ich glaube Ihnen kein Wort.« Böhnke war aufgesprungen und hinter den Stuhl getreten, auf dem der Mann zusammengesunken war. »Mord ist nicht unsere Kragenweite. Das war mal, und mir platzt gleich der Kragen, wenn Sie nicht sofort mit der Wahrheit rausrücken, Freundchen«, fauchte er. Er drückte von hinten heftig gegen die Stuhllehne, bevor er zurück zu seinem Platz ging. »Also, Herr Mohné. Sie bekommen von mir jetzt eine einmalige Chance. Und ich garantiere Ihnen, ich kriege raus, ob Sie mich belügen oder die Wahrheit sagen.«

Der Mann schluckte. »Ich habe im Wagen gewartet. Mein Kumpel war mit einem der Osteuropäer bei Pfifferlin. Das war einer mit einem Pferdeschwanz. Er hat ansehen müssen, wie der Pfifferlin abgestochen hat. Als sie wieder im Wagen saßen, haben wir den Jungen gesehen, als er ins Haus ging. Da hatten wir unseren Täter. Der Killer wusste Bescheid, dass Toni zu Pfifferlin wollte. Er hatte es wohl von Matthieux erfahren. Er hat damit gerechnet, dass die Polizei den Jungen als Mörder ausmachen würde. Uns konnte es egal sein. Hauptsache, wir blieben verschont.«

Ob diese Version stimmte? Böhnke wusste es nicht, was ihn aber nicht störte. Frantzen würde wahrscheinlich eine ähnliche Version auftischen, bei der er im Wagen gewartet hätte. Wie auch immer, der Mordvorwurf gegen Toni war damit nicht mehr aufrecht zu halten. Und nur das zählte für ihn. Unter normalen Umständen wäre die erzwungene Aussage nicht verwertbar gewesen. Aber auch das störte Böhnke nicht. Er war Privatmann, er hatte geblufft und getäuscht, nicht Dalhey, und er selbst hatte nie gesagt, dass er als Kriminaler an dem Gespräch teilgenommen hatte.

»Ab in die Zelle mit dem Mann«, sagte er forsch, »und mit meinem Handy schnell zu einer Schreibkraft, damit sie meine Aufnahme des Geständnisses in den Rechner bringen kann.« Böhnke legte sein Handy auf den Tisch und beendete demonstrativ die Aufnahme.

»Das war aber ein grobes Foulspiel. Du hast alle Regeln missachtet«, sagte Dalhey.

»Ist wie beim Fußball. Da gewinnt oft auch der, der sich an nichts hält, der nach allem tritt, was sich bewegt, und der Tore schießt, weil die Schiedsrichter das Abseits nicht sehen oder nicht sehen wollen.« Böhnke war die Zufriedenheit in Person. »Viel braucht es nicht mehr, und du hast beide Morde lückenlos aufgeklärt. Ich gehe davon aus, dass Matthieux den Auftrag gab, Pfifferlin zu ermorden. Gründe dafür hatte er genug.«

»Welche?«

»Zum einen wollte Pfifferlin sich auszahlen lassen, aber Matthieux hatte das Geld veruntreut und war pleite, zum zweiten wollte Pfifferlin dessen unmenschliche Methoden bei der Vermittlung von Spielern aus Afrika anprangern, und drittens wollte Pfifferlin selbst groß ins Geschäft einsteigen. Das waren Gründe genug für Matthieux, seine Geschäftspartner aus dem Osten für seine Mordpläne zu gewinnen. Dass er sich damit selbst zum Mordopfer machte, wurde ihm wahrscheinlich erst bewusst, als für ihn schon alles zu spät war. Um seine Schulden zu begleichen, haben sie ihm seine Spieler genommen, um mit ihnen die Transfergeschäfte zu machen.«

»Hm«, sagte Dalhey nachdenklich. »Wenn dem tatsächlich so sein sollte, läuft der Mörder von Pfifferlin, der vermutlich auch der Mörder von Matthieux ist, noch frei herum.«

»Richtig«, pflichtete ihm Böhnke bei, »ebenso wie derjenige, den ihr irrtümlich als Mörder von Pfifferlin sucht, nämlich Toni Mukunumunu.« Er überlegte kurz. »Ich habe dir doch von der Begegnung vor der Akademie erzählt, als mich ein Mann mit Pferdeschwanz anmotzte. Sah osteuropäisch aus.«

»Und ich habe eine Zeugenaussage von einem Osteuropäer mit Pferdeschwanz, den wir wegen des Mordes an Pfifferlin befragt haben. Er will gesehen haben, wie Mukunumunu mit dem Messer in der Hand auf die Straße gelaufen kam.« Dalhey konzentrierte sich auf den Bildschirm seines Computers. »Hier habe ich die Akte. Der Mann hat angegeben, für ein Unternehmen in Frankreich zu arbeiten und zufällig in der Nähe gewesen zu sein. Sein Name ist Borislav Plivdov.«

Böhnke reckte sich gähnend. »Ich habe eine Idee. Und wenn die gelingt, fängst du den Mörder vielleicht doch noch.«

»Noch so ein Bluff?«

»Bluff?« Böhnke tat erstaunt. »Nein, vielmehr eine plötzliche Spielverlagerung von der einen auf die andere Seite, wodurch du die Abwehr des Gegners aushebelst und ein Tor schießt.«

»Wenn du nicht im Abseits stehst.«

»Darauf kommt es nicht an. Abseits hin oder her. Der Schiedsrichter entscheidet. Und ich will dem Schiedsrichter eigentlich nur eine Entscheidungshilfe geben.«

Sprach so ein Mann, der sich für Fußball überhaupt nicht interessierte? Böhnke wunderte sich über sich selbst und noch mehr darüber, wie sehr schon die Begriffe des Fußballs Einzug in die allgemeine Sprache gehalten haben.

# 45. KAPITEL

›Mutmaßlicher Mörder stellt sich.‹ Das deutschsprachige Grenzecho in Eupen berichtete exklusiv über die Festnahme von Toni Mukunumunu, der aus freien Stücken und in Begleitung eines Anwalts bei der Kriminalpolizei erschienen war. »Dadurch sind wir der Aufklärung des Mordes an Jean-Marie Pfifferlin ein großes Stück näher gekommen«, wurde Dalhey zitiert. Ob damit auch die Ermittlungen im Mordfall Matthieux weitergebracht würden, wollte Dalhey nicht sagen.

Mit keinem Wort erwähnte die Zeitung die beiden festgenommenen Kleinkriminellen. Entweder hatten die Journalisten die Festnahmen nicht mitbekommen oder sie sahen bei den kleinen Fischen keinen Zusammenhang mit den Morden.

»Kann uns nur recht sein«, meinte Dalhey vergnügt und legte die Zeitung beiseite. Mit Böhnke und Toni hatte er sich zum Plausch in seinem Büro getroffen. Offiziell galt Toni als Mordverdächtiger. Doch hatte ihm Dalhey versichert, dass es niemals zu einer Klage gegen ihn kommen werde. Toni hatte der Zusammenkunft zugestimmt, als ihn Grundler und Böhnke davon überzeugten, dass es an der Zeit wäre, bei der Polizei für Klarheit zu sorgen. Oder war seine Bereitschaft doch vornehmlich der Überzeugungskraft von Sabine zu verdanken gewesen, die ihm auf Französisch ihre Idee vorgestellt hatte?

Dalhey hatte nicht nachgefragt, als Grundler mit Toni bei ihm erschienen war. In dem Wissen, dass dem Jungen der Mord an seinem Förderer nicht zuzuschreiben war, hatte es für ihn keine Bedeutung mehr, wohin Toni geflüchtet war und wo er sich versteckt hatte. Auch war es für ihn nicht von Belang, dass ausgerechnet Grundler, Böhnkes Freund, seine Interessen vertrat. Er wollte sich gar keine Gedanken machen über Zusammenhänge, sonst müsste er vielleicht doch noch zu der Erkenntnis gelangen, dass Böhnke ihn schamlos angelogen hatte, als dieser sich unwissend stellte bei einer möglichen Begegnung mit dem Jungen. Böhnke war ein Fuchs und zusammen mit Grundler ein mit allen Wassern gewaschenes Duo, das im Prinzip auf seiner Seite stand, sagte sich Dalhey. Sie hatten ein gemeinsames Interesse, und nur das zählte.

Toni gab sich bei den Vernehmungen erkennbar alle Mühe, sich an jede auch noch so kleine Einzelheit in Pfifferlins Wohnung zu erinnern. Aber es blieb dabei: Er hatte den Mann erstochen vorgefunden, das Messer an sich genommen und war geflüchtet, weil er Angst hatte, als Mörder im Gefängnis zu landen.

»Keine Sorge«, beruhigte ihn Dalhey zum wiederholten Mal. »Wenn wir den Kerl geschnappt haben, kannst du hingehen, wohin du willst.«

»Schöne Aussicht«, kommentierte Böhnke trocken, nachdem ihm Dalhey übersetzt hatte. »Soll er etwa zurück nach Afrika?«

»Er kann ja wieder Fußball spielen. Bei seinem angeblichen Talent dürfte er doch leicht einen Verein finden.«

Tatsächlich? Böhnke hatte da seine Zweifel. Wenn er sich an seine Gespräche mit Christopher erinnerte, war es einem Spieler nahezu unmöglich, ohne einen Berater bei einem Profiverein unterzukommen. Einmal Sklave, immer Sklave, dachte er sich. Toni hatte wahrscheinlich ohne eigenes Verschulden seine Karriere schon hinter sich, bevor sie richtig begonnen hatte. Der Makel, als Mörder verdächtigt und in einer dubiosen Trainingsakademie ausgebildet worden zu sein, bei der der halbseidene Spielerberater Matthieux seine Finger im Spiel hatte, war einem Profivertrag gewiss nicht förderlich. Und wenn sich überraschenderweise doch ein Berater als gnädig erwies und Toni unter seine Fittiche nahm, würde der den Jungen auspressen wie eine Zitrone.

»Das sagst du so einfach in deinem jugendlichen Leichtsinn«, erwiderte Böhnke. Er hatte sich gegenüber Dalhey verpflichtet, den Spieler bei sich in Huppenbroich aufzunehmen und mit ihm zu den Vernehmungen nach Eupen zu kommen. Für die Öffentlichkeit hingegen saß Toni in Untersuchungshaft.

Das Gefängnis war dem Jungen erspart geblieben, nachdem die beiden Kleinkriminellen in den weiteren Vernehmungen unabhängig und übereinstimmend eingeräumt hatten, beide in der Wohnung gewesen zu sein, als der Osteuropäer Pfifferlin abgestochen habe. Dabei hatte es sich um Plivdov gehandelt, wie sie zugaben. Der Trainer hatte ihnen unvoreingenommen die Wohnungstür geöffnet, weil er dachte, es gebe etwas wegen der Akademie zu besprechen. Der Killer hatte kein großes Federlesen gemacht und zugestochen, kaum, dass sie das Wohnzimmer betreten hatten. Aus Angst vor dem Mann und vor der Furcht, als Mitwisser oder Mittäter hinter Gittern zu landen, hatten die beiden geschwiegen. Momentan waren sie sogar froh, in einer Zelle zu sitzen, wo sie vor dem Kerl sicher waren.

»Wir haben übrigens mehr als nur einen Namen.« Mit dieser Neuigkeit wartete Dalhey zu Böhnkes Überraschung auf. DNA-Spuren und ein Fingerabdruck waren in den internationalen Dateien der Polizei gespeichert. »Borislav Plivdov ist ein alter Bekannter meiner Kollegen aus dem ehemaligen Jugoslawien. Eigentlich ist er Bulgare, aber er hat sich meistens in Serbien, Kroatien oder Bosnien aufgehalten. Schon mehrfach war er wegen Mordes beziehungsweise Auftragsmordes verdächtigt worden, aber es gelang nicht, ihn deswegen zu verurteilen. Da blieben nur ein paar Körperverletzungen übrig, für die er einige Zeit einsaß. In den letzten Monaten ist es ruhiger um ihn geworden, und er wurde von meinen Kollegen auf dem Balkan nicht mehr gesichtet.«

»Kein Wunder«, kommentierte Böhnke. »Der wurde nach Belgien transferiert. Hier kennt ihn keiner, hat er eine neue Spielwiese und konnte sicher sein, dass ihn niemand auf einer Rechnung hat. Ein Mann fürs Grobe in einem Geschäft, in dem es mit harten Bandagen zur Sache geht. Plivdov ist also unser Mann.«

»Genau.« Dalhey reichte ihm über den Schreibtisch ein Blatt. »So sieht er aus. Die Beschreibung der Kleinkriminellen passt genau zu diesem Foto, das ich aus Belgrad erhalten habe.«

Der Mann auf dem Foto sah nicht aus, als könne man mit ihm gut Kirschen essen. Grimmig blickte er in die Kamera. Ein schwarzer dichter Bart bedeckte die untere Gesichtshälfte. Das lange, schwarze Kopfhaar hatte er streng nach hinten gekämmt und zu einem Pferdeschwanz gebunden. Die buschigen Augenbrauen verstärkten den Eindruck eines zornigen Mannes. Das war der Mann, dem Böhnke und Christopher begegnet waren.

»Sieht fast aus, wie ich mir Rübezahl vorstelle«, kommentierte Böhnke.

»Wie wer?«, fragte Dalhey verwundert.

»Vergiss es, den kennt ihr in Belgien nicht. Der isst keine Pommes.«

»Wir haben übrigens noch ein zweites Foto von deinem Rübezahl«, bemerkte Dalhey, der ein zweites Blatt über die Tischplatte reichte. »Ist ein Foto von einer Blitze auf der Landstraße zwischen unserem Bouillon und La Chapelle in Frankreich.« Es sei vor zwei Wochen gemacht worden und an den Autoverleiher geschickt worden, bei dem die Transporter geliehen wurden, mit denen die Spieler aus der Akademie fortgebracht wurden. Der war natürlich angefressen, als er das Knöllchen bezahlen sollte und er von seinen Mietern keinen Mucks mehr hörte. Mehr noch, die haben sogar einen Transporter gar nicht zurückgegeben.«

Böhnke hörte ihm nicht zu. Er betrachtete konzentriert das Foto, das Plivdov am Steuer eines Transporters zeigte. Neben ihm saßen der Narbenmann Mohné und ein junger, dunkelhäutiger Mann; wahrscheinlich ein Spieler, den er irgendwohin verfrachtete.

»Wir haben übrigens ein paar von den Spielern ausfindig machen können«, fuhr Dalhey fort, »die sind in Osteuropa gelandet und spielen in verschiedenen Ligen. Sie haben alle erstaunlicherweise die gleiche Beratergruppe, besitzen gültige Ausweise und haben von den dortigen Fußballverbänden bestätigte Verträge.« Es würde schwierig werden, sie auf dem offiziellen Dienstweg vernehmen zu können. »Die Bürokratie«, stöhnte Dalhey, »ehe wir die Erlaubnis bekommen, haben die schon längst wieder den Verein und das Land gewechselt.« Er winkte ab. »Ich gehe immer noch davon aus, dass wir einige Spieler im belgisch-französischen Grenzbereich aufspüren können.« Die beiden Kleinkriminellen würden sie über kurz oder lang bei den Befragungen zum Aufenthaltsort führen.

»Und ich erwarte«, unterbrach ihn Böhnke streng, »dass ihr auch Plivdov schnappt.« Solange der frei herumlief, war es nahezu unmöglich, Toni in der Öffentlichkeit auftreten zu lassen, geschweige denn, ihn wieder auf einem Fußballplatz spielen zu sehen.

»Das wird«, sagte Dalhey zuversichtlich, »es ist nur eine Frage der Zeit. Wenn der in seine Heimat zurückkehrt, wird er dort verhaftet, wenn er hier bleibt, bekommen wir ihn irgendwann in die Finger. Wie gesagt: Es ist nur eine Frage der Zeit.«

Die Toni davonläuft, dachte sich Böhnke. Ein vernünftiges Training konnte der Spieler nicht machen. Er würde den Anschluss an die Leistungen seiner Kameraden verlieren und in der Bedeutungslosigkeit verschwinden. Ihn durch Huppenbroich laufen zu lassen, war Böhnke zu riskant. Da konnte er nicht sicher sein, dass nicht doch irgendwie über Zufälle und Umwege der Mörder und seine Hintermänner Kenntnis bekamen, und es würde zugleich der Artikel im Grenzecho widerlegt, wonach sich Toni in Polizeigewahrsam befand. Böhnke transportierte seinen Gast nur in Lieselottes Wagen, in dem sich Toni auf die Rückbank zu legen hatte, und wenn es nur die paar Meter bis zu Billas Haus waren, in denen er die Geschäfte der Stiftung zu erledigen hatte. Gerne überließ er Toni dort den Rechner, damit er sich im Internet tummeln konnte. »Aber keine Mails, keine Einträge im Facebook und keine Telefonate über Skype«, hatte er ihm über Sabine verboten. Er vertraute darauf, dass sich der Junge an diese Vorgaben hielt.

Nicht nur Toni versuchte, spurlos im weltweiten Netz zu surfen. Böhnke weigerte sich ebenso, darüber zu kommunizieren; auch als Christopher versuchte, mit ihm in Kontakt zu kommen. Er hatte dessen Mail gelesen, sie kommentarlos zur Kenntnisnahme an Grundler weitergeleitet und danach gelöscht. Ohne ein Wort der Entschuldigung oder Erklärung hatte Christopher mitgeteilt, er befinde sich auf einer Kreuzfahrt durch die Karibik.

Selbst das zu glauben, fiel Böhnke inzwischen schwer; ebenso wie er Christopher nicht glaubte, als dieser in seinem Schreiben versprach, ihm für alle Mühen, die er ihm bereitet hatte, ein großzügiges Geschenk zu machen.

Anstandslos hatte der Journalist die üppige Rechnung des Anwalts beglichen. Für ihn sei damit die Angelegenheit endgültig beendet, schrieb er in einer weiteren Mail an Grundler. Er würde nicht mehr als Berater für die AFC tätig werden.

Der Anwalt reagierte gar nicht. Er hatte den Mandanten Christopher längst abgehakt. »Aber ich glaube nicht, dass der Typ damit für alle Zeit aus unserem Dunstkreis verschwunden ist«, meinte er misstrauisch im Telefonat mit Böhnke.

# 46. KAPITEL

Das Leben konnte so schön und friedlich sein, sagte sich Böhnke bei seinem Spaziergang nach Simmerath am Morgen. Aber der Anschein trog. Zwar hatte die Alemannia wieder die Schlagzeilen für sich im Sportteil der Aachener Medien, doch waren diese Schlagzeilen immer noch nicht sportlicher Natur. Die Insolvenz schien unmittelbar bevorzustehen, unkten die Gazetten. Investoren waren angekündigt und wieder verworfen worden. Zum wievielten Male eigentlich, fragte sich Böhnke. Er maß dem Klagegesang keine Bedeutung bei. Außerhalb der Printenstadt interessierte sich wohl niemand für das Schicksal der Kicker vom ehemaligen Tivoli. In einem Verzweiflungsakt hatte der klamme Klub die Namensrechte an dem Stadion an eine Versicherungsgesellschaft abgetreten. Ob der Versicherer sich damit einen Gefallen tat und dadurch tatsächlich einen Werbewert hatte? Nicht nur Böhnke zweifelte.

Aber er zweifelte auch an der grundsätzlichen Bedeutung und Notwendigkeit des Wirtschaftszweigs Fußballsport. Da waren es noch Monate bis zur Weltmeisterschaft in Russland, und dennoch ging das Geschacher und Geschiebe los, welche Spieler der Bundestrainer nominieren sollte und welche nicht. Kein Tag verging, an dem nicht die Zeitung berichtete, mutmaßte, dementierte. Vermutlich versuchten die Berater, ihre Schützlinge in Stellung zu bringen, dachte sich Böhnke. Wenn er etwas aus der Begegnung mit Christopher gelernt hatte, dann war es der skeptische Blick auf die Geschehnisse und die Bemerkungen zum Fußball im Allgemeinen und zur Nationalmannschaft im Besonderen. Wenn ein Boulevardblatt einen Spieler in den Himmel jubilierte, konnte er gewiss sein, dass ein anderes genau das Gegenteil schrieb und einen anderen auf den Schild hob.

Böhnke war das Getöse einerlei. Er machte sich weiter Sorgen um Toni, aber auch um Sascha, vom dem er nichts mehr gehört hatte. Er sei auf dem Weg der Besserung, hatte Grundler ihm versichert, mehr wisse er auch nicht.

Böhnke war schon auf dem Rückweg, als ihm das Ungewöhnliche in Huppenbroich auffiel. Und ungewöhnlich war in dieser idyllischen Abgeschiedenheit alles, was es im eintönigen Alltag nicht gab. Er hatte den ehemaligen Löschteich passiert und war auf die Kapellenstraße abgebogen, als der dunkle Transporter ihm langsam entgegenfuhr. Zuerst erkannte er das belgische Nummernschild, dann den Fahrer hinter der Windschutzscheibe. Es war Plivdov.

Böhnke bemühte sich, seine Überraschung zu verbergen. Er beobachtete den Mann, der offensichtlich auf der Suche war. Ohne große Eile schritt er weiter zu seinem Zuhause.

Dort war es mit seiner Gemächlichkeit aber vorbei. Er hastete zum Telefon, vertippte sich beim schnellen Eingeben der Zahlen mehrmals, bis er endlich die Verbindung zu Dalhey aufgebaut hatte.

»Plivdov ist hier bei uns in Huppenbroich«, sagte er schnell.

»Ich kümmere mich«, erwiderte Dalhey ebenso schnell. »Wo ist Toni?«

»In Billas Haus«, antwortete Böhnke. »Keine Sorge, auf dieses Versteck kommt kein Fremder.«

»Aber woher weiß der Kerl von Huppenbroich?«

»Ich weiß es nicht. Kann ja sein, dass der die Gegend abklappert und dabei in unser Dorf gekommen ist.« Böhnke bemühte sich um eine überzeugende Erklärung, die er aber nicht liefern konnte.

Verunsichert lief Böhnke durch die Wohnung. Sollte er zu Toni gehen und damit Plivdov vielleicht endgültig auf dessen Fährte setzen? Oder sollte er durchs Dorf laufen, um Plivdov zu finden? Warum war der Kerl in Huppenbroich?

Das war kein Zufall.

Das Anschlagen eines Telefons unterbrach seine Überlegungen. Weder sein eigenes, noch das Festnetztelefon machte sich bemerkbar. Er orientierte sich, bis er gewahr wurde, dass das Geräusch aus dem Gästezimmer kam, in dem Toni eine vorübergehende Bleibe gefunden hatte. Wieso? Er hatte Toni eingebläut, das Prepaid-Handy nicht zu nutzen, sondern nur Anrufe von ihm, Grundler oder Sabine entgegenzunehmen. Und jetzt hatte er das Gerät nicht mitgenommen.

Das Gerät lag leicht auffindbar auf der Kommode.

»Hallo«, meldete sich Böhnke vorsichtig. Ihm schwante, dass weder sein Freund noch dessen Partnerin am anderem Ende der Verbindung waren.

»Qui est là?«

»Wer sind Sie?« Böhnke wurde unruhig. Ihm kam ein böser Verdacht.

»Toni?«

»Nein. Wer sind Sie?«

Er bekam keine Antwort. Der Mann am anderen Ende der Verbindung hatte aufgelegt. Jung hatte dessen Stimme geklungen, jung und verängstigt, hielt Böhnke für sich fest. Er betrachtete nachdenklich das mobile Gerät und kramte alle seine Kenntnisse zusammen, die er über die Nutzung der Geräte gesammelt hatte.

Im Protokoll der Telefonate wurde er fündig. Er fluchte laut, als er erkannte, dass Toni ein in Belgien gemeldetes Handy angerufen haben musste. Es nützte wenig, wenn er ihm dafür Vorhaltungen machen würde, jetzt war es eh zu spät. Vermutlich hatte Toni, allen Verboten zum Trotz, Kontakt zu seinem Bruder gesucht, der wohl noch zur Gruppe der in Frankreich versteckten Spieler gehörte. Die Hintermänner hatten davon wahrscheinlich Wind bekommen und aus dem Bruder herausgepresst, wo sich Toni befand. So oder so ähnlich musste es gewesen sein. Plivdov war in Marsch gesetzt worden, um Toni auszuschalten oder zu holen. Auf keinen Fall verhieß sein Erscheinen in Huppenbroich Gutes.

Das stürmische Klingeln an der Haustür riss ihn aus seinen Gedanken.

Dalhey sah ihn aufgeregt an. »Kannst du mir sagen, wo der Kerl sein könnte?«

»Wahrscheinlich kurvt er hier herum, denke ich mal«, antwortete Böhnke. »Er hat ja einen Auftrag: Er soll Toni finden, von dem er weiß, dass er sich hier im Ort aufhält.«

»Woher?«

Böhnke winkte ab. »Das ist eine längere Geschichte. Ich erzähl sie dir auf unserem Weg zu Billas Haus.«

»Und ich kann dir berichten, dass unsere französischen Kollegen das Versteck in den Ardennen aufgestöbert haben. Sie beobachten, was sich dort tut.«

»Und sie haben dir berichtet, dass vor knapp zwei Stunden Plivdov dort weggefahren ist?«

»Stimmt.« Dalhey staunte Böhnke mit offenem Mund an. »Woher weißt du?«

Dalheys Staunen wuchs mit jedem Meter, dem sie sich Billas Haus näherten, als Böhnke ihm seine Version des Geschehens schilderte.

»Toni, die Pflaume, hat sich im Prinzip selbst verraten.« Böhnke schaute sich unentwegt um, aber er konnte den Transporter nicht entdecken.

»Keine Sorge«, sagte Dalhey. »Der entkommt uns nicht. Wir haben alle möglichen Ausfahrten von Huppenbroich abgeriegelt. Sind ja nicht viele.«

»Bist du etwa mit deiner kompletten Polizeistation angerückt?« Böhnke schüttelte den Kopf. »Das gibt Ärger mit der deutschen Bürokratie.«

»Glaub ich nicht«, meinte Dalhey unbekümmert. »Das regele ich über den kurzen Dienstweg als kleinen Grenzverkehr mit Gefahr in Verzug.« Er hatte Mühe, dem Tempo von Böhnke zu folgen, den es unbeirrbar zu Billas Haus zog.

»Scheiße«, brüllte Böhnke, als er zunächst den Transporter am Straßenrand und dann Plivdov erkannte. Der Mann war aus dem Vorgarten des Nachbarhauses auf den Gehweg getreten und steuerte nun zielsicher Billas Haus an. »Der klingelt in jeder Hütte.« Er beschleunigte seinen Schritt. »Den müssen wir schnappen, bevor Toni die Haustür öffnet.« Hoffentlich war der Junge so klug, sich nicht an der Tür zu zeigen.

Mehrmals klingelte Plivdov, dann wandte er sich von dem Haus ab. Für einen Moment stutzte er, als er die auf dem Gehweg herannahenden Männer erblickte. Entschlossen zückte er eine Pistole.

Spontan stoppten Böhnke und Dalhey, als Plivdov mit

der Waffe in ihre Richtung zeigte. Er sprang in seinen Wagen und raste davon.

»Der kommt nicht weit.« Dalhey blieb gelassen. Er betrachtete Böhnke, der die Haustür aufschloss. Gemeinsam traten sie ein.

»Toni«, rief Böhnke beunruhigt, »wo bist du?«

»Toni, où êtes-vous?«, schloss sich Dalhey an.

Zögerlich trat der Junge aus der kleinen Gästetoilette, in der er sich versteckt hatte.

Böhnke pustete erleichtert durch.

Dalhey sprach sofort energisch auf ihn ein.

Böhnke verstand kein einziges Wort des Dialogs und wartete darauf, dass ihn sein Kollege endlich in Kenntnis setzte. Doch ließ sich Dalhey Zeit. Er griff zu seinem Handy und wählte eine Nummer, die ihm Toni diktierte. Er führte ein minutenlanges Gespräch auf Französisch. Als er geendet hatte, sah er Böhnke bewundernd an. »Respekt, Herr Kollege. Es ist in der Tat so, dass Toni seinen Bruder angerufen und ihm erzählt hat, wo er ist. Sein Bruder, mit dem ich übrigens gerade gesprochen habe und mit dem du übrigens eben unwissentlich geredet hast, ist nach dem Telefonat von den Betreuern ausgequetscht worden und hat denen verraten, dass Toni bei dir in Huppenbroich ist.«

»Schön und gut«, meinte Böhnke unzufrieden, »solange wir Rübezahl nicht haben, haben wir keine Ruhe.«

»Keine Sorge.« Dalhey behielt seine Zuversicht. »Meine Kollegen greifen ihn auf.«

Das Klingeln seines Handys betrachtete er als Zeichen, dass man ihm den Zugriff melden wollte.

»Merde«, schimpfte er nach dem kurzen Gespräch, das er abrupt beendet hatte, und Böhnke brauchte keinen Dolmetscher, um zu wissen, was Dalhey gesagt hatte. »Der Kerl ist uns entwischt. Der hat um sich geschossen, als er auf den auf der Straße querstehenden Streifenwagen zufuhr. Das sind meine Kollegen natürlich in Deckung gegangen, und er ist davongerast.«

»Und nun?«

»Jetzt verfolgen wir ihn. Weit kann er ja nicht kommen. Irgendwann geht ihm der Sprit aus.«

»Aber du bist dir sicher, dass er nicht mehr in Huppenbroich ist?«

»Der ist über die Kapellenstraße aus dem Dorf hinaus. Wir fahren hinter ihm her. Uns kann er hier garantiert nichts mehr antun.«

»Dann ist im Prinzip ja alles gut.« Böhnke hatte seine Ruhe wiedergefunden. »Ihr fahrt hinter Pfifferlins Mörder her, der wahrscheinlich auch Matthieux auf dem Kerbholz hat, und Toni kann sich endlich wieder frei bewegen. Oder?«

Dalhey wiegelte ab. »Warte, bis wir Plivdov tatsächlich geschnappt haben.«

# 47. KAPITEL

Sie mussten sich etliche Stunden gedulden, bis Dalhey sich endlich am frühen Abend telefonisch meldete.

»Und? Habt ihr Plivdov?«

»Ja und nein«, antwortete der belgische Kommissar aufgebracht.

»Was willst du mir damit sagen?«

»Fange ich mit der Bilanz des Tages an. Wir haben einen Toten, einige Inhaftierte und ein paar Jugendliche aus Afrika ohne Perspektive.«

Böhnke brauchte lange, bis er Dalheys Bericht verdaut hatte. Er saß gedankenversunken auf der Couch und schaute in den Garten, ohne wahrzunehmen, was sich auf dem Rasen abspielte. Er ließ sich wieder und wieder das Gehörte durch den Kopf gehen: Nachdem Plivdov die Flucht gelungen war, hatte Dalhey seine Kollegen in Frankreich alarmiert. »Die haben mit allem, was sie hatten, das Lager gestürmt und alle mitgenommen, die dort umherliefen. Die Fußballer aus Afrika und ein paar Männer aus Frankreich und Osteuropa. Darunter waren einige lizenzierte Spielerberater, die angeblich über Transfers verhandelten. Dann gab es noch ein paar Kofferträger und sogenannte Handlanger, die vermutlich aber eher die Funktion der Aufseher innehatten. Die wollten wohl verhindern, dass einer der Spieler abhaut.« Schon die Feststellung der Identitäten hätte bei den Schwarzafrikanern Schwierigkeiten bereitet. Ihre Pässe hatten die Betreuer einkassiert und waren nicht auffindbar. »Vermutlich hat sie ein Vertrauter in Gewahrsam, von dem wir noch nichts wissen«, meinte Dalhey lakonisch. »Die Jungs sind Handelsware. Was brauchen die im Lager einen Pass?« Den Männern war im Prinzip keine strafbare Handlung nachzuweisen, sofern man nicht unterstellte, sie hielten die Fußballer gegen deren Willen fest. »Aber das ist ein dünnes Eis, auf dem wir uns bewegen.« Die Osteuropäer behaupteten, sie besuchten ihre französischen Kollegen, um über Spieler zu reden. Pfifferlin und Matthieux kannten sie zwar namentlich, mehr aber auch nicht, aber für die Morde kamen sie nicht in Frage. »Sie geben sich gegenseitig ein Alibi zu den möglichen Tatzeiten. Wir haben nichts, was sie belasten könnten. Wir haben unsere beiden in Eupen inhaftierten Freunde und wissen von Plivdov.«

Auf Böhnkes hoffnungsvolle Bemerkung, das sei doch immerhin ein Ansatz, folgte sofort die Ernüchterung. »Wir können Plivdov nicht fragen«, bedauerte Dalhey. Auf der Flucht sei er in den Ardennen auf einer kurvigen Bergstraße von der Fahrbahn abgekommen und mit dem Transporter in eine Schlucht gestürzt. »Der kann uns nichts mehr sagen, sondern nur noch seine DNA und Fingerabdrücke zum nochmaligen Abgleich hinterlassen.«

»Und dann?«, hatte Böhnke gefragt.

»Jetzt wissen wir, dass Toni nicht der Mörder ist, dass Plivdov wegen der Morde an Pfifferlin und Matthieux nicht mehr belangt werden kann, dass den Spielerberatern und Betreuern nichts Kriminelles nachgewiesen werden kann und dass die Nachwuchsspieler im Prinzip die Gelackmeierten sind. Entweder werden sie woanders interniert oder lungern in Europa herum oder kehren nach Afrika zurück, was allerdings für sie die größte

Schmach wäre. Für mich ist jedenfalls Abpfiff. Der Fall ist abgeschlossen, auch wenn der Mörder nicht verurteilt wird. Was aus Toni wird, entzieht sich meinem Einflussbereich. Da müssen sich andere drum kümmern.«

Zufrieden war Böhnke mit den Ergebnissen nicht, obwohl alles geklärt war: Tonis Unschuld war bewiesen, der Anschlag auf Sascha aufgeklärt und die Attentäter auf Christopher waren dingfest gemacht worden. Insofern hatte er einen klaren Sieg einheimsen können, beim Fußball hätte er wohl ein 3:0 gefeiert, dachte er sich.

Aber wie sollte es weitergehen mit Toni und Sascha?

»Neues Spiel, neues Glück«, hatte ihm Grundler geantwortet. »Das ist wie beim Fußball: Was gestern war, interessiert heute nicht mehr, weil das nächste Spiel angepfiffen wird. Und so wird es immer weitergehen.«

Sie saßen auf der Terrasse des Hühnerstalls und genossen die letzten lauen Stunden, bevor es morgen zum Wetterumsturz kommen würde; so hatte es jedenfalls der belgische Landfunk vorhergesagt. Das Fußballspiel, das im Fernsehen übertragen wurde, interessierte sie nicht sonderlich.

Grundler hatte ihm nicht nur das Grillgut aus Aachen mitgebracht, sondern auch die neuesten Informationen. »Christopher hat sich bei mir gemeldet. Er hatte einen Umschlag dabei, den ich dir geben soll.«

»Wenn's weiter nichts ist.« Böhnke hatte erwartungslos die Verpackung aufgerissen und ein gefaltetes Blatt entnommen, das ein zweites, kleineres Papier beinhaltet hatte. »Ein Scheck«, meinte er teilnahmslos und gab ihn Grundler. »Kannst du dich drum kümmern.« Ohne eine Miene zu verziehen, las er Christophers Brief. Der Journalist bedankte sich kurz und knapp dafür, dass Grundler und Böhnke ihm das Leben gerettet hatten. Er selbst habe eine Agentur für Spielerberatung gegründet, die ihren Sitz auf seinem Bauernhof in Erkelenz habe. Toni sei sein erster Klient, den er bei Borussia Mönchengladbach als Nachfolger für Sascha untergebracht habe. Sascha selbst würde als seine rechte Hand und Assistent in der Agentur arbeiten und Sportmanagement studieren. ›Der Fußball wird immer wieder neue Leute und neue Attraktionen brauchen. Achte mal darauf, was noch alles passiert bis zur Fußballweltmeisterschaft in Russland und wie es danach weitergeht. Es ist ein ständiges Kommen und Gehen der Stars und Talente, ob sie Toni, Sascha, Franz oder wie auch immer heißen. Kaum ist ein Kaiser tot, ist er auch schon vergessen und steigt der nächste Messias auf den Thron. Das Spiel geht weiter, solange der Rubel rollt, Fußballerbeine sind bares Gold. Das Beingold ist das Gold der Neuzeit. Die Spieler sind nichts als Marionetten.‹

»Ich hoffe, er betrachtet seine Klienten nicht als Wirtschaftsmasse, mit der sich eine goldene Nase verdienen lässt«, meinte Grundler. »Es gibt bestimmt auch seriöse Berater, die in erster Linie das Wohl der jungen Spieler im Auge haben. Vielleicht wird Christopher ja so einer. Sein Freund Pfifferlin könnte ihm ein Vorbild sein.«

Böhnke verkniff sich einen Kommentar. Er war froh, dass sein für einen Polizisten unwürdiges Verhalten nicht zum Thema geworden war. Er las das kurz gehaltene Nachwort: ›Für die Stiftung.‹

»Eine Million ist kein Pappenstiel«, bemerkte Grundler achtungsvoll. »Das ist ein Teil der Erbschaft, die Christopher nach Pfifferlins Tod erhalten hat.«

Er grinste kurz, als er den hageren, hoch aufgeschossenen, schwarz gekleideten Mann sah, der um die Ecke gekommen war. »Apropos Tod. Da kommt der Tod auf zwei Beinen zu dir.«

Behäbig erhob sich Böhnke. »Wenn es denn sein muss, lade ich ihn herzlich ein. Er kann sich ja mit uns am Grill und vor einem Lagerfeuer vergnügen. So viel Zeit muss bleiben.«

*Weitere Krimis finden Sie auf den folgenden Seiten und im Internet:*

**WWW.GMEINER-SPANNUNG.DE**